古典文獻研究輯刊

二 編
曾永義 主編

第8冊

東坡詩文思想之研究（上）

李慕如 著

國家圖書館出版品預行編目資料

東坡詩文思想之研究（上）／李慕如 著 ― 初版 ― 新北市：
花木蘭文化出版社，2011〔民 100〕
目 8+226 面；19×26 公分
（古典文學研究輯刊 二編；第 8 冊）
ISBN：978-986-254-495-2（精裝）
1.（宋）蘇軾 2.傳記 3.學術思想 4.宋代文學
820.8   100000959

ISBN-978-986-254-495-2

9 789862 544952

古典文學研究輯刊
二 編 第 八 冊   ISBN：978-986-254-495-2

東坡詩文思想之研究（上）

作　　者　李慕如
主　　編　曾永義
總 編 輯　杜潔祥
出　　版　花木蘭文化出版社
發 行 所　花木蘭文化出版社
發 行 人　高小娟
聯絡地址　新北市永和區中正路五九五號七樓之三
　　　　　電話：02-2923-1455／傳眞：02-2923-1452
網　　址　http://www.huamulan.tw 信箱 sut81518@ms59.hinet.net
印　　刷　普羅文化出版廣告事業
初　　版　2011 年 3 月
定　　價　二編 30 冊（精裝）新台幣 48,000 元
版權所有・請勿翻印

東坡詩文思想之研究（上）

李慕如　著

作者簡介

作者李教授慕如博士廣東開平人，自幼隨父來台入學，由屏東女中初一至高三畢業後考取國立台師大國文系。畢業後返屏女高中授教，而後被聘為屏東師專而至升等為屏教大，連續執教全程達半世紀。而後退休，被選為永達技術學院延聘當學退教授。一生服務教育，從無中斷。教學認真，以嚴教深著，榮獲總統、行政院、教育廳部局等無數勛獎。著作等身深受師生敬佩，著述百餘冊、千萬字。與夫君羅將軍環遊世界七十餘國，合著旅遊叢書四十餘冊均出版問世，其中《萬里遊》、《身在畫屏中》等（自撰）被美國圖書館索取收藏。她在大專開課逾廿項，她畢生勤奮、積極有為，對國家社會貢獻殊多，被譽為教育界奇才。在學及任教均有傑出表現。德、智、體、群、藝均屆滿分受獎，高中畢業受頒十七次獎。學術科總成績第一名，作文、演講、體操、音樂、游泳、射擊、爬山、越野等比賽常列前矛。可稱文武兼修。

軍人家庭清貧刻苦，弟妹等八員全賴她家教、兼課、獎金等收入及薪俸支持，得以順利渡過而全無怨言。結婚後與夫君合作無間，相扶相成，寒暑假期及退休後，夫婦從事兩岸學術交流，每年三、四次之多，夫妻各有著作發表，深獲學者肯定、讚慕。如東坡軍事思想、媽祖和平海洋文化、鄭和航海精神、孫子兵法深入研究，新作在文壇大放光芒，見諸兩岸報章雜誌。

李教授勤讀不倦，從副教授後再攻碩士。教授再讀博士，論文九十萬字，九十二分畢業。膝下兒女媳婿均是碩博士，她勤儉不懈，有為有守，既是賢妻良母又是學生褓母、婦女的典範，她應是一位下凡仙女！（羅海賢撰）

提　要

筆者投入唐宋八家探研，已十度寒暑。先由歐陽修「平易典要」之文入手，完成《歐陽修古文之研究》，繼軌由歐陽修、韓愈之文，而寫就《韓歐古文之比較研究》，次第搖筆行來，而以東坡文之探究殿後，蓋其文不惟「量」多，「質」亦超軼眾家。

本文之作，經邱師燮友悉心規劃、細心指引，遂奔走歐、美先進及海峽彼岸，努力鳩集文獻素材。積存浸積，數度易稿，遂搦翰和墨，慎重以作。

全文正論分為六章，先析分東坡詩文中儒、道、佛思想，再梳理其文學、美學，乃至生活藝術思想。而全文以佛、道思想較陌生，故先行攻「堅」。如第三章東坡詩文中之道家思想，費時甚長。而第六章詩文中之美學思想，時下雖甚流行，已涉及書、畫範疇。第二、五章言東坡詩文中之儒家、文學思想，雖熟在人口，然舉証匪易。至第七章生活藝術，則所涉尤廣，著筆不易，經梳爬其生平實踐，方理得其思想一、二。

東坡為繼歐陽修後，北宋詩壇領袖、文壇泰斗，其人品聲聞，世代相傳，為中國文化長河，繼往開來之關鍵人物。故其所為文，才一落筆成篇，即「四海傳誦」（《郡齋讀書志》），士林翕然。

東坡之文，其量甚夥，數近八千篇 —— 本文據《蘇軾文集》，有文 4733 篇，《蘇軾詩集》詩篇 2829，《東坡樂府箋》有詞 344 首。

人有思想，則主導言行，麾掃紙筆。東坡博學多才，論其思想，則有哲學、政治、經濟、史學、倫理、教育等。本文但就詩文中相涉較多之儒家、道家、釋佛、文學、美學、生活藝術六項思想，加以申析：

本文之作，除前言、後結外，共分六章，即：

二章　東坡詩文中之儒家思想，分由理論實踐以言 —— 其承孔子仁政治國理念，有內仁外

禮、誠、仁與氣之「獨善其身」；亦具政治、經濟、教育、軍事之「兼善濟世」。

三章　東坡詩文中之道家思想 —— 東坡思想以儒為主，然自貶謫黃州，政治失意，則思想多承道家為窮達物化、虛靜明、隱逸出世、安命隨緣等。

四章　東坡詩文中之釋佛思想 —— 東坡由好禪讀佛書、喜禪遊廟寺、參禪交方外，而由禪宗得養內之術，見諸詩文之釋佛思想，為早年習佛重理悟，宦海失意，則物我兩忘、形神俱泰。至晚歲悟禪理以處逆，悟道以入空寂禪境。

五章　東坡詩文中之文學思想 —— 以被貶黃州為界 —— 前半期創作為行道濟世之政論、史論；後半則眾體兼善。東坡承家學及才性，為文超邁眾家，故其文學思想甚夥 —— 寓道於文、辭達於意、自然成文、文尚新變、形神相依、風格多元。其思想實踐，輒見於其質量兼善之眾作中。

六章　東坡詩文中之美學思想 —— 東坡兼長詩文書畫，故其美學思想既源於時風、儒、道；亦來自書畫。自其思想、實踐以言，其美學思想在 —— 自然感興、寓意於物、成竹在胸、辭達口手、重至味、求神似。

七章　東坡詩文中之生活藝術思想

東坡一生俯仰，貶謫特多，故其生活層面甚廣。由其讀書著述、情誼美食、登臨、嗜好以言，其生活藝術思想在 —— 鎔鑄眾家而別出蹊徑，其應世處逆之道，正在好同容異、熱情生活、曠達閑適等。

綜而言之，由以上之析論，由東坡詩文析出之儒、道、釋與文學、美學、乃至生活藝術思想，雖為文士論，亦或有可觀者存焉。

本文由東坡詩文詞賦探析其所思所想之表徵有其獨到見解

本文係由東坡詩文詞賦諸作探析其所思所想之表徵洵具獨卓識見。

羅海賢

目

次

第一章　前言

東坡思想迭變而多豐，乃有其產生背景，以下試分述之：

一、東坡詩文思想產生背景

（一）政治上

唐代為安撫武夫降將，多授予節度使之職，致天下藩鎮四十餘，節度使幾遍國中。「永貞內禪」——順宗即為宦者迫退，由於宦者日與藩鎮狼狽，朝局氣數瀕絕。

經晚唐五代之混亂，宋太祖趙匡胤統一中原，鑑於晚唐中央政權旁落，特設轉運使，管理各路財賦，於是財政權盡歸中央。又以文臣補藩鎮之缺，各州強兵，升為禁軍，直隸三衙，州中但見殘弱廂軍，故成強幹弱枝之勢。繼又廢宰相實權——分由中書治民、三司理財、樞密主兵，各不相侵，則軍事、財政、司法大權亦皆集中央，形成積貧積弱之勢。

（二）社會上

北宋歷真宗、仁宗之百年休養生息，經濟繁榮。如：

張淏《雲谷雜記補編‧壽山艮嶽前記》謂：「徽宗築壽山艮嶽，所費以億萬計。」

此外，詩人詞客之流，更是狎妓酣歌，恣情享樂。如：

孟元老〈東京夢華錄序〉云：「太平日久，人物繁阜」、「新聲巧笑於柳陌花衢，按管調弦於茶坊酒肆。」「舉目則青樓畫閣，繡戶珠簾。雕車競駐於天街，寶馬爭馳於御路。」

魏泰《東軒筆錄》言：「（宋祁）多內寵，後庭曳羅綺者甚眾。」《詞林記事》中又言：

> 今讀〈山花子〉、〈別銀燈〉、〈西江月〉諸詞，想見一時主賓試茶勸
> 酒、競渡觀燈、伐柳看山、插花劇飲，風流跌宕，承平盛事。

其時自東漢入傳、宋代漸熾之佛教思想，與唐代崇信之道教思想，又與儒學相結合，而產生「理學」，是以東坡入世則取儒以濟世；失意則取佛、道以治心養壽，乃其時三教思想交融，因勢取需也。

（三）軍事上

宋雖中央集權，然對外則軟弱妥協。自其開國始，即遭遼、夏、金之入侵，至金人滅遼，揮戈南下，擄徽、欽二帝，國破家亡，妻離子散。康與之〈訴衷情令〉云：「豪華盡成春夢，留下古今愁」；又曾覿〈金人捧露盤詞〉云：「到於今，餘霜鬢。嗟前事，夢魂中。」姜夔〈揚州慢敘〉亦云：「予懷愴然，感慨今昔。」是以南渡後，弱宋遂主和，年納銀數十萬兩，絹數十萬疋，稱臣稱姪以求喘延苟安。

（四）文學上

軍政之軟弱，社會動亂，東坡〈上神宗皇帝書〉（文二／729）〔註1〕即具體以斥安石變法不足以救宋之積貧積弱，拯人、財、吏之不足。而反映於宋人陸游、辛棄疾、陳亮諸人詩詞中，尤為悲壯感傷。至南渡後，衣冠貴族、學士文人尤流連酣歌醉舞。周密《武林舊事》〈西湖遊幸〉所反映杭州繁華，幾過於當年汴京。即：「大賈豪民，買笑千金，呼盧百萬。」於燭光香霧，歌吹雜作中，眾客皆恍然如仙遊。孟元老〈東京夢華錄序〉亦言汴京繁亂之情。時宰相呂蒙正即云：「都城，天子所在，士庶走集，故繁盛至此。臣嘗見都城外不數里，飢寒而死者甚眾。」（《宋史》卷二六五）。

然而儒、道、佛三家思想融合而有「理學」，民間書院林立，印刷術轉精中，而文學上有古文運動之再次開展。又唐、宋古文運動為文壇盛事之一。其江海之勢，起伏兩朝，與助者眾，影響深遠。故古文運動之所以唐宋並稱、八大家之所以并列，其間必有若干之關連——如無韓愈引倡於前，古文難復

〔註1〕文二／729，即指孔凡禮點校《蘇軾文集》冊二、頁 729。而詩一／100 指孔凡禮點校《蘇軾詩集》冊一、頁 100。詞二／30，指龍楡生《東坡樂府》卷二、頁 30。下同。

其古；如無歐陽修承接在後，古文運動難底於成，東坡承繼，洵爲歐公之推助者。

北宋古文運動以倡古文、斥時文爲標的。如柳開〈再與韓洎書〉中即排斥具「五代文弊」之時文。穆修、尹洙等繼起，反對「晚唐體」、「西崑體」，中以石介〈怪說〉之斥其「破碎聖人之言，離析聖人之意」，最爲激烈。而歐陽修亦於〈蘇氏文集序〉中稱揚子美能不爲險怪苦澀之文。由是北宋古文運動至歐陽修遂取得決定性成功。

然細繹唐宋八家中宋六家之古文主張，又有所分殊：

歐陽修兼重儒家之道與事功之文，如言「道勝者，文不難而自至也。」（〈答吳充秀才書〉）。「中充實（道）則發爲文者輝光。」（〈答祖擇之書〉）反對「棄百事不關心」而欲「勤一世盡心於文字」（〈送徐無黨南歸序〉），而又重「事信言文」（〈代人上王樞密求先集序書〉）。其兼重爲文內容之「事信」與爲文技法之「言文」，爲面面俱到之文論體系。

其後曾鞏論文重道而輕辭章。於〈答李沿書〉中，即力主「志乎道」而反對「汲汲乎詞」。劉壎《隱居通義》即引朱子之以南豐爲法者，乃因其首明理學。

王安石論文重事功而輕文辭，於〈與祖擇之書〉中即言：「治教政令，聖人之所謂文也。」又於〈上人書〉中以「文似器」，但求適用；而「辭」似「器之刻鏤繪圖耳。」由是〈乞改科條制劄子〉中即主科考廢「聲病對偶之文」，而重《三經新義》，又重游士之說。

三蘇於北宋文壇，獨樹一幟，老泉之政論文重社會功用，子由之「文氣說」、「詩病五事」有助創作，而以兼詩、文、書、畫之東坡最能於質量兼及詩文中，呈現其獨特之思想。

東坡兼重爲文之功用、辭章（而略爲輕「道」）。如由韓愈「文以載道」，歐陽修兼重文道，老泉偏重文辭（《太玄論》以「得乎吾心」以衡文，自不同孔、孟以「善惡」衡文。又於〈史論〉中兼重經史。〈諫論〉中稱美游說文辭。）

東坡承前人亦重辭章，既於〈謝歐陽內翰書〉（文四／1423）中直道「罷去浮巧輕媚，叢錯采繡之文」，而以「追兩漢之餘，漸復三代之故」爲標的。又於〈眉山遠景樓記〉（文二／350）中，言通經學古之道在以「西漢文辭爲宗師」。於〈謝梅龍圖書〉（文四／1424）中言「不學時文，詞語甚樸，無所藻飾。」東坡且於〈進策·策略一〉（文一／226）中稱美「不能盡通於聖人」

之戰國諸子散文，又嘲弄但知鸚鵡學舌，重複孔孟之道之「世儒」。

是以東坡詩文思想，自與歐、曾、王，有所不同。

二、東坡其人其文

（一）生平略述──《宋史》卷338有傳。

蘇軾（1036～1101）字子瞻，一字和仲，又號「東坡居士」。眉州眉山（今四川眉山縣）人。生於仁宗景祐三年丙子十二月十九日，卒於徽宗建中靖國元年辛巳七月二十八日。〔註2〕其為人英傑奇偉，善議論有氣節，為文則四海傳講，下至閭巷田里，外及夷狄，莫不知名。由知人論世，故略述其人：

東坡雖生於「三世不顯」之家，至伯父蘇渙方進士及第。父老泉少不喜學，後發奮而屢試不第，故而改研古今治亂，培育東坡兄弟。東坡自幼聰慧，七歲知書，十歲能文。時其父洵宦遊四方，軾惟從母程氏讀，聞古今成敗，每能語其旨要，且以東漢范滂氣節自況，奮厲有當世志。弱冠，博通經史，屬文日數千言。好賈誼、陸贄、《莊子》諸書，遂心懷壯志，積極濟世。

嘉祐二年（1057）東坡22歲，以〈省試刑賞忠厚之至論〉（文一／33）試禮部，得主考歐陽修激賞，曰：「吾當避此人出一頭地。」仁宗亦以為子孫得一賢相。

東坡一生歷仁宗、英宗、神宗、哲宗四朝。

仁宗時應制科試，即以〈進論〉、〈進策〉，系統以言吏治革新，首在「任人」，而以豐財、強兵、擇吏為細目。（自不同王安石〈上仁宗皇帝書〉之重「理財」）。英宗時，東坡因「培養大器」但召至直史館。

神宗熙寧二年（1069）東坡34歲，〈上神宗皇帝書〉（文二／729）、〈再上皇帝書〉（文二／748），言新法不便，忤安石，外放杭州（今浙江杭州）通判，旋又徙密州（今山東諸城）、徐州（今江蘇徐州）、湖州（今浙江吳興）為知州。於諸州皆興水利、濟災民，頗有德政。元豐二年（1079）東坡44歲，因言新法之不便，托事以諷。於〈湖州謝上表〉（文二／653）自言「愚不適時，難以追陪新進；察其老不生事，或能牧養小民。」中「新進」、「生事」等言，刺痛變法者。安石黨人李定、舒亶，遂摭其詩以為訕謗，逮赴臺獄，

〔註2〕《東坡志林》云：「退之以磨蝎為身宮，而僕以磨蝎為命。」議者以先生生辰為丙子年、辛丑月、癸亥日、卯時生，水向東流，故才汗漫而澄清，然子、卯相刑，故晚年多難。

欲置之死，即爲「烏臺詩案」。幸神宗憐才，始以黃州（湖北黃岡）團練副使安置。東坡於黃州五年，躬耕自給，自號「東坡居士」。至元豐八年（1085）哲宗新立，始被召還，遷中書舍人，尋除翰林學士。元祐二年，兼侍讀。三年，權知禮部貢舉。然東坡於新舊兩黨夾擊中，請求外任。由杭州、潁州（今安徽阜陽）、揚州（江蘇揚州）而定州（河北定縣），一歲三遷。

　　哲宗親政‧於元祐八年（1093）復行新法，次年東坡又以譏刺先朝（神宗）而貶知英州（今廣東英德），未至貶所又貶惠州（今廣東惠陽）。乃至 62 歲猶遠謫儋州（今海南儋縣）別駕、昌化安置。

　　東坡一生從仕四十年，四分之三在外任之地，有杭州、密州、徐州、湖州、黃州、汝州、登州、潁州、定州、惠州、昌化、廉州，在朝任職，總計不及十年。故東坡謝世前不久所作〈自題金山畫像〉詩中憤慨以道：「心似已灰之木，身如不繫之舟，問汝平生功業：黃州、惠州、儋州。」則東坡以「奮厲有當世志」之曠世奇才，於弱宋王朝，但「一生九遷」，不能施展功業，惟於「風簷展書讀」中，留予後人詩文，咀嚼其英華，想見其人，得其啓發。

（二）東坡其文

　　東坡詩文究有多少，各家所言不一。詩、文、詞約有七千餘篇。〔註3〕即除《易傳》九卷、《論語說》五卷、《書傳》十三卷、《和陶詩》四卷、《東坡樂府》二卷。《東坡集》四十卷，《後集》二十卷、而其結集始於蘇轍爲兄軾作墓誌，言軾作有《東坡集》、《後集》、《秦議》、《內制》、《外制》、《和陶詩》等，與晁公武《讀書志》、陳振孫《書錄解題》所載並同。而別增《應詔集》，即成世所習稱之「東坡七集」者。《宋史‧藝文志》則載前後集七十卷，與〈墓誌〉異。故《東坡集》之傳世非一。

　　以下試略述其書之篇數：

〔註3〕 今考軾集宋世原非一本。邵博《聞見後錄》稱「京師本」，燬於靖康之亂。陳振孫所稱有杭本、蜀本。又有軾曾孫嶠所刊建安本行世。麻沙書坊《大全集》本。麻沙本、吉州本兼載《志林》雜說。乃至有細字小本、小字大本等，則軾集之風行、傳刻頗爲叢碎。然傳本雖夥，體例大要有二：一爲分集編訂者，乃因軾之原本原目而增益之，即陳振孫所云之「杭本」，自宋而明刊本猶然，而重刻久絕。另一爲分類合編本，則始於居世英刊，時以「蘇州本」最善，而今亦無存。本文據孔凡禮點校《蘇軾文集》並參以《四部備要》、《四部叢刊》及《四庫全書》《東坡全集》所列爲要。餘見王景鴻〈蘇東坡著述版本考〉，見《書目季刊》四卷二期。

篇數　東坡詩文集名稱	文	詩	詞	計	
《東坡全集》（《四庫全書》）	2642 篇	2548 首	13 闋	5190 篇	
《東坡七集》《四部備要》	2892 篇	2593 首	15 闋	6500 篇	
《四部叢刊》	《經進東坡文集事略》502 篇	《集註分類東坡詩》2155 首		2657 篇	
《蘇軾文集》（孔凡禮點校）	4733 篇			4733 篇	7906 篇
《蘇軾詩集》（孔凡禮點校）		2829 首		2829 首	中「賦」36篇,「小品」934篇。
龍榆生《東坡樂府箋》及唐圭璋《全宋詞》皆			344	344 闋	

第二章　東坡詩文中之儒家思想

東坡幼習儒術，欲以積極入世，故其前期詩文多有儒家思想；黃州後雖思想偏於道、釋，亦以所行實踐儒術。本章除導論、小結，分為四節——

首由時風、家學、前賢、一己析論，言其儒家思想之源。

次以基本理念、憂國重民、涵養倫理，稽古通古、育才致用、均民富國、安邊教戰，以言其思想內涵。

參接以基本理念、政治、倫理、歷史、教育、經濟、軍事，分言其於儒家思想之實踐。

而末歸納東坡對儒家思想之貢獻與影響。

第一節　導　論

東坡幼習儒術，本欲致君堯舜，用舍由時，然因反對新法，卒難為君用。然東坡生於儒學復興之宋代，時儒者力求經世致用，「務去理會政事，思學問見於用處」，〔註1〕又欲以半部《論語》治天下。〔註2〕

東坡志行為文，亦以儒家是尚。溯其早期儒家思想甚濃，或欲以鑽研儒典，以發一己獨見，如論《易》、《論語傳》、《書傳》；或欲以儒術儒議以論政。

東坡以儒者，方可以治天下。如〈儒者可與守成論〉（文一／39）即云：

〔註1〕 見《朱子語類》卷120〈訓門人〉條。

〔註2〕 見羅大經《鶴林玉露》卷七、「杜少陵詩」條：「臣（趙普）平生所知，誠不出此《論語》，昔以其半輔太祖定天下；今欲以其半輔陛下致太平。」（臺北：開明）。

　　　　夫武夫謀臣，譬之藥石，可以伐病，而不可以養生。儒者譬之五穀，

　　　可以養生，而不可以伐病。

故宋襄公以仁義伐人國；秦始皇焚詩書、以藥石養生，皆非也。

　　東坡積極用世之儒家思想，尤見於上奏君王之奏議、策論。如〈議學校貢舉狀〉（文二／723）則斥佛老，而重儒家。科考能得博通經術之「實學之士」，天下自幸矣。如取「莊周齊死生，一毀譽，輕富貴，安貧賤，則人主之名器爵祿廢矣。」如聯繫東坡晚歲視莊周為安慰貶謫之惟一所恃，益見其早年重儒之堅定。然東坡雖重儒，仍以儒反法，譏其用法不用儒者。如〈秦始皇帝論〉（文一／79）則直道秦皇用法不用儒曰：「始皇帝以詐力而并諸侯，……凡所以治天下者，一切出於便利，而不恥於無禮。」

　　又〈論商鞅〉（文一／155）謂商鞅用秦十年，變法定令，而成「家給人足」，然民卻「勇於公戰，怯於私鬥。」故東坡因之斥《史記》所述之罪有二——「論商鞅、桑弘羊之功」。「先黃老、後六經，退處士、進奸雄」，則司馬遷之撰史，乃「闇於大道」而取「戰國游士邪說詭論」，而稱美商鞅等之變法，卒為破國亡家者。由此「反法」思想之申延，正見東坡入仕後，何以力斥安石之變法。

　　又東坡早期之儒家思想包容甚多——《老子》、遊士等在內，而非純為先秦孔、孟之仁義等說。如：〈留侯論〉（文一／103）則稱美張良能「忍」，且以「忍」為劉邦勝項籍之關鍵。然「忍」之思想，乃由老子「柔弱勝剛強」、「守雌」之思想而來。

　　又〈賈誼論〉（文一／105）中，東坡即為賈誼「不善處窮」而致歎，又以為人君識見當知「有狷介之操」之大臣一不見用，則「憂傷病沮，不能復振」。東坡鑑於賈誼早夭，乃因不善處窮，而於黃州五年、嶺南七年之謫，則常服膺老子守柔思想，故其一生大局思想，並非全由儒家而來。

第二節　東坡儒家思想溯源

　　東坡生於儒、道、佛三家融匯之北宋，又一生九遷，思想大起大落，究崇儒？崇道？抑崇佛？實未可遽斷。何也？如由「忠君愛民」、「尊主澤民」言，東坡是為「大儒」，蓋其由儒起家而入仕，雖坎坷憂患，仍以儒家思想為主。

　　然又受老泉影響言《易》、受子由影響讀《莊子》，又憂患之來，則苦讀道藏、結交道門或隱者，故一生崇道養生。東坡曾讀《楞嚴經》，有「東坡居士」之號。通判杭州三年，又與佛印、參寥等釋子僧徒交往，然信佛不多。是以東坡思想始終以「儒」為主，雖徵引其他思想——如嬗變於莊學、或參證於禪佛，仍歸宗於儒學。

　　究東坡儒學思想究源於何？

一、時風師承

　　儒家思想於北宋，居於首。如時人由尊儒而重韓，歐陽修即以韓愈最能承儒。故於《崇文總目敘釋・儒家類》言尊儒曰：

　　　　仲尼之業，垂之六經，其道閎博，君人治物百王之用，微是無以為法。

　　既以儒學為準則，則由重韓而尊儒，東坡亦因崇師而尊儒，故於〈上梅直講書〉（文四／1385）中，即以歐陽修之為人「如古孟軻、韓愈之徒。」故「其容色溫然」，「其文章寬厚敦朴」。又於〈潮州韓文公廟碑〉（文二／508）中崇韓愈以「匹夫而為百世師，一言而為天下法。」是以宋儒之尊儒已為其時氛圍，東坡受此影響下，漸形成其崇儒之思想體系。

　　東坡又處於理學盛行之宋代，北宋五子，由承唐代孔孟之道性哲學及儒佛之重「心」，開展成理學體系，以萬物皆由「理」出，遂以「存天理，滅人欲」為宋代理學道德修養論要旨，於此背景下，東坡重「至誠」、「至仁」，則其來有自。

二、家學薰陶

　　據《宋史》本傳言東坡所受儒學薰陶，得自其母程氏，曾以東漢〈范滂傳〉為其行事典範，東坡此後無論順逆，皆能具凜然大節，或在此。

　　又東坡思想源自眉州之西蜀文化（自異於以汴京為中心之「中原文化」），蓋眉州士人，自唐之衰，其賢人皆隱於山澤之間，以避五代之亂（見《嘉祐集・族譜後錄下篇》），故東坡於〈眉州遠景樓記〉（文二／352）中，即以眉州具古風。試觀《蘇氏易傳》乃始作於老泉，東坡兄弟補作於後，由此漢唐遺風，則已見東坡具博古通經之家學基礎。東坡又於老泉督促下遍讀《左傳》、《史記》、《漢書》、《三國志》等史書，故能博古通經。

　　嘉祐五年，東坡以 25 篇策論應考，則已闇世事，而有深思極慮，裨有益

當世之作，故於其〈策總敘〉（文一／225）中，即斥漢代以降之世儒「皆泛濫於辭章，不適於用。」又於〈與王庠書〉（文四／1422）中，言「儒者之病，多空文而少實用。」故潘蒼崖評東坡〈論項羽范增〉曰：「子瞻祖其家學，氣燄赫奕，人多慕之。」其言是也。

三、取自先賢

東坡尙慕賢者，如子由〈亡兄子瞻端明墓誌銘〉（《欒城後集》卷 22）即言東坡「好賈誼、陸贄書。」〔註3〕

東坡以賈、陸二人爲典範，建構一己之政治藍圖。觀其於嘉祐元年（1061）赴京應考時所作〈沁園春・孤館燈青〉所展現之政治理想，爲：

> 當時共客長安，似二陸初來俱少年。有筆頭千字，胸中萬卷，致君堯舜，此事何難？」（詞一／58）。

由子由〈東坡墓誌〉及《宋史》本傳，賈誼、陸贄於東坡影響殊深，蓋賈誼雖有超卓「王者之才」，惜不能守儒家所謂君臣相處之人際，但「默默以待其變」，故而「自殘至此」。

而陸贄亦才本王佐，言合於道德，能「聚古今之精英，實治亂之龜鑑。」（〈乞校正陸贄奏議上進劄子〉（文三／1012））。〈答虔倅俞括一首〉（文四／1793）亦言其具「仁人君子之至情」，是以得東坡之敬愛。

此外東坡思想亦源自其他儒者，如：

孔子——東坡〈論孔子〉（文一／149）中，言孔子之「一以貫之」，乃以「仁」而貫通政治之禮樂刑政、學藝百氏之書，與百工技藝、四海九州之事，故能「博學而不亂，深思而不惑」，終能「治列國之君臣，使如《春秋》之法者。」東坡又於〈孟子論〉（文一／96）中，稱美孔子治政氣概與才能，又言孟子能承孔子統要，而守之以「義」，即孔子重「仁」（即「人倫」），即善於人際（抑制自我、協調自我）；孟子益推衍其義。故東坡於〈上梅直講書〉（文四／1385）中云：「執事愛其文，以爲有孟軻之風。」

故潘蒼崖評東坡〈項羽范增論〉，謂東坡之學「要之自六經出，則源深而流長，人見其正大溫粹，不知其所養者本也。」

〔註3〕賈誼，據《漢書》卷 48〈賈誼傳〉，賈誼爲漢文帝時「通諸家書」之士，欲以儒治國，爲漢朝定官名法令與禮樂之博士。陸贄，爲唐德宗時以儒學爲宗，臧否時政之名臣。

四、一己融貫

　　東坡年少，為赴考而讀儒典甚多，尤於老泉督促下遍讀《左傳》、《史記》、兩《漢書》、《三國志》等史書。觀《蘇軾文集》3～5卷中，52篇論文，皆其讀史書之所得。其中多涉及君、臣之道。如論「君」者有〈秦始皇帝論〉（文一／79）、〈漢高帝論〉（文一／81）、〈魏武帝論〉（文一／82）等；論及大臣者有〈伊尹論〉（文一／84）、〈周公論〉（文一／85）、〈孟子論〉（文一／96）、〈荀卿論〉（文一／100）、〈留侯論〉（文一／103）、〈賈誼論〉（文一／105）、〈霍光論〉（文一／108）、〈論商鞅〉（文一／155）等。〔註4〕

　　如其言儒家之「禮」、「致用」：

（一）禮

1.禮之要

　　東坡以「仁」為儒學思想軸心；又以「禮」為「仁」之外在道德規範、行為準則。《禮記・哀公問》言孔子重「禮」，言「禮」不惟可以「節天地之神」，亦可以辨長幼之位、別父子之親、婚姻之交。東坡承之，以「人本」釋「禮」。於〈禮以養人之本論〉（文一／49）中言「禮」重「和平簡易」，不同於「法」之「慘毒繁難」。故禮之內涵在「明天下之分，嚴君臣、篤父子、形孝弟而顯仁義也。」

　　東坡承之，而於〈仁說〉（文一／337）申言孔子「克己復禮」、孟子言「仁者如射」，皆以君子如求仁不獲，可退而反於禮，則仁不可勝用也。

　　東坡之承孔子之「禮」觀念，嬗變闡發，於〈學士院試春秋定天下之邪正論〉（文一／38）中，由孔子論三代之盛，在於禮之能定人倫之位，歸之於「有禮則生，無禮則死。」且以《春秋》為「禮義之大宗。」

　　又〈學士院試孔子從先進論〉（文一／37）謂「先進於禮樂，野人也；後進於禮樂，君子也。如用之，則吾從先進。」即孔子願進「禮樂」治國，而不願示好君王。蓋諸侯大夫之見君，每言王霸富強。而孔子之見君，則首重以禮樂治國，而非急求於有功而示好君王。

2、禮緣「人情」

　　東坡釋「禮」，則由「人情」出發，而非由政權統治者言——以「禮」制

〔註4〕其中〈上初即位論治道二首〉、〈思治論〉等少數論文，作於考試之後；多數作於考試之前。

人自由。東坡於〈禮以養人為本論〉（文一／49）中，則以「禮」乃「緣諸人情」而生之節文，此其一。

又「禮」乃君臣上下制日用、約行為之共同標準，不同儒家之拘泥於繁文縟節，此已突破儒家思想之體系者。即今儒者之言禮者：

> 以為禮者，聖人之所獨尊，而天下之事最難成者也。牽於繁文，而拘於小說，有毫毛之差，則終身以為不可。論明堂者，惑於〉考工〉、〈呂令〉之說；議郊廟者，泥於鄭氏、王肅之學。

此一「終身以為不可」之人為禮教，自束縛人之自由，是以東坡力主宜由「禮以養人」為本，重視培養人之處世品格，即所謂「明天下之分，嚴君臣、篤父子、形孝悌而顯仁義也。」

「禮」既是調節人際感情交流之道德規範，孔子即以定《春秋》為例，以言「禮」可以辨明人際邪正，如三代盛衰皆可由「禮」之成廢以定，即〈學士院試春秋定天下之邪正論〉（文一／38）中所謂：「君臣、父子、上下，莫不由禮而定其位。至以為有禮則生，無禮則死。」此其二也。

3、「禮」隨時代而遞變

東坡於〈禮論〉（文一／56）中言：商周時人之行禮「安於禮之曲折，而其心不亂」，蓋由深思禮節，盎然而發。至北宋，雖習古代俯仰揖讓之節，而苦其紛亂，故行禮不中節，拱手而不知所為。又「三代之時，席地而食，是以其器用，各因其所便，而為之高下大小之制。今世之禮，坐於牀，而食於牀上，是以其器不得不有所變。」故由環境更易，禮之內涵、制定，亦有所不同。

4、以「禮」定歷史

東坡於〈學士院春秋定天下之邪正論〉（文一／38）中云：「《春秋》之所褒者，禮之所與也；其所貶者，禮之所否也。」此即言《春秋》之據「禮」而斷褒貶。亦《禮記》所謂：「禮者，所以別嫌、明疑，定猶豫也。」即天下之邪正，君子之疑慮，皆可由禮而定之。

（二）文求致用

儒家之文，既求致用，乃以仁政天下為尚。茲以東坡《志林》論古十三首中所論，例舉如下：

〈論孔子〉（文一／149），此篇言孔子以羈旅之臣，得政危難，然能舉治世之禮於魯——卻女樂、墮名都、出臣藏甲，用以律季氏之亡國。故東坡評

孔子重儒家之禮以爲國曰：「見於行事，至此爲無疑矣。」文末復引《左傳》哀公十四年齊陳常弒其君壬子舒州，孔子三請哀公鳴鼓而伐之。故東坡直斷孔子之聖，在能引《春秋》伐亂臣賊子云：「吾是以知孔子之欲治列國之君臣，使如《春秋》之法者，至於老且死而不忘也。」

〈論始皇漢宣李斯〉（文一／159），旨在析論秦朝速亡，端在始皇之「法重威行」。東坡藉此以諷後世之「窮兵黷武」，故《唐宋文醇》云：「用宦寺、任法律之禍，毒痛四海，卒乃身受。」（卷43，葉56）

〈論武王〉（文一／137），旨在數落「武王，非聖人也。」文由孔子嚴家法（以定國之存亡、民之死生）立論，故以孔子之論武王有至德（言能事殷）而未盡善。蓋武王克殷而封紂子武庚、祿父，又使其弟管叔鮮、蔡叔度相之，致遺禍，必待周公討之。文末又引周公〈無逸詩〉，但言四哲，未及武王。則全篇端自儒家著筆，以評武王之「以黃鉞斬紂，使武庚受封」之欠當。

由以上各篇之言，東坡之論古，誠如方東美言，於思想脫後，仍需迴向人世，始終據儒家積極致用。〔註5〕故陳華昌以東坡早年之作，並無消極思想。〔註6〕

即方東美進言謂東坡論古之基調，正在迴向現實之儒家致用。〔註7〕

第三節　東坡儒家思想內涵

一、基本論點

東坡之儒學思想，涵蓋以下之基本理念：

（一）仁

「仁」爲儒家思想之核心，而「仁」以「人本」思想爲基礎。東坡之釋「仁」，由《易》中啓發，其〈形勢不如德論〉（文一／47）中引《易》言：「神而明之，存乎其人。」以人存則德存，德存則安固。

又於〈子思論〉（文一／94）言「聖人之道，造端乎夫婦之所能行」，故

〔註5〕方東美言曰：「大思想家的精神轉捩點，首先就是要超脫解放。其次，則是在超脫解放達於最高度的時候，還要再迴向人間世。」方文見《原始儒家道家哲學》頁253，臺北：黎明。

〔註6〕陳華昌〈詩情與哲理的交響曲〉云：「消極的情感，在他的散文作品中，並沒有成爲主調。」，文載《蘇軾研究論文集》（四），四川文藝出版社。

〔註7〕參見拙著〈蘇東坡志林論古十三首之研究〉，《屏師院學報》第九期，民國83年。

「惻隱足以爲仁」、「羞惡足以爲義」，則「仁」、「義」之行，人人可得。〈與章子厚一首〉（文六／2496）：「不仁而可與言，則何亡國敗家之有？」則治國當以「仁」爲先。

又東坡釋《書》義時，於〈視遠惟明聽德惟聰〉（文一／166）言「仁」即視聽合「禮」，所謂：「各視其所當視，各聽其所當聽。」

則東坡言「仁」之內涵，乃承孔子所謂「仁者，人也」，人人得而行之。其行乃基於人本，內在求自重重人；外在又能以「禮」約制，則「仁」不可勝用。故東坡儒學思想乃承先聖先賢，以「仁」爲核心。

東坡又進以「仁」爲事物發展原則，於〈御試重巽以申命論〉（文一／34）中云：

> 夫發而有所動者，不仁則不以可久，不順則不可以行，故發而仁，
> 動而順，而巽之道備矣。

東坡以「巽以申命」爲事物發展原則，蓋巽卦配風、木，以言事物之發展多變，變而不窮，乃以「仁」爲準則，方能自然發展，此之謂「巽以申命」。

東坡又於〈記先夫人不殘鳥雀〉（文六／2374）中言先夫人之「仁」在愛鳥，末以「苛政猛於虎」作結，寓意在治天下唯應順乎人情之「仁」。即由「仁」而「仁政」。蓋「仁」可使天下相通爲一也，即〈策別·課百官三·決壅蔽〉（文一／245）所謂「仁」可以使「天下爲一身」。

（二）性　論

東坡以人人之「性」皆同，爲聖人、小人皆有共同之人性。

東坡以「性」、「道」爲一，乃表現於不同場合之不同形態。蓋《中庸》曰：「天命之謂性」。《易·繫辭傳》曰：「一陰一陽謂之道，繼之者善也，成之者性也。」性命之說爲儒家重要理論，然「性」與「道」甚爲抽象，東坡即將性命之說與《中庸》、《易·繫辭傳》相連而加以修正補充。如據《易》言「窮理盡性」爲處事原則，東坡則於〈乃言底可績〉（文一／165）中言「窮理盡性」可「得事之眞，見物之情。」

東坡進言「性」之實質。東坡於〈揚雄論〉（文一／110）中否定孟子言性善、荀子言性惡、揚雄言善惡混，進又否定韓愈言性之三品論——「中人可以上下，而上智與下愚不移。」如東坡又於〈韓愈論〉（文一／113）中評韓愈「三品」說於理不精，蓋其理論源自「天命觀」，以聖賢才能出於天受。東坡且斥其時之論「性」，誤以「仁義禮樂皆出於情而非性」，而東坡則以「情」

由「性」出，受「性」之制約。東坡又於〈揚雄論〉（文一／110）中，申言「性之不能以有夫善惡，而以爲善惡之皆出乎性。」則東坡以「性」爲聖人小人所共有。故飲食男女，七情六欲皆性之所能，而非性所固有，「性」並無善惡，乃出於聖人之「私說」（即統治者，乃據一己需要，而強加之以善惡）。

「性」與「才」不同：

「性」爲人所共通一致，「才」則有高下。如木之生，得土、風、露，則茂，乃性也。故孔子分人之「才」爲上、中、下三品，但並未言「性」。韓愈承之，混言情、性皆有「善惡」，其理非眞。即〈揚雄論〉（文一／110）所謂：

> 孔子所謂中人可以上下，而上智與下愚不移者，是論其「才」也。
> 而至於言性，則未嘗斷其善惡，曰「性相近也，習相遠也」而已。
> 韓愈之說，則又有甚者，離「性」以爲「情」，而合「才」以爲「性」。
> 是故其論終莫能通。

（三）兼重名實

溯歷來儒者之言名實，多「重名輕實」；道、佛之言則反之。東坡於〈韓非論〉（文一／102）中云：

> 太史遷曰：「申子卑卑，施於名實。韓子引繩墨，切事情，明是非，
> 其極慘礉少恩，皆原於道德之意。」

東坡兼重名實，以之言爲「人」、「君臣」及至「用人」。以下試析論之：

東坡言名實之一統，不在地位貴賤，而在其人才品。故曰：

> 知貴之不如賢，故趨於實。使天下不爭而趨於實，是亦足矣。

使天下貴賢趨實，則社會自有好風尙。而〈正統論三首其一〉（文一／120）又以賢君重實，不在乎正統，曰：

> 使夫堯舜三代之所以爲賢於後世之君者，皆不在乎正統。故後世之
> 君不以其道而得之者，亦無以爲堯舜三代之比。於是乎實重。

東坡由國家「正統」以闡析名實觀而重實輕名，予社會倫理觀有正確導向。

又東坡以名實言正統之君，需名、實、德、位相符，即〈正統論三首其一〉（文一／120）中云：

> 不幸有天子之實，而無其位；有天子之名，而無其德，是二人者立
> 於天下，天下何正何一？…（蓋因）名輕而實重。不以實傷名，故
> 天下不爭。名輕而實重，故天下趨於實。」

東坡又將「君」置於「人」之地位以言君臣間亦當求實。即〈策略五〉（文

一／237）云：

> 創業之君，出於布衣，其大臣將相，皆有握手之歡，……（皆能）知
> 其才之短長，……（而後世之君則）生於深宮之中，而狃於富貴之
> 勢，尊卑潤絕，而上下之情疎，禮節繁多，而君臣之義薄。……聖
> 人知其然，是以去苛禮而務至誠，黜虛名而求實效，不愛高位重祿
> 以致山林之士，而欲聞切直不隱之言者，凡皆以通上下之情也。

東坡又由「實」言用人，故斥三代後之「僞儒者」不能務實，故不得格
高之人材，即於〈策別·安萬民一〉（文一／253）中斥其「皆好古而無術，
知有教化而不知名實之所存也。」蓋「有名而無實，則其名不行；有實而無
名，則其實不長」，言有名而無實，必致見利而忘義，人際關係成虛。

又東坡以名實並重徵用人才，故於〈策別·訓兵旅〉（文一／273）中言
求「將才」先以「名」召而用之，又以「實」而考之，即所謂：

> 不先其名，而唯實之求，則來者寡。來者寡，則不可以有所擇。先
> 之以無益之虛名，而較之以可見之實。庶乎可得而用也。

又〈與李方叔書〉（文四／1420）亦有類似之言曰：

> 賢者則於稠人中譽之，或因其言以考其實，實至則名隨之，名不可
> 掩，其自爲世用，理勢固然，非力致也。

綜而言之，東坡之言「名實」在重實輕名——「黜虛名而求實效」。

（四）兼重人治、法治、時治

東坡由《中庸》以言代表政權之「法律」。

東坡首於〈策別·安萬民二〉（文一／256）中析論秦漢以降，何以多故
而難治？即在法制混雜、仁政不施，「民不愛其身，則輕犯法。」人若由「仁」
之思想以出，結合「法」、「倫理」，則父子親、兄弟和、妻子相好。言由民之
自愛其身及其家人，則不致「以其身輕犯法」。

東坡進而分析宋朝不循法之情況，即於〈賞功罰罪之疑〉（文一／204）
中，以其時「天下不知所從，而上亦眊亂而喪其所守」，常使無功之人有德爵，
無罪之人誅以某惡。又何能去其積弊！以下試析論之：

1、重「法」

東坡重「法」，故於〈策別·課百官〉六篇之首即言厲法禁。（文一／240）
如《宋史·曹勛傳》卷三七九言「藝祖有誓約，藏之太廟，不殺大臣及

言事官，違者不祥。」不殺言事官，則使臺諫暢所欲言，猶可說。至於不殺大臣，則有失法律公平性。

而東坡力陳厲法禁曰：

> 昔者聖人制爲刑賞，知天下之樂乎賞而畏乎刑也，是故施其所樂者，自下而上。民有一介之善，不終朝而賞隨之。……施其所畏者，自上而下。公卿大臣有毫髮之罪，不終朝而罰隨之，是以上之爲不善者，亦足以知其無所有不罰也。……鹵莽於公卿之間，而纖悉於州縣之小吏。用法如此，宜其天下之不心服也。……故曰：厲法禁自大臣始，則小臣不犯矣。（文一／240）。

此言如信賞必罰，太子犯法與庶民同罪，即厲法禁能自大臣始，則天下服矣。

哲宗元祐時，東坡又以嚴厲之詞，重申此旨，於〈呂惠卿責授建寧軍節度副使本州安置不得簽書公事敕〉（文三／1100）云：

> 元兇在位，民不奠居；司寇失刑，士有異論。稍正滔天之罪，永爲垂世之規。具官呂惠卿，以斗筲之才，挾穿窬之智；諂事宰輔，同升廟堂。樂禍而貪功，好兵而喜殺；以聚斂爲仁義，以法律爲詩書。

2、兼重人治、法治與時治

如：〈策別‧課百官二〉（文一／243）中即云：「夫法者，本以存其大綱，而其出入變化，固將付之於人。」

〈私試策問‧人與法並用〉（文一／219）中必「人法並用，輕重相持」，此言任人則法簡，人求苟免；如任法則法繁，人不可信。必二者兼具。

東坡又進言治法、治人外亦需「時治」，何謂「時」？即社會環境、人心趨向。故東坡於〈應制舉止兩制書〉（文四／1390）中列述歷代盛衰，言周以「苟媮」，秦以「貪利」、而漢以「柔懦」、東漢以「矯激」：

> 周之衰也，時人莫不苟媮而不立，周雖欲其立，而不可得也，故周亡。秦之衰也，時人莫不貪利而不仁。……西漢之衰也，時人莫不柔懦而謹畏，故君臣相蒙，而至於危。東漢之衰也，時人莫不矯激而奮厲，故賢不肖不相容，以至於亂。夫時者，豈其所自爲邪？王公大人實爲之。

由是則欲社會淳厚，人人守法，必兼人治、法治與時治。

欲人人守法，先決條件在法律前人人平等，如是方可服民心。加之執法嚴，則人人趨於守法，即策別‧課百官一〉（文一／241）中云：曰：「厲法禁

自大臣始，則小臣不犯矣。」由歷代法治歷史而言，如「舜誅四凶而天下服，何也？此四族者，天下之大族也。」所謂「用法始於貴戚大臣，而後及於踈賤」，何也？犯法者「其位愈尊，則其所害愈大，其權愈重，則其下愈不敢言。」如「刑上大夫」，「大臣益以畏法，何者？其心以爲人君之不我疑，而不忍欺也。苟幸其不疑而輕犯法，則固已不容於誅矣。」是以「厲法禁」當「自大臣始，則小臣不犯矣」，如是，天下自心服。

3、立法、執法

而風俗淳厚端正，在乎能立法、執法。東坡雖不贊成商鞅、韓非之峻刑酷法，然卻稱美其執法之嚴。如〈應制舉上兩制書〉（文四／1390）中謂先立法，則人「不敢用其私意，而惟法之知。」然人人能循法，亦恃於執法者能依法而行，如是「人與法並行而不相勝，則天下安。」

厲法禁——〈策別・課百官一〉（文一／240）言天下人知「無有不賞」、「無有不罰」，則民心自能歸服。

又執法如山之同時，亦必究違法，使法禁易行。

東坡於〈策別・安萬民六〉（文一／265）中言執法當主動追究，使小姦惡人不能「巧爲規避」，則三患（大臣之變、諸侯之叛，匹夫羣起之禍）可除也。又如欲治平天下，必「分別是非，以行賞罰，然後善人有所恃賴，平人有所告訴，若不窮究曲直，惟務兩平，則君子無告，小人得志，天下之亂，可坐而待。」（〈述災沴論賞罰及修河事繳進歐陽修議狀箚子〉（文三／823））。

則東坡之法治精神乃綜合眾家之言，由結合倫理，兼及人治、時治，執法自大臣始、違法必究等，皆具獨卓識見。

又東坡法治思想、仁政思想合而爲一，如何從公核實，如何三寬三捨（「三寬然後制邦辟，三捨然後施刑章。」），東坡時在念中。蓋「念罰一非辜，則民情鬱而多怨；法一濫舉，則治道汩而不綱。」「秦氏之峻刑，喪邦甚速」，力主刑德相濟，生殺得當（〈三法求民情賦〉（文一／26））。

東坡以忠義之心而「遇事有可尊主澤民者，便忘軀爲之，禍福得喪，付與造物。」（〈與李公擇十七首其十一〉（文四／1500）），則東坡由「人本」而言「尊主澤民」之仁政，亦法治思想之歸宿。

（五）中 庸

《中庸》爲孔門學說之形上及修德方法論——其不偏不倚、無過、無不

及。東坡此想，前有所承。如：

《禮記‧中庸》言：「執其兩端，用其中於民。」《論語‧堯曰》：「允執其中」，皆爲調和事物之方法。

然如何可以「致中庸」？《論語‧雍也》云：「中庸之爲德也，其至矣乎！民鮮久矣。」

《禮記‧仲尼燕居》，孔子言於子貢曰：「禮所以制中。」則「中庸」可用「禮」調和。

東坡有〈中庸論〉三篇（文一／60），具體表現東坡重儒家思想，欲能一正昔儒之曲解。故〈中庸論〉之重要，子由即於〈欒城遺言〉云：「東坡遺文，流傳海內，中庸上、中、下篇。」今《後集》不載此三論，誠爲闕典。是以《中庸論上》（文一／60），以聖道之難明、難知，在後世之儒「相欺以爲高，相習以爲深」，則聖道遂成「不可知之文」。東坡反對將子思《中庸》視爲「性命之說」，而以《中庸》乃孔子未完成之遺書，爲談人格美、求務實之生命哲學。其主要內容有三：

其始爲論「誠明之所入」，內心誠自具人格美，唯聖人方能「樂之（中庸）；賢人之所由（聖人）以求誠者也。」

次論聖人之道所從「始」，而至於其所「極」（即「道」之始極（來龍去脈）。如由本而觀之，聖道「皆出於人情」。）

再次言《中庸》之內涵，東坡以平易語釋之此生命哲理〔註8〕：「君子之中庸也，君子而時中」，即孟子所謂之「執中」。亦《策略四》（文一／235）所概括之「盡萬物之理而不過」。

是以東坡既反對王安石變法之激進，亦反對司馬光一味之復舊，皆求出於誠明，本乎人情，又能「盡萬物之理」，亦即能求合乎「中庸」。亦〈策略四〉（文一／235）云：「所謂中庸者，盡萬物之理而不過，故亦曰皇極。夫極，盡也。」

細繹東坡之釋《中庸》要義爲：

（1）「樂」爲人格修養最高之境界：所謂「《記》曰：『自誠明謂之性；自明誠謂之教。誠則明矣，明則誠矣。』」

　　《中庸》原爲《小戴禮記》之一，「記」即指《中庸》。

（2）所謂「誠」，指內心之誠實；所謂「明」，指明察事理。故由「誠」至「明」，爲天賦本性；而由「明」至「誠」，則恃後天教化，故「明」、

〔註8〕朱子《四書集註》以理、心性、天命以釋《中庸》，似較難。

「誠」二者相輔相成，「誠明」為人所必具之道德準則。

（3）又東坡以「誠」即是「樂」。何謂「樂」？東坡借孔子之言以詮釋：

子曰：「知之者，不如好之者，好之者，不如樂之者。」

孔子所言之「樂」，楊伯峻釋為「因之醉心於其中」，即言由自我修養而臻「自得其樂」之「境」。

（4）由明、誠而至「樂」：

「樂」既為人生最高境界，「知」為次一境界，即洞悉事物之理，不如「樂」在其中。然如由內心坦蕩之修養，歸於天性，亦可至「中庸」之境。即所謂「誠者，天之道也；誠之者，人之道也。不勉而中，不思而得，從容中道，聖人也。誠之者，擇善而固執者也。」

二、憂國重民

東坡本傳，既言其議論之卓犖、文章之雄雋、政事之精明外，特重其閎偉之器識。即：「行足以遂其有為之志氣」。又：「自為舉子，至出入侍從，必以愛君為本，忠規讜論，挺挺大節，群臣無出其右。」又〈與滕達道書六八之廿〉（文四／1481）云：「雖廢棄，未忘為國家慮也。」〈與李公擇書十七首其十一〉（文四／1500）亦云：「遇事有可尊主澤民者，便忘軀為之。」

則東坡之得道處窮，皆具儒家憂國致世之思想。且東坡之憂國致用思想，尤於憂患中彌堅。如〈與鄭靖老二首之一〉云：「《志林》竟未成，但草得《書傳》十三卷。」其所治儒典有《易傳》、《論語說》、《書傳》等。〔註9〕又由〈墓誌銘〉稱其「既成三書，撫之歎曰：『今世要未能信，後有君子，當知我矣。』」足見東坡自我期許之深。

至憂國重民思想安在？以下試分言之：

（一）承孔子行仁政

「仁政」乃儒家傳統之政治理念，孔子由「仁」而推及仁政，《論語·陽貨》即載孔子仁政之理念在「恭、寬、信、敏、惠」，其內容在「恭則不侮，寬則得眾，信則人任焉，敏則有功，惠則足以使民。」

東坡欲由重教化、省刑罰、薄稅賦、厚施予等德政，以改善百姓生活。

〔註9〕見〈與滕達道書之十五〉、〈上文潞公書〉、〈與王定國書〉、〈與鄭靖老二首之一〉、〈與李之儀五首之一〉、〈答蘇伯固三首之二〉等。

東坡政治理念即本諸儒家仁政理念。由審時度勢知宋政之弊，不斷深化審思，卒結出以「仁政」爲中心之「憂國重民」政治思想。

東坡第一篇科場文字〈省試刑賞忠厚之至論〉（文一／33），歐陽修即賞其豪邁，梅聖俞賞其雄俊。楊萬里《誠齋詩話》即載錄歐陽修之驚嘆：「此人可謂善讀書，善用書，其人文章必獨步天下。」〔註10〕

東坡此文之受稱美，非僅筆法過人，而在能表出一己仁政思想在行「君子長者」之仁政——即「堯、舜、禹、湯、文、武、成、康之際，何其愛民之深，憂民之切，而待天下之以君子長者之道也。」即能賞善罰惡，則天下相率歸於仁。

（二）仁政基礎在民本

東坡〈策別・訓兵旅二〉（文一／276）中云：「民者，天下之本；而財者，民之所以生也。」

蓋民心乃社會發展、國家安定之基礎，故東坡又於〈上神宗皇帝書〉（文二／729）中云：「復人心而安國本。」又接言：「天下歸往謂之王，人各有心謂之獨夫。由此觀之，人主之所恃者，人心而已。」又設喻言民心之於君「如木之有根，如燈之有膏，如魚之有水，如農夫之有田，如商賈之有財。」是以欲行政，必先觀「眾心之向背」（〈再上皇帝書〉（文二／748））。東坡又於〈議學校貢舉狀〉（文二／723）中，言民心之要，在民、軍、吏、士四者，失四者之心，則「足以生變」。

東坡又以仁政之行在君王。如〈既醉備五福論〉（文一／50）中云：「君之所向，天下趨焉。」「視民如視其身，待其至愚者如其至賢者。」

如何可以「仁治」？東坡以君王當以百姓之利爲先。如〈上初即位論治道二首〉（文一／132）中言君當「視臣如手足，視民如赤子，戢兵，省刑，時使，薄斂」六者爲要。

（三）仁政之具體措施

東坡又重具體可行之政治措施，元豐二年（1079）東坡上神宗〈乞醫療病囚狀〉（文二／763），建議予民及時醫治——言各州縣宜置專掌醫療病囚之

〔註10〕歐言見陸游《老學庵筆記》，中華書局，1979年一版，第102頁。
　　　　梅言見葉夢得《石林燕語》，中華書局，1974年版。
　　　　楊萬里《誠齋詩話》，見丁福保《歷代詩話續編》（上）。

醫人等人，由是「可以全活無辜之人」無數，此正爲「感人心，合天意」仁政之具體措施。

東坡又力倡政治革新：

（1）官吏貴廉──〈六事廉爲本賦〉（文一／28）即以「舉其要分，廉一貫之」，以「爲官廉潔」當爲行政之要。欲官之清廉，東坡又提出革弊之法，即於〈策別・課百官五〉（文一／250）言重罰贓吏。蓋貪官常連坐，又「劫良民以求苟免耳」，故必早除此「求取漁利，靡所不爲」之貪官。

（2）減少皇族浮費。東坡於〈御試制科策一道〉（文一／289）中言朝廷之費，除貪官、二虜邊患外，則爲後宮之金玉錦銹，其費常「不下一敵國。」

（3）削冗官──宋弊在才者常用、不才者常閒，如何澄清？即〈御試制科策一道〉（文一／289）中所謂「審官吏部與職司無法之過」。如考核外遷，應留意官職難易，與地區遠近，使難者常速、易者常久，或將「有才者」置於關鍵地位等考量。

東坡又於熙寧四年二月〈上神宗皇帝書〉（文二／729）言唐代「以勞苦之人三，奉坐待衣食之人七」，宋則在驕兵冗官之弊積成，所謂：「一官而二人者無事而食」、「其蒞官之日淺，而閒居之日長」，則爲用人之大弊也。

（4）裁世襲任子制──東坡〈上神宗皇帝書〉（文二／729）言朝廷以「特蔭」、「恩蔭」、「奏蔭」以便皇親國戚、官僚子弟等，甚不合理，必早予裁減。故東坡即承韓琦、富弼等人，於〈范景仁墓誌銘〉（文二／435）中亦云：「議減任子及每歲取士，皆公發之。」惜又受各種制約難行。

或以東坡思想出自儒家，必然力主「忠君愛民」，然又未必。東坡密州收棄嬰、徐州救洪水、杭州浚西湖、嶺南爲民療疾，皆有利民思想，或以皆出於儒家，亦未必。〔註11〕蓋其時儒、道、佛三家未嘗不「忠君愛民」，如高僧、道士，時出入宮廷，佐君惠民，惟其方向、程度有所不同。而東坡早年有儒家積極入世思想，惜爲時不長。但仍斥儒者科考之多空文少實用。

（四）重用人

東坡於〈策略〉、〈策別〉中五言「用人」。又於〈策斷〉中言「無吏」爲宋積弱之三患之一。以下試詳述之：

1、官吏不可屢易──立法與任人

─────────────

〔註11〕劉維崇《蘇軾評傳》第五章，黎明。

東坡直陳時弊，首於用人「以一人之言進之，未幾又以一人之言疑之。」（《涑水記聞》卷五）而決策上，則是「今日一人言之，以爲是而行；明日一人言之，以爲非而止。」（《宋史・程振傳》）

東坡〈策略五之三〉綜而言之：

> 夫天下有二患：有立法之弊，有任人之失。二者疑似而難明，此天下之所以亂也。當立法之弊也，其君必曰：「吾用某也，而天下不治，是某不可用也。」又從而易之。不知法之弊，而移咎於其人。及其用人之失也，又從而尤其法。法之變未有已也，如此，則雖至於覆敗、死亡相繼而不悟，豈足怪哉？（文一／231）。

故東坡所言之治國通則在 —— 法令不可屢更、官吏亦不可屢易。

2、用人久任 —— 專任使

此東坡針對宋制官吏未能久任其職而發，蓋吏能久職，自可駕輕就熟。故東坡言用人在「專任使」，〈策別，課百官六之四・專任使〉曰：

> 竊以爲今省府之重，其擇人宜精，其任人宜久。凡今之弊，皆不精不久之故。
>
> 夫以省府之繁，終歲不得休息，朝廷既以汲汲而去之，而其人亦莫不汲汲而求去。
>
> 今天下之吏，縱未能一概久而不遷，至於省府，亦不可以倉卒而去。
>
> 吏知其久居而不去也，則其欺詐固已少衰矣。而其人亦得深思熟慮，周旋於其間，不過十年，將必有卓然可觀者也。（文一／248）。

此即陳亮〈孝宗皇帝第一書〉（《龍川全集》上卷一）：「藝祖皇帝一興，而四方次第平定，藩鎮拱手以趨約束，使列郡各得自達於京師，以京官權知，三年一易，財歸漕司，而各歸於郡。朝廷以一紙下郡國，如臂之使指，無有留難。」地方如此，中央亦然。

3、獎用人，在開功名之門

〈策略五之四〉（文一／235）云：不可「抑遠天下剛健好名之士，而獎用柔懦謹畏之人。」

《宋史・尹洙傳》言仁宗時「宋興且百年，海內嘉靖，上下安佚，然法制日以玩弛，徼幸之弊多。」

嘉祐三年蘇洵《嘉祐集》卷十〈上皇帝十事書〉亦云：

> 臣觀今兩制以上，非無賢俊之士，然皆奉法供職無過而已，莫肯於

繩墨之外，為陛下深思遠慮，有所建明。

東坡承此而於〈上神宗皇帝書〉（文二／739）中言「名器爵祿，人所奔趨，必使積勞而後遷，以明持久而難得，則人人各安其分，不敢躁求。」則如何使天下士人踴躍為人主所用，亦為當務之急也。

4、薦官宜審重 ── 無責難

宋太宗聽政之暇，每取兩省兩制清望官之名籍，擇其有德譽者，令舉其官。而所舉之人，須析其爵里及歷任，不得有隱。如舉狀者賞典，無驗者罪之。且其所舉薦有變節踰矩者，自首則原其聯坐之罪。真宗、仁宗二朝仍之。東坡以為法嚴，蓋人情變幻莫測，不必過於責難。故東坡言薦官無責難，〈策別·課百官六之五·無責難〉曰：

> 今夫天下之吏不可以人人而知也，故使長吏舉之。又恐其舉之以私而不得其人也，故使長吏任之。他日有敗事，則以連坐。其過重者，其罰均。且夫人之難知，自堯舜病之矣，今日為善，而明日為惡，猶不可保，況於十數年之後，其幼者已壯，其壯者已老，而猶執其一時之言，使同被其罪，不已過乎？（文一／250）

以元豐二年「烏臺詩案」為例，連坐最重為王詵、王鞏、子由三人，他如張方平、司馬光、范鎮等二十餘人皆受罰，實又過之。

5、舉善而用之 ── 無沮善

一試定乾坤，往往有遺珠之憾。況真才實學，不易於科考中脫穎而出。故東坡建言「無沮善」，於不第而竭力為善者，亦應予以表現。其父蘇老泉即是一例。蘇老泉《嘉祐集》卷四〈廣士〉云：

> 夫人固有才智奇絕者，而不能為章句名數聲律之學者，又不幸而不為者，苟一以進士制策，是使奇才絕智有時而窮也。

東坡承老泉之言「無沮善」，〈策別·課百官六之六·無沮善〉曰：

> 今夫制策之及等、進士之高第，皆以一日之間，而決取終身之富貴。此雖一時之文辭，而未知其臨事之能否？則其用之不已太遽乎！（文一／252）

東坡〈上神宗皇帝書〉又云：

> 自古用人，必須歷試……，大抵名器爵祿，人所奔趨，必使積勞而後遷，以明持久而難得。則人人各安其分，不敢躁求。（文二／739）

東坡制科上策25篇，皆針對宋之弊政，尤以用人為最。試列表如下：

	策略五	策別十七篇	策斷三
1 基本	①立法	1 屬法禁（課百官1──用人）。	
2 政治	②a 開功名之門 b 用人。	4 專任使（課百官4──用人） 5 無責難（課百官5──用人） 6 無沮善（課百官6──用人）。	無吏（〈思治論之1〉）
3 倫理	③a 君自立自強 b 君深結民心	8 勸親睦（安萬民之2） 3 決壅蔽（課百官3──君臣） 12 去姦民（安萬民之6）	
4 教育		7 敦教化（安萬民之1）。 2 抑僥倖（課百官2──用人）。	
5 財經		9 均戶口（安萬民之3）。 10 較賦稅（安萬民之4）。 13 省費用（厚貨財之1）。	無錢（〈思治論〉之2）
6 軍事 （邊防）	2 專人待虜	11 教戰守（安萬民之5）。 14 定軍制（厚貨財之2）。 15 蓄材用（訓兵旅之1）。 16 練軍實（訓兵旅之2）。 17 倡勇敢（訓兵旅之3）。	無兵（〈思治論〉之3）。 免衙前之役〈上韓魏公書〉。 1 掌主動之權 2 御西戎之略 3 略北狄之劫

　　以上二十五篇爲東坡應制科首繳辭業，其內容大抵針對時弊而提出建言，每篇皆本「殷鑑不遠，在夏后之世。」（《詩·大雅·蕩》）以古代之政治、財經、邊防著有成效者，用以匡正當時之闕失。其次東坡又呈〈秘閣策問六首〉：（一）〈王者不治夷狄論〉，（二）〈劉愷、丁鴻孰賢論〉，（三）〈禮義信足以成德論〉，（四）〈形勢不如德論〉，（五）〈禮以養人爲本論〉，（六）〈既醉備五福論〉（文一／43～51），應是殿試策問。評覈結果，錄取三名，東坡入三等，王介、子由入四等（一、二等皆虛設）。登科之後，東坡慷慨自道：「敢以微軀，自今爲許國之始。」仁宗策試賢良方正之後，還宮，面帶喜色，言於光獻曹后曰：「吾今日又爲子孫得太平宰相兩人。」言下之意指東坡、子由也。

　　由東坡奏議，即可料知宋室政局與國運。蓋宋既爲中央集權，大權集於君上一人。蓋太祖懲唐季五代方鎮之禍，乃推行重文輕武、強幹弱枝之策，而奢言以儒家立國。殊不知孔子嘗曰：「有文事，必有武備。」並未歧視「武

備」事。蓋解除武裝何以對付契丹、西夏？

東坡建言以專人待二虜，授以便宜行事，惜皆未受重視。其時天下有二患：有立法之弊——法令之屢更；有任人之失——君不信其臣，又官吏之屢易。故更求皇上「專任使」，久任其職等，皆中當時之弊。

又其時並無權臣，中央雖設有宰相，然有宰相之名，而無宰相之權，但依聖旨草詔令而已。蓋當時採政、軍、財分立之制，政治屬中書省、軍事屬樞密使、財用屬三司。其缺失為各不相知、各自為政。財用已匱，而樞密益兵無窮；人民貧困，而三司取財不已。地方亦然，如此官吏授權少，則敷衍塞責，權臣無由產生。至境外蠻夷之寇至，國遂為之亡矣。

（五）君

東坡之愛國重民，除承孔子行仁政、重民本、求革新、重用人外，又重君上涵養在「至仁」「至誠」。並言「至仁」「至誠」之具體表現。

〈策略五〉（文一／237）詳言君王當「深結天下之心」者五，曰：

> 其一曰：將相之臣，天子所恃以為治者，宜日夜召論天下之大計，且以熟觀其為人。其二曰：太守刺史，天子所寄以遠方之民者，其罷歸，皆當問其所以為政，民情風俗之所安，亦以揣知其才之所堪。其三曰：左右扈從侍讀侍講之人，本以論說古今興衰之大要，非以應故事備數而已，經籍之外，苟有以訪之，無傷也。其四曰：吏民上書，苟小有可觀者，宜皆召問優慰，以養其敢言之氣。其五曰：天下之吏，自一命以上，雖其至賤，無以自通於朝廷，然人主之為，豈有所不可哉，察其善者，卒然召見之，使不知其所從來。如此，則遠方之賤吏，亦務自激發為善，不以位卑祿薄無由自通於上而不修飾。

此東坡力勸君上能以「至仁」、「至誠」之五項建言——

◎日夜召將相之臣，正可以論大計。

◎問太守刺史，則知民情風俗之安。

◎訪扈從侍讀，得古今興衰之大要。

◎優慰吏民上書，以養其敢言之氣。

此言君上知以至誠務實，以通上下之情，卒求「不愛高位重祿」之山林之士、與「切直不隱之言」也。

◎勤召天下之吏，使其意通於朝，亦可激發其為善。

君上如以「誠」待下，自可「使天下習知天子樂善親賢卹民之心，孜孜不倦如此，翕然皆有所感發，知愛於君而不可與爲不善。」

君王除「至仁」、「至誠」外，尚須坦然虛心聽其言、考其實，則讒搆不行，進言受謗得以辯明，即明察是非，以公正態度處之。〈乞將臺諫官章疏降付有司根治箚子〉（文三／838）又云：

> 人主之職，在於察毀譽、辨邪正。夫毀譽既難察，邪正亦不易辨，
> 惟有坦然虛心而聽其言，顯然公行而考其實，則眞妄自見，讒搆不
> 行。若陰受其言，不考其實，獻言者既不蒙聽用，而被謗者亦不爲
> 辯明，則小人習知其然，利在陰中，浸潤膚受，日進日深，則公卿
> 百官，誰敢自保，懼者甚眾，豈惟小臣。

三、倫理思想

東坡倫理思想在誠、仁、氣。而「倫理」即人倫人理，即今所謂人際關係，爲道德哲學之範疇之一。東坡承先人而發揚之：

中國倫理思想源於孔子系列之倫理觀，孔子以「仁」爲中心，由是而言「內聖外王」之道德規範，予後代倫理思想皆有深遠影響。

漢代董仲舒將儒家倫理思想，系統化與神學化，提出綱常名教思想。

六朝玄學則逆反於名教與自然之爭中，嵇康、阮籍等，揭露名教之虛僞，然又陷入玄學迷惘思考。

隋唐時儒、道、釋三教合流中，昌黎斥佛老、崇孔孟，以道性哲學，開啓宋明理學（新儒學）之先河。

北宋，周敦頤、二程由儒、佛之重「心」，開展理學體系，以萬物皆由「理」出。故以「存天理，滅人欲」爲宋代理學之道德修養理論宗旨。

於此倫理思潮背景，以探討東坡倫理思想，自具其複雜性與獨特性。蓋東坡既具儒家傳統倫理思想，又於宋代理學發展主流中，獨抒其創發之倫理思想，洵爲不易。以下試由其政治哲學與生活層面之相涉，以析言其倫理思想：

（一）君宜「至誠」與「至仁」

東坡詩文中，頗多君上宜有之修養、與臣民相處之道──然皆以「仁」、「誠」爲核心。

1、至　誠

東坡〈上神宗皇帝書〉（文一／729）即有「結人心，厚風俗，存紀綱」之倫理綱領。

東坡由儒家傳統之「君君、臣臣、父父、子子」之服從倫理觀，進求君上以「至誠」、「至仁」以待天下之百姓，使「親之如父子，信之如心腹」，如或不然，君上如具絲毫之僞，萌生於心，則百姓感聲色於幾微之間，則「人主孤立而危亡」。

2、至　仁

東坡又於〈上初即位論治道二首〉（文一／132）中言君上必：

視臣如手足，視民如赤子，戢兵，省刑，時使，薄斂，行此六事而已矣。

而欲求「主逸國安」，必去「好用兵」、「好起獄」、「興土功」、「奪民利」四者，如是自「仁不可勝用矣。」時東坡並未將君主神化，乃是將「君王」作爲「人君」而予以適當勸諫，自較理學家，高出一籌。

3、君臣相處

東坡於〈明君可與爲忠言賦〉（文一／24）中言君之受諫：君必「聞危言而不忌」，「智既審乎情僞」，而「下之士推赤心而無損」、「言可竭其忠誠」，君王以至明爲本，則不致「目有眯則視白爲黑，心有蔽則以薄爲厚。」其結果「遂使諛臣乘隙以彙進，智士知微而出走。」故治國之道，誠如〈既醉備五福論〉（文一／50）中云：「始之以至誠，中之以不欲速，而終之以不懈。」

是以東坡之言君臣倫理，並非由「上下服從」而言，乃由人際關係──上下分工，以協調於國政民生之利。東坡於〈策別課百官三〉（文一／245）中以人體組合以喻君臣之倫理關係──君之待臣，如「心」之愛身、手。身之疾痛苛癢，手隨之而至。手之至，乃聽之於心，故曰：「心之所以素愛其身者深，而手之所以素聽於心者熟，是故不待使令而卒然以自至。聖人之治天下，亦如此而已。」

故東坡言君臣之道，並未將「君」神化，僅以「君」爲中心，如心之指揮手足。是以人君之品德，自在善結人心，正〈上神宗皇帝書〉（文二／729）曰：「人主之所恃者，人心而已。」而人心之於人主，東坡又進設喻爲如木之根、燈之膏、魚之水、農夫之田、商賈之財。人主如失之，則危亡。亦〈策略五〉（文一／237）所謂古之聖人，特在「其（民）有不忍叛之心」，故君王

欲「御天下之大權」，則必「去苛禮而務至誠」方可。

（二）士重「氣質」

1、重「氣」

東坡以「氣質」爲士人品格修養之整體表現，故常「知人論氣」。如尙韓愈之重「氣」，故於〈潮州韓文公廟碑〉（文二／507）中引孟子善養其浩然之氣，而言：「是氣也，寓於尋常之中，而塞乎天地之間。」又以韓愈之能「文起八代之衰，而道濟天下之溺，忠犯人主之怒，而勇奪三軍之帥」皆由「浩然而獨存」之氣所使然，足見「氣」於昌黎道德文章之要。

東坡最重士人所持具之氣質，故於〈上劉侍讀書〉（文四／1386）中云：「才滿於天下，而事不立。天下之所少者，非才也，氣也。」又云氣：「是不可名者也，若有鬼神焉而陰相之。」蓋氣能定「事之利害，計之得失」，令人不驚繁憂亂者，「氣」也。「是氣也，受之於天，得之於不可知之間，傑然有以蓋天下之人，而出萬物之上。」故以「氣」不惟能守其「才」，亦能定其成敗，則東坡之重「氣」可知也。

2、知人論「氣」

觀人之難，有甚於江海之深、山谷之險、浮雲之變。東坡由氣量節守以考之。於〈論語義・觀過斯知仁矣〉（文一／174）中曰：

> 委之以利，以觀其節；乘之以猝，以觀其量；伺之以獨，以觀其守；
> 懼之以敵，以觀其氣。

則東坡所重之「氣」，所涵甚廣。東坡又於〈賀吳副樞啓〉（文四／1349）中云：

> 機略足以應無方，而有樸忠沉厚之量；文華足以表當世，而有簡素
> 質直之風。置之於都會，則其爲效也速，而所及者廉；委之於樞機，
> 則其成功也遲，而所被者廣。

則機略之樸忠沉厚、文華之簡素質直，皆爲士人所當具。正似〈上富丞相書〉（文四／1375）所謂「夫子之全」在廉潔、勇敢、忠孝等內涵。以下略言與「氣」相關者：

（1）交友重「氣質」

東坡於〈與葉進叔書〉（文四／1421）中即云：「足下望其貌而壯其氣，聆其語而知其心，握手見情愫，交論古今，歡然若與之忘年焉。」

又尙交推心置腹之直友，可使身成金玉。而東坡取直友，於〈講田友直字序〉（文一／330）中言「直友」有四：「有直而修於直者、有直而陷於曲者、有曲而盜名直者、有曲而遂其直者。」又於〈與葉進叔書〉（文四／1421）言「自知」、「自達」云：「有自知之明者，乃所以知人。有自達之聰者，乃所以達物。」

（2）氣質在能「思慮」

東坡以「氣質」在「能思」，故於〈思堂記〉（文二／363）中言，不可臨事而後思。曰：

> 余天下之無思慮者也。遇事則發，不暇思也。未發而思之，則未至。已發而思之，則無及。以此終身，不知所思。言發於心而衝於口，吐之則逆人，茹之則逆余。以爲寧逆人也，故卒吐之。

（3）氣質在「動靜及時」

東坡以君子當如水、松柏之能及時之動；似山、鴻雁，能及時能「靜」。即〈送杭州進士詩敘〉（文一／324）云：

> 流而不返者，水也；不以時遷者，松柏也；言水而及松柏，於其動者，欲其難進也。萬世不移者，山也；時飛時止者，鴻雁也；言山而及鴻雁，於其靜者，欲其及時也。

（4）東坡又以士人當生活淡泊，故以「四適」以處窮。

〈書四適贈張鶚〉（文五／2080）謂四適在「無事以當貴」、「早寢以當富」、「安步以當車」、「晚食以當肉」，又曰：

> 夫已飢而食，蔬食有過於八珍。而既飽之餘，雖芻豢滿前，惟恐其不持去也。若此可謂善處窮者矣。然而於道則未也。安步自佚，晚食自美，安以當車與肉爲哉？車與肉猶存於胸中，是以有此言也。

（三）君王修養

東坡既以誠、仁、氣爲君王修養。又由〈策略〉、〈策別〉中見君王所應具之德：

1、君王宜自立自強

所謂「治道」，其實是「君道」，東坡期仁宗斷自宸衷，於革新中，能卓然有所立。《策略五之一》曰：

> 方今之勢，苟不能滌蕩振刷，而卓然有所立，未見其可也。臣嘗觀

西漢之衰，其君皆非有暴鷙淫虐之行，特以怠惰弛廢，溺於宴安，
畏期月之勞，而忘千載之患；是以日趨於亡而不自知也。……苟人
主不先自斷於中，羣臣雖有伊、呂、稷、契，無如之何。故臣特以
人主自斷而欲有所立爲先，而後論所以爲立之要云。（文一／226）

此言宋自太祖開國，訂重文輕武強幹弱枝之策，積弊所致，已成軍備廢弛、
苟且偷安，致外有強寇，內具冗人。故文中舉西漢之衰，怠惰弛廢，溺於晏
安爲例。

又《漢書·陳湯傳》言其時文帝臣陳湯，爲誅郅支建功，而相匡衡反以
其「擅興師矯制，生事於蠻夷。」則臣當如何救溺？又神宗熙寧朝，王安石
變法圖強，東坡反對新法，而反對必由說服君上始，故於熙寧四年二月上萬
言書致神宗皇帝，力陳神宗求治太速，進人太銳，聽言太廣。三月，再上神
宗皇帝書，堅持其觀點。元豐元年十月，東坡時爲徐州太守。又上神宗皇帝
書，建言徐州形勢之險要，可便宜行事。哲宗元祐八年五月七日東坡等七人，
又願效陸贄，進〈乞校正陸贄奏議上進箚子〉（文三／1012）一文，期哲宗效
法唐德宗，能斷自宸衷。九月二十六日東坡上〈朝辭赴定州論事狀〉（文三／
1018）云：

今陛下聽政之初，不行乘乾出震見離之道，廢祖宗臨遣將帥故事，
而襲行垂簾不得已之政，此朝廷有識所以驚疑而憂慮也。

凡此皆東坡欲有所建言——君上當自立自強，垂意聽納祖宗之法，以通
上下之情爲重。

2、君王宜深結民心

東坡承孔孟民本思想，及荀子「以民喻水」可以「載舟覆舟」之道，言
君必深結民心，擇好官爲民服務。東坡〈策略五之五〉（文一／237）中，所
陳五事以備採擇爲：即上引召將相、間太守刺史、訪慝從侍讀與下民之敢言
者，以深結上下。

東坡以後亦屢持此言：

神宗熙寧四年東坡〈上神宗皇帝書〉（文二／729）云：「臣之所欲言者三：
願陛下結人心，厚風俗、存紀綱而已。」「人主之所恃者，人心而已。」東坡
以安石變法，不顧人言，雖能驟至富強，亦以召怨天下，失卻民心。

元豐元年，東坡〈徐州上皇帝書〉（文二／758），先言任密州太守，悉京
東民之所以爲盜，及移守徐州，亦言其地民情風俗曰：

覽觀山川之形勢，察其風俗之所上，而考之於載籍，然後又知徐州
爲南北之襟要，而京東諸郡安危所寄也。

哲宗元祐二年，東坡除翰林學士兼侍讀，每進讀至「治亂興衰」、「邪正
得失」之際，未嘗不反覆勸上，覬其有所啓悟。哲宗雖恭默不言，輒首肯之。
故由仁宗、神宗至哲宗，東坡無不歷歷以言君上當深結民心。

3、君之安民在去姦民

老子曰：「其安易持，其未兆易謀，其脆易泮，其微易散，爲之於未有，
治之於未亂。」東坡爲杜漸防微，呼籲君主去姦民。蓋小姦一旦鏟除，大盜
則無由形成。

東坡〈策別・安萬民六之六〉（文一／265）曰：

夫大亂之本，必起於小姦，惟其小而不足畏，是故其發也常至於亂
天下。……今者內無權臣，外無強諸侯，而萬世之後，其尤可憂者，
姦民也。

元豐元年十月，〈上神宗皇帝書〉（文二／729）又云：

今臣於無事之時，屢以盜賊爲言，其私憂過計，亦已甚矣。不然，
事至而圖之，則已晚矣。

梁山泊乃去徐州不遠之處，後宋江即據之以嘯聚飢民，替天行道。則東坡確
有先見之明。又〈杭州謝放罪表二首〉（文二／675）謂元祐四年，東坡知杭
州，法外刺配凶姦顏章、顏益二人。即因在其兩人爲首，扇動民眾，又以劣
質絹充好絹以納，雖爲小姦，必秉事執法尚嚴，而先除之。

4、君臣相處之道在決雍蔽

君臣上下雍蔽，下情難以上達。東坡在〈策別・課百官六之三〉（文一／
245）引手素聽於心爲喻言：

聖人之治天下，亦如此而已。百官之眾，四海之廣，使其關節脈理，
相通爲一，叩之而必聞，觸之而必應，夫是以天下可使爲一身。天
子之貴，士民之賤，可使相愛；憂患可使同，緩急可使救。今也不
然。天下有不幸，而訴其冤，如訴之於天。

據《宋史》本傳言，神宗時，東坡見安石贊神宗以獨斷專任，試進士乃以此
爲題發策，曰：

晉武平吳，獨斷而克，符堅伐晉，以獨斷而亡；齊桓專任管仲而霸，
燕噲專任子之而敗。事同而功異，何也？

既云獨斷，則藐視輿論，無視乎下情，上下之間不能溝通，則非決壅蔽不可。此東坡時在念中者。

哲宗元祐八年九月，〈朝辭赴定州論事狀〉（文三／1018）云：

> 臣聞天下治亂，出於下情之通塞。至治之極，至於小民，皆能自通。大亂之極，至於近臣，不能自達。《易》曰：『天地交，泰』……聽政之初，當以通下情、除壅蔽爲急務。

5、為政之道在「勸親睦」策

蓋爲政之道，使人民親愛精誠，和睦相處，必臻於太平盛世。

故東坡〈策別・安萬民六之二〉（文一／256）建言曰：

> 夫民相與親睦者，王道之始也。……今欲教民和親，則其道必始於宗族。臣欲復古之小宗，以收天下不相親屬之心。……故夫小宗之法，非行之難，而在乎久而不怠也。天下之民，欲其忠厚和柔而易治，其必曰自小宗始矣。

如勸親睦由小宗始，則親屬彼此之間，昏喪喜慶來往頻仍，關係密切。擴而大之，推及一鄉一國，莫不如是。

（四）人之所以成德在禮、義、信、廉、孝悌

1、禮、義、信足以成德 —— 此由社會分工言

戰國時：

許行「與民並耕而食」，言人皆需自耕自織自作。

《孟子・滕文公上》則以天下通義在「勞心者治人；勞力者治於人」。

東坡承儒家孟子之言，於〈禮義信足以成德論〉（文一／46）中申發其義：

> 有大人之事，有小人之事。愈大則身愈逸而責愈重；愈小則身愈勞而責愈輕。……二者譬如心之思慮於內，而手足之動作步趨於外也。
>
> 是故不耕而食，不蠶而衣，君子不以爲愧者，所職大也。

東坡又斥許行之由小處發偏面之言，所謂：

> 以爲有國者，皆當惡衣糲食，與農夫共耕而治，一人之身，而自爲百工。

又孔子答樊遲問「學稼」，已言君主治國必兼具禮、義、信三者，東坡承之，接言結合社會分工、倫理觀。言三者之成德曰：

> 君子以禮治天下之分，使尊者習爲尊，卑者安爲卑，則夫民之慢上

> 者，非所憂也。君子以義處天下之宜，使祿之一國者，不自以爲多，
> 抱關擊柝者，不自以爲寡，則夫民之勞苦獨賢者，又非所憂也。君
> 子以信一天下之惑，使作於中者，必形於外，循其名者，必得其實，
> 則夫空言言不足以勸課者，又非所憂也。此三者足以成德矣。

此言君子如以禮治天下之分，人自於習尊安卑，而無慢上之憂。又君子以義
處天下之宜，爵祿自無多寡之憂。而君子如以信一天下之惑，人循名得實，
又何憂之？由分工言，人各司其職；由道德言，人無貴賤之別，此正禮、義、
信三者足以成德也。

2、廉

東坡以「廉」爲官德之首、君臣關係之紐帶。故於〈六事廉爲本賦〉（文
一／28）云：

> 事有六者，本歸一焉。各以廉而爲首，……用啓庶官，俾屬節而爲
> 政。

又於〈上富丞相書〉（文四／1375）中稱美孔子之全，除忠、孝、勇外，又具
「廉潔」，故不爲「異眾之行」。則「廉潔」不惟乃爲官之德，亦爲全人之要。
又〈君使臣以禮〉（文一／175）即謂先王之謹「禮」，蓋「廉」屬於禮之範疇，
亦是君臣間建立信任之關鍵帶，故曰：

> 君以利使臣，則其臣皆小人也。幸而得其人，亦不過健於才而薄於
> 德者也。君以禮使臣，則其臣皆君子也。不幸而非其人，猶不失廉
> 恥之士也。其臣皆君子，則事治而民安。士有廉恥，則臨難不失其
> 守。小人反是。故先王謹於禮。

3、孝悌

東坡又重父子、兄弟間之情深意重，故屢於詩文中言之。如：
〈孟子論〉（文一／96）曰：

> 天下固知有父子也，父子不相賊，而足以爲孝矣。天下固知有兄弟
> 也，兄弟不相奪，而足以爲悌矣。孝悌足而王道備，此固非有深遠
> 而難見，勤苦而難行者也。

〈論鄭伯克段於鄢〉（文一／66）云：

> 夫婦、父子、兄弟之親，天下之至情也。

〈韓非論〉（文一／102）：

> 仁義之道，起於夫婦、父子、兄弟相愛之間。

如父子兄弟有至情、能相愛，則社會國家之倫理道德自能彰顯。

東坡之論倫理，似全承自儒家，然細繹之，不似理學家之「存天理、滅人慾」，將「天理」視爲天經地義，「人欲」視爲理應誅滅。東坡以倫理道德乃是由約定俗成，爲調節人欲、平衡人際之道德品格所需，而非天理不可逾越者。故於〈張厚之忠甫字說〉（文一／335）中謂忠、恕、厚等道德規範如日月、食五穀、飲水之自然，並非由外加之綑縛言行法規，而是基於人類內在要求而約定俗成者。君王並非天生聖人，而是執掌權柄，當盡力以平衡調整道德。

是以東坡以倫理道德之形成原因，乃由日用出發，求生活節制，故屢言君王但爲制定禮儀之代表，並非將聖人神化。故〈物不可以苟合論〉（文一／41）中謂：聖人之制君臣之道，懼其相易相陵，而別以「車服采章」、嚴以「朝覲位著」，使以贊相見，以籍出入。

聖人又懼父子相褻相怨，故制定「朝夕問省之禮，左右佩服之飾」。聖人又懼夫婦相狎相離，故重以幣帛媒妁。又懼朋友之道之相瀆相侮，則重「安居以爲黨，急難以相救」，又「戒其群居嬉遊之樂，而嚴其射享飲食之節。」

四、稽古通今

東坡自幼好史書，於〈上韓太尉書〉（文四／1381）中云：「獨好觀前世盛衰之跡，與其一時風俗之變。自三代以來，頗能論著。」

是而東坡以史論今，陳詞述理，意闢語工，能通古今之變，以下試分述之：

（一）「實事求是」以稽古

東坡好歷史哲學，重「實事求是」，故稱美陸贄奏議。於〈乞校正陸贄奏議上進劄子〉（文三／1012）中即云：「聚古今之精英，實治亂之龜鑑。」士人治史，當以歷史爲借鑒。

東坡又於〈國學秋試策問二首・其一〉（文一／208）謂人君治國，非只成者襲之，敗者反之。言人君「勤」，未必能治；仁君能決斷，亦未必使國家興旺；而人君能信任其臣，亦未必使國安定，是以必由「已然之迹」，「推其未然之理」，方獲「得失之源」，即爲治國借鑒。文中所舉

人君「勤」未必可以治之例——

如文王之日昃、漢宣之屬精、始皇之程書、隋文之傳餐，其為勤一也，然未必能治。

人君之斷，未必使國興旺之例——

晉武之平吳、憲宗之征蔡、苻堅之南伐、宋文之北侵，其為斷一也，未必旺其國也。

人君信其臣，未必安定之例——

秦穆之於孟明、漢昭之於霍光、燕噲之於子之、德宗之於盧杞，其為信一，國未必安。

如何可以知得失之源？東坡言今日對「周代之古法」宜「變古」或「復古」？

東坡於〈策問六首・復古〉（文一／218）中借《春秋》之法為例，言易古則敗亂、泥古亦有失，是以不必拘泥於「變古」與「復古」之結論。

（二）重歷代世變

東坡重「歷代世變」，故於〈書義・作周恭先作周孚先〉（文一／169）中，言應以「發展眼光」面對歷史。故曰：「傅說有言：『事不師古，以克永世，匪說攸聞。』今不師古，後不師今。」

1、東坡於〈歷代世變〉（文五／2040）中，就秦以來之歷史為例，以言歷代世變曰：

秦——因焚詩書而亡。

漢——鑒秦亡之弊，崇經師儒者，故有王莽之亂；世祖廢經術尚名節，故東漢多名節之士，然徒知名節而不能節之以禮，其士遂成視死如歸之「苦節」。

六朝——「苦節」至極，變而為曠蕩不知禮法；無禮法則有夷狄之五胡亂華，故人多思英雄出而平之。

隋唐——猶具夷狄之風，蓋三綱不正，有肅宗、永王之叛。又藩鎮不賓，權臣跋扈，而有五代之亂。

是以治史者當由歷史整體發展而作借鑑：即

2、時代各具其思想、人事之不同——

東坡於〈上韓太尉書〉（文四／1381）中舉漢代為例：

西漢末——其大臣守尋常，不務大略。

東漢——士人不循正道，而尚奇節。元、成間，公卿將相以天下無事而安其祿位，以苟歲月，而安其豢畜之樂。桓、靈之君，懲其弊，用

嚴刑樹威，忠義之士，遂不容於朝，而奔走作驚世之行，或盜無用虛
名，以是取亡。故引古以並曰：

> 昔者太公治齊，舉賢而尚功。周公曰：「後世必有篡弒之臣。」周公
> 治魯，親親而尊尊。太公曰：「後世浸微矣。」漢之事迹，誠大類此。

（三）評騭歷史人物具多面性

東坡之評論歷史人物，多由時代、心理等不同角度以析論，以下試舉其
例言之：

1、如〈荀卿論〉（文一／100）中，東坡先述孔子言必稱先王，中規矩，
然後知「聖人憂天下之深」。而荀子思想偏背離儒道而歧出，故東坡即云：

> 荀卿者，喜為異說而不讓，敢為高論而不顧者也。其言愚人之所驚，
> 小人之所喜也。子思、孟軻，世之所謂賢人君子也。荀卿獨曰：「亂
> 天下者，子思、孟軻也。」天下之人，如此其眾也；仁人義士，如
> 此其多也。荀卿獨曰：「人性惡。桀、紂，性也。堯、舜，偽也。」
> 由是觀之，意其為人必也剛愎不遜，而自許太過。

荀子所言子思、孟軻之亂天下，乃人性本惡，其論正不同於時。

東坡又進言荀卿之影響——荀卿「歷詆天下之賢人」之「以快一時之論」，
乃影響李斯——竦動暴秦焚滅其書。

此東坡貴能由其思想實質，與心理轉化評述歷史人物。

2、人或但言商鞅之罪，未言其功。東坡讀《國策》後，則由功、罪兩面
以評商鞅。故於〈商君功罪〉（文五／2004）中云：

> 商君之法，使民務本力農，勇於公戰，怯於私鬥，食足兵強，以成
> 帝業。然其民見刑而不見德，知利而不知義，卒以此亡。故帝秦者
> 商君也，亡秦者亦商君也。其生有南面之福，既足以報其帝秦之功
> 矣；而死有車裂之禍，蓋僅足以償其亡秦之罰。

此言商鞅之功在「使民務本力農」、「食足兵強，以成帝業」。而其罪在使其民
「見刑不見德」、「知利不知義」，卒而亡其帝業。

3、〈諸葛亮論〉（文一／112）中謂：

孔明以仁義治軍著稱，曹操亦以能兵擅長。何以孔明不勝？東坡則評其
雜用「仁義詐力」而敗。即：

> 孔明初起，但恃「忠信」以召天下「廉隅節概慷慨死義之士」，所謂「殺
> 一不辜而得天下，有所不為，而後天下忠臣義士樂為之死。」然孔明之失在

其後欲以詐力取天下。如：

> 劉表之喪，先主在荊州，孔明欲襲殺其孤，先主不忍也。其後劉璋
> 以好逆之至蜀，不數月，扼其吭，拊其背，而奪之國。
> 孔明遷劉璋，既已失天下義士之望，乃始治兵振旅，爲仁義之師，
> 東嚮長驅，而欲天下響應，蓋亦難矣。

則東坡善由人物複雜兩面以論，頗有見地。

（四）疑　古

東坡雖非史家，然由多讀史書，能通古知今，亦能由閱歷中「疑古」。以下試舉例以言之：

如東坡於〈管仲分君謗〉（文五／1999）中云：

> 宋君奪民時以爲臺，而民非之，無忠臣以掩其過也。子罕釋相爲司
> 空，民非子罕而善其君。齊桓公宮中七市，女閭七百，國人非之，
> 管仲故爲三歸之家，以掩桓公。此《戰國策》之言也，蘇子曰：管
> 仲仁人也，《戰國策》之言，庶幾是乎？然世未有以爲然者也。雖然，
> 管仲之愛其君亦陋矣，不諫其過，而務分謗焉。或曰：「管仲不可諫
> 也。」蘇子曰：用之則行，捨之則藏。諫而不聽，不用而已矣。故
> 孔子曰：「管仲之器小哉。」

《戰國策》以管仲爲「仁人」，東坡疑之，蓋管仲未能諫君，但務分君之謗，正似子罕僅爲君掩過耳。

又東坡之於〈司馬穰苴〉（文五／2002），則於史書出疑曰：

> 《史記》：「司馬穰苴，齊景公時人也。」其事至偉，而《左氏》不載，
> 予嘗疑之。《戰國策》：「司馬穰苴，爲政者也。閔王殺之，大臣不親。」
> 則其去景公也遠矣。太史公取《戰國策》作《史記》，當以《戰國策》
> 爲信。凡《史記》所書大事，而《左氏》無有者，皆可疑。如程嬰、
> 杵臼之類是也。穰苴之事不可誣，抑不在春秋之世，當更徐考之。

東坡直道司馬穰苴之事，言《史記》但據《國策》言其人之事至偉，然未見《左傳》之載錄，是以疑之。

五、育才致用

東坡重教育之理念，見於〈策別·安萬民六之一·敦教化〉

宋雖標榜以儒立國，然名實不符，便徒託空言，何以服人心成教化？孔子曰：「君子之德風，小人之德草，草上之風必偃。」東坡以君上欲行仁政，必有良好之示範，故建言必「敦教化」（文一／254），曰：

> 三代之時，其所以教民之具，甚詳且密也。學校之制，射饗之節，冠婚喪祭之禮，粲然莫不有法。及至後世，教化之道衰，而盡廢其具……臣愚以爲若此者，皆好古而無術。

神宗熙寧四年，東坡〈上神宗皇帝書〉（文二／729）云：

> 國家之所以存亡者，在道德之深淺，不在乎強與弱；曆數之所以長短者，在風俗之厚薄，不在乎富與貴。道德誠深，風俗誠厚，雖貧且弱，不害於存而長；道德誠淺，風俗誠薄，雖強且富，不救於短而亡。人主知此，則知所輕重矣。

東坡熱心教育，其於詩文中流露之教育思想有四：

（一）重視學校教育功能

1、教育功能

東坡博學洽文，能由傳統學政中，悟出教育功能。即於〈南安軍學記〉（文二／373）中，舉舜之學政在由「撻之」、「格之」以感化；「明之」、「用之」以薦舉。又舉子產重鄉政，以言「古之取士論政者，必於學」，言學校亦爲議論所出之地。東坡且稱美江西南安賢太守曹侯登，辦學完備，且廩給學用。

2、熱心育才

東坡熱心辦學。如熙寧四年，王安石欲變科考內容，行三舍法（外舍、內舍、上舍），以增加太學生名額，又廣設學校（中央有太、律、宗、武、算之學：地方有府、州、縣等學）。東坡上〈議學校貢舉狀〉（文二／723）言「求治太急、聽言太廣、進人太銳」，神宗竦然聽受。

遷海南，於〈遷居之夕〉（詩七／2312）中，欣聞兒童弦誦音「琅然如玉琴」之欣喜。又東坡〈與程秀才三首〉（詩四／1627）中言教子蘇過抄《唐書》、《前漢》。於儋州遊學舍，〈和陶示周掾祖謝〉（詩七／2253）中，感嘆村塾先生「忍飢坐談道」，又以三國虞翻自況。故所育成人才有姜唐佐舉鄉貢。王霄、陳功、李迪、劉廷忻等舉明經；杜介之舉文學。太觀二年符離成爲海南史上首位進士。而《儋州志·選舉志·序》即謂東坡開化其地，登科者五十九人：「人文之盛，貢選之多，爲海外所罕覯。」則東坡於海南儋州之教育貢獻良

多，乃深悟教育在育才致用也。

（二）指陳北宋教育流弊

東坡曾任試官，又見王安石新法之失，故所言教育之弊，頗爲深入。如

1、教育經費太少

元祐四年八月，東坡上〈乞賜州學書板狀〉（文三／839）言杭州學減少學糧之弊。救弊之方在「盡以市易書板賜與州學，更不估價收錢」，以申朝廷寬大之政。

賄賂公行於庠序——王安石行「三舍」法，東坡於〈復改科賦〉（文一／29）中云：「三舍既興，賄賂公行於庠序。」

2、科場弊法百出。

（1）權勢請託——東坡〈放榜後論貢舉合行事件〉（文二／814），言舉名升甲多走後門。殿試落選之舉人，猶能賜進士，實有玷科考。

（2）紐定分經取士之失——東坡〈乞不分差經義詩賦試官〉（文二／812）中，言取士、試官，皆分經義、策論、詩、賦四科之定數，有失彈性。

（3）考試內容僵化——東坡於〈乞詩賦經義各以分數取人，將來只許詩賦兼經狀〉（文三／844）、〈謝王內翰啓〉（文四／1338），中言試強分詩賦、經義，不合學習意願與公平取才。蓋詩、賦可觀其志，策論、經義可觀其才。

（4）試法過繁——東坡〈謝梅龍圖書〉（文四／1424）中，言考試法簡，則易得敦樸忠厚之士。

宋代考試之弊在入仕易、冗官多，故東坡又

3、抑撓倖——

宋代入仕之途甚廣，而人數又多，單以進士科爲言，起於建隆元年者，不過十九人。爾後，往往數以百計，其尤弊者，恩蔭太濫，此倖進之門，則阻塞科班出身之路。是以東坡於〈策別·課百官六之二〉中力主抑撓倖，曰：

> 天下之學者，莫不欲仕，仕者，莫不欲貴，如從其欲，則舉天下皆貴而後可。惟其不可從也，是故仕不可以輕得，而貴不可以易致。……國家自近歲以來，吏多而闕少，率一官而三人共之，居者一人，去者一人，而伺之者又一人，是一官而有二人者無事而食也。且其蒞

> 官之日淺，而閒居之日長，以其莅官之所得，而爲閒居仰給之資，
> 是以貪吏常多而不可禁，此用人之大弊也。……國家取人，有制策、
> 有進士、有明經、有詞科、有任子、有府吏雜流，凡此者，雖眾，
> 無害也。其終身進退之決，在乎召見改官之日，此尤不可以不愛惜
> 慎重者也。（文一／243）

此言人之欲仕而貴，然不可輕得易致，故東坡言「吏多闕少」又不能久任。
蓋「心存五日京兆」，必貪污以謀退路，吏政何能不腐？

4、救弊之方

　　東坡爲去積弊——以清入仕之源，救官冗之弊，於：

　　元祐元年十月，上〈論冗官箚子〉（文二／787）：

> 裁減任子及進士累舉之恩，流外入官之數。……使國有去弊之實，
> 人無失職之歎，然後爲得也。

　　元祐三年二月，〈論特奏名〉（文二／810）云：

> 臣等伏見從來天下之患，無過官冗，……一官之闕，率四五人守之。
> 爭奪紛紜，廉恥道盡。……不知吏部以有限之官，待無窮之吏；戶
> 部以有限之財，祿無用之人，而所至州縣，舉罹其害。

　　元祐三年五月，〈轉對條上三事狀，其三〉（文二／819）云：

> 今者即位已四年矣，官冗之病，有增而無損，財用之乏，有損而無
> 增。數年之後，當有不勝其弊者。

　　皆言入仕之易及言冗官之害也。

（三）人才觀

1、重　才

　　東坡受歐陽修之提拔，於人才培育與薦用，亦頗有創發。如：

　　東坡於〈上王兵部書〉（文四／1384）中，以相馬喻相人才難得，而於〈太
息一章送秦少章秀才〉（文五／1979）中亦云：「士如良金美玉，市有定價，豈
可以愛憎口舌貴賤之歟？」東坡以英才難容世俗，故大力獎掖後進。如於〈答
李昭玘書〉（文四／1439）、〈薦布衣陳師道〉（文二／795）、〈答李方叔〉（文四
／1430）、〈答黃魯直五首・其四〉（文四／153）1 等文，皆稱美薦舉蘇門六君子。

2、用　才

　　（1）東坡於〈霍光論〉（文一／108）中言漢武帝之用霍光以捍社稷、託

幼子，取其「節」，不在其功業才氣，是以悟用人在「獲盡其才而各當其處」。

（2）東坡又於〈策別・課百官〉（文一／240）中，言拔人才當於「芻牧之中」，不必問其出身，尤重者爲「不逆定於其始進之時，而徐觀其所試之效。」進又言用人當「擇人宜精」、「任人宜久」，則長材異能之士，自可任久且便。

（3）東坡又於〈漢宣帝詰責杜延年治郡不進〉（文一／195）中，言漢宣帝用名卿杜延年，「不免出爲邊吏。治效不進，則詰責之，既進，則褒賞之。」而悟「任人無內外輕重之異」，且於〈顏眞卿守平原以抗安祿山〉（文一／198）言——唐代重內輕外而有「安史之亂」，「河北二十四郡一朝降賊」之事。

（4）駁「青出於藍而青於藍」——東坡於〈荀子疎謬〉（文五／2005）中，謂《荀子・勸學》所言「青出於藍而青於藍」，但爲形式邏輯，如由後學轉精、質之變化言，則未必。蓋米已成酒、豬羊已製爲美味，未必「酒甘於米，膳羞美於羊豕」，蓋已質變，則晚學勝前賢則未必，故「荀卿乃以爲辯，信其醉夢顛倒之言。」亦有其理路。

（四）學習論

1、學習態度

（1）求書觀書——東坡於〈李氏山房藏書記〉（文二／359）中言，自孔子聖人，其學必始於觀書。春秋時韓宣子、楚倚相得書雖難而勤讀；今宋人書多而「束書不觀」，由是稱美李公擇藏書九千餘卷，而能涉流探源，得其華實膏味而「發於文詞，見於行事。」

（2）讀書務實——不必趨時隨俗——〈初秋寄子由〉（詩四／1169），乃東坡於元豐六年（1083）作，猶言「藜羹對書史，揮汗與子同。」則晚歲仍揮汗勤讀。

儋耳時，東坡曾告其姪孫讀書勿趨時，即〈與姪孫元老四首〉（文五／1841）中云：「須多讀史，務令文字華實相副，期於適用。」又於〈送人序〉（文一／325）中言「去俗求眞」曰：「學以明禮，文以述志，思以通其學，氣以達其文。」今之讀書取官者，皆屈折拳曲，以合規繩，非求「正志完氣」，乃由

廣聞力學成器也。

　　（3）學以致用——東坡重學以致用，於〈策總敘〉（文一／225）中，斥漢以來學者，皆泛濫於辭章，不適於用。而聖人設教則已言御民爲政，即「《禮》，《樂》者可與言化，通《春秋》者長於治人。」又於〈謝秋賦試官啓〉（文四／1334）中，言治國之事備於六經，至宋而「爲學」、「治民」始二分。故於〈上曾丞相書〉（文四／1375）中，謂科考之才，必由「在家孝恭之士」，進考爲「廉愼之吏」。

　　2、學習方法

　　（1）練得要：

　　東坡〈記歐陽公論文〉（文五／2055）言歐陽修讀書法在「勤讀書而多爲之。」又〈與王庠五首之五〉（文五／1820）中謂書富如入海，不能兼收盡取，「故願學者，每次作一意求之。」自深入而系統。

　　（2）博而厚——「博觀而約取，厚積而薄發」：

　　東坡於〈稼說〉（文一／339）中舉富人稱田美多食爲喻，以言爲學當「博觀而約取，厚積而薄發」。東坡又〈與張嘉父七首其七〉，（文四／1562）中謂「當且博觀而約取，如富人之築大第」，必先「儲其材用，既足，而後成之」，以言積學之要。

　　（3）思——博學而不亂，深思而一之：

　　東坡於〈鹽官大悲閣記〉（文二／386）中，言「廢學而徒思者，孔子之所禁，而今世之所尚也。」言學、思之相輔相成。東坡又於〈孟子論〉（文一／96）中言古之禮樂刑政、當世百氏之書、百工技藝，乃至九夷八蠻之事，「皆列乎胸中，而有卓然不可亂者，此固有以一之也。」則爲學之駁系統專一，正得力於思深。

　　東坡既熱心教育，又有完備教育理念，自當爲學、教者之參考也。

六、均民富國

　　東坡經濟思想，首重民利，次及國富，故於其〈策別〉奏議中，屢述之。如東坡〈御試制科策一道〉（文一／89）中，首言理財在「均民而富國」云：

> 古者天子取諸侯之土，以爲國均，則市不二價，四民常均，是謂之
> 五均，獻王之所致以爲法，皆所以均民而富國也。

又接以「省費以養財」而言「均民富國」，則錢貨之制，自爲急政要務之首。

（一）重民利

　　經濟之發展、效率、生產價值亦屬歷史範疇，故有識之士，皆由經濟改革，欲其國由弱轉強。《史記・貨殖列傳》由「人富而仁義附焉」揚「倉廩實而知禮節，衣食足而知榮辱」之人人趨富理念。東坡於〈續歐陽子朋黨論〉（文一／128）中，承司馬遷重國之治亂論，由百姓「富足而定」之理念開展，欲國之強，必先由百姓開啓衣食之門。曰：

　　　　人之所以爲盜者，衣食不足耳。……故善除盜者，開其衣食之門，使復其業。善除小人者，誘以富貴之道，使驟其黨。

東坡參政時，正逢王安石熙寧變法之高潮。王安石改革重點在「理財」，故汲汲於聚國之財爲主；東坡則由「仁政」理念出發，著眼百姓生活改善，力倡「捐利於民」，保持社會穩定。東坡之重「民利」，溯其源，除《史記》之外，正在《論語・顏淵》曰：「百姓足，君孰與不足？」東坡則於〈刑政〉（文一／134）中首重民富曰：

　　　　《易》曰：「理財正辭，禁民爲非曰義。」先王之理財也，必繼之正辭，其辭正則其取之也義。三代之君，食租衣稅而已，是以辭正而民服。自漢以來，鹽鐵酒茗之禁，稱貸榷易之利，皆心知其非而冒行之，故辭曲而民爲盜。今欲嚴刑妄賞以去盜，不若捐利以予民，衣食足而盜賊自止。

稅率合理，百姓衣食足而盜賊止，正爲《論語》、《史記》經濟思想之再現，故東坡、安石經濟思想最大分野在──爲人主謀利與爲民謀利。此正《宋史紀事本末》引司馬光之言曰：

　　　　天下安有此理？天地所生財貨百物，不在民，則在官，彼設法奪民，其害乃甚於加賦。

故東坡重民利兼及國富，安石重人主國富，由此一分歧，故二人所重自不同。

　　又據《宋史紀事本末》引王安石之言：

　　　　周置泉府之官，以權制兼併。今欲理財，則當均濟貧乏，變通天下之財，修泉府之法，以收利權。

　　《王臨川集》，安石〈上仁宗皇帝言事書〉：「因天下之力，以生天下之財；取天下之財，以供天下之費。」則王安石於「取」、「費」之中，忽略官吏盤剝百姓，何足爲通變理財之道？正似其時三司條例司考察農田、水利賦稅，未及百姓利益，則掌財者，自易大飽私囊。

《宋史紀事本末》又引子由說：

役人之不可不用鄉戶，猶官吏之不可不用士人也。有田以爲生，故無逃亡之憂，樸魯而少詐，故無欺嫚之患。今乃舍此不用，輒恐掌財者必有盜用之姦，捕盜者必有竄逸之弊。

唐代楊炎定兩稅法兼租調，而宋又復取庸錢，則：

品官之家復役已久，蓋古者國子俊造，將用其才者，皆復其身；胥吏賤吏，既用於官者，皆復其家。聖人舊法，良有深意，奈何至於官戶而又將役之耶！

則蘇軾兄弟理財，皆首重民利也。

（二）重國富

如何可得社稷之利？

東坡於〈刑政〉（文一／134）中言省費廉取以養財，乃爲「社稷之福」。如興利聚財，但爲人臣之利，則人臣必先「煩刑賊民」，則國本動搖矣。又如何可以省費而聚國之利？東坡於〈策別・厚貨財一〉（文一／267）中，言收支長遠之計謂：

（1）萬世之計——歲之所入，足用而有餘，可應「水旱之變」、「盜賊之憂」，則天災地貧、四夷盜賊不足爲困。

（2）一時之計——一歲出入相當，自不必虐取於民，雖急用不免厚賦，國可靜逸而不可勞動。

（3）不終月之計——量出爲入，用之不給，取之益多，而盡用衰世苟且之法。不斷搜刮民財，如宋之當時：「山陵林麓，莫不有禁，關有征，市有租，鹽鐵有權，酒有課，茶有算」等，皆有損國之根本利益。

至其實行之方，則有：

（1）除去朝中無度之支出，與層層官員之揮霍。東坡於〈策別・厚貨財〉（文一／267）中謂：朝中除禦二虜車服器械之資外，則以宮中浮費爲最。如：

天子三歲而郊，郊而赦，赦而賞，天下吏士，數日而待賜。

天子有七廟，今又飾老佛之宮，而爲之祠，固已過矣，又使大臣以使領之，歲給以巨萬計。

天下之吏甚多，已享盡民利，又多未得其人。如有水患，郡吏之外，又徒設都水監，坐籌於京師。

天下有轉運史已足，江淮間又有祿厚之發運等，正似「里有蓄馬者，
患牧人欺之而盜其芻菽也，又使一人焉為之廄長，廄長立而馬益瘠。」
凡此皆無益之費，名重而實輕者也。

（2）節約龐大軍費——東坡於〈策別‧厚貨財二‧定軍制〉（文一／271）
中，屢申其義。如言朝廷多養老弱之兵外，又集禁於京畿上曰：

天下之財，近自淮甸，而遠至於吳、蜀，凡舟車所至，人力所及，
莫不盡取以歸於京師。晏然無事，而賦斂之厚，至於不可復加，而
三司之用，猶苦其不給，其弊皆起於不耕之兵聚於內，而食四方之
貢賦。

又禁軍之調度頻繁，三年一遷，使兵無常帥，帥無常兵，東坡又接言曰：

養兵之費，莫大於征行。今出禁兵而戍郡縣，遠者或數千里，其月
廩歲給之外，又日供其芻糧。三歲而一遷，往者紛紛，來者纍纍，
雖不過數百為輩，而要其歸，無以異於數十萬之兵三歲而一出征也。
農夫之力，安得不竭？

為今之計，不如減少禁兵，訓練郡縣之兵，自可「內無屯聚仰給之費，而外
無遷徙供億之勞，費之省者，又已過半矣。」

（3）以移民（均戶口）紓經濟困境

東坡於〈策別‧安萬民三‧均戶口〉（文一／258）中，言行均民之術—
—乃因井田廢，民轉徙無常，側肩躡踵，聚以成市，豐年已無餘蓄，一遇水
旱，不轉於溝壑，即聚為盜賊，人民過分集中，經濟自多負荷。何以如此？
其理有二，民之不均在「上之人，賤農貴末」，百工技藝者可懷輕資而游走，
農人亦「釋其耒耜而游於四方，擇其所樂而居之，其弊一也。」又

凡人之情，怠於久安，而謹於新集。水旱之後，盜賊之餘，則莫不
輕刑罰，薄稅斂，省力役，以懷逋逃之民。而其久安而無變者，則
不肯無故而加卹。是故上之人忽故而重新，則其民稍稍引去，聚於
其所重之地，以至於眾多而不能容，其弊二也。

水旱之後，為民自不為求稅輕役省而引去流走。

故東坡於〈策別‧安萬民三〉中提出「均戶口」之法：

為爵祿之吏仕、為受飢饉而樂於流動之人，則「授其田」、「緩其租」，而
「固其意」，此外又能適度調整稅率，則足以富國安民矣。蓋自從廢井田後，
天下之民始轉徙無常，依其志願，皆聚居城市。一遇水旱，則人多地少者，

自不免饑饉；人少地多者，常有荒地。東坡爲人安土重遷，於是力主二利之計，一、因人之情，二、因時之勢。云：

> 爲今之計，可使天下之吏仕至某者，皆徙荊、襄、唐、鄧、許、汝、陳、蔡之間。今士大夫無不樂居於此者，顧恐獨往而不能濟，彼見其儕類等夷之人，莫不在焉，則其去惟恐後耳。此其所謂因人之情。夫天下不能歲歲而豐也，則必有饑饉流亡之所，民方其困急時，父子且不能相顧，又安知去鄉之爲戚哉？當此之時，募其樂徙者，而使所過廩之，費不甚厚，而民樂行，此所謂因時之勢。（文一／260）

所謂「因人之情」，乃使天下之吏至某者，皆群徙樂居於此者。而「因時之勢」，指饑饉流亡困急，募其樂徙者，加以廩之，人自樂行。

（三）正稅制

1、賦稅 —— 而匡正稅制在〈策別・安萬民四・較賦役〉

宋承五代之弊，「天下田稅不均」（《宋史・王洙傳》），豪強占田無限，由於未曾陳報，賦稅逐不增加；農民相對賦稅不減少，生活益見困難。以致「民罕土者，或棄田流徙爲閒民。」即使政府許民復業，捐其常租，實無補於捐瘠。（《宋史・食貨志上・農田》）

是以東坡建議「較賦役」（文一／261）—— 依地之廣狹瘠腴第而制賦。即東坡云：

> 今欲按行其地之廣狹瘠腴，而更制其賦之多寡，則姦吏因緣爲賄賂之門，其廣狹瘠腴，亦將一切出於其意之喜怒，則患益深，是故士大夫畏之而不敢議，而臣以爲此最易見者，顧弗之察耳。

此原則大抵與後來王安石變法之方田均稅法頗爲相似。

2、均　稅

（1）田具所值之稅

前行之「兩稅法」乃據地之廣狹瘠腴而制賦，又據賦多少而制役，則戶無常賦，人無常役。窮者鬻田則賦輕；富者加地則役重。然自北宋行土地兼併後，富人地益多而賦不加，窮者賣地則地益少而賦不減，或「其賦存而其人亡者，天下皆是也。」

東坡遂於〈策別・安萬民四・較賦稅〉（文一／262）中，言整頓之法在

——據所占土地廣狹瘠腴而收稅，可防止買賣中間之弊端，減輕下層百姓之負擔，即所謂：「易田者必有契，契必有所直之數，據所直之數，而取其易田之稅。」誠爲可貴。

（2）去其不合理之稅收——如官場壟斷之「榷」法、賄賂稅官，實物折錢之「納役」法等。而所謂「榷」法，使民自販，由是去官販，止官場壟斷。

王安石〈議茶法〉中云：「國家罷榷茶之法，而使民得自販，於方今實爲便；於古義實爲宜。」蓋官茶質劣難食，民之所食大抵「私販」，因之去「榷」法，既不奪民食之所甘也，又可去官場壟斷。

東坡於〈上文侍中論榷鹽書〉（文四／1400）言官鹽之害在「本輕利重」，如一意行之，必失民心。

（3）東坡於揚州，亦於〈揚州上呂相公論稅務書〉（文四／1404）中揭露稅務之弊曰：

> 軾自入淮南界，聞二三年來，諸郡稅務刻急日甚，行路咨怨，商賈幾於不行。

言遇商旅不肯認納，則苛留十日半月，常：「貲用坐謁，則所喝唯命。」告訴無門，走投無路。甚而「有條許酒稅監官，分請增剩賞錢。」賄賂稅官不成，又轉請君上下達詔書，然當時執法之三司曹吏，仍拒而難行，東坡時爲此而呼號，即於〈上蔡省主論放欠書〉（文四／1405）中，謂天子下達，釋民之欠稅，乃出於不得已之天災，然因主事之三司曹吏，多所盤剝，東坡惟有爲民請命。

又東坡貶惠州，〈與程正輔七十一首之四十七〉（文四／1608）中亦言以實物折錢之「納役錢」使民益困，謂米賤已是傷農，而折價後所得尤少，則民何堪重稅？

此外，宋代稅收常巧立名目，除租、調與庸兩稅既兼之外，又別出科名，使百姓備受其苦，無以爲生。故東坡於〈上神宗皇帝書〉（文二／729）中云：「古者官養民，今者民養官。」加以抨擊。

（4）東坡以理財在省費用

兵冗、官濫爲宋代財政之蠹。仁宗慶曆年間，兵一百二十五萬九千（《宋史·食貨志下一·會計》），皇祐官二萬餘員（《元豐類稿·議經費》）。皇祐之戶數，比之景德未增，而官數卻倍增於景德。此外，宗室受祿之多，亦是財政困難之因。由太祖至眞宗，已有九千七百八十五官。及仁宗慶曆間竟增爲一萬五千四百四十三官（《宋史·食貨志》）。東坡此僅就「冗員」而論，故〈策

別‧厚貨財之一〉言省費用曰：

> 夫無益之費，名重而實輕。以不急之實，而被之以莫大之名，是以
> 疑而不敢去。……夫四方之水患，豈其一人坐籌於京師，而盡其利
> 害。天下有轉運使足矣，今江淮之間，又有發運，祿賜之厚，徒兵
> 之眾，其為費豈可勝計哉？（文一／267）

嘉祐八年，東坡簽判鳳翔，論民生國是有二篇：〈思治論〉（文一／115）與〈上
韓魏公書一首〉（文四／1443）。〈上韓魏公一首〉重在用人。而〈思治論〉重
省費用，其基本原則在：

東坡以自真宗景德以來，世有三患 —— 無錢、無兵、無吏，終莫能去。〈思
治論〉（文一／115）中云：

> 自宮室禱祠之役興，錢幣茶鹽之法壞，加之以師旅，而天下常患無
> 財。……自澶淵之役，北虜雖求和，而終不得其要領。其後重之以
> 西羌之變，而邊陲不寧，二國益驕。以戰則不勝，以守則不固，而
> 天下常患無兵。……自選舉之格嚴，而吏拘於法，不志於功名，考
> 功課吏之法壞，而賢者無所勸，不肖者無所懼，而天下常患無吏。

其次，東坡以財之不可豐、兵之不可強、吏不可擇，其癥結在於「其始」（規
模）之未立，「其卒」（事功）之無成。（同上）

故以執政者，從諸多策略，依其可行者，而規摹之，用人專，其政一。
故曰：

> 為之說曰：發之以勇，守之以專，達之以強。（同上）

七、安邊教戰

東坡由仁政思想出發，兼重「衛民」、「養兵」，欲執政者權衡二者，可免
近患遠憂，故於〈上知府王龍圖書〉（文四／1388）中云：

> 國家畜兵以衛民，而賦民以養兵，此二者不可以有所厚薄也。然而
> 薄於養兵者，其患近而易除；厚於賦民者，其憂遠而難救。……為
> 政者，徒知畏其易除之近患，而不知畏其難救之遠憂。

則為國難以長治久安。

溯東坡軍事思想直接導引於 ——

北宋時有契丹、西夏之邊患，真宗景德元年（1004）訂立「澶淵之盟」，
仁宗慶曆四年（1038）有西夏元昊求和，加之國內起義，為政者多惴惴不安。

東坡亦於〈思治論〉（文一／115）中以「財豐」、「兵強」、「吏精」爲國家存亡之三要事。而以武力進行內政、外交之爭勝，尤爲直接，或正承自儒家。

分析東坡奏章、詩文中多涉戰術、戰略之理念，雖爲文人之論，亦見其關懷國事之用心。以下由戰略、戰術思想以言：

（一）戰略上

1、定軍制

太祖起於兵間，而有天下，見唐李五代藩鎮之禍，故而蓄兵京師，以成強幹弱枝之勢。其駐防各郡縣者，多由禁兵派往，而每一地駐兵，多不踰數千，三歲一遷，如此以往，國家財政負擔至大且鉅。東坡〈策別・厚貨財二・定軍制〉（文一／271）中，即言聚兵晏然，無事而食，如千駟之馬，費百頃之芻。又如禁軍過於集中京師，而食四方之貢賦，尤爲積弊，故東坡於《策別・厚貨財・定軍制》（文一／271）中，建言「定軍制」——

> 郡縣之土兵，可以漸訓而陰奪其權，則禁兵可以漸省而無用。
> 今天下之兵不耕而聚於京畿三輔者，以數十萬計，皆仰給縣官。……
> 其弊皆起於不耕之兵聚於內，而食四方之貢賦。非特如此而已，又
> 有循環往來，屯戍於郡縣者。……雖不過數百爲輩，而要其歸，無
> 以異於數十萬之兵三歲而一出征也。

2、練精兵

宋代禁兵三歲一遷，兵多疲憊，加之其兵凌人已甚——其意自以能爲天子出戍也。是故著美衣、食豐食、開府庫、輦金帛，若有所負，一逆其意，則欲群起而噪呼，此何爲者？乃由專信禁兵，而疑四方之兵。

藝祖取天下，兵不過十五萬人，《宋史・蔣芾傳》謂眞宗以後，蓄兵漸多。當時全國人口共一千九百九十六萬，而兵則蓄有九十一萬二千。仁宗寶元後，募兵益廣，災民紛紛應徵入伍，至慶曆年間，人口二千一百八十三萬，兵一百二十五萬九千。（《宋史・食貨志下・會計》）。故東坡以爲既募民以爲兵，擴而至於衰老，則募兵雖眾，而老弱居多，徒增政府負擔。況應徵者非災民，即是市井無賴，何以禦侮？故東坡力主「精兵」。

東坡既反對驕兵、冗兵，故於〈策別・訓兵旅三之二・練軍實〉中建言「練軍實」之方，力主精兵政策。即曰：

> 臣以謂五十已上，願復而爲民者，宜聽。自今以往，民之願爲兵者，

皆三十以下則收，限以十年而除其籍。民三十而爲兵，十年而復歸，
其精力思慮，猶可以養生送死，爲終身之計。（文一／276）

東坡又溯言歷代兵制之言，如言三代之兵——「兵出於農」，故「有常數而無
常人」、「役於官者，莫不皆其壯子弟」故而「費用省而兵卒強」。「及至後世，
兵、民既分，兵不得復而爲民，於是始有老弱之卒。」

東坡又以宋代行募民爲兵之後，則「其妻子屋廬，既已託於營伍之中，
其姓名既已書於官府之籍」，則每一兵士由二十至衰老，四十年中，二十年效
力，二十年則閑於廩俸。由是推之，則養兵十萬，其半而可；屯兵十年，其
半無用。蓋由「冗兵」而得「有兵不可使戰」之「棄財」，與「不可使戰而驅
之戰」之「棄民」。

又募兵所得皆非良民，加之兵、民分開，民不知兵，故「兵常驕悍而民
常怯，盜賊攻之而不能禦，戎狄掠之而不能抗。」

東坡以爲改善宋代兵制可以「十年」爲期，使民更代爲兵，兵復原爲民。
且用漸進之法行之，所謂「有始至者，有既久者，有將去者，有當代者，新
故雜居而教之，則緩急可以無憂矣。」（〈策別‧訓兵旅二〉（文一／276）。）

3、用專材

鑑於唐末五代方鎮之禍，於是「太祖削諸侯跋扈之禍；太宗杜僭僞覬覦之
心。」（《宋史‧王禹偁傳》）爲鞏固其政權，乃收武將之權，且不得久於其任。

誠如劉安世云：「國朝革五代之弊，文武二柄未嘗專付一人。」（《宋史‧
職官志二》）如是矯枉過正，縱使於作戰之時，兵權亦不專屬於一人，而臨陣
作戰，又欲自中央遙制。即文彥博言：「今擁兵數十萬，而將權不專，兵法不
峻，將何以濟？」（《宋史‧文彥博傳》）

又宋承唐制，置三省，（中書制詔令，門下察詔令，尚書奉行詔令）。三
省長官通稱「宰相」，而「同平章事」始爲「眞相」。然宰相但依聖旨草詔，
並無實權，且又成立政、軍、財之政。其缺失，誠如范鎮之言：

古者冢宰制國用，今中書主民，樞密院主兵，三司主財，各不相知。
故財已匱，而樞密院益兵無窮。民已困，而三司取財不已，中書視
民之困，而不知使樞密減兵。三司寬財以救民困者，制國用之職不
在中書也。〔註12〕

_____

〔註12〕見《蘇東坡全集》上，頁447，與《宋史‧范鎮傳》。

東坡於〈策別‧訓兵旅三之一‧蓄材用〉中謂北宋之兵弱不振，非「士卒寡少」、「器械鈍弊」、「城郭不足守」、「廩食不足給」，乃「無材用」也。即云：

> 天下之實才，不可以求之於言語，又不可以較之於武力，獨見之於戰耳。戰不可得而試也，是故見之於治兵。（文一／275）

如何可得威鎮四方之軍事幹才？唯於「治兵」中見之，東坡接言──遂舉子玉、孫武治兵為例：

> 子玉治兵於蔿，終日而畢，鞭七人，貫三人耳。蔿賈觀之，以為剛而無禮，知其必敗。孫武始見，試以婦人，而猶足以取信於闔閭，使知其可用。故凡欲觀將帥之才否，莫如治兵之不可欺也。

又或可由新募之兵得專材，即：

> 觀其顏色和易，則足以見其氣；約束堅明，則足以見其威；坐作進退，各得其所，則足以見其能。凡此者皆不可強也。故曰：先之以無益之虛名，而較之以可見之實。庶乎可得而用也。

則東坡「蓄材用」又見於治兵實作中。

東坡又於〈策斷一〉（文一／281）中，言：「特設專任官以待二虜。」即建言以專人以待契丹、西夏，則可便宜行事。參之〈徐州上皇帝書〉（文二／760）云：「盜賊之所以熾者，以陛下守臣權太輕故也。臣願陛下稍重其權，責以大綱，略其小過。」即是要求太守有專權，以待盜賊，其意正同。

4、得先機，掌主動

《司馬法》曰：「國雖大，好戰必亡；天下雖安，忘戰必危。」（首篇）。安燾亦云：「為國者不可好用兵，亦不可畏用兵。好則疲民，畏則遺患。」（《宋史‧安燾傳》）。由於宋室舉措失宜，迫於形勢，畏戰而欲和。敵人則善於利用此勢，以便予取予求。是故，東坡作〈策斷〉三篇，其一即言「掌主動之權」，東坡建言欲戰欲和，皆宜取得先機，即：

> 欲天下之安，則莫若使權在中國；欲權之在中國，則莫若先發而後罷。示之以不憚，形之以好戰，而後天下之權，有所歸矣。（文一／282）

東坡於宋廷對遼、夏之敵，又言外患將引內禍，即外患、內禍，實互為因果。

東坡言主戰，且應爭取主動權。云：

> 昔者敵國之患，起於多求而不供。供者有倦而求者無厭，以有倦待

> 無厭，而能久安於無事，天下未嘗有也。……權在敵國，則吾欲戰
> 不能，欲休不可。進不能戰，而退不能休，則其計將出於求和。

東坡又主於戰、和之危疑擾攘中，必求主動，蓋：

> 軍旅之後，而繼之以重媾，則國用不足。國用不足，則加賦於民。
> 加賦而不已，則凡暴取豪奪之法，不得不施於今之世矣。

此為連鎖反應，故應爭權在我，蓋：

> 國無大小，兵無強弱，有小國弱兵而見畏於天下者，權在焉耳。千
> 鈞之牛，制於三尺之童，弭耳而下之，曾不如狙猿之奮擲於山林，
> 此其故何也？權在人也。我欲則戰，不欲則守。戰則天下莫能支，
> 守則天下莫能窺。

又曰：

> 使人備己，則權在我，而使己備人，則權在人。

皆言能掌握戰爭主動權，方能禦敵於天下。東坡見鳳翔一經元昊之變，冰消
火燎之後，十不存三四。今之所謂富民者，嚮之僕隸；今之所謂蓄聚者，嚮
之殘棄也。是以〈上韓魏公論場務書〉請免衙前之役。亦為卓見。即：

> 軾官於鳳翔，見民之所最畏者，莫若衙前之役。自其家之甕盎釜甑
> 以上計之，長役及十千，鄉戶及二十千，皆占役一分。所謂一分者，
> 名為糜錢，十千可辦，而其實皆十五六千，至二十千，而多者至不
> 可勝計也。科役之法，雖始於上戶，然至於不足，則遞取其次，最
> 下至於家貲及二百千者，於法皆可科。自近歲以來，凡所科者，鮮
> 有能大過二百千者也。夫為王民，自甕盎釜甑以上計之，而不能滿
> 二百千，則何以為民。今也，及二百千則不免焉，民之窮困，亦可
> 知矣。（文四／1394）

所謂衙前役——「衙前」為宋代負擔最重之差役，掌官物之押運與供應，並
負賠償失與短缺之責。見《宋史・食貨志上五》：「役之最重自里正、鄉戶為
衙前，主典府庫或輦運官物，往往破產。」此言指科役之重。

（二）戰術上

1、尚備戰

　　古今戰守之術不同，東坡於〈私試策問八首之三・關中戰守古今不同，
與夫用民兵、儲粟馬之術〉（文一／202）中，析論——秦人具自食其力軍隊，

而北宋則無,曰:

> 昔者六國之世,秦盡有今關中之地,地不加廣也,而東備齊,南備
> 楚,近則備韓、魏,遠則備燕、趙,有敵國之憂,而無中原之助,
> 然而當是時也,攘卻西戎,至千餘里。今也天下爲一,獨以關中之
> 地西備羌戎,三方無敵國之憂,而又內引百郡以爲助,惴惴焉自固
> 之不暇。

今昔相比,古之爲兵者,何以「百戰不殆」?則:

> 古之爲兵者,戍其地,則用其地之民;戰其野,則食其野之粟,守
> 其國,則乘其國之馬,以是外被兵而內不知,此所以百戰而不殆也。

而今北宋用兵儲粟馬之術爲何?東坡接言曰:

> 戍邊用東北之人,糴糧用內郡之錢,騎戰用西羌之馬,是以一郡用
> 兵,而百郡騷然,此又不可不論也。

爲今之計,當在「使被邊之郡,自用其民,自食其粟,自乘其馬。」
然治軍則在「備戰」與否。

孔子曰:「有文事,必有武備。」文武兼修,爲有國者不二法門。然宋太祖
建國之初,鑑於五代方鎭之禍,乃削除武將兵權,推行重文輕武之政策。又宋
興至嘉祐間,已屆百年,全國正酖於苟且偷安之中,士大夫遂高談闊論,說仁
義、談禮樂,卻「諱言軍備」。《宋史・范仲淹傳》言民不知戰,且又忘國家之
危。東坡遂於〈策別・安萬民六之五・教戰守〉(文一/265)中屢致其言:

首言當今之民,無危機感——「在於知安而不知危,能逸而不能勞。」
故平日教戰守(備戰)實爲必要。東坡遂由古事加以分析:

> 昔者先王知兵之不可去也,是故天下雖平,不敢忘戰。秋冬之際,
> 致民田獵以講武,教之以進退坐作之方,使其耳目習於鐘鼓旌旗之
> 間而不亂,使其心志安於斬刈殺伐之際而不懾。是以雖有盜賊之變,
> 而民不至於驚潰。

人民能臨危不亂則可迎戰,而唐代開元天寶中,則「民安於太平之樂,
酖豢於遊戲酒食之間,其剛心勇氣,消耗鈍眊,痿蹶而不復振。」如是安祿
山「漁陽鞞鼓動地來」,則「四方之民,獸奔鳥竄」,唐代因之而亡。

爲今北宋面對契丹、西夏,勢在一戰,戰既不免,民何能知安逸不知危
難?故又云:

> 今國家所以奉西北之虜者,歲以百萬計,奉之者有限,而求之者無

　　厭，此其勢必至於戰。戰者，必然之勢也。不先於我，則先於彼，

　　不出於西，則出於北。所不可知者，有遲速遠近，而要以不能免也。

至如何進行備戰，東坡又云：

　　臣欲使士大夫尊尚武勇，講習兵法。庶人之在官者，教之以行陣之

　　節。役民之司盜者，授以擊刺之術。每歲終則聚於郡府，如古都試

　　之法，有勝負，有賞罰，而行之既久，則又以軍法從事。（文一／264）

如是既可使全民皆兵，亦可抑制驕兵，即「今天下屯聚之兵，驕豪而多怨，

凌壓百姓而邀其上者何故？此其心以爲天下之知戰者，惟我而已。」

　　哲宗元祐八年，東坡〈乞增修弓箭社條約狀二首其一〉（文三／1024）云：

　　臣切見北虜久和，河朔無事。沿邊諸郡，軍政少弛。將驕卒惰，緩

　　急恐不可用。武藝軍裝，皆不逮陝西、河東遠甚。雖據即目邊防事

　　勢，三五年間，必無警急。然居安慮危，有國之常備，事不素講，

　　難以應猝。

亦言邊防常備之必要，可與前文相互印證。

2、倡勇敢

　　宋代重文輕武，世人鄙視軍人，而軍人亦自暴自棄，甚至娼婦隨軍而行。

又其時軍人俸祿菲薄，禁兵戍邊，其家在京都，有不能自存者。（《宋史·張

士遜傳》）。至於將帥，生活亦差，以致受命之時，固欲攻堅陷陣；一旦遭遇

敵人，又多閉壘不戰，恐捐軀以累其家人。眞宗時，李繼和即云：

　　守邊之臣，內憂家屬之窘匱，外憂姦邪之憎毀。憂家則思爲不廉；

　　憂身則思爲退跡。思不廉則官局不治；思退跡則庶事無心。欲其奮

　　不顧身，令出惟行，不可得已，良由賞未厚、恩未深也。賞厚則人

　　無顧內之憂；恩深則士有效死之心。（《宋史·李繼和傳》）

故東坡於〈策別·訓兵旅三之三·倡勇敢〉（文一／278）中，言提昇軍隊素質，

曰：「戰以勇爲主，以氣爲決。天子無皆勇之將，而將軍無皆勇之士」，則不足

以禦敵。而致勇之術在「致勇莫先乎倡」與「倡莫善乎私」。以下試分言之：

　　（1）致勇莫先乎倡

　　天下有急，而有一人焉，奮而爭先致其死，則翻然者眾矣。……一

　　夫之先登，則勃然者相繼矣。天下之大，可以名劫也。三軍之眾，

　　可以氣使也。諺曰：「一人善射，百夫決拾。」苟有以發之，及其翻

　　然勃然之間而用其鋒，是之謂倡。

此言天下急可以爭先，必以「氣」倡之，使「翻然勃然之間」，方能得其鋒。

（2）倡莫善乎私

即厚待天下難得之勇者。蓋其人「捐其妻子，棄其身以蹈白刃，是勇者難能也。」以難得之人，行難能之事，必有難報之恩。天下有急，方能振臂出之。故云：

> 天子必有所私之將，將軍必有所私之士，視其勇者而陰厚之。人之有異材者，雖未有功，而其心莫不自異。自異而上不異之，則緩急不可以望其為倡。故凡緩急而肯為倡者，必其上之所異也。（文一／279）

此言人不唯自異其才，尤需其上能異其才，緩急中，始可為之倡。

北宋軍政之弊既在不倡勇敢，不善於「私」，故邊患不斷，即〈策別・訓兵旅三・倡勇敢〉云：

> 收視內顧，莫有一人先奮而致命，而士卒亦循循焉莫肯盡力，不得已而出，爭先而歸，故西戎得以肆其猖狂，而吾無以應，則其勢不得不重賂而求和。（文一／280）

西戎之叛，將士謹守封地，不願效其力，則其勢必不能勝，究其因，乃「天子無同憂患之臣；而將軍無心腹之士。」此賢者不見異、勇者不見私，則何有見危授命之士？如能賞厚恩深，則將士無內顧之憂，必有效死之心。

「訓兵旅」，除以上所言，尚有建禁軍營房，增修弓箭社，加強軍紀等。又審視北宋兵制之失、禁軍之驕、老弱之兵、缺少訓練之士，則國弱難以禦強敵。以下進言之：

3、因敵異術

東坡之於邊防，反對滿足敵人「無厭之求」。故於〈策略二〉（文一／228）中力主「君王不可忍讓」曰：

> 今者二虜不折一矢，不遺一鏃。走一介之使，馳數乘之傳，所過騷然，居人為之不寧。大抵皆有非常之辭，無厭之求，難塞之請，以觀吾之所答。

是以為今之計，當搜羅人才，使「周知敵國之虛實」，不惟可以應敵之請，亦知攻守之對策。東坡又於〈策斷二〉、〈策斷三〉中，分言御西戎、北狄不同之術：

（1）御西戎之略 —— 東坡於〈策斷二〉（文一／285）中言以吾長擊彼短。西戎既為小國，則取分兵之策，即本孫武兵法 ——「十則圍之，五則攻之，倍則分之」原則，亦即「分兵擊之」。又「使其十一而行，則一歲可以十出；

十二而行，則一歲可以五出。十一而十出，十二而五出，則是一人而歲一出也。吾一歲而一出，彼一歲而十被兵焉，則眾寡之不侔，勞逸之不敵，亦已明矣。」（文一／285）

此由勞逸寡眾而設計，吾一歲一出兵，彼一歲而十被兵，西戎小國，何以敵之？

（2）論北狄之勢——東坡〈策斷三〉（文一／286）力主以吾長制彼短，則可長治久安。即：

> 築爲城郭，塹爲溝池，大倉廩，實府庫，明烽燧，遠斥堠，使民知
> 金鼓進退坐作之節，勝不相先，敗不相後。此其所以謹守其法而不
> 敢失也。

（3）〈策斷三〉亦接言：對西夏、契丹，則當正確估量雙方策略。〈策斷三〉即云：

蠻夷之對中原取力攻、力守、力戰之法，而大宋則應取「守以形」、「攻以勢」、「戰以氣」，故「百戰而力有餘」。

> 形者，有所不守，而敵人莫不忌也。勢者，有所不攻，而敵人莫不
> 慮也。氣者，有所不戰，而敵人莫不懾也。（文三／288）

東坡以一文士，其憂國愛民，不惟見之於政治、經濟、教育思想、且及於軍事。不惟具戰略、戰術思想，亦見之於軍器使用、營房修繕等實政，不同於老泉但有思想、荊公之只是實現，東坡軍事思想乃兼有思想與實踐。（參拙作〈老泉、荊公、東坡軍事思想比較〉）。

儒家仁政思想，不惟影響東坡社會政治理念，亦左右東坡法治、軍事思想，東坡承之而發揚儒家主張，以求有利國計民生。回首省思，北宋當權者如兼取熙寧新法，及東坡仁者之思，宋之積貧積弱或可早日改善。

八、儒釋道合一

綜以上，東坡洵具儒、道、佛思想，且能融而爲一。

東坡既篤信儒術，熱心濟世，然因宦途多蹇，讒陷不絕，是以另托清靜無爲之佛老以安身立命，抒遣鬱結。

（一）宋時儒學復興

帝王倡文治以儒學治國。如：

太祖有「欲武臣盡讀書以通治道」計劃。〔註13〕

眞宗有〈勸學詩〉以勵學士:「六經向窗前讀」,書中自有「千鍾粟、黃金屋、顏如玉。」

宰相趙普云:「以半部《論語》治天下。」

王曾《王沂公筆錄》云:「宰相需用儒者。」

陸游《避暑漫鈔》云:「不得殺士大夫及上書人。」

(二)科舉改革,促進儒學復興

科舉自漢代「察舉」以來,至宋而漸趨完備,據《宋史》卷155〈選舉志〉言唐代科舉每年取進士30名,至宋每三年一試取400人。而又:

嚴禁「公荐」,採行「別頭試」(即考官迴避親友應試)。

又有「鎖院」──考官入闈貢院,以避請托。

此外,據《通考》卷四六載,宋廷中央有國子監;地方有官學及書院,如白鹿洞、應天、石鼓、岳麓四大書院,且因印刷術發達,故儒學復興。

東坡出生自佛教之家,據〈眞相院釋迦舍利塔銘〉(文二/578)言,老泉「性仁行廉,崇信三寶。」〈寶月大師塔銘〉(文二/467)亦言東坡曾以寶月大師惟簡爲無服兄。又〈海月辯公眞贊〉(文二/638)言東坡喜與僧友惠辯、辯才等交往──「清坐相對,時聞一言,則百憂冰解,形神俱泰。」

又元豐七年(1084)四月,東坡調任汝州團練副使,路經建康,拜見退居林下之荊公,暢談古今,共同體會佛學。荊公企望東坡定居建康,可常往來,東坡甚爲神往,而作〈次荊公韻四絕〉(詩四/1251)云:「勸我試求三畝宅,從公已覺十年遲。」荊公亦嘆云:「不知更幾百年,方有如此人物。」〔註14〕則二人政見雖相左,同心向佛則一。

又東坡喜讀佛書──由《大乘》諸經分至《楞嚴》皆讀,故於〈書柳子厚大鑑禪師碑後〉(文五/2084)中,曾致其意。而《東坡集》之《前集》卷四十、《後集》卷十九、有廿餘首釋教之作。故錢謙益〈讀蘇長公文〉云:「子瞻之文,黃州已前,得之於莊;黃州已後,得之於釋。」〔註15〕而《藝概‧卷一》亦謂「東坡文茫然無涘,具開拓哲理,或得之於釋氏。」即:「東坡最

〔註13〕方豪,《宋史》,文化大學,頁64。

〔註14〕見《苕溪漁隱叢話‧前集》引《西清詩話》。又見施元之注蘇詩〈同王勝之遊蔣山〉題注。

〔註15〕見《四部叢刊》本《牧齋初學集》,卷八三。

善於沒要緊底題，說沒要緊底話，未曾有底題、底話。」

至《志林・論古十三首》中之〈論周東遷〉（文一／151）直斷周東遷之謬。文由縱觀古今、橫視十三國而迭出，令人如墜五里霧中，必披覽循環，方知為弱宋取敗在南遷，令人疾呼。又〈論范蠡〉（文一／153），旨在以釋氏發議，迴環反照范蠡終非清淨無為者。

而〈論管仲〉（文一／147）則言管仲之盛德，而對舉漢高、晉武七人「不殺以啟亂」與漢景、曹操等八人之嗜殺，為「未病而服藥」。則全文以「嗜殺」與否立論，頗有佛家「不殺生」之意。

（三）儒佛之相斥相融

1、相　斥

六朝以降，儒、道、釋相互激盪，至宋猶然。而宋代理學又兼取儒之心性論、道之自然觀及禪宗，合為一時代思想，是以偏取儒為儒學派，偏取佛為道學派。

儒學派──據全祖望《宋元學案・安定學案》（中華，頁 19）──言講明正學以師儒者，有孫復〈儒辱〉，謂以仁義禮樂興王道、正人倫。石介〈怪說〉以堯舜禹湯為萬世常道；佛老為妖妄怪誕之道。戚同文倡「以易明體」、「以禮實踐」；歐陽修〈本論〉，進以「禮義」與儒斥佛。

道學派──洛學來自華山道士陳摶及胡瑗、周濂溪。即全祖望云：「說者以為濂洛之前茅也。」然濂洛思想雖得自佛老而又斥佛老。如二程「伊洛之學」之反對王安石新學，旨在王安石之調和儒佛。至南宋，程朱仍以排佛反王為主。〔註16〕

2、相　融

宋儒雖排佛亦容佛。如真宗有《崇釋論》、孝宗有《原道辨》，皆主三教調和，程朱揚之，以此為最高理念。

如《佛祖統紀》卷45言歐陽修與祖印禪師相得，故致仕居潁上，日與沙門游，因號「六一居士」，又名其文曰《居士集》者。

又據《二程全集》卷18、39皆言程頤謂學釋者皆高明之人。葛兆光《禪宗與中國文化》（東華，頁 48）進言游定夫、楊龜山之「立雪程門」乃得自佛門二祖慧可立雪於達摩之門啟迪。

〔註16〕蔣義斌著《宋代儒釋調和論及排佛論之演進》，臺灣：商務，頁14。

　　而據《朱文公集》續集卷 5〈答羅參議〉，朱子云：「原來此事（儒）與禪學十分相似，所爭毫末耳。」（商務《四部叢刊》本，頁 13）

　　故隋唐盛極之佛學，至宋為「理學」所取代，宋時之「儒佛合流」，已甚明顯。〔註17〕

　　東坡受時風影響，亦主「儒釋合流」。如：

　　〈書柳子厚大鑒禪師碑後〉言佛之文教「必託於儒之能言者，然後傳遠。」
　　　（文五／2084）

　　〈南華長老題名記〉言儒之行「世間法」與佛之行「出世間法」「等無有
　　　二。」（文二／393）

　　〈宸奎閣碑〉中，言懷璉之能調和儒釋，故「士大夫喜從之游」。（文二
　　　／501）

　　〈祭龍井辯才文〉中，力言儒佛匯流，似「江河雖殊，其至則同。」（文
　　　五／1961）

　　〈答畢仲舉書〉中，設喻區分習佛者有二——「實美而眞飽」者，似「豬
　　　肉」；求「超然玄悟」者，為「龍肉」。（文四／1671）

　　〈思無邪齋銘〉中引孔子之「思無邪」，意同佛語之「本覺必明，無明明
　　　覺」。（文二／574）

　　東坡未始不求儒佛兼通，至其晚歲猶欲「遇物而應」，欲以禪佛安身也。（詳見本書第四章第四節）。

（四）儒道相融

　　除儒、佛外，東坡又有道家思想。

　　宋承唐有重「道」之時風。蓋宋之帝王多倡「道」。如《宋朝事實類苑》言宋太祖「肅正道流」。《宋史・眞宗本紀》言眞宗崇趙玄朗為道教始祖。又《大宋宣和遺事》言徽宗定道教為國教、科考亦考道書《黃帝內經》。

　　道教俗化（以符籙、煉丹為儀式，迎合大眾），又自道家中吸取其養生淡寂思想，自禪宗中吸取心法，匯成新興道教，而以內丹修煉使人人成佛。

　　而道教之入士林，如歐陽修重養內之術，子由信「金丹訣」。東坡亦稱美道經合於《周易》「何思何意」、《論語》「仁者壽」之說。（見本書第三章導論〈東坡體道之淵源〉）。

〔註17〕見方立夫《中國佛教傳統文化》，桂冠，頁 328。

據〈眾妙堂記〉（文二／361）中言，東坡童蒙即拜眉山道士張易簡為師。又據〈陸道士墓誌銘〉（文二／468）言，東坡道友有陸惟忠、鄧守安等。〈上清儲祥宮碑〉（文二／502）中申言道家本末及其治道甚詳，而結之於「黃帝、老子之道，本也；方士之言，末也。修其本而末自應。」則東坡自仰敬道家清淨無為、虛明應物。東坡又重道家服食養生之術。如〈思無邪丹贊〉（文二／606）即言金丹之煉。〈養生偈〉（文二／648）、〈養生訣（上張安道）〉（文六／2335）、〈續養生論〉（文五／1983）中亦有類似之言。

而《志林・論古十三首》中，亦多借藥石養生為喻。如〈論商鞅〉（文一／155）旨在否定荊公變法，行文既否定《史記》之崇商鞅，又直斥商鞅之過在「使子孫無遺種」。且言秦政之苛似「豺虎毒藥」，正如何晏之服寒食以求長生。又言今上如商鞅，亦猶親藥石而不知其性，終必破國亡宗，得禍慘烈。（東坡之好佛、道，詳本書以下三、四章）。

又東坡行文，雖近《國策》，有取於釋、道，亦有參之莊書而萬變者。蘇轍〈亡兄子瞻端明墓誌銘〉即言莊書得東坡之心。而東坡文之好用譬喻、好使「無端崖辭」，﹝註18﹞又多得於莊子。

而東坡文既得莊子文筆勢；又得莊子超乎世外之哲理。如〈論武王〉（文一／137）旨在評武王，非聖人也。東坡既引孔子之評，以證武王有至德而未及「國之存亡」、「民之死生」，又佐以周公〈無逸〉詩之四哲，未及武王。又以正例（文王不伐紂）；反例（子南子之棄父事仇），以襯寫武王之叛君弒王。則全文既見儒家德治，又有縱橫家之術，及莊子「以無作有」哲理。

東坡之重「道」，既受時風影響，又拜道士為師，為文既得道家虛無筆勢以言哲理，又多借藥石養生為喻。已由儒入道，而使儒道相融。此正鐘呂《雲巢語錄》言「三教一理，儒言存心、釋言修心、道言煉心。」（《道藏輯要》璧集三冊）。又張伯端《悟真篇》言歸入究竟空寂之本源在，「先以神仙命脈誘其修煉；次以詩佛妙用廣其神通，終以真如覺性，遣其幻妄。」其言得之。

（五）三家合流

如真宗有《崇儒論》、孝宗有《原道辨》，皆主三教調和，經程朱揚之，以此為最高理念。

蓋儒、釋、道三家之教義、修行各異。即：

﹝註18﹞見吳曾祺《涵芬樓文談・設喻第十九》。

儒主禮教入世，重心性；

釋言禁欲無我，求空觀；

道求出世成仙，重虛無。

三者如何爲求正統而相斥，又爲因應變化而合融，以共求心性？

溯六朝時孫綽《喻道論》已倡三教一致，張融、顧歡類此。

唐代高僧宗密《原人論》亦主三教可通，內外相資。〔註19〕

東坡習儒術，本欲爲君用，然事與願違，自謫黃州，思想漸由儒而佛。故錢謙益《牧齋初學集‧讀蘇長公文》即言東坡黃州前重儒，黃州後漸重釋道，其言得之。

而東坡重三家合流，故於〈跋子由老子解後〉（文五／2072）中肯定《老子解》能會通三教曰：

使戰國時有此書，則無商鞅、韓非；使漢初有此書，則孔、老爲一；

晉、宋間有此書，則佛、老不爲二。

東坡既參憚悟道，故而致力儒、道、佛之融會。

蘇轍亦於〈亡兄子瞻端明墓誌銘〉中云：「（亡兄）後讀釋氏書，深實相，參之孔、老。」

由東坡所作詩文以言，輒見之。以下試舉例以言。

如〈虔州崇慶禪院新經藏記〉（文二／390）以孔子思無邪之言，會合佛之如來意。至〈書柳子厚大鑒禪師碑後〉（文五／2084）言子厚所傳大鑒之言合於孟子。而〈南華長老題名記〉（文二／393）尤以成佛之道同於子思、孟子。此儒佛合也。

而〈莊子祠堂記〉（文二／347）言莊子詆訾孔子之徒，實陽擠而陰助。〈上清儲祥宮碑〉（文二／502）中，亦言道家者流，合於《周易》何思何慮、《論語》之仁者靜壽之說。故〈跋子由老子解後〉（文五／2072）即謂：「漢初有此書，則孔老爲一。」此儒道合一也。是以錢穆以三蘇既崇釋老又重儒術，〔註20〕因而東坡思想不能以一格繩之。

東坡思想既融儒、釋、道於一，其寫作取才，自經史四庫，旁及釋典道

〔註19〕《大正藏》45 冊，頁 708。
〔註20〕故錢穆言：「他們是儒門中之蘇張，又是廟堂中之老莊。非縱橫、非清談、非禪學；而亦縱橫、亦清談、亦禪學。他們的言論思想，如珠璣雜呈，纓絡紛披。在中國學術史裡，可說是異軍特起。」

－62－

藏，信手拈來皆是文。而取儒家「仁者不憂」、「無人而不自得」，又兼同佛家「無常若空」、「當下即是」及道家「清靜無爲」、「超然物外」之思想而成一己坦然透脫境界。其人直如唐順之云「人心地超然，所謂具千古隻眼人。」而其文則「直據胸臆，信手寫出，如寫家書，雖或疏鹵，然絕無煙火酸餡習氣，便是宇宙間一樣絕好文字。」〔註21〕

　　又如〈論封建〉（文一／157）一篇乃「反封建」之作，東坡以「聖人不能爲時，亦不失時」一句破題。蓋「聖人不能爲時」，即指三代之行封建，乃自然順勢，非聖人所能爲也。而言「亦不失時」，乃指始皇之不建侯樹屛、大封諸侯，而行郡縣之想，甚合時宜，此一具哲理之言，已超越各家。又此一茫若無涘之言，人或不知，除以「冬裘夏葛」以喻始皇之「不失時」，又並舉漢高之欲立六國後之不可，與「廢封」在去爭息亂耳。由歷代諸賢所言，以證其言之得，則東坡能由眾人之卓識以道哲理，行文已入化境。

　　〈論項羽范增〉（文一／162）篇在議范增宜以何時去項羽？東坡爲增之計，言宜於項羽殺宋義之時，蓋毅然大丈夫之去就，當「合則留，不合則去」，以「達觀」取捨。蓋其時漢軍已困滎陽，劉邦請和，頸羽欲許，范增諫止，劉邦遂以陳平計，間項羽范增——適項羽遣使至漢營，值備美食，漢見羽使，反云「以乃范增之使，無乃項王之使」，旋撤，易惡食待之，羽乃疑增。亦東坡能綰合權宜之見也。

　　細繹三家合流，在宋，乃因其時理學興，三家益趨合流。如儒家出入佛老，擴爲「新儒學」。道家因應潮流，力主三教一理。佛家亦爲因應中國，致調整其體系，力主三教合一。

　　以下分由理學、禪僧之主三融一言之：

　　宋理學家之重三教合流。如：

　　李純甫言宋以佛書訓釋老莊，浸及儒書。〔註22〕

　　宋眞宗《崇釋論》亦云：「釋氏戒律之書與周、孔、荀、孟，跡異道同。」〔註23〕

　　張君勱《新儒家思想史》上冊亦言宋儒以顏回、伊尹爲仁德之典型，相類於佛家之悲慧。

〔註21〕見《荆川先生文集》卷七，臺北：木鐸。
〔註22〕見《張載集・正蒙序》引，里仁，頁4。
〔註23〕見《續資治通鑑長編》卷45，葉6。

王安石「少學孔、孟，晚師瞿、聃（釋、老）」，又影響東坡。〔註24〕

周敦頤之「太極圖」中「無極」二字雖出自《老子・知其雄》章。而《太極圖說》，據《居士分燈錄》言，則已融入三家。

二程，明道，據《河南程氏文集》，程頤之〈明道行狀〉言明道「出入於老釋者幾十年」。又《宋元學案・明道學案》引其語錄云「天人一也」，正同佛教重共性之平等思想。而〈定性書〉言「定」，雖取《莊子・應帝王》言「不將不迎」，正同《維摩詰經・弟子品》言「靜坐」爲「心不住內，亦不在外。」

伊川之融和儒釋，如《宋元學案・伊川學案》引其語錄即言「五欲」與佛教由「无明」不明佛理引出之「五欲」同。而伊川以思去欲亦同佛教「凝住壁觀」之無爲修行。（而伊川重義解名相「如來禪」之修習去欲，則不同「祖師禪」之不立文字隨心修習之法）〔註25〕

朱子早歲浸於禪佛，攝吸其要，如《朱子年譜》引朱子之師李延年〈與羅博文書〉，言朱子曾從大慧宗杲弟子謙開善體認佛教。又《朱子語類》卷104，朱子〈聖傳論〉言儒書與佛合。

東坡亦主三教合流。如〈祭龍井辯才文〉（文五／1961）云：「江河雖殊，（儒釋）其至則同。」

張商英，北宋末名相張商英，亦主三教融合，於《護法論》中言三教爲驅惑之藥——以儒治皮膚、道治血脈、佛治骨髓。

南宋孝宗《原道辨》謂佛教五戒，正同於儒家五常。

宋代禪僧高道亦力倡三教合流。以儒典以發佛義。

北宋以契嵩《輔教篇》三卷爲代表。中言三教名目雖異，而「欲人爲善」則同，如佛之「五戒」即通儒之「五常」。又以佛教「五乘」中之「天乘」、「人乘」通於儒。且以〈孝論〉〈中庸解〉亦儒。〔註26〕

南宋則以宗杲爲代表。如其〈答汪應辰〉中以佛性、法性正同儒之「五常」。且以道體上無儒釋、聖凡之分。又於《大慧語錄》卷24言菩提佛心，正同忠義憂國之人。且反對「默照禪」之「靜坐看心」而主「看話禪」之閱讀公案、俗世塵勞。

〔註24〕見《蘇東坡全集・外制集》卷上，葉七 b〈王安石贈太傅〉，或（文三／1077）。

〔註25〕禪宗原重「專意坐禪」，中唐後分爲如來禪、祖師禪（達摩至慧能以下五家七宗之禪），見《佛光大辭典》頁2361、4340、6455。

〔註26〕見潘桂明《佛教禪宗百問》，佛光，頁140。

　　由以上所述，三教由相互排斥、滲透而合流，影響中國文學、政經甚大。即：

　　儒——吸取佛道而成「新儒學」。

　　佛——吸取儒道以補充其思想體系。禪宗亦由「不立文字」，進言「文字禪」、「看話禪」，遂成佛學儒化。

　　道——吸收理學之復性明理、禪宗之明心見性，而歸向老莊，脫離巫儀方術之俗陋，卒而擴充其思想。

九、其　他

（一）縱橫家之權變思想

　　李塗《文章精義》云：「蘇門文字，到底脫不得縱橫氣息。」（頁 81）錢穆《宋明理學概述》言三蘇是「儒門中的蘇張。」（頁 29，臺北：學生）。蓋《國策》所記，乃蘇秦、張儀等遊士縱橫短長、臨機因勢之言。即劉向《敘錄》云：「高才秀士，度時君之所能行，出奇策異智，轉危為安，運亡為存，亦可嘉，皆可觀。」

　　東坡論古，染有縱橫氣習，亦得自家學。老泉《嘉祐集》中有〈諫論〉上下篇，乃酌取縱橫之術，以勸諫君上者也。《志林》中亦有計利害，重權變者。如：

　　〈論武王〉（文一／137）旨在論「武王，非聖人。」其理在「以黃鉞誅斬，使武庚受封」，以孔子言其未盡善，良史書之叛弒，周公不許為聖哲。又以正例「文王三分天下不伐紂，能行君臣之道」、「漢末荀文若以仁心救天下」。又反例楚人子南之子「棄父事仇」，卒而襯言武王之非聖——在「殺父封子」，則全文縱橫以言。故茅坤《唐宋八大家文鈔》云：「通篇將無作有，轉輾不窮，大略從戰國辯口中來。」（卷 128）

　　〈論始皇漢宣李斯〉（文一／159）篇言秦亡之因在「以法毒天下」，全文以一「智」字貫串氣脈。《唐宋文舉要》引吳至父云：「雄奇萬變，當為《志林》中第一篇文字。」何也？蓋文首即言始皇「智所不及」在不殺趙高遺禍，又使帷幄重臣蒙毅出外禱山川，致內無應臣。而蒙毅之不智則在見始皇病，太子未立而離去；而李斯之失智則在計殺扶蘇、蒙恬。細繹之，秦之失道在「法重威行」，如荊軻之變，臣莫之救；扶蘇之死，寧去而不請。始皇如以「忠恕為心」，以行「平易之政」，則奸人何乘？其由人共知之始皇誤用趙高，而及於人所不知

之始皇積威而制太子不請，氣脈一貫，通體未懈。故邵博《聞見後錄》卷十四云：「荊公以東坡文『全類戰國文章』。」姚永樸《文章精義》亦云：「三蘇得力《戰國策》為多。」（頁59）劉申叔《論文雜記》亦云：「子瞻之文，以粲花之舌，運捭闔之詞，往復卷舒，一如意中所欲出，而屬詞比事翻空易奇，縱橫家之文也。」〔註27〕則東坡為文，工於博辯，翻空易奇，殆有多得於蘇、張也。

（二）斥法家、反變法思想

東坡何以反法家？又反變法？

溯嘉祐六年（1061）東坡應秘閣試時，已進呈《進論》、《進策》各25篇，系統以言改革弊政，反對變法。《進策》有三——《策略》五篇重治國之策，倡任人，斥變法。《策別》17篇闡明具體措施有〈課百官〉、〈教戰守〉等。《策斷》三篇言備戰抗遼、夏。熙寧四年又兩度上萬言書，非議新法，卻贊同新法中限制貴族特權、增強國防等合理部份。然後將新法之弊，寓行之於詩，流布四方，致有元豐二年（1079）之「烏臺詩案」。然荊公始終未予打擊報復。甚而退隱後之荊公，仍以「豈有聖世而殺才士者乎」之論，以營救東坡。元豐三年，東坡貶黃州，六年後，被召還朝，與司馬光辯，又落入朔、洛、蜀黨夾攻紛爭中。

是以東坡既本儒家，故反對荊公新政與斥申商，蓋變法與法家皆求速效，同有聚歛求利，用法深刻之患。

又東坡早歲為文，已有反聚歛、主慎刑之義，如〈刑政〉（文一／134）云：「興利以聚財，必先煩刑以賊民，國本搖矣。」〈策別・安萬民一・敦教化〉（文一／255）中云：「求利太廣而用法太密，故民日趨於貪。」〈禮以養人為本論〉（文一／49）亦有「法者，末也」、「禮者，本也」之論。而〈上神宗皇帝書中〉（文二／729）復斥新法之聚歛求利，以法家商鞅、桑羊為比。如云：「唯商鞅變法，不顧人言，雖能驟至富強，亦以召怨天下，使民知利而不知義，見刑而不見德。」又云：「唯陛下以簡易為法，以清淨為心。」則不欲君王求急利而薄風俗，皆重德治之政見。

此一撻伐聚歛，力主慎刑之言，尤見於東坡晚年之《志林》論古。如〈論商鞅〉（文一／156）並言商鞅、桑弘羊曰：

> 秦之所以富強者，孝公敦本力穡之効，非鞅流血刻骨之功也。而秦
> 之所見疾於民，如豺虎毒藥，一夫作難，而子孫無遺種，則鞅實使

〔註27〕見《中國中古文學史》，載《國粹學報一～十期》。

　　　　之。至於桑弘羊，斗筲之才，穿窬之智，無足言者。

是以言二子之名「如蛆蠅糞穢也」；二子之術「滅國殘民」。此東坡憤憤於法家之邪說詭論也。

　　又〈論始皇漢宣李斯〉（文一／159），此文旨在論秦之亡，除言始皇不殺趙高外，在於「爲法之弊」。秦之失道，始自商鞅變法，故始皇已「驁悍而不可回」，是以李斯已料扶蘇、蒙恬必不敢復請，秦遂亡。而東坡既斥「法重之弊」，故而力主「以忠恕爲心，而以平易爲政」，則與早年重儒之厚風俗，其意正同。

（三）史家之鑒古思想

　　東坡爲文，多取材古史，輒以史家論事。如呂祖謙《古文關鍵・卷上・看蘇文法》即言東坡文之能波瀾迭出，乃「出於《戰國策》、《史記》，亦得關鍵法。」如《志林》論古十三首中：

　　　　〈論秦〉（文一／141）言秦之并天下，乃巧於取齊，而拙於取楚。

　　　　〈論養士〉（文一／139），亦分言六國因養士而久存；秦國因逐士而速亡。皆因史家之論斷以言今古成敗也。

　　由以上所言，東坡思想以「儒」爲主軸，而兼及其他佛、道、縱橫等思想。

第四節　東坡詩文中之儒家思想實踐

一、基本理念

　　譽傳眾口之蘇軾（東坡），不惟乃唐宋八大家之一，亦是三蘇中，成就最卓出者。蓋蘇文之盛，宋孝宗〈贈蘇文忠公太師制〉云：「人傳元祐之學，家有眉山之書。」陸游亦云：「建炎以來，尙蘇氏文章，學者翕然從之。」（《老學庵筆記・卷八》）而於蘇文之生熟，甚而可以影響科名，是以俗諺云：「蘇文熟，吃羊肉；蘇文生，吃菜羹」。繼而郎曄即於宋光宗紹熙二年（1191）進呈蘇文選注本《經進東坡文集事略》。明茅坤《唐宋八大家文鈔・論例》選錄三蘇文，評老泉文與「諸名家相爲表裡」。至繼響之蘇氏兄弟，則評曰：「譬之引江河之水而一瀉之千里，湍者縈，逝者注，杳不知其所止者已。」至竟陵派鍾惺更云：「有東坡之文，而戰國之文可廢也。」（《東坡文選》）。

（一）人治、法治、時治

　　細繹東坡詩文之所以享譽甚高，乃具儒家思想基本論點甚夥。如東坡於

兼重人治、法治、時治，亦有「審判宜公」之例：

（1）東坡於〈上呂相公一首〉（文四／1445）中以邢夒、秦課兒二案比並——邢以「疑人為盜」而殺人；秦以「醉殺」其人，皆情有可憫，而輕重判刑宜慎。

（2）〈趙清獻公神道碑〉（文二／516）中，稱美趙氏執法之仁。當趙清德任武安軍節度推官時：

> 民有偽造印者，吏皆以為當死。公獨曰：「造在赦前，而用在赦後。赦前不用，赦後不造，法皆不死。」遂以疑讞之，卒免死。一府皆服。……徙通判宜州。卒有殺人當死者，方繫獄，病癰，未潰，公使醫療之，得不瘐死。會赦以免。公愛人之周，類如此。……劍州民李孝忠集眾二百餘人，私造符牒，度人為僧，……（趙公）處孝忠以私造度牒，餘皆得不死。

（二）中 庸

1、由「誠」、「明」而「樂」

東坡又重「中庸」，於詩文中，屢致其言，如：

東坡以「樂」為人生最高境界，而以「達於事理」之「知」為次一境界，故於〈中庸論上〉（文一／60）中，設喻以言聖、賢之別在聖人為「樂者」，賢人為「知者」。又分以孔子與子路、子貢為例：

孔子先樂後知——以本性之誠實，先得聖人之「樂」。而後「適周觀禮」、「五十讀《易》」。子路、子貢不能理解孔子之患難，「非不知也」，乃是未能臻「樂」之境，蓋其但止於「知」、「可以居安，未可與居憂患」，即或已至「辨誠明處」，亦未悉孔子「非專以求聞其所未聞，蓋將以求樂其所有也。」

東坡既以「樂」作為人生最高境界，以言明誠內涵——即人如內心坦蕩，人格涵養高，則可復歸天性，至於中庸。

2、明、誠以得樂

如何可以至「中庸」？「過」與「不及」皆難至中庸——「樂」之境界。故引《記》曰：

> 道之不行也，我知之矣，賢者過之，不肖者，不及也。
> 天下國家可均也，爵祿可辭也，白刃可蹈也，中庸不可能也。

又「中庸」之適中，並非易事，東坡又於〈中庸論下〉（文一／63）中，言君

子、小人行「中庸」之不同，即「君子之中庸也，君子而時中；小人之中庸也，小人而無忌憚也。」然君子行「中庸」，亦常爲小人所利用，故行「中庸」並非易事。故又云：

> 君子見危則能死，勉而不死，以求合於中庸。見利則能辭，勉而不辭，以求合於中庸。小人貪利而苟免，而亦欲以中庸之名私自便也。
>
> 此孔子、孟子之所爲惡鄉原也。

君子辭利死危爲「求合於中庸」；小人則爲「私自便」，亦「求合中庸」是也。

綜上，則東坡承自「中庸」──以「樂」爲人生最高境界。而以明（理）、誠（心）以達之。即先以「誠心」、次以「明理」以得「樂」之最高境界。東坡心懷坦蕩，心志剛直，能於處逆中，自得其樂，皆源於其能「明」、「誠」，方能合於中庸之道。

東坡思想兼收並容，宏博不一，而其重心則以「儒學」爲宗。以下試舉例以言：

元祐二年，東坡致書楊元素（文四／1655）言何以連奏求外放曰：

> 昔之君子，惟荊（王安石）是師；今之君子，惟溫（司馬光）是隨。所隨不同，其爲隨一也。老弟與溫相知至深，始終無間，然多不隨耳。致此煩言，蓋始於此。然進退得喪，齊之久矣，皆不足道。

〈辯試館職策問劄子二首〉（文二／788）中，又言東坡任祕閣試論主考官，曾出題：

> 今朝廷欲思仁祖之忠厚，而患百官有司不舉其職，或至於媮；欲法神考之勵精，而死監司守令不識其意，流入於刻。

東坡急在要求考生於忠厚、勵精，媮、刻之中得其折衷，以防止百官過分懶散與尖刻。而政敵竟爲此，反彈劾其語涉先帝，則爲「欲加之罪」也。

是以東坡言中庸之政治哲學，乃融和儒家之人本、道家思辯而自成體系，其所謂「中庸」，乃本乎「人情」、出乎「誠明」、能「盡萬物之理」者也。

3、任官苦樂之調適

東坡言任官苦樂之調適，亦取中庸之道處之。如鳳翔任上言任官之苦：

地方官無所作，則曰：「王事誰敢愬？民勞吏宜羞。」〈和子由聞子瞻將如終南太平宮溪堂讀書〉（詩一／179）。

「辭官不出意誰知，敢向清時怨位卑。」〈病中聞子由得告不赴商州三首其三〉（詩一／157）

　　初時太守宋選待其溫厚，故〈東湖〉詩云：「予今正疏懶，官長幸見函。」（詩一／113）宋選之子宋漢傑亦為東坡好友，〈與宋漢傑二首〉（文四／1806）即曰：「某初仕即佐先公，蒙顧遇之厚，何時可忘？」

　　後京東轉運陳希亮（公弼）接任，東坡因不慣於其嚴冷折人，故於〈謝館職啓〉（文四／1326）中云：「一參賓幕，輒蹈危機。」〈客位假寐〉（詩一／163）中亦云：「謁入不得去，兀坐如枯株」。東坡中元節不過府廳，即被罰銅八斤，且又屢改定其公文，為其「暴得大名」。是以陳欲建凌虛臺，囑作〈凌虛臺記〉（文二／350），東坡即譏之曰：「欲以夸世而自足，則過矣。」

　　後東坡為陳慥（陳希亮子，字季常，為東坡友）作〈陳公弼傳〉（文二／419）則云：「方是時，年少氣盛……已而悔之。」

　　任官之樂——

　　然東坡又以中庸之心，任地方官，故能與民同樂。如於鳳翔入仕，即作〈喜雨亭記〉（文二／349）曰：「官吏相與慶於庭，商賈相與歌於市，農夫相與抃於野，憂者以樂，病者以愈，而吾亭適成。」言官與民同樂，融為一片。

　　又〈眉州遠景樓記〉（文二／353），記述太守黎希聲德政。黎希聲其人「簡而文，剛而仁，明而不苛，……既留三年，民益信，遂以無事。因守居之北墉而增築之，作遠景樓，日與賓客僚吏遊處其上。」

二、政治上

　　政績中，見儒道——東坡政治理念見於其生平之行事，以下試一述其任官四十四年中之所見：

（一）神宗熙寧朝——東坡初入仕，鳳翔、杭州、密州、湖州任內
（25-44 歲）

　　嘉祐四年（1059）風華正茂之東坡，隨父鯫弟自眉州入江，沿岸即已體察民隱，於〈入峽〉（詩一／31）一首曰：「板屋漫無瓦，岩居窄似菴。歎息生何陋，劬勞不自慚。」兩年後東坡又於岐下，歲暮思歸不得，作〈饋歲〉（詩一／160）一首致子由：「富人事華靡，綵繡光翻座。」兩相比對或東坡此時所見已得為江岸陸上百姓表層疾苦。〔註28〕

〔註28〕　元豐三年（1080），東坡赴黃州，賦詩〈正月十八日蔡州道上遇雪，次子由韻二首〉曰：「下馬作雪詩，滿地鞭篜痕。」（詩四／1019）。及元祐七年（1092）揚州任上所作〈論積欠六事并乞檢會應詔所論四事一處行下狀〉（文三／957）

1、鳳翔三年

鳳翔三年，東坡勤謹治政，日夜厲精，據〈鳳翔到任謝執政啓〉（文四／1327）、〈翠麓亭〉（詩一／175）、〈至礓溪〉（詩一／179），皆言此時之重要措施：

修訂衙前之役——自渭入河，有砥柱之險，衙前伐木者，因之相繼破產，故議修法，使害減半。關心國計民生而作〈上韓魏公論場務書〉（詩四／1394），言衙前之役，課稅太重，影響國之安危。

奉命出差減決囚禁。

抗擊西夏之糧草運補。

與民共抗旱救災，作〈喜雨亭記〉（文二／349）。

又作〈思治論〉（文一／115）言國之三患：「財之不可豐，兵之不可強，吏之不可擇。」

治平元年（1064）東坡28歲，12月鳳翔簽判任期屆滿。據《宋史》本傳謂，東坡次年返京待命，英宗欲以「記注」、「翰林知制誥」召入，相韓琦以爲「不可驟用」。二月，召試學士院，試二論：一是〈孔子從先進論〉（文二／364），二是〈春秋定天下之邪正論〉（文二／382）。東坡復高第入三等，三年二月乙酉，得殿中丞直史館。

熙寧三年（1070）安石議行新法，東坡上〈議學校貢舉狀〉（文二／723）、上〈諫買浙燈狀〉（文二／726）等奏議，轟動一朝。〈上神宗皇帝書〉（文二／729）、〈再上皇帝書〉（文二／748）言新法欠當，以此忤王安石。

2、杭　州

東坡磨勘遷調杭州將行，〈王仲儀眞贊〉（文二／604）引王素云：「吾老矣，恐不復見，子厚自愛，無忘吾言。」

至陳州，徬徨惘然中，忽得解脫。〈出都來陳，所乘船上有題小詩八首，不知何人感於余心者，聊爲和之〉（詩一／261）曰：

> 何必擇所安，滔滔天下是。
>
> 田園處處好，淵明胡不歸。
>
> 早歲便懷齊物志，微官敢有濟時心。（〈次韻柳子玉過陳絕糧二首〉（詩一275〉）

述說自潁移揚，舟過濠、壽、楚、泗等州，親入村落，訪父老，所見似虎狼官吏催欠，則體會民間疾苦，視以往更具體。

3、密　州

熙寧七年（1074），東坡 39 歲，罷杭州任，權知密州，以可近在濟南之子由也。

赴任途中，有楊繪、李常相送。據秦瀛《重編淮海先生年譜》謂，東坡於揚州寺中見秦觀題壁詩，及見孫覺所出秦觀詩詞數百篇，驚嘆其才，始結為神交。

又作〈沁園春・赴密州早行，馬上寄子由〉一首言兄弟二人入京：

似二陸初來俱少年，有筆頭千字，胸中萬卷，致君堯舜，此事何難？

用舍由時，行藏在我。（詞一／158）。

此首為追憶東坡兄弟二人入京之時已有積極入仕，為國效勞之心。東坡於密州政績為：

（1）救蝗災：一入境，即見「蝗蟲撲面已三回」、「灑涕循城拾棄孩。」（〈次韻劉貢父李公擇見寄二首其二〉（詩二／646））。東坡又於〈上韓丞相論災傷手實書〉（詩四／1395）中云：

自入境，見民以蒿蔓裹蝗蟲而瘞之道左，纍纍相望者，二百餘里，捕殺之數，聞於官者幾三萬斛。……軾近在錢塘，見飛蝗自西北來，聲亂浙江之濤，上翳日月，下掩草木，遇其所落，彌望蕭然。

災害如是，如不早救，則「飢羸之民，索之於溝壑矣。」

（2）請罷榷鹽——

〈上韓丞相論災傷手實書〉（文四／1345）云：「軾在錢塘，每執筆斷犯鹽者，未嘗不流涕也。」

〈上文侍中論榷鹽書〉（文四／1400）、〈論河北京東盜賊狀〉（文二／753）言先罷陝西、淮浙之害，而後京東、河北方能罷之。以朝廷稅收固重要，迫民為盜，亦不可不防，故竭力上書，求上收回成命。

（3）緝　盜

盜賊之起，乃缺食受凍，東坡初至其地，知其病疾，積極求免稅、罷榷鹽，以袪除新法之害民者，消極則重賞緝盜故於〈上文侍中論強盜賞錢書〉（文四／1398）中言密州盜賊起，乃因「風俗武悍，特好強劫，加以比歲荐飢，椎剽之姦，殆無虛日。」

又〈論河北京東盜賊狀〉（文二／753）亦有類似之言。

（4）收留棄嬰——東坡之灑淚，循城拾棄嬰，乃因飢年之故。東坡救棄

嬰之法，如：

〈與朱鄂州書〉（文四／1417）云：「遇飢年，民多棄子，因盤量勸誘米，得出剩數百石別儲之，專以收養棄兒，月給六斗。比荒年，……所活亦數千人。」

除蝗害、棄嬰外，東坡仁心仁政，又見於斥新法手實、青苗等法之弊。又及於服役者及囚犯。如：

熙寧八年（1075）東坡於仁和縣湯村督役，見民開運鹽河之妨農事，作〈湯村開運鹽河雨中督役〉（詩二／389）云：「鹽事星火急，誰能卹農耕。」「心如鴨與豬，投泥相濺驚。」描寫官政勞民。又〈吳中田婦嘆〉（詩二／404）言官吏收稅競取錢，而錢荒米賤。即：「價賤乞與如糠粃，賣牛納稅拆屋炊。」至東坡所嚮往之農家乃〈新城道中二首其一〉（詩二／436）：「西崦人家應最樂，煮芹燒筍餉春耕。」

又東坡仁政亦及於囚，欲以人道待之。即如熙寧中，杭州歲配鹽犯萬七千人，東坡錄囚至於執筆流涕，不忍其為糊口而誤入歧途，甚而以此自責。於〈前詩〉（詩五／1722）中既表囚犯「均是為食謀」，又於 20 年後重至杭州，見三圄皆空，有感而作〈今詩〉。皆題作〈熙寧中，軾通守此郡，除夜，直都廳，囚繫皆滿，日暮不得返舍，因題一詩於壁，今二十年矣。衰病之餘，復忝郡寄，再經除夜，庭事蕭然，三圄皆空。蓋同僚之力，非拙朽所致，因和前篇呈公濟、子侔二通守〉（詩五／1722）。

此外東坡一生於杭浚西湖、於徐抗水災、於惠建新橋、於儋辦教育，皆為民而作，則民自親之愛之。

4、徐　州

熙寧十年（1077）東坡 42 歲，由密州至濟南見子由，至陳橋驛，始告之徙徐州，（見〈與眉守黎希聲三首・其三〉（詩四／1562））。四月謁張方平，為作〈諫用兵書〉，二十一抵徐州。東坡於徐州之政績，要者為：

（1）率民搶險救災 —— 據《宋史》本傳言是年七月十七日，黃河決口於澶州之曹村。八月二十一日水及徐州城下，至十月五日水退。水泛於梁山泊，溢於南清河，匯於城下，漲不時洩，其水之茫茫湍急，正似東坡〈河覆〉（詩三／766）中所云：「鉅野東傾淮泗滿」。亦子由〈黃樓賦并敘〉所謂「水穿城下作雷鳴，泥滿城頭飛雨滑」、「汗漫千餘里，漂廬舍，敗冢墓。」災民狂走不得食，或槁死林木中。

故《宋史》本傳言，東坡挺身救災，動員武衛營，卒長曰：「太守猶不避

塗潦，吾儕小人當效命。」是而率眾持畚鍤以出，築東南長堤，東坡廬其上，過家不入，令官吏分堵以守，又增築故城，爲木岸，以虞水之再至，卒全其城。子由〈東坡墓誌〉亦稱美之。

元豐元年二月初四，東坡得朝廷表彰。其後又建外小城，大城門，且護以磚石，堊以黃土，門上建黃樓，子由遂作〈黃樓賦〉。

東坡之挺身救災，與民同勞，正仁政思想反映，即類其〈書論〉（文一／54）中云：「堯舜之時，其君臣相得之心，歡然樂而無間。」

（2）設醫人——

元豐二年，東坡見百姓飢寒爲盜成囚，及獄政不善，死者甚眾。故上〈乞藥病囚狀〉（文二／765），求上准予各州縣內設醫人，專掌醫療病囚。曰：「每縣各選差曹司一名，醫人一名，專掌醫療病囚，不得更充他役，以一周年爲界。」則「人人用心，若療治其家人，緣此得活者必眾。」，則東坡可謂具有仁心之地方官也。

（3）開發煤礦

東坡至徐發現煤礦，且以煤煉鐵，故於〈石炭幷引〉（詩三／902）中言：「元豐元年十二月，始遣人訪獲於州之西南白土鎮之北，以冶鐵作兵，犀利勝常云。」又云：「爲君鑄作百鍊刀，要斬長鯨爲萬段。」而〈田國博見示石炭詩〉（詩三／932）亦有「楚山鐵炭皆奇物，知君欲斫姦邪窟」。則足見東坡去姦邪之心。

（4）汲汲以言徐州之建議——十月東坡有〈徐州上皇帝書〉（文二／758）謂：「徐州爲南北之襟要，而京東諸郡安危之所寄也。」

徐州三面被山阻水，爲戰守要地，又其民「皆長大膽力絕人，喜爲剽掠。小不適意，則有飛揚跋扈之心，非止爲盜而已。」又其地梟雄輩出，漢高祖、項羽、劉裕、朱全忠，「皆在今徐州數百里間耳。」

而宋鑒於唐季五代方鎮之禍，乃推行強幹弱枝之策。後因地方兵少，郡守權輕，以致盜賊蜂起，地方官即束手無策，東坡於〈徐州上皇帝書〉（文二／758）中，遂以徐州四事以勸上：

增強兵力（揀勇士教之刀槊擊刺法，每月閱試，使待大盜）。築精石牆（以石城，使固若金湯），增大郡權（責以大綱、略其小過）。又因人才之用，必由科考，不利此地，故言「因材器使」（特爲五路之士，別開仕進之門。）由是東坡於徐州之關愛，可以想見。

5、湖　州

　　元豐二年（1079）東坡年 44 歲，徙知湖州，於赴任中，與秦觀訪金山、惠山等名山名寺。五月抵湖州。

　　東坡於〈湖州謝上表〉（文二／654）上表以謝云：「知其愚不適時，難以追陪新進；察其老不生事，或能牧養小民。」甫抵湖州二月，御史李定、舒亶、何正臣，即摭其表語，並媒蘗所爲詩，以爲訕謗，逮赴臺獄，鍛鍊久不決。神宗獨憐之，以黃州團練副使安置。

　　三年，神宗數有意復用之，輒爲當路者沮之。神宗嘗語宰相王珪、蔡確，珪有難色，神宗遂手札移軾汝州，有曰：「蘇軾黜居思咎，閱歲滋深，人材實難，不忍終棄。」則東坡之疏奏才華，漸爲神宗賞識，有意加以重用。迨元祐二年（1087），東坡 52 歲，神宗之母宣仁后曾透露神宗欲進東坡之往事——時東坡除翰林學士兼侍讀，嘗鎖宿禁中，召入對便殿，宣仁后問曰：「卿前年爲何官？」曰：「臣爲常州團練副使。」曰：「今爲何官？」曰：「臣今待罪翰林學士。」曰：「何以遽至此？」曰：「遭遇太皇太后、皇帝陛下。」曰：「非也。」曰：「豈大臣之論薦乎？」曰：「亦非也。」軾驚曰：「臣雖無狀，不敢自他途以進。」曰：「此先帝意也。先帝每誦卿文章，必嘆曰奇才，奇才！但未及進用卿耳。」則東坡以「奇才」而不見用，無奈命運多蹇？除黃州（45～49 歲），不得簽署公文。

（二）哲宗元祐朝第一階段——包括登州、還朝。

6、登州（50～54）歲

　　元豐八年（1085）六月，神宗崩，哲宗立，東坡 50 歲，復朝奉郎起知登州軍州事，東坡再次至潤州、揚州、楚州、海州。十月至密州故地，十年之別，人事全非！太守霍翔親於超然臺上，設宴款待，東坡有詩〈再過超然臺贈太守霍翔〉（詩五／1382）：「重來父老喜我在，扶挈老幼相遮攀。」又於尋舊蹤中，曰：「無復杞菊嘲寒慳。」東坡又於宴會建議太守霍翔在城郭一石埭，引進洑、淇二水，使城郭又多一溪灣，皆呈現對密州人之關切。

　　十月十五日離密州抵登州赴任。然離密州之十月二十日，朝廷告下：「以朝奉郎知登州蘇軾，爲禮部郎中，召還京師。」故東坡僅任登州太守五日，於〈留別登州舉人〉（詩五／1390）中云：「莫嫌五日忽忽守，歸去先傳樂職詩。」

　　東坡於登州爲時甚短，旋即召還，然仍關心此地邊防及州民生活，故於奉召還京師之後，即上〈登州召還議水軍狀〉（文二／766）與〈乞罷登萊榷

鹽狀〉（文二／767），言登州水軍不宜他調、登萊榷鹽宜停等。即東坡首言登州具「地近北虜，號爲極邊」之地位，次言駐兵布署及平海澄海屯兵宜專，「不得差往別州屯駐。」

於民生方面，力言京東販鹽小客，無以爲生，太牛爲盜。且言登州榷鹽，官無一毫之利，而民受三害——失業、少鹽之用、官棄其本。

7、還　朝

東坡被召還朝，即除禮部郎中。元祐元年爲翰林學士，三年權知貢舉。其在朝犖犖之政績有：

淘汰冗官：

由於「言者，以吏部員多闕少，欲清入仕之源，救官冗之弊，裁減任子及進士累舉之恩，流外入官之數，已有旨下吏部、禮部與給舍詳議。」元祐元年十月二十三日，東坡上〈論冗官劄子〉（文二／787）敘說去官冗之法在去爭奪僥倖之士，侵漁求取之害。上冗官劄子後，皇上並未察納雅言而遵行。元祐三年五月一日，又上〈轉對條上三事狀〉（文三／819）重言「官冗之病，有增而無損，財用之乏，有損而無增。」

此外又有「不分經取士」之科舉因革。及免役法不可廢，請罷青苗法之害人等。

東坡奉召還朝，雖權傾一時，而招人非議。如連遭朱光庭、王巖叟、賈易、韓川、趙挺之先後攻擊，巧加誹謗。東坡遂乞罷學士除閑慢差遣。朱光庭之所以首先發難，據乃爲報師之怨。〔註29〕特加羅織其罪，言其爲臣不忠，譏議前朝，誹謗先帝。

東坡爲澄清事情，以表清白之身，乃於元祐元年十二月十八日上〈辯試館職策問劄子二首之二〉（文二／789）辯白云：「臣自聞命以來，一食三歎，

〔註29〕其師程頤在司馬溫公薨日，皇帝方領大臣舉行明堂祀典，朝臣以致齋不能趨奠，至禮成畢，參與祀典之三省官，欲趨往司馬相邸弔唁，於崇政殿說書之程頤即攔阻眾官云：「《論語》：『子於是日，哭，則不歌。』豈可賀赦纔了，便去弔喪。」東坡向不喜「拘泥，又不知變通」之道學先生竟如此，即嘲笑程頤：「此乃叔孫通所制之禮。」眾官大笑。

朱光庭時爲左司諫，即將東坡近所撰〈試館職策問〉，割裂爲二段：①「今朝廷欲師仁祖之忠厚，而患百官有司不舉其職，或至於媮。欲法神考之勵精，而恐監司守令之不識其意，流入於刻。」②「昔漢文寬仁長者，至於朝廷之間，恥言人過，而不聞其有怠廢不舉之病。宣帝綜合名實，至於文學理法之士，咸精其能，而不聞其有督責過甚之失。」

一夕九興，身口相謀，未知死所。」

「臣之所謂『媮』與『刻』者，專謂今之百官有司及監司守令，不識朝廷所以師法先帝之本意，或至於此也。」又其「前論周公、太公，後論文帝、宣帝，皆是為文引證之常，亦無比擬二帝之意。」

其時，蜀人呂陶為右司諫，深為東坡抱不平，乃上疏彈朱光庭。曰：

非謂仁宗不如漢文，神考不如漢宣，不可假借事權，以報私隙。

幸太皇太后於東坡深信不疑，以其乃以一時失檢耳。但因程頤為洛陽人，而東坡、呂陶為蜀人，自是，洛蜀二黨之說，遂不逕而走。（此外，以劉摯為首之「朔黨」，恰鼎足為三。）迨程頤去職，洛黨便告解體。此後，蜀黨為人多勢眾「朔黨」之眼中釘，必拔之而後快。

東坡七日又上〈乞郡箚子〉（文三／827），曾詳加說明，以見乞郡之因。先是司馬光廢「免役法」易「差役法」，臺諫希合相意，而東坡力爭，以為不便，致結怨臺諫。又東坡曾目御史趙挺之為「聚斂小人」，以此挺之疾東坡，尤出死力。是以乞郡外放，以避禍害。

由於東坡再三請求外放，卒於元祐四年，以拜「龍圖閣大學士」知杭州。

（三）哲宗元祐朝第二階段——杭州

8、杭　州

東坡重要政績有：

（1）賑濟浙西飢荒

元祐五年（1090）東坡55歲，七月，抵杭，其時值旱災，又加新法聚斂，民不聊生，故於〈上呂僕射論浙西災傷書〉（文四／1402）中云：「家家有市易之欠，人人有鹽酒之債。」且揭出官吏虛報曰：「爭言無災，或言有災而不甚」，……如八月之末，秀州數千人訴風災而不報，「老幼相騰踐死者十一人，方按其事。」

東坡又於元祐四年十一月初四日上〈乞賑濟浙西七州狀〉（文三／849），即言飢疫之後，飢饉盜賊之憂，可酌予稅減其半，或三分之一。豐熟時，分作二年償還，並要求停止收購常平、省倉軍糧、上供米、封樁等各項名目之錢米。

東坡又於元祐五年，連上〈奏浙西災傷〉二狀及〈相度準備賑濟〉四狀（七月十五、九月七日、十月二十一、十一月廿一）（文三／882-887）——此皆為風、水之災，有害稼穡，求引出糶，平準市價，以免流殍之災等。甚而東坡召返京師後，乃於六年三月二十三日，猶上奏狀〈再乞發運司應副浙西米狀〉，此東坡

關心浙西災民，既殷且切，豈料卻被言官賈易指爲論浙西災傷不實，令人感嘆。

（2）修六井

唐宰相李公長源始作六井，引西湖水以足民用，白樂天承之治湖浚井。錢塘六井者，杭人賴以食用。熙寧五年時，六井久已失修，明年春，六井畢修，又適大旱，東坡〈錢塘六井記〉（文二／380）即云：

> 民至以甖缶貯水相餉如酒醴。而錢塘之民，肩足所任，舟楫所及，
>
> 南山龍山，北至長河鹽官海上，皆以飲牛馬，給沐浴。

元祐五年，東坡再臨杭州，六井中之「沈公井」復壞，東坡遂訪當年修井之僧人子珪，修成，東坡於〈乞子珪師號狀〉（文三／901）記云：「西湖甘水，殆遍一城，軍民相慶。」

（3）開西湖

東坡於元祐五年四月二十九日上〈杭州乞度牒開西湖狀〉（文三／863），言西湖不可廢之理由爲——灌溉、飲水、供泉、運河仰給，可放生魚鳥，爲人祈福。故去湖上萬丈葑田，即有大用。

元祐五年五月初五日，東坡上〈申三省起請開湖六條狀〉（文三／866），言本州父老反映：「西湖之利，上自運河，下及民田，億萬生聚，飲食所資，非止爲游觀之美。」擬依錢塘尉許敦仁建言西湖可開狀，即行興工。

元祐六年三月，東坡又上〈乞相度開石門河狀〉（文三／906）言浚治「度用錢十五萬貫，用捍江兵及諸郡廂軍三千人，二年而成。」

元祐六年，東坡還朝爲翰林承旨，人雖在京，然心猶在浙。浙西有二年水災，蘇、湖爲甚，遂於七月二日上〈進單諤吳中水利書狀〉（文三／916）云：

> 三吳之水，瀦爲太湖，太湖之水，溢爲松江以入海。……則海之泥
>
> 沙隨潮而上，日積不已，故海口湮滅，而吳中多水患。……浚海口，
>
> 海口既浚，則泥沙不復積，水災可以少衰。

（4）修理廨宇

杭州府衙建於錢氏有國之日，是時，皆爲連樓複閣，以藏衣甲物帛，及其餘官屋，皆珍材巨木，號爲雄麗。至於元祐年間，已百餘年。官司既無力修換，又不忍拆爲小屋，風雨腐壞，日就頹毀，安全堪虞。元祐四年九月，東坡乃上〈乞賜度牒修廨宇狀〉（文三／842）。

是年歉收，民有飢色，東坡又於十二月末，作書太師文彥博以下執政，〈乞

降度牒召人入中斛斗出糶濟飢等狀〉（文三／859），「庶幾先濟飢殍之民，後完久壞屋宇，兩事皆濟。」

（5）高麗之交涉

溯杭僧淨源，舊居海濱，與舶客交通，舶至高麗，甚受讚譽。元豐末，高麗僧統義天來朝，嘗往膜拜。後，淨源死，其門徒持其像，附舶往告。義天亦使其徒僧壽介等五人來祭，因持其國母二金塔，云祝兩宮壽，東坡拒之。故於元祐四年十一月二日上狀〈論高麗進奉狀〉（文三／848）中云：

因獻金塔，欲以嘗試朝廷，測知所以待之之意輕重厚薄。……若朝廷待之稍重，則貪心復啓，朝貢紛然，必爲無窮之患。

後東坡以商人與外人來往貿易，賺取不法利益甚多，爲國生事，且將中國機密間接洩漏敵國——契丹。遂於五年八月十五日上狀〈乞禁商旅過外國狀〉（文三／888）。

及東坡還朝爲禮部尚書，乃於八年二月初一日，又上〈論高麗買書利害箚子〉（文三／994），言與高麗交往有五害無一利，朝廷所得皆爲無用之物，所至則耗民力、爲人窺虛實等，皆由內政而及外交。

餘如減免積欠，設立病坊爲民治病等，東坡皆一一爲民請命。

（四）哲宗元祐第三階段　穎、揚、尚書、定州

元祐六年（1091）東坡56歲，由杭州召爲吏部尚書。

至是，以龍圖學士出知穎州。七年，徙揚州，未閱歲，以兵部尚書召兼侍讀。尋遷禮部尚書兼端明殿，翰林侍讀兩學士，爲禮部尚書。

八年五月，東坡因往揚州竹西寺，見百姓父老十數人，相與道旁語笑。又是時初得請歸耕常州，蓋將老焉。而淮浙所在豐熟，因作〈歸宜興，留題竹西寺三首·其二〉（詩四／1348）。

此生已覺都無事，今歲仍逢大有年。山寺歸來聞好語，野花啼鳥亦欣然。

東坡〈送芝上人遊廬山〉（詩六／1899）言其中轉變：「三年閱三州」、「吾生如寄耳」。

元祐八年，宣仁后崩，哲宗親政。東坡乞補外，方以兩學士出知定州。

9、穎　州

（1）防穎水患——開封諸縣多水患，吏不究本末。東坡一至穎州，即

關切水患。乃於元祐六年九月上奏狀〈申省論八丈溝利害狀二首〉（文三／938）言開八丈溝勞民傷財。又〈奏論八丈溝不可開狀〉（文三／940），如前狀所云：

> 八丈溝首尾有橫貫大小溝瀆極多，並係自來地勢南傾，流入潁河，
>
> 別無下歸頭去處。遇夏秋漲溢，雖至小者，亦有無窮之水。

而後狀詳舉水漲痕高下、河之深闊、地性地形利害三事以言，可謂字字句句皆爲民瘼。

（2）疏浚潁州西湖 —— 東坡於潁州與趙德麟（令畤）同治西湖，未成，於元祐七年（1092）三月離潁州往揚州。三月十六日潁州西湖峻工，作和趙德麟詩〈軾在潁州，與趙德麟同治西湖，未成，改揚州。三月十六日，湖成，德麟有詩見懷，次其韻〉（詩六／1876）。

（3）爲救災安民 —— 抗議淮南閉糴

潁州今年旱傷，稻苗全無，潁州人民，遂往淮南收糴。東坡則於六年十一月上〈奏淮南閉糴狀二首〉（文三／944）及〈乞賜度牒糴斛斗準備賑濟淮浙流民狀〉（文三／947）懇請中央乞嚴賜指揮淮南監司，不得違條禁止販賣米斛，則軍糧、民食可得。

（4）酬獎緝賊有功之李直方

因飢荒，致盜賊起。「有劇賊尹遇、陳興、鄭饒、李松等，皆宿姦大惡，爲一方之患。而汝陰縣尉李直方，本以進士及第，母年九十餘，只有直方一子，相須爲命。而能奮不顧身，躬親持刃，刺倒尹遇。又能多出家財，緝知餘黨所在，分遣弓手前後捕獲。」東坡乃於七年正月上奏〈再論李直方捕賊功效乞別與推恩箚子〉（文三／990）乞將合轉朝散郎一官與李直方酬獎。使捐軀除患之李氏，終得朝散郎一官。

10、揚　州

七年（1092）東坡 57 歲，三月十六，徙揚州。是時東坡言去苛政之法，人民之積欠，其可述者有三：

（1）議不當之苛法

七年七月二十七日所上之〈論倉法箚子〉（文三／972）、〈論綱梢欠折利害狀〉（文三／974）言所行倉法 —— 因綱「十船載萬石」運法得錢苛，百姓遂「轉般倉計子倉法」之苛，百姓遂質妻鬻子，聚爲乞丐，散爲盜賊。

而關市法，又因稅務刻虐，故東坡乃於八月初五上奏狀〈乞罷稅務歲終

賞格狀〉（文三／980）以言其害。

（2）罷萬花會

揚州近歲，久雨成災，而百姓浮費於萬花會。東坡乃於〈次韻林子中春日新堤書事見寄〉（詩六／1872）中自註曰：「揚州近歲，率爲此會，用花十萬餘枝，吏緣爲奸，民極病之，故罷此會。」東坡又於《仇池筆記》卷上〈萬花會〉亦云：「揚州芍藥天下冠。蔡京爲守，始作萬花會，用花十餘萬枝。既困諸邑，吏緣爲姦，予首罷之。」

（3）去民之苦──積欠

東坡於揚州未及半載，已悉百姓之苦在積欠，故上〈論積欠六事并乞檢會應詔所論四事一處行下狀〉（文三／959），中言「臣自穎移揚，舟過濠、壽、楚、泗等州，所至麻麥如雲。臣每屏去吏卒，親入村落，訪問父老，皆有憂色。云：『豐年不如凶年。天災流行，民雖乏食，縮衣節口，猶可以生。若豐年舉催積欠，胥徒在門，枷棒在身，則人戶求死不得。』言訖，淚下。」此正「水旱殺人，百倍於虎，而人畏催欠，乃甚於水旱。」

此外，東坡又上〈再論積欠六事四事箚子〉（文三／970）、〈論倉法箚子〉（文三／972）、〈論綱梢欠折利害狀〉（文三／974）、〈乞罷轉般倉斛子倉法狀〉（文三／980）、〈乞罷稅務歲終賞格狀〉（文三／980）、〈乞歲運額斛以到京定殿最狀〉（文三／983）、〈申明揚州公使錢狀〉（文三／985）等奏議，皆爲論述民間積欠之害。

蘇軾回朝後，又遭政敵包圍，而於〈辨黃慶基彈劾箚子〉（文三／1014）、黃慶基彈劾蘇軾三大罪狀：「妄用穎州官錢，失入尹眞死罪，及強買姓曹人田。」東坡又再次請求外放越州，未果。

11、尚書期間

徙揚州未閱歲，東坡新除兵部尚書。時宿州恰欲修城，爲免勞民傷財，東坡乃上狀乞罷之。

元祐七年十一月初七上〈乞免五穀力勝稅錢箚子〉（文三／990），乃因此法「使商賈不行，農末皆病」。

七年十一月十三日，哲宗親祀南郊，東坡爲鹵簿使，導駕入太廟，有皇后、大長公主車十餘爭道，不避儀仗，時御史中丞李之純爲儀丈使，東坡〈奏內中車子爭道亂行箚子〉（文三／993）中云：「爭道亂行，於觀望有損。」

八年三月又〈上圓丘合祭六議箚子〉（文三／1002），東坡力主合祭天地，乃是古今正禮。又上〈乞改居喪婚娶條狀〉（文三／1009），堅持男子居父母喪，不得娶妻等。

12、定　州

元祐八年（1093）九月三日，哲宗親政，傾向新黨。九月十三日，東坡罷尚書職，以端明殿學士兼翰林學士知定州。時國事將變，不得入辭。既行，上〈朝辭赴定州論事狀〉（文三／1019）云：

> 古之聖人，將有爲也。必先處晦而觀明，處靜而觀動，則萬物之情，畢陳於前。
> 默觀庶事之利害與群臣之邪正，以三年爲期。俟得利害之眞，邪正之實，然後應物而作。

皆關心民生，仍本儒之有爲。

東坡〈東府雨中別子由〉（詩六／1992）言離京時，與子由別曰：「歸來知健否，莫忘此時情。」

元祐八年，河北諸路並係災傷。明年，上〈乞減價糶常平米賑濟狀〉（文三／1034），亦關懷民生

紹聖元年，御史論東坡掌內外制，所作詞命，皆譏斥先朝。遂以本官知英州，尋降一官。未至，貶寧遠軍節度副使，惠州安置，自是不再問政。

（五）嶺南期——惠州、儋州

13、惠　州

子由曾勸誡東坡垂老投荒，宜「少作詩」以免惹禍。東坡〈與王定國四十一首其八〉（文四／1517）中云：「文字與詩，皆不復作。」又於〈與程正輔七十一首其十六〉（文四／1594）中云：「蓋子由近有書，深戒作詩，其言切至，云當焚硯棄筆，不但作而不出也。不忍違其憂愛之意，故遂不作一字。」然爲關懷民生，東坡雖「焚硯棄筆」，亦常抨擊時政。如：

（1）刺苛政

〈荔枝嘆〉（詩七／2127）中，以「宮中美人一破顏」而諷喻君上揮霍，大呼「莫生尤物爲瘡痏。」

（2）修建東西橋

〈兩橋詩并引〉（詩七／2199），引中言二橋：

惠州之東，江溪合流，有橋，多廢壞，以小舟渡。羅浮道士鄧守安，始作浮橋。以四十舟爲二十舫，鐵鎖石碇，隨水漲落，榜曰東新橋。州西豐湖上，有長橋，屢作屢壞。棲禪院僧希固築進兩岸，爲飛閣九間，盡用石鹽木，堅若鐵石，榜曰西新橋。

〈與程正輔七十首其三十〉（文四／1600）修書敦促程氏出力支持，所謂「此橋不成，公私皆病，敢望留意。」

《欒城集》卷二十二子由〈亡兄子瞻端明墓誌銘〉言子由夫人，亦捐出由內宮所賜黃金數千，東坡亦捐出犀帶。故〈兩橋詩〉（詩七／2199）云：「歎我捐腰犀」。至橋建成，父老雀躍：「父老喜雲集，簞壺無空攜。三日飲不散，殺盡西村雞。」

（3）改善飲水

〈與王敏中十八首之十一〉（文四／1692）中，東坡致書知廣州之王敏仲，言及廣州城民飲「鹹苦水」得「時疫」，可用羅浮道士鄧守安議，用蒲間山之滴水岩，於岩下作大石槽，接五管大竹引水入城，廣州百姓自可得泉水。

（4）於豐湖邊又建築漁塘，曰放生池。

遠謫惠州之東坡，爲地方完成六事，心安理得，故〈與程正輔七十一首其六十〉（文四／1616）中云：「几席之下，澄江碧色，鷗鷺翔集，魚蝦出沒，有足樂者。又時走湖上，觀作新橋。」「優哉游哉，聊以卒歲。」皆東坡仍關懷民生。

14、儋州──教育

東坡對海南儋州貢獻在教育（見本章第三節之五「育才致用」）

惠州任三年後，東坡又貶瓊州別駕，居昌化。徽宗立，因赦還。建中靖國元年，卒於常州，年六十六。

東坡一生宦海起伏，始終以「民在我心」從政，皆儒家德政之實化，歷數其政績，無不如是。

三、倫理上

（一）道德具普遍性

東坡以道德具「普遍性」，並非王公貴人所獨尊。如〈伊尹論〉（文一／84）中云：

今匹夫匹婦皆知潔廉忠信之為美也,使其果潔廉而忠信,則其智慮,
未始不如王公大人之能也。

則匹夫婦與王公大人皆以「潔廉忠信」為美。東坡又接言道德之實踐亦然,
如「簞食豆羹,非其道不取,則一鄉之人,莫敢以不正犯之矣。一鄉之人,
莫敢以不正犯之,而不能辦一鄉之事者,未之有也。推此而上,其不取者愈
大,則其所辦者愈遠矣。讓天下與讓簞食豆羹,無以異也。」

則道德實踐,無論治鄉之小,治國之大,皆然。至東坡進析孟子道德觀
同於子思,何以人多斥孟子而同子思!此正「行」與否所使然。〈子思論〉(文
一/94)中即引子思之言曰:

夫婦之愚,可以與知焉。及其至也,雖聖人亦有所不知焉。夫婦之
不肖,可以能行焉,及其至也,雖聖人亦有所不能焉。

東坡接為釋之曰:

聖人之道,造端乎夫婦之所能行,而極乎聖人之所不能知。造端乎
夫婦之所能行,是以天下無不可學。而極乎聖人之所不能知,是以
學者不知其所窮。夫如是,則惻隱足以為仁,而仁不止於惻隱。羞
惡足以為義,而義不止於羞惡。此不亦孟子之所以為性善之論歟!

夫常人能行,未必聖人能知,則天下事,皆可由「學」而知,未必聖人能知
也。「仁義」皆可以由「行」而得,此即孟子所謂之「性善」,人人可行而未
必知。則子思、孟子之理論雖同,不同者在:「子思取必於聖人之道;孟子取
必於天下之人」耳。而東坡進以識「禮義」可以無窮,唯可恃者在行惻隱、
知羞惡中「行」之。

1、倫常貴在生活實踐

東坡重人倫規範,在實地生活,故於詩文中屢致其例:

如顏蠋欲「清淨貞正」以渡日,故於〈顏蠋巧貧〉(文五/2003)中謂齊
王賜予顏蠋錦衣玉食,

蠋辭去,曰:「玉生於山,制則破焉,非不寶貴也,然而太璞不完。
士生於鄙野,推選則祿焉,非不尊達也,然而形神不全。蠋願得歸,
晚食以當肉,安步以當車,無罪以當貴,清淨貞正以自娛。」

東坡又接言,以顏蠋為戰國賢士

然而未聞道也。曰:「晚食以當肉,安步以當車」,是猶有意於肉與車
也。夫晚食自美,安步自適,取於美與適足矣,何以當肉與車為哉。

則東坡以士人當淡泊以度日，食當肉、步當車，則未及「道」也。

東坡於〈書黃道輔品茶要錄後〉（文五／2067）評黃氏《品茶要錄》一書，以其能「觀物之極」，「盡一物之理」，乃博學精深之有道之士。

東坡且於〈答李方叔書〉（文四／1430）中，深斥「名過其實之人」云：

> 皆由名過其實，造物者所不能堪，與無功而受千鍾者，其罪均也。

儒家倫理觀，重人際關係、人與自然之和諧。東坡承儒家傳統，既發揚其合乎人情之邏輯思維，又貴在能推陳新出。且東坡之重倫常，來自生活之節制調節，故能合乎常情常理。如：

東坡尙忠貞誠摯之婚姻，故於〈書劉庭式事〉（文五／2051）中，言劉氏未及第時，議娶村女，後劉氏及第，其女以疾而盲，劉氏仍娶之。

> 子偶問之：「哀生於愛，愛生於色。子娶盲女，與之偕老，義也。」
> 庭式曰：「有目亦吾妻也；無目亦吾妻也，吾若緣色而生愛，緣愛而
> 生哀，色衰愛弛，吾哀亦忘。」

東坡又關心社會時風之不善，欲以己力以更之。如：

〈與朱鄂州書〉（文四／1416）言廣州諱養女而有溺殺女嬰之事。東坡友朱壽昌守鄂州、與具仁心之東坡共商如何「立賞罰以變此風」。即〈黃鄂之風〉（文六／2316）中，言古耕道之率黃州人買米布絹絮，以濟田野貧甚者，活其小兒，如是行善求義，即爲東坡倫理思想實現範例。由是東坡倫常觀並非建立於虛無之（上天所賜予之）神明，或執著於「存天理，滅人欲」、「三綱五常」條規之解辯，而是在耳聽、目見之現實生活之中，作實事求是之行。淡泊度日，觀物盡理，乃至婚、活嬰，無不皆然。

2、又倫常綱紀在於人之求成德——故詩文中多舉實例曰：

東坡於〈伊尹論〉（文一／84）中，言士人當置名利於身外，方能處逆泰然。云：

> 卿相之位，千金之富，有所不屑，將以自廣其心，使窮達利害不能
> 爲之芥蒂，以全其才，而欲有所爲耳。

東坡於〈石氏畫苑記〉（文二／364）中稱美石康伯：

> 舉進士不第，即棄去，當以陰得官，亦不就。讀書作詩以自娛而已，
> 不求人知。獨好法書、名畫、古器、異物，遇有所見，脫衣輟食求
> 之，不問有無。

又於〈墨君堂記〉（文二／355）稱美文與可之爲人——「端靜而文，明哲而

忠」，貴能畫得竹之賢、德、容、勢，而又深知竹之情，竹之性。

此以倫常綱紀在淡泊名利，不得道行義，則投注於讀書作詩畫中。

東坡又於〈送文與可出守陵州〉（詩一／250）中稱美與可之：「素節凜凜欺霜秋。清詩健筆何足數？逍遙齊物追莊周。」

又於〈文與可字說〉（文一／333）中云：「與可之為人也，守道而忘勢，行義而忘利，修德而忘名，與為不義，雖祿之千乘不顧也。」

（二）樂、明、誠

1、樂

東坡以「樂」為人生最高之境界，「樂」如何可至？乃由「明」、「誠」而得之。何謂「明」？「誠」？

2、明、誠

《中庸》言：「君子欲誠也，莫若以明」。何謂「明」？東坡為釋之「誠」之求，在「明」曰：「知之則達，故曰明。」「明」乃指明察洞悉之意，〈中庸論中〉（文一／61）云：「使吾心曉然，知其當然，而求其樂。」故「明」即「知」，而「知」又有難、易。

東坡又於〈中庸論中〉（文一／61）言明（認明）之難、易謂：

君子所識「中庸之道」乃「費而隱」，百姓但識「約而明」日用之道，而難識此精微之理，然由實踐言，百姓雖不賢而能行道，而行之最高，即或聖人亦有所不能。故君子所持之道，乃「推其所從生而言之，則其言約，約則明。推其逆而觀之，故其言費，費則隱。」言必洞察事物各面。

又進而舉例以言：

> 人情莫不好逸豫而惡勞苦，今吾必也使之不敢箕踞，而磬折百拜以為禮；人情莫不樂富貴而羞貧賤，今吾必也使之不敢自尊，而揖讓退抑以為禮；用器之為便，而祭器之為貴；褻衣之為便，而袞冕之為貴；哀欲其速已，而伸之三年；樂欲其不已，而不得終日；此禮之所以為強人而觀之於其末者之過也。

言「禮」之設，與人情之常相反，人多難識，然由「知」而反復思之，則行「禮」自屬必然。東坡又接言：

> 今吾以為磬折不如立之安也，而將惟安之求，則立不如坐，坐不如箕踞，箕踞不如偃仆，偃仆而不已，則將裸袒而不顧，苟為裸袒而

　　　　不顧，則吾無乃亦將病之！夫豈獨吾病之，天下之匹夫匹婦，莫不
　　　　病之也，苟爲病之，則是其勢將必至於磬折而百拜。由此言之，則
　　　　是磬折而百拜者，生於不欲裸袒之間而已也。

　　由「安」而言「磬折百拜」不如「立」；「立」不如「坐」，「坐」不如「箕
踞」，「箕踞」不如「偃仆」，「偃仆」至極而將「裸袒不顧」、「天下病之」。至
「天下病之」又必至於「磬折百百拜」。故「百拜」生於「不欲裸袒」。則「磬
折而百拜」由多加思考，則爲「明」。即「辨其所從生，而推之至於其所終極，
是之謂明。」

　　至如何由「明」而「誠」？既重認知事物之必然，又欲心之能誠而安。
即〈中庸論中〉所謂「以求安其至難，而務欲誠之者也。」東坡以《孟子》
之言明之：「簞食豆羹得之則生，不得則死。呼爾而與之，行道之人弗受，蹴
爾而與之，乞人不屑也。萬鍾則不辨禮義而受之，萬鍾於我何加焉。」

　　此言「受」之與否，在「心」之是否失？即聖人、王公大人、行道之人、
匹夫匹婦皆一也。即：

　　　　向爲身死而不受；今爲朋友妻妾之奉而爲之，此之謂失其本心。

而所謂「失本心」在

　　　　萬鍾之不受，是王公大人之所難，而以行道乞人之所不屑，而較其

　　　　輕重，是何以異於匹夫匹婦之所能行，通而至於聖人之所不及？

故人格之全美，不在地位高下、難易受授，而在本心是否能「誠」能「明」。
則誠也、明也，在人之能「明」事物之理，又能心而「誠」，自入「樂」之最
高境界。

（三）東坡之政治品格 —— 表現於「誠」

　　北宋於冗官弊政下，凡膽識官吏，皆欲由不同層面、方法提出革新。如：
范仲淹「慶曆新政」、王安石「熙寧變法」、東坡之各項政治改革主張等，
皆爲積極參與國事之代表。

　　由東坡政治實踐中，可明東坡具有磊落坦誠政治品格 —— 坦蕩胸襟、包
容態度，則其爲國籌謀之策略，自不虛空。以下試言之：

　　尚「誠」——

　　東坡以「誠」爲其處世哲學，〈中庸論上〉（文一／60）云：「憂患之至，
而後誠明之辨，乃可以見。」

　　東坡〈策略四〉（文一／235）言，爲官當具「寬深不測之量」以「臨大

事」、「鎮世俗」。所謂寬深之量乃「譽之則勸，非之則沮，聞善則喜，見惡則怒，此三代聖人之所共也。」

東坡又於〈密州謝上表〉（文二／651）中，謙言「性資甚下」、「論不適時」，而欲「自試於民社」、「以爲公朝」。又於〈徐州謝獎諭表〉（文二／652）中，言「奔走服勤」爲「人臣之常事」，是以欲運「至誠」，「直言從政」，雖或召來殺身貶謫之禍，亦不改初衷。以下試以東坡與王安石、司馬光、章惇三人交往爲例，以言其從政尚誠明、直言、寬深之素養。即：

1、與王安石——

東坡與安石皆出自歐陽修門下，私交甚篤，即在「烏臺詩案」後依然。如元豐七年東坡赴京過金陵，仍於〈次荊公韻四絕〉（詩四／1251）中：「勸我試求三畝宅，從公已覺十年遲。」同有歸隱之想。然於新法改革中，則據理力爭。如〈杭州召還乞郡狀〉（文三／911）中東坡即云：「臣若少加附會，進用可必。」然基於責任感，仍「具論安石所爲不可施行狀」。故新黨對於東坡「構造飛語，醞釀百端」，貶其於黃州。

東坡仍抨擊新派之邊境用兵之不當，於〈繳進沈起詞頭狀〉（文二／774）即言「求邊功，搆隙四夷」之欠當。〈乞不給散青苗錢斛狀〉（文二／783）又言行青苗、免役二法之弊，在民貧刑煩盜熾。東坡直以新法之弊甚銳，然王安石去後，東坡於〈王安石贈太傅〉（文三／1077）中對安石之智、辯、文、行仍多所稱美，全無意氣之語，則待之直而誠也。

又〈與滕達道六十八首其三十八〉（文四／1487）言至黃州後，「時見荊公，甚喜，時誦詩說佛也。」

2、與司馬光

東坡與司馬光情誼尤深，如東坡由黃州赴登州，作〈與滕達道六十八首其四十七〉（文四／1490）即言司馬光對其「恩禮既異，責望又重。」〈司馬溫公神道碑〉（文二／511）中亦稱美其名重天下，百姓厚愛，以及二人深情。元祐初，東坡又因司馬光之薦再入京，〈辯試館職策問箚子二首其二〉（文二／788）中，言司馬光堅復差役法，東坡苦勸宜存「免役法」之利，使民得從其便，二人則相持不下。〈杭州召還乞郡狀〉（文三／911）中，即言因得罪孫永、韓維等，而請求外調。〈與楊光素十七首‧其十七〉（文四／1655），亦沈痛以言二人雖「相知至深，始終無間」而不得相隨。然東坡之大膽直言，皆爲愛君愛民。《續資治通鑑》卷八十六，即謂東坡之高風亮節云：「出入侍從，

必以愛君爲本，忠規讜論，挺挺大節。但爲小人忌惡，不得久居朝廷。」其
言是也。

3、與章惇

章惇與東坡爲同榜進士，然章以新黨自命，於任宰相後，即將東坡貶於
惠州。又因東坡寫〈縱筆〉（詩七／2203）「報道先生春睡美」詩自適，再貶
儋州。

元符三年（1100）筠州推官雍邱崔鸜應詔上書，歷數章惇之姦，言惇：「狙
詐凶險，天下士大夫呼曰『惇賊』。」於眾口彈劾下，章惇出知潤州。至神宗
皇后攝政後，元祐大臣獲赦，東坡得訊北歸，而章惇貶雷州，東坡全無幸災
樂禍，仍寬深友好。即東坡〈與黃師是五首其三〉（文四／1743）中云：「子
厚得雷，聞之驚嘆彌日。海康地雖遠，無瘴癘，舍弟居之一年，甚安穩。望
以此開譬太夫人也。」過京口，又致書章惇次子章致平：

> 某與丞相定交四十餘年，雖中間出處稍異，交情固無所增損也。聞
> 其高年，寄跡海隅，此懷可知。……又海康風土不甚惡，寒熱皆適
> 中。舶到時，四方物多有，若昆仲先於閩客、廣舟准備，備家常要
> 用藥百千去，自治之餘，亦可以及鄰里鄉黨。又丞相知養內外丹久
> 矣，所以未成者，正坐大用故也。今茲閒放，正宜成此。然只可自
> 內養丹。切不可服外物也。某在海外，曾作《續養生論》一首，甚
> 欲寫寄，病困未能。到毗陵，定疊檢獲，當錄呈也。」（〈與章致平
> 書二首之一〉（文四／1643））

由是，東坡於友，於敵，皆具磊落胸襟。不惟不記舊恨，始終待以誠明，且
寄以同情慰藉，且傳授適應環境及養生適意之術。

（四）氣質上

東坡既以道德修養重在實踐，故自多「氣質」實踐之例，如：

〈李太白碑陰記〉（文二／348）中，言李白雖曾失節於永王璘，仍爲「濟
世之人」，其爲辯析云：「士以氣爲主。方高力士用事，公卿士大夫爭事之，
而太白使脫靴殿上，固已氣蓋天下矣。使之得志，必不肯附權倖以取容，其
肯從君以昏乎！」又云：「李白之從永王璘，當由迫脅。不然，璘之狂肆寢陋，
雖庸人知其必敗也。太白識郭子儀之爲人傑，而不能知璘之無成，此理之必
不然者也，吾不可以不辯。」東坡此辯，即由「氣質」而言。

　　東坡又稱美張方平，即於〈樂全先生文集敘〉（文一／314）中謂張方平一生，未嘗以言徇物，以色假人，毀譽不動，得喪若一。其「以邁往之氣，行正大之言」，而「上不求合於人主」、「下不求合於士大夫。」則以「邁往之氣」用之事君待人，始終如一。接言張方平之人品氣質得自孔融，故稱美孔融曰：「孔北海志大而論高，功烈不見於世，然英偉豪傑之氣，自為一時所宗。」

　　東坡以氣稱美李白、張方平，而東坡本人亦有「氣節」。宋孝宗於東坡逝世後，即〈贈蘇文忠公太師敕〉曰：「蘇軾養其氣以剛大。」並御製〈蘇文忠公序並贊〉，特闡述其「氣」與「節」曰：

> 成一代之文章，必能立天下之大節。立天下之大節，非其氣足以高天下者，未能焉。……蘇軾忠言讜論，立朝大節，一時適臣無出其右，負其豪氣，志在行其所學，放浪嶺海，文不少衰，力幹造化，元氣淋漓，窮理、盡性，貫通天人，山川風雲，草木華實千彙萬狀，可喜可愕，有感於中。寓之於文，雄觀百代，自作一家，渾涵光芒，至是而成矣。（王文誥《蘇文忠公詩編註集成》卷首〈序贊〉）

東坡之重「氣」，參之《宋史》卷142本傳亦言：

> 器識之閎偉，議論之卓犖，文章之雄雋，政事之精明，四者皆能以特立之志為之主，而以邁往之氣輔之。故意之所向，言足以達其有猶，行足以遂其有為，至於禍患之來，節義足以固其有守，皆志與氣所為也。

東坡之重「氣」關乎其器識，議論、文章、政事之卓犖，正乃兼有節、氣合成「道」者，亦孔子所謂「臨大節而不可殺」之「君子」人歟！

（五）情

　　東坡重「至誠」、「至仁」，又重「氣質」與禮義、信廉及孝悌之實踐。尤重親情、友情、愛情、鄉情。如：

1、思親情深切——

　　於友情而言——嘉祐六年（1061）12月14日，26歲之東坡抵鳳翔任所，初入仕宦，於自信中有迷惘。而於「情」則獨厚。如：憶子由，於〈辛丑十一月十九日與子由別於鄭州西門之外，馬上賦詩一篇寄之〉曰：

> 寒燈相對記疇昔，夜雨何時聽蕭瑟。君知此意不可忘，慎勿苦愛高

官職。(詩一／95)

過澠池，又見五年前與子由過此所留，作〈和子由澠池懷舊〉：「人生到處知何似」(詩一／97)，而感人生無常。

> 憶弟淚如雲不散，望鄉心與雁南飛。(〈獨遊普門寺僧閣〉(詩一／151))

餘寫子由詩篇甚夥。如：

> 感時嗟事變，所得不償失。(〈次韻子由除日見寄〉(詩一／120))

> 吾家蜀江上，江水清如藍。(〈鳳翔八觀・東湖〉(詩一／112))

則懷鄉而懷子由

> 遠別不知官爵好，思歸苦覺歲年長。(〈病中聞子由得告不赴商州三首其一〉(詩一／156))

> 憶昔與子皆童(音慣，束髮也)，年年廢書走市觀。(〈和子由蠶市〉(詩一／163))

> 三年吾有幾，棄擲理無還。(〈和子由苦寒見寄〉(詩一／215))

言三年鳳翔任內，更覺兄弟情長。

元豐二年(1079)年正月，文同逝於陳州，文同有詩、畫、楚辭、草書四絕，東坡曾作〈文與可畫篔簹谷偃竹記〉(文二／365)以記其誼。而〈書文與可墨竹并敘〉(詩五／1392)即引與可嘗云：「世無知我者，惟子瞻一見，識吾妙處。」又東坡至湖州，七月七日曝書畫，見文與可遺墨篔簹谷偃竹畫，不禁失聲痛哭，而於〈祭文與可文〉(文五／1941)中，即云「氣噎悒而填胸，淚疾下而淋衣」，皆見友情之濃。

　　(2)東坡除「悌」行於手足、摯友，亦見於妻妾之情深，可為旁證。

東坡〈亡妻王氏(王弗)墓誌銘〉(文二／472)中見東坡與王夫人之相依，夫人常告東坡「子去親遠，不可以不慎。」又常關懷東坡交友：「恐不能久。其與人銳，其去人必速。」

又〈祭亡妻同安郡君文〉(文五／1960)言繼室王閏之隨東坡十二年，曰：「婦職既修，母儀甚敦，三子如一，愛出於天。從我南行，菽水欣然」，「孰迎我門，孰饋我田。」夫妻情深，故同安郡君之靈柩，至十年後(徽宗崇寧元年──1102年，閏六月)，亦遷至河南郟縣蘇軾墳地合葬。至與妾閏之、朝雲亦情濃，不贅。

四、歷史上

東坡稽古通古，為文多取材古史，而以史家論事。故牟宗三以東坡文之通達，乃通變而能揮灑自如。〔註30〕

（一）好論史

呂祖謙《古文關鍵・卷上・看蘇文法》言東坡文波瀾，乃「出於《戰國策》、《史記》，而得關鍵法。」《朱子語類》卷139亦云：「老蘇父子自史中《戰國策》得之，故皆自小處起議論。」以下試舉《志林》中例證：

〈論武王〉（文一／137），此篇旨在數落武王之誅君夷國，所引史料甚夥，如言武王之叛君弒王：「良史如董狐者，必以叛書」，且引《左傳・宣二年》太史書「趙盾弒其君」事以證。又言「曹操謀九錫」則引自《魏志・荀彧傳》。言董昭等欲加太祖九錫，荀彧言不宜。「楚人將殺令尹子南」事，又引《左傳・襄公二十二年》子南之子「棄父事讎」事。則東坡不惟熟讀史書，善運史料，且以「良史」自居，蓋樂其口誅筆伐也。

〈論養士〉（文一／139），言六國因養士而久存；秦國因逐士而速亡。言養士之盛，則不惟引《史記》以言四公子養士數千，且由〈齊世家〉言宣王集談說之士，於稷下城門。又由〈魏世家〉、〈燕世家〉、〈張耳陳餘傳贊〉、〈田橫傳〉、言魏文侯、燕昭王、張耳、田橫等人之養士。甚而引〈陳豨傳〉、〈吳王濞傳〉、〈淮南王安傳〉、〈梁武王傳〉、〈竇嬰傳〉、〈田蚡傳〉之養士，而總「士」之數，結出「當倍官吏而半農夫」。又言科舉取士，則始自隋大業而盛於貞觀。且言科舉名目，則據盧肇《國史補》以言有秀才、前進士、同年、座主、題名、曲江會等，可謂左右逢源，遣之如彈丸。

〈論秦〉（文一／141），言秦之并天下，乃巧於取齊，而拙於取楚；秦不敗於楚，幸也。蓋平天下之法多矣。由《左傳・昭公三十年》知伍員以「迭出之計」克楚。又引《晉書・羊祐傳》言晉以「修德信」而平吳，隋文帝以「彼聚我散」平陳。文末又引《載記》為前秦言，如符堅運迭出之計，則何人能拒？秦之勝，幸也。

〈論魯隱公里克李斯鄭小同王允之〉（文一／143），言驪姬欲殺申生，則引《國語》，言先施讒於申生。又言二世欲殺扶蘇，則引《史記・李斯傳》趙高言於李斯，將禍及子孫。言惠公誅里克，則引《左傳・僖公九年》，先言里

〔註30〕見牟氏《中國文化的省察・漢宋知識份子之規格》，臺北：聯經。

克殺奚齊，而後惠公殺里克。

〈論商鞅〉（文一／155）欲否定商鞅變法，東坡遂逐一否定太史公言商鞅變法之有功。如「不加賦而上用足」即非其所成。至言變法如藥石，如不善用，亦至滅國殘民。是以其《志林》論古，所用史料，俯拾皆是，足見東坡非惟熟諳史料，又能善運博辯，而是非千古史事。

（二）好疑古

東坡以實事求是精神，稽古通今，是以於歷史之人或事，多由「疑古」以言之。如〈上韓樞密書〉（文四／1382）則其於定評之歷史人物，東坡另有所見曰：

> 昔侯霸為司徒，其故人嚴子陵以書遺之曰：「君房足下，位至臺鼎，甚善。懷仁輔義天下悅，阿諛順旨要領絕。」世以子陵為狂，以軾觀之，非狂也。方是時，光武以布衣取天下，功成志滿，有輕人臣之心，躬親吏事，所以待三公者甚薄。霸為司徒，奉法循職而已，故子陵有以感發之。

嚴子陵以以其故人侯霸能「奉法循職」、「懷仁輔義」，而得天下悅，何苦以「阿諛順旨」以奉「待人臣甚薄」之「光武」？而為天下人指為「狂士。」東坡遂由是疑之。

又東坡〈周公論〉（文一／85）紆曲以言：

> 管、蔡之封，武王之世也。武王之世，未知有周公、成王之事。苟無周公、成王之事，則管、蔡何從而叛，周公何從而誅之？故曰：周公居禮之變，而處聖人之不幸也。

管蔡原非大惡，故受封武王，管蔡之叛，在智不足深知周公，故周公伐之，勢不得不然也。

（三）重評人

東坡品人，常由各層面以言，然尤重人之品格，使後人得效其為人之道。如：

1、賈誼

賈誼兼文史之長於一身，李商隱有〈賈生〉詩評賈誼曰：

> 宣室求賢訪逐臣，賈生才調更無倫。可憐夜半虛前席，不問蒼生問鬼神。（清・馮浩箋注《玉谿生詩集箋注》卷2）

即言賈生才學不受宣帝重視。東坡〈賈誼論〉（文一／105）則進由賈誼

品格之失以析論：

　　賈誼以一洛陽少年，欲得用於文帝，宜重君臣之相得。然其性格中「志大而量小，才有餘而識不足」，遂令使其不能深交君臣以「待其變」，則如此之不善處窮，一旦不受用，則「自傷哭泣，至於夭絕」，全為其個性使然，故東坡由賈誼憂傷痛沮，不見用，乃個人識量，而結於：「若賈生者，非漢文之不用生，生之不能用漢文也。」則由歷史人物，東坡點出其為人值爭議之處。

2、阮籍

　　阮籍之例亦然。〈阮籍〉（文五／2021），亦由「世之所謂君子者，惟法是修，惟禮是克。手執圭璧，足履繩墨」，以言其如「群虱之處褌中乎？逃乎深縫，匿乎敗絮，自以為吉宅也。行不敢離縫際，動不敢出褌襠，自以為得繩墨也。」言阮籍之似虱之處褌中，正類世俗君子之依法依禮。然阮籍一己則「獨賴司馬景王保持之爾，其去死無幾」。則阮籍之「憤世嫉俗」，惡「趨炎附勢」、「胸懷本趣」，仍有擺脫官僚依賴與投靠，乃致幾至有殺身之禍，即由人格之複雜性所使然。

3、東坡又常運用對比法以凸顯歷史人物之得失

　　如〈魏武帝論〉（文一／82）則比並曹、劉、孫：

　　魏武曹操長於「料事」，而不長於「料人」。有所重發而喪其功，有所輕為而至於敗。其不用中原之長，而與孫權爭勝於舟楫，由是喪師於赤壁。

　　劉備有「蓋世之才，而無應卒之機，方其新破劉璋，蜀人未附，一日而四五驚，斬之不能禁」乃「可以急取不可以緩圖」，如魏武於其危疑中卷甲而趨之，可以得志。

　　孫權則「勇而有謀，此不可以聲勢恐喝取也。」

　　東坡以其長於史事長才議古論今，皆能通變而揮灑也。

五、教育上

　　東坡於教育思想，除重視學校教育功能，指陳北宋教育流弊外，亦重人材之培育與薦用，與重視學習等。而於實地上如作書勸人勿作虛文、務實選人才、又指陳科考之弊，尤於貶嶺南，則重邊民之教化等皆見之。以下試分述之：

（一）斥作虛文

　　東坡早歲，由經學得儒家思想，又好西漢賈誼之文，關心國運民瘼。人

或以眉州士子迂闊，於飽讀經書外，不閣於世事，東坡則於〈眉州遠景樓記〉（文二／352）中，以眉州具三代漢唐之遺風。加之東坡幼受老泉調教，遍讀史籍。由眉州至汴京途中，即已了解黎民疾苦。且於嘉祐五年應考時，所作25篇策論，已是「深思極慮」，欲「有益於當世。」尤以〈策總敘〉（文一／225）中，已斥漢代以降之「世儒」，「皆泛濫於辭章，不適於用」，且責科考以「空言取天下之士」之弊。即

〈中庸論上〉指出世儒之故作高深，欺騙成風曰：「求爲聖人之道而無所得，於是務爲不可知之文。」（文一／60）

東坡深斥儒者寫作「不可知之文」，故於嶺南致書子由女婿王庠曰：「儒者之病，多空文而少實用。」（〈與王庠書〉（文四／1422））

東坡又告準備科考之王庠，考試所用之文，皆被舉主取去：「今日皆無有，然亦無用也。」（〈與王庠五首之五〉（文五／1822））

東坡又於〈與姪孫元老四首其二〉（文五／1842）謂不必惟趨時而學，可「多讀史，務令文字華實相副，期於適用，乃佳，勿令得一第後，所學便爲棄物也。……姪孫宜熟看前後漢史及韓、柳文。」則東坡已將陋儒所學，乃至應考，皆視爲趨時，不及讀史書、韓柳文有用。

元祐時東坡〈答劉巨濟書〉（文四／1433）亦云：「向在科場時，不得已作應用文，不幸爲人傳寫，深可羞愧，以此得虛名。」

黃州時〈答李端叔書〉（文四／1432），亦謂少年讀書但爲應舉，進士第後，舉制策「直言極諫」亦「誦說古今，考論是非，以應其名耳。」由是東坡深斥空泛虛文之少實用也。

（二）上書指陳科考之弊

東坡自幼崇儒而好仙、道，鳳翔任上已習道藏，貶謫後尤崇道好佛，然時風、家學薰陶，亦以「儒學」爲主。於反對變法時，尤見其爲時甚短之實踐，最具代表者爲科舉之因革。如：

神宗熙寧四年，始罷詞賦，專用經義取士，凡十五年。至元祐元年復以詞賦，與經義並行。元祐三年正月，東坡知貢舉，欲人責實，力主不分經取士。時大雪方殷，乃上〈大雪乞省試展限劄子〉（文二／806）。二月又上〈大雪論差役不便劄子〉（文二／807）等奏議。省試放榜後，三月又上〈省試放榜後〉（文二／811）三劄子（〈乞不分經取士〉──專以工拙爲去取。又〈乞不分差經義詩賦試官〉、〈乞裁減巡鋪兵士重賞〉）等。後又上〈論貢舉合行事件〉再申前議。

除奏議外，最具體代表行動爲：

熙寧三年三月，東坡 35 歲，爲編排官，呂惠卿知貢舉。葉祖洽〈廷試策狀〉謂祖宗以來，法紀苟簡因循，宜鼎新之。考官宋敏求與東坡欲將此卷黜落，而主考官呂惠卿則欲擢置第一。東坡對此深爲不滿，遂作〈擬進士對御試策一道〉（文一／301），言改革科舉如廢詩賦，專考策論，則難收咨訪治道之效，易成阿諛之風。

王安石又以策進士，欲變科考之詩、賦、論三道，興學校，詔兩制三館議等，神宗遂下詔令群臣商議。熙寧四年正月，東坡因不滿科考，而上〈議學校貢舉狀〉（文二／723）曰：

> 伏以得人之道，在於知人；知人之道，在於責實。使君相有知人之才，朝廷有責實之政，則胥吏皂隸，未嘗無人，而況於學校貢舉乎？

（三）熱心從事教育

東坡貶謫至南方，遠道求益有謝民師；近程又關心程有、蘇過琴棋詩畫之教。〈與程秀才三首其三〉（文四／1629）云：

> 兒子到此，抄得《唐書》一部，又借得《前漢》欲抄。若了此二書，便是窮兒暴富也。呵呵。

除教子姪外，東坡熱心教育，「講學不輟」、「氣和言道」，是以育成瓊州學士無數。如

東坡曾遊城東學舍，寫〈和陶示周掾祖謝〉（詩七／2253），願效淵明好讀書，欣然忘食。又見村塾先生「忍飢坐談道，嗟我亦晚聞。」而「永愧虞仲翔，絃歌滄海濱。」乃自比三國時虞翻（字仲翔）徙交州，雖處罪放，而講學不倦，門徒常數百人。

《東坡志林》卷一〈別姜君〉云：「元符己卯閏九月，瓊士姜君來儋耳，日與予相從，庚辰三月乃歸。」後東坡北歸，即將己用之端硯送予姜唐仕，又《欒城集·補子瞻贈姜唐佐秀才詩敘》。亦云：

> 予兄子瞻謫居儋耳，瓊州進士姜唐佐往從之游，氣和而言道，有中州士人之風，子瞻愛之，贈之詩曰：「滄海何曾斷地脈，白袍端合破天荒。」且告之曰：「子異日登科，當爲子成此篇。」君遊廣州州學，有名學中。

東坡北歸後三年，姜唐佐舉鄉貢，王霄、陳功、李迪、劉廷忻等舉明經，杜介之舉文學。大觀三年，儋人符確成爲海南歷史上第一位進士。其後李光《遷

建儋州學記》：「業精而行成，登巍科厝，撫壯者繼踵而出。」

　　東坡之於儋州教育開化，育成人材甚多，所謂「人文之盛」「貢選之多」爲海外所僅見，載籍多有稱美。如《儋州志・選舉志序》云：

> 吾儋自蘇文忠公開化，一時州中人士，王、杜則經述稱賢，應朝廷
> 之聘；符趙則科名濟美，標瓊海之先聲。迄乎有元，荐辟卓著。明
> 清之際，多士崛起，尚書薛遠、進士黃、王，登賢書者五十九人，
> 列鄉元者三科兩解。人文之盛，貢選之多，爲海外所罕覯。

又《瓊臺記事・敍》載：「宋蘇文忠公之謫居儋耳，講學明道，教化日興，瓊州人文之盛，實公啓之。」

　　由以上，東坡於教育之推動，除爲文斥虛文、上書革科考，尤以貶嶺南，育成人才甚多，爲教育具體實踐。

六、經濟上

　　東坡經濟思想，與變法中「財政」密切相關。以下分由理論，實踐以言：

（一）理論上

　　溯熙寧三年（1070）王安石上〈百年無事箚子〉，神宗即以安石爲參知政事，遂置三司條例司，議行新法。東坡諫諍新法，以「三司條例司」侵權，且評青苗、助役等法欠當，安石以東坡之言「跌蕩」（見《宋元通鑑》）。

　　又依《宋史》本傳謂東坡上書於神宗，直道新法之弊在「求治太急，聽人太廣，進人太銳。」上竦然聽受。而子由〈東坡墓誌〉即謂「上悟曰：『吾固疑此，得蘇軾議，意釋矣。』」然東坡亦以此忤安石，遂被權開封推官，而東坡決斷精敏，聲名益上。

　　又適逢上元日，皇宮敕府買浙燈四千，且命減價，東坡又上〈諫買浙燈狀〉（文二／726）謂「陛下以耳目不急之玩，而奪其口體必用之資。」二月東坡又上〈上神宗皇帝書〉（文二／729），激烈以斥新法之不當，故欲「陛下結人心，厚風俗，存紀綱而已。」東坡皆感泣聖上能從善如流。

　　三月〈再上神宗皇帝書〉（文二／749），反對新法，言新法令「四海騷動，行路怨咨。」

　　以下，先言東坡屢上書言變法之弊，再言其推動實效：

1、上策論補世弊

　　東坡自制科即露鋒芒，仁宗嘉祐二年（1057）正月，東坡以廿二歲應禮部試，以〈省試刑賞忠厚之至論〉（文一／33）擢置第二，試春秋對義列第一，殿試中進士乙科。時歐陽修主禮部貢舉、梅堯臣為編排詳定官。主明經（帖書、墨義）、進士（詩、賦、論各一，第五道、帖論語十）。東坡〈刑賞忠厚之至論〉騁豪筆，以謂皋陶「殺之三」，堯曰：「宥之三」。陸游《老學庵筆記》卷三即云：「東坡言何必出處，歐公則『賞其豪邁，太息不已。』」

　　東坡中舉後於〈謝歐陽內翰書〉（五四／1423）曰：「罷去浮巧輕媚叢錯采繡之文，將以追兩漢之餘，而漸復三代之故。」又〈謝梅龍圖書〉（文四／1424）言當代文風宜「簡且約」。東坡〈上梅直講書〉（文四／1385），直道東坡受歐公之重，乃其「不為世俗之文也。」

　　歐陽修〈與梅聖俞〉：「老夫當避此人，放他出一頭地也。」（《歐陽文忠公集》卷149）。

　　朱弁《曲洧舊聞》卷8又謂歐陽修與其子棐言，即嘆云：「汝記吾言，三十年後，世上人更不道著我也。」曾南豐〈蘇明允哀辭〉亦曰：「學士大夫莫不人知其名，家有其書。」由是三蘇名揚天下。而東坡之求荐，一無所畏，即〈上曾丞相書〉（文四／1379）中云：「幽居默處而觀萬物之變，盡其自然之理，而斷之於中。」又〈應制舉上兩制書〉（文四／1390）中云：「直言當世之故。」有積極入世之心。

　　嘉祐五年（1060）三月，東坡25歲，與試吏部「流內銓」制科考，授河南福昌縣九品主簿，未赴。次年又得歐公以才識兼茂薦之，遂應皇上特詔之制科試，秘閣六論，對策皆入三等。其《進策》共二十五篇（分策略五篇、策別十七篇、策斷三篇）。時人盱江李泰伯〈上蘇公書〉云：「執事治道二十五策，霆轟風飛，震伏天下，非真有道者，安能卓犖如此。」（《經進東坡文集事略》頁212。）

　　然或以東坡所上策議，並無甚創見，[註31] 實則此為東坡問政之始，每篇皆本《詩·大雅·蕩》所曰：「殷鑑不遠，在夏后之世」之原則，針對時弊而出建言，而後神宗、哲宗朝亦類此。

　　然細繹之，此25篇，有關東坡嗣後從政思想、與實踐之藍圖。如：
　　立法上——有「立法」（〈策略〉三）、屬法禁（〈策別〉一）。

〔註31〕蕭公權《中國政治思想史》頁508：「子瞻所陳具體治術見《策略》五篇、《策別》十七篇及《策斷》三篇，均無創見，從略。」

治上——君宜自立立強、深結民心（〈策略〉一、五）。

君臣上——決壅蔽（〈策別〉三）。

用人上——用人（〈策略〉三、六）、「開功名之門」（〈策略〉四）

「專任使」、「無責難」、「無沮善」（〈策別〉四、五、六）。

「無吏」——《策斷·思治論之一》。

倫理上——「勸親睦」、「去姦民」（〈策別·安萬民之二、六〉）

教育上——「抑僥倖」《策別之二》（〈策別·安萬民之一〉）

經濟上——「均戶口」、「較賦稅」、「省費用」（〈策別〉〈安萬民之三、四〉

〈厚貨財之一〉）。「無錢」（〈策斷·思治論之二〉）。

軍事上——敦教化、教戰守（〈策別·安萬民之一、五〉）。

定軍制（〈策別·厚貨財之二〉）

蓄材用、練軍實、倡勇敢（〈策別·訓兵旅之一、二、三〉）

「無兵」（〈策斷·思治論之三〉）

「免衙前之役」（〈上韓魏公書〉）

2、重經濟以救貧

而變法之中，東坡尤重「財政」之因革，蓋國之「積貧積弱」必由「理財」始。故自熙寧四年（1067）以降，三月之內，東坡連呈四篇書狀，除〈諫買浙燈狀〉（文二／726）外，皆反對新法。以下試以表分述之；以其與「理財」相涉者甚多：

東坡反對之新法	東坡所上奏章及反對理由	
一、制置三司條例司	〈上神宗皇帝書〉言此司兼理與聚斂求利。去此司可以「去讒慝而召和氣，復人心而安國本。」	《宋史·職官志》言此司「掌經書邦計，議變舊法，通天下之利。」葉適《水心集》卷四〈財計〉言：「今之言理財者，聚斂而已矣。」
二、青苗法	〈上神宗皇帝書〉：「計其間願請入戶，必皆孤貧不濟之人。」行之則「虧官害民」。本為濟助貧民之青黃不接，唯不問農民有無需要，概予貨款；迨秋收後追繳，以增稅收，並未便民。 據東坡〈乞不給散青曲錢斛狀〉「因欠青苗，至賣田宅，雇妻女，投水自縊者，不可勝數。」	《宋史·王安石傳》：「令出息二分，春散秋歛。」

三、均輸法	〈上神宗皇帝書〉：此法乃與民爭利——「非良不售，非賄不行」，是以「官買之價比民必貴」，非但無益，且損失簿廩祿等稅。	〈食貨志〉：「均輸之法，所以通天下之貨制，爲輕重歛散之術。」
四、市易法	東坡於此未作任何表示，或已默許。	〈王安石傳〉：「以田宅或金帛爲抵當，出息十分之二。過期不輸，息外，每月更加罰錢百分之二。」
五、免役法	宋民分九等，上四等給役，餘五等免之。雖因職役太苛，上戶雖欲出錢雇人，而下戶不肯屈就，於是上戶自己服役。於各職役之中，人民以最難忍受者，爲「衙前之役」。東坡爲鳳翔簽判〈上韓相書〉，即爲民請命。東坡於〈上神宗皇帝書〉「以豈可於常稅之外，別出科名？」則予後代多欲之君、聚歛之臣以搜括之資。況差役之害，培歛民財，十室九空，各有利弊，安石之差役法似尚便民，東坡亦未反對。	
六、農田水利法	東坡〈上神宗皇帝書〉中，反對農田水利，所謂：「上糜帑廩，下奪農時，堤一開，水失故道。」東坡初爲杭州通判，作〈通濟亭題詩〉云：「應教斥鹵變桑田」。再任杭州太守，則治西湖及太湖，則農田水利，確著成效。	〈王安石傳〉：「知鄞縣，起堤堰，決陂塘爲水陸之利。」
七、方田均稅法	「方田」即依田之大小、肥瘠而定稅多少。　東坡於嘉祐六年應制舉，嘗進策二十五篇，其十五爲較賦役。	〈王安石傳〉：「方田之法，以東南西北各千步，當四十一頃六十六畝一百六十步爲一方，歲以九月，令佐分地計量。」
八、保甲法	東坡上書無一及此。	〈王安石傳〉：「保甲之法籍鄉村之民，二丁取一，十家爲保，保丁皆授以弓弩，教之戰陣。」
九、保馬法	熙寧後，馬政失修。保馬法成效不大，可供戰騎只占百分之六，餘僅足配郵傳。東坡未言及。	〈王安石傳〉：「保馬之法，凡五路義保願養馬者，戶一匹，以監牧見馬給之。或官與其直，使白市，歲一閱其肥瘠，死病者補償。」

十、經義取士		熙寧二年，王安石秉政，次年罷詩賦，依策論以定等第，後又變爲經義，且又依其所訓釋之「新義」以取士。

王安石執政之初，言官群起反對新法，數月之間，臺諫一空，王安石乘機薦謝景溫爲御史。翰林學士范鎮應詔奏薦東坡。謝景溫深恐東坡一入，將不利於新法，乃奏其過失。奏劾東坡於丁父憂扶柩返蜀之時，沿途妄冒差借兵卒，並於所乘舟中，販運私鹽。

東坡見安石贊神宗以獨斷專任，因試進士發策，以「晉武平吳以獨斷而克，苻堅伐晉以獨斷而亡；齊桓專任管仲而霸，燕噲專任子之而敗」爲問。安石怒，使御史謝景溫加速窮其過。東坡遂請外，通判杭州。

於東坡歷任官職中，多關心民生，稅收相關者。以下試舉數例言之：

東坡密州任上，除求罷榷鹽，使民不致被迫爲盜外，又言量蠲秋稅。於〈論河北京東盜賊狀〉（文二／753）中云：

> 密州自今歲秋旱，種麥不得，……比常年十分中只種得二三。……
> 今數千里無麥，去將安往，但恐良民舉爲盜矣。

又言青苗法之害曰：

> 飢寒之民，所在皆是，人得升合，官費丘山。蓄積之家，例皆困乏。
> 貧者未蒙其利，富者先被其害。

又接言諸法之害民：

手實法──《文獻通考・職役法》解說「手實法」云：

唐制，歲終，使里民自報丁口及田宅實況，造成鄉帳，稱爲「手實法」。宋神宗時，呂惠卿主行此法──乃由官府制定田產中價，使百姓各以田畝多少高下，自行估價，縣府收受後，記錄於簿，分五等定其應納之稅是也。

> 免役出錢或未均，出簿法之不善，按戶令手實者，令人戶具其丁口
> 田宅之實也。

〈上韓丞相論災傷手實法書〉（文二／1395）中云：

> 而今之法，揭賞以求人過者，十常八九。

此法乃（呂惠卿）欲求免役法「所出役錢公平」而設，然有損人際，故東坡極力反對，後朝廷亦知法害民，罷之。

方田均稅法──〈上韓丞相論災傷手實法〉（文四／1395）云：此法「成於暮月之間，奪甲與乙，其不均又甚於昔者。」

軍器監——〈上韓丞相論災傷手實書〉（文四／1395）謂：

> 軍器監須用牛皮，……農民喪牛甚於喪子，老弱婦女之家，報官稍緩，則撻而責之錢數十千。

東坡於還朝後之元祐元年八月四日，以「中書舍人」而請罷青苗法「抑配」之弊，遂上〈乞不給散青苗錢斛狀〉（文二／783），痛言此法為害人民，至深且鉅。曰：「二十年間，因欠青苗，至賣田宅，雇妻女，投水自縊者，不可勝數。」

東坡還朝之元祐前期，又言新法不利於「財」，如言免役法不可廢，時司馬光為相，知免役之害，不知其利，欲復「差役法」，東坡再三表示反對，以二法各有利弊。《宋史》本傳云：

> 免役之害，掊斂民財，十室九空，錢聚於上，而下有錢荒之患。差役之害，民常在官，不得專力於農，而貪吏猾胥，得緣為姦。……
>
> 法相因則事易成，事有漸則民不驚。

但司馬光不以為然。又提出「熙寧中常行給田」募役法，司馬光尤以為不可。元豐八年十二月，東坡又上〈論給田募役狀〉（文二／768），言五利二弊，然司馬溫公仍堅持，遂於次年（元祐元年）二月頒佈實行差役法。

東坡於惠州，猶念念不忘改善稅制。於〈與程正輔七十首其九〉（文四／1601）中，言米賤傷農，如納錢不納米，「並從其便，人情必大悅。」

（二）經濟實效上

東坡於經濟上重均民富國，而以「民利」為先。既具理想，亦有可行之實效。如：

1、重水利設施之經濟效應

東坡以河渠水利，可助灌溉及運輸，故多浚湖築橋。

（1）元祐三年東坡二度至杭，逢乾旱，乃接受臨濮縣主簿、監杭州商稅蘇堅（伯固）建議，濬治杭州運河二（即南抵龍山浙江閘口，北出天宗門之茅山河，與南至州前碧波亭下，東合茅山河，而北出餘杭門之鹽橋河）。自元祐四年十月開工，未及半年即告完成，兩河河床深度皆於八尺以上，船隻自可暢行無阻。

（2）熙寧時，東坡通判杭州，即見西湖葑泥有十之二三。元祐四年東坡二度通判杭州，西湖又已堙塞其半。東坡遂於〈杭州乞度牒開西湖狀〉（文三

／863）中，即言西湖有「五不可廢」——游觀、水產、飲水、灌溉、運河等。乃學白居易濬治之法，詳細規畫。而〈申三省起請開湖六條狀〉（文三／866）中謂於湧金門置小堰引湖水，南行築新溝，又於湖水所經曲折處，作石櫃貯水，使民得汲用澣濯，且用以備火災。

開湖之外，又於杭州領導開濬石門新河，東坡既訪問父老，又參之舟子，反覆考察沿河地勢及兩岸經濟實情，以錢十五萬貫、人三千人，二年乃成，自是閩浙大獲「無窮之利」。

（3）東坡於潁州，因陳州知縣李承之等人，主張開八丈溝。東坡即於〈奏論八丈溝不可開狀〉（文三／940）中，言「淮水一漲，百溝皆壅」，開八丈溝為勞民傷財之事，又費 18 萬人、37 萬貫石，故開之無益。

（4）東坡又以務實態度重水利設施，而反對安石變法之「農田水利法」。故於〈上神宗皇帝書〉（文二／729）中，勸上不可輕信農田水利法曰：「上糜帑廩，下奪農時，隄防一開，水失故道，雖食議者之肉，何補於民？」又言「成功有賞，敗事無誅」之下，勞民傷財，不法之徒，因之循私，水利亦因之混亂。

又據《宋會要輯稿‧食貨》1 之 27〈農田水利法〉——其中但言淺塞，陂塘堰埭等，如需興修，可計度工料云云，甚為籠統，皆未得東坡於農田水利之改革之旨。

2、控制國財流失，嚴禁對外走私

北宋時，已有江浙閩廣之海外貿易，亦有海運私販貨物之事。東坡於杭州任內既悉其情，故於〈乞禁商旅過外國狀〉（文三／888）中，言制止走私漏稅。如：

（1）泉州徐戩為高麗造經板二千九百餘片，公然載往其國，受酬三千兩。且其時高麗屬宋之敵國契丹，情偽難測，必於法外重行，以警閩、浙之民。

（2）二是客商王應昇，冒請往高麗公憑，卻發船入遼國買賣。船中行貨，又皆是大遼國南挺銀絲錢物，并有過海祈平安將入大遼國願子二道。

（3）三是李資義、李球等人，請杭州市舶司公憑，卻往高麗國經紀，致使高麗國有實封文字一角及松子四十餘布袋前來。皆由李球為之嚮導，以求厚利。故東坡以「奸民猾商，爭請公憑，往來如織，公然

乘載外國人使，附搭入貢，搔擾所在。」必加嚴懲。

3、賑　濟

北宋水、旱、蟲災紛至沓來，民又無路逃死，故聚之為盜賊，東坡發以仁心，屢致其意。如〈乞罷稅務歲終賞格狀〉（文三／980）即體察民情，使災民得賑，勿淪為盜。

熙寧七年（1074）東坡由杭移密，路見蝗災，而官吏熟視無睹，遂〈上韓丞相論災傷手實書〉（文四／1395）中云：

> 自入境，見民以蒿蔓裹蝗蟲而瘞之道左，累累相望者，二百餘里，捕殺之數，聞於官者幾三萬斛。然吏皆言蝗不為災，甚者或言為民除草。……軾近在錢塘，見飛蝗自西北來，聲亂浙江之濤，上翳日月，下掩草木，遇其所落，彌望蕭然。此京東餘波及淮浙者耳。而京東獨言蝗不為災，將以誰欺乎！

東坡於〈上呂僕射論浙西災傷書〉（文四／1402）謂浙西有淫雨颶風之災。秀州數千人又訴風災，官吏以為法有訴水旱而無訴風災，拒閉不納，老幼相騰踐死者十一人。實則官吏不喜言災，十有其九。

東坡於〈上執政乞度牒賑濟因修廨宇書〉（文四／1406）中言杭州相繼有水旱之災，民之艱食，前所未有，東坡大聲疾呼朝廷，力求救流殍。

東坡之濟賑，非空言之，而有多項因應之方。如：

〈上神宗皇帝書〉（文二／729）中，力主以「常平法」代替「青苗法」，以穩定市場物價。

> 借使萬家之邑，止有千斛，而穀貴之際，斛在市，物價自平。一市之價既平，一邦之食自足，……今若變為青苗，家貸一斛，則千戶之外，孰救其飢？

又可以調運官糧，平價拋出以穩定物價。即〈上執政乞度牒賑濟因修廨宇書〉（文四／1406）中云：

> 自正月至七月，本州裏外九縣，日糶官米千五百石，乃可以平價救飢。

東坡於〈乞賑濟浙西七州狀〉（文三／849）中，言申請上司減負上解錢斛一半或三分之二。又分為二年以次補上，或以官銀購民間金銀絹絲，則官錢散於民間，如水救火。

〈乞免五穀力勝稅錢箚子〉（文三／990）中，使豐熟之鄉，商賈爭糴，以起太賤之價。黃州米賤，浙西則有錢無穀，皆官府收五穀力勝錢所使然，

如取消此稅錢一條，只行「天聖附令」免稅指揮，即可使「豐凶相濟，農末皆利，縱有水旱，無大飢荒。」

東坡於〈論積欠六事并乞檢會應詔所論四事一處行下狀〉（文三／957）中，言積欠之害「甚於水旱」，故可適當減免，大赦前後積欠。又於物價上揚時，只據當時所欠催納，取分期支付。

綜合言之，東坡經濟實效，首重民利。

東坡之關懷國事，無論水利、賑濟，且及於海外互通，思想層面廣，具創發者甚多。又於詩文中，見其愛國熱忱，如：

熙寧八年（1075）東坡密州任上，祭常山返，即與同官習射放鷹。作〈江城子・密州出獵〉詞。其詞云：

> 老夫聊發少年狂，左牽黃，右擎蒼，錦帽貂裘。千騎卷平岡。爲報傾城隨太守，親射虎，看孫郎。　　酒酣胸膽尚開張，鬢微霜，又何妨！持節雲中，何日遣馮唐？會挽雕弓如滿月，西北望，射天狼。
>
> （詞一／67）

此詞即強烈表達願赴前線殺敵之志。

又東坡貶黃州後，聞种諤領兵入敵，破殺西夏六萬餘人，獲馬五千匹，又作〈聞捷〉及〈聞洮西捷報〉二詩以慶。〈聞捷〉云：「聞說官軍取乞闌，將軍旂鼓捷如神。故知無定河邊柳，得共中原雪絮春。」（詩四／1089）。〈聞洮西捷報〉：「捷烽夜到甘泉宮」，「已覺談笑無西戎。」（詩四／1090），亦見東坡拳拳愛國之心。

定州爲邊防重地，然軍政廢弛，法令不行，禁軍日有逃亡，或聚爲盜賊，民不安其居。東坡到任，決心整頓，有不法者，皆以付獄按治。

東坡又見營房大損壞，不庇風雨，乃年久失修，偷工減料所使然。故上〈乞降度牒修定州禁軍營房狀〉（文三／1021），中言修蓋營房，度牒數一百七十一道。加強對禁軍管理。又建立民兵組織，增修弓箭社，每戶選擇強壯一丁，充弓箭手，即〈乞增修弓箭社條約狀二首〉（文三／1024），中詳細計劃整葺弓箭社各項事宜。

東坡於惠州，又言修建營房，即〈與程正輔〉（文四／1589）中，以諸軍缺營房，「多二人共一間，極不聊生。其餘即散居市井間，賃屋而已。」故建議程正輔營建。

由以上，東坡爲一介文士，竟具軍事專知與殺敵熱忱，洵爲不可多得。

第五節　東坡詩文中之儒家思想之價值與影響

東坡為繼歐陽修後北宋詩壇領袖、文壇泰斗，其人品聲聞，世代相傳，於中國文化長河中，乃繼往開來之關鍵人物。故於東坡身後，眾人之評，有毀有譽：

1、據《宋史‧徽宗紀》崇寧元年（1102）九月，蔡京發動黨禍，「籍元祐及元符末年宰相文彥博等、侍從蘇軾等，……凡百有二十人，御書刻石端禮門。」十二月又詔：「諸邪說詖行非聖賢之書，及元祐學術政事，並勿施用。」崇寧二年（1103）四月，詔毀「蘇軾文集、傳說、奏議、墨蹟、書版、碑銘和墓誌。」朝廷下令禁傳《東坡文集》流傳，人則改稱東坡為「毗陵先生」。則東坡文被視為「邪說」而遭毀損。然

2、朱弁《風月堂詩話》謂：

> 是時，朝廷雖嘗禁止，賞錢增至八十萬，往往以多相誇，士大夫不能誦坡詩者，自覺氣索，而人或謂之不韻。

3、周煇《清波雜志》云東坡海外詩盛行：

> 東坡海外（海南所作）詩盛行。朝廷雖嘗禁止，賞錢增至八十萬，禁愈嚴而傳愈多……士大夫不能通坡詩，便自覺氣索，而人或謂之不韻。

4、費袞《梁谿漫志》云：

> 宣和間，申禁東坡文字甚嚴，有士人攜坡集出城，為門者所獲，執送有司，見集後有一詩云：「文星落處天地泣，此老已亡吾道窮，才力漫超生仲達，功名猶忌死姚崇。人間便覺無清氣，海內何曾識古風。平日萬篇誰護惜，六丁收拾上瑤宮。」京尹義其人，陰縱之。

5、陸游《老學庵筆記》謂南宋自

> 建炎以來，尚蘇氏文章，學者翕然從之……有語曰：「蘇文熟，吃羊肉；蘇文生，吃菜羹。」

6、晁公武《郡齋讀書志》謂東坡

> 所作文章才落筆，四海已皆傳誦，下至閭閻田里，外至夷狄，莫不知名。

則東坡不惟才力享譽朝野，其博學才品，亦為人敬重。

7、又趙夔序蘇詩曰：

> 東坡先生讀書數千萬卷，學術文章之妙，若太山北斗，百世尊仰，

未易可窺測藩籬，況堂奧乎！（趙夔〈序〉，見《蘇軾詩集》附錄二）。

8、王十朋序蘇詩亦云：

東坡先生之英才絕識，卓冠一世，平生斟酌經傳，貫穿子史，下至
小說、雜記、佛經、道書、古詩、方言，莫不畢究，故雖天地之造
化、古今之興替、風俗之消長，與夫山川、草木、禽獸、鱗介、昆
蟲之屬，亦皆水洞其機而貫其妙，積而爲胸中之文，不啻如長江大
河，汪洋閎肆，變化萬狀，則凡波瀾於一吟一詠之間者，詎可以一
二人之學而窺其涯涘哉！（王十朋序，亦見《蘇軾詩集》附錄二）

9、李卓吾《續焚書・與焦弱侯》一文，即稱美東坡因人格卓立，爲文而
驚天動地曰：

蘇長公何如人，故其文章自然驚天動地，世人不知，只以文章稱之，
不知文章眞彼餘事耳，世未有其人不能卓立，而能文章不朽者。
平生心事宛然如見，如對長公披襟面語，朝夕共遊。
《坡仙集》雖若太多，然不如是無以盡見此公生平，心實愛此公，
是以開卷便如與之面敍也。

10、宋人筆記亦載碑工義氣事，如王明清《揮麈錄》：

九江碑工李仲寧，黃太史題其居曰「琢玉坊」。崇寧初，詔郡國刊元
祐黨籍姓名，太守呼仲寧，使劖之。仲寧曰：「小人家舊貧窶，因開
蘇內翰詞翰，遂至飽暖，今日以姦人爲名，誠不忍下手。」守義之，
曰：「賢哉，士大夫之所不及也！」餉以酒肉而從其請。

東坡詩文，屢禁屢盛，碑工之義氣已足表之，又見盜賊亦敬重之。

11、洪邁《夷堅甲志》卷十云：

紹興二年，虔寇謝達陷惠州，民居官舍，焚蕩無遺。獨留東坡白鶴
峰故居，並率其徒葺治六如亭，烹羊致奠而去。次年，海寇黎盛犯
潮州，悉毀城堞，且縱火。至吳子野近居，盛登開元寺塔見之，問
左右曰：「是非蘇內翰藏圖書處否？」麾兵救之，復料理吳氏歲寒堂，
民屋附近者，賴以不爇甚眾。

如謝達、黎盛之劇賊，而知敬愛東坡如此，況常人乎。

則東坡之文行，皆在人上。王文誥《蘇文忠公詩編註集成》列東坡所得
之追贈及榮銜：

靖康元年（1126）金兵圍京師，檄取《東坡文集》及司馬光《資治通鑑》。

徽宗於外來壓力下，詔復「翰林侍讀學士」。高宗建炎二年（1128）戊申，詔復蘇軾爲「端明殿學士」，盡還合得恩數。

紹興元年辛亥（1131）特贈朝奉大夫資政殿學士。

紹興九年庚申（1139）申詔賜汝州郟城縣墳寺，名爲「旌賢廣惠寺」。

乾道六年（1170）庚寅賜謚文忠，再崇贈太師。

九年（1173）癸巳，復詔有司重刊東坡文集。

理宗端平二年（1235）乙未正月，詔從祀孔子廟庭，位列張載、程顥、程頤之上。

則東坡所受稱美，如日月江河矣。

以下試梳理東坡詩文中儒家思想之貢獻影響：

一、自儒家思想承傳言

周人建國，重封土建君、宗法建制，已重人爲、血緣之制，即透顯以「人」爲主之思想趨勢。孔子崇周文，即以「禮」建立生活秩序。由「禮」之本在仁、義，由是建立內仁義、外禮制之儒學「人本論」，而重德性自覺之「心性論」。

自是國人皆以儒學爲思想正統，與道、佛異軌，然儒學何以始終只爲儒家思想之藍圖，而未見長久實踐？東坡於此一思想系統承傳上又具何種地位？以下試一言之：

儒家孔子重人本，孟子由「良知」言「人本」，故以天道即人道，言人由「至誠」即可至天人合一，蓋性善即爲天人合一交界、天地不惡不已，即爲「仁」，而《易》、《庸》亦兼重天人，以天道爲「誠」、人道爲「誠之者」，能知天即爲「至誠」，以天地萬物變化中自具特性，由是言德性一元、天人合一。而道家偏重天象，以天地化育爲至善，以宇宙玄變，物象常流之「氣化一元」論天人，不信人之「智」可以主宰宇宙。〔註32〕

漢之有天下，表儒內道，論議天人相應中，價值根源已由「人」而歸之「天」。德性標準不在自覺內部，而轉爲天道，以人合天，乃爲有德，加之燕齊迂怪之南方形上學、卜筮陰陽色彩之混合浸潤，儒學被塑爲「宇宙論中心」之哲學——以「存有」釋「德性價值」，則儒學思想，實已質變。

〔註32〕見勞思光《中國哲學史》冊二，頁86～105。

　　唐代思想，消極以言排佛，求脫離漢儒之重天。故積極倡佛在儒、佛同重心性（不知儒之中心在肯定世界；佛之重心在捨離世界）。

　　宋、明儒爲「新儒學」，基本思想方向在歸向孔孟心性論。由重「天」而重「性理」而「心性主體」——即由北宋五子周（濂溪）、張（載）之言「形上」、「宇宙」，拒佛之言「心性」。而二程（顥、頤）言「性即理」，而漸離宇宙論。

　　至朱（熹）、陸（九淵）言超驗自覺。亦即由北宋重經世致用（范仲淹、王安石之政治改革），而南宋重「心性」（朱、陸）。至於明中葉，陽明（一生歷憲、孝、武、世四朝），心性論亦大成，後學言心性入禪，不數傳已見明代衰落。至清重經史實學，由清初顧炎武等三家、顏李學派、乾嘉之學，皆由歷史反省，而批判儒家心性之學。〔註33〕

　　東坡雖爲一介文士，長於詩文創作，享譽文壇。由細讀其詩文諸作，則具承儒家內聖（仁、禮、性、名實等基本理念及誠、仁、氣等德性修養），又能外王（憂國重民、育才致用、均民富國、安邊教戰等政、經、教軍思想），則東坡實上承孔、孟仁心仁政思想，下開宋明儒「新儒學」之居中關鍵。故無東坡之承接，則儒學相距甚遠，則東坡洵爲難得之居間人物。

二、自思想獨創言

1、自為文思想言

　　金人對東坡文之橫放超邁，亦多所評論：

　　元好問《歸潛志》卷一即引王若虛云：

> 　　東坡之文，具萬變而一以貫之者也：爲四六而無俳諧偶儷之弊；爲
> 　　小詞而無脂粉纖艷之失；楚辭，則略依仿其步驟而不以奪機杼爲工；
> 　　禪語，則姑爲談笑之資，而不以窮葛藤爲勝。此其所以獨兼眾作，
> 　　莫可端倪。

此言東坡能獨兼眾作，超越眾家，故王若虛否定東坡與秦觀、黃庭堅高下之比，直以東坡爲「文中之龍，理妙萬物」，乃深知東坡思想卓越，故爲文能獨兼眾作，超越各家。

2、由獨創思想 —— 而有清新詩文

　　元好問〈論詩絕句三十首〉有詩評論：「奇外天奇更出奇，一波纔動萬波

〔註33〕參見勞思光《中國哲學史》冊二。

隨。只知詩到蘇黃盡，滄海橫流卻是誰？」又云：「金入洪爐不厭頻，精眞那計受纖塵。蘇門果有忠臣在，肯放坡詩百態新！」即以元遺山乃接踵東坡作詩，尚能「百態新」。故

翁方綱〈讀元遺山詩〉云：「遺山挪眉山，浩乎海波翻，效忠蘇門後，此意豈易言？」

潘德輿〈論遺山詩〉亦云：「評論正體齊梁上，慷慨歌謠字字遒。新態無端學坡谷，未須滄海說橫流。」則東坡文之清新，自不同俗，乃由其具獨創之思想。

3、東坡思想豐富來自生活──

時宋代理學正盛，東坡與二程思想不同。蓋理學重「道」；東坡重「文」。即：

方孝岳〈中國文學批評〉中云：「蘇東坡尤其與理學相反，所謂蜀（蘇）洛（程頤）兩黨的爭端是很顯然的。」

又范文瀾〈中國經學史的衍變〉中亦言元祐後蜀、洛兩黨之爭論益明：「到蘇軾文與道，完全分離。蘇主張文學完全離道學而獨立。」

試觀東坡《易傳》中論點，與程朱亦多不同，是以朱子將東坡斥爲「雜學」，逐條批駁，則蜀、洛二派確有不同。

4、東坡亦不甚信釋、道

東坡於〈中和勝相院記〉（文二／384）中言禪宗機鋒，乃具「務爲不可知，設械以應敵，匿形以備敗」之辨術，而「度其所從遁，而逆閉其途」，卒使僧徒窘而「面頸發赤」。論東坡爲文佛跡非佛徒，然深悉佛理。

又據《墨莊漫錄》言東坡曾言於陳慥曰：

「公之養生，正如小子之圓覺，可謂害腳法師鸚鵡禪，五通氣毬黃門妾」，由「黃門妾」言之，東坡學佛乃有名無實。然卻能運玄學、禪學之辨術、因明學，而應用於其思想、創作與生活。

至東坡〈上清儲祥宮碑〉（文二／502）中，首言道教與老莊、黃老不一，且譏刺以言，如依「清靜」之旨，則不必修道觀。皆於佛、道有所斥評。

三、自獨善其身言

東坡修養，具一己之典範。如東坡早歲自比范滂、孔融，而「好賈誼、

陸贄書，晚喜陶淵明詩，和之幾遍。」（晁公武《郡齋讀書志》）。細數東坡稱美之人，有：范滂之「善善惡惡，從容就死」。孔融之「自視如虎，操（曹操）如鼠」。

賈誼、陸贄乃漢、唐著名之政論家，有學有識。李白「不屈己，不干人」。又李白鄙視高力士，使之脫靴，爲「氣蓋一世」。

又陶淵明之「簞瓢屢空，宴如也。」。韓愈「忠犯人主之怒，而勇奇三軍之帥」、以及「文起八代之衰」。

概括綜言東坡除重有關治亂，民生利病之賢者外，尤重「不慕榮利」、「剛正不苟」之節操，與持己清儉之生活。

如東坡「性不忍事」嘗「如食肉有蠅，吐之乃已」（《曲洧舊聞》）又云：「眼前見天下無一個不好人」（《悅生隨抄》）。

是以東坡不齒欺世盜名、蠅營狗苟之士，而以剛直之氣、豪放之風，爲人稱道。如言「君上」當以至誠至仁，以待萬民。士人當動靜及時，能友能思爲上，常人亦應常信守禮、義、信廉、孝悌之德，又能稽古通今等，正具儒家內聖外王修養。

東坡以一文學家而承自屈原、賈誼、范滂、陶潛、李白、陸贄、韓愈之文學傳統，又申言「士以氣爲主」（〈李太白碑記〉（文二／348）），且稱美《孟子》所講「浩然之氣」（〈潮州韓文公廟碑〉（文二／508））。其爲人剛直，爲文之豪放，又能結合「誦說古今，考論是比」，已視韓愈所謂「氣盛言宜」更具體充實，故足以發揚儒家獨善而兼善之修養哲學，足爲後人樹立典範。

至生活之清儉，則承孔子所謂士不當恥惡衣惡食，而於〈顏蠋巧貧〉（文五／2003）中稱美其人。

四、自兼善濟世言

東坡早歲即「奮厲具當世志」，即歐陽修〈答吳充秀才書〉謂爲學不宜「百事不關心」。王安石〈上人書〉謂爲文應「有補於世」。

東坡爲文，於〈南行前集敘〉（文一／323）中，即以爲文乃「有所不能自已而作者」，其後東坡上策論、史論，所言皆有關憂國便民事。觀其即使外放，於歷任地方官，亦關心民生疾苦，救災、治水，無一不非爲民利而爲。

故王鵬運《半塘遺稿》即云：「其性情，其學問，其襟抱、舉止，非恆流所能夢見。」子由〈東坡墓志銘〉即言：東坡「好賈誼、陸贄書，論古今治

亂，不爲空言。」

　　東坡面對北宋之「積貧積弱」亦有革新之見，如〈進策・策略一〉中云：

天下之患，莫大於不知其然而然……有治平之名而無治平之實，有

可憂之勢而無可憂之形……其病之所由起者深，則其所以治之者，

固非鹵莽因循苟且之所能去也。（文一／226）。

　　東坡亦自云所爲之文「大抵皆勸仁宗勵精庶政，督察百官，果斷而力行。」
（《文集事略》十五卷，郎曄注引）則東坡之所言，大抵乃「先天下之憂而憂
之作。」

　　至於東坡之所言，是否反對新法，是否爲濟世之言？

　　東坡於安石熙寧變法前，多致力於讀書應試，雖初入鳳翔府判官，亦是
閑官小職。據《邵氏聞見後錄》言知府陳希亮不接納東坡入謁，故東坡至中
元節亦「不過知府廳」。蓋其時雖具改革之心，實少濟時之術。

　　王安石變法，重在「理財」，東坡曾表示異議，如：「求治太速」、「進人
太銳」，然東坡出任各州地方官，皆因事便民，於新法未見過分阻難。如開湯
村運鹽河時，東坡冒雨督工，行動中，未見阻止新政，是以李定、舒亶，亦
未以此加害。王安石被屈，李定等方自東坡詩中尋章摘句，以其「詆毀新法」
具「不臣之心」，方成「烏臺詩案」。

　　而就此案所列之詩而言──如東坡因執行「水利法」由杭州至湖州調查，
作「築堤捍水非吾事，閑送茗溪入太湖」詩句，似反對「新法」。宋神宗亦云：
「詩人之詞安可如此論？」又由東坡吟檜（詩一／139）：「根到九泉無曲處，
世間唯有蟄龍知」句，亦言其於「陛下有不臣意」，顯欲加意陷害，即章惇亦
斥之爲「人之害物，無所忌憚如此！」（《石林詩話》）由此可見，東坡之貶黃
州，非因阻撓王安石新法，尤與王安石本人無關。何以？當時王安石退居金
陵（今南京）。安石亦稱美東坡之文；東坡亦曾向安石推薦秦觀。二人之往來
從密，又見東坡由黃州返江寧，安石親至江邊迎接，且同游賦詩。安石曾勸
東坡留居江寧與自己爲鄰，東坡感而云：「勸我試尋三畝宅，從公已恨十年遲。」
則東坡反對新法，全在「爲民爭利」之「濟世」理念下。

　　東坡雖先前表示不同意新法，然隨時光推移，閱歷加深而有所改變。如於
〈與滕達道六十八首其八〉（文四／1478）中云：「所言差謬，少有中理」，然「此
心耿耿，歸於憂國」。是以其後司馬光盡廢新法，東坡又維護新法中免役法，而
與司馬光、劉摯力爭，東坡始終具「濟世爲國」理念，洵爲後人最佳典範。

五、自生活實踐言

（一）同情百姓疾苦

東坡徐州，遇黃河決堤（時黃河流經徐州），頂風冒雨，與軍民築堤護城，維護全城中生命財產。事后又派人於今蕭縣白土鎮，尋出石炭（煤）以鍊鐵，且作〈石炭歌〉（詩三／402）以記其事。

東坡於密州，遇災年而「收養棄兒」，存活數千人。

於杭州，開濬西湖，留有「蘇堤」。又自幼會栽種松樹，曾手種數萬株，而將此法傳授於人，且以文寫入〈種松法〉（文六／1653）中。

（二）為政寬簡

東坡於潁州（今安徽阜陽），人贈詩曰：「十里荷花菡萏初，我公所至有西湖。欲將官事湖中了，見說官閑事亦無。」即道盡東坡似歐陽修之「為政寬簡」之風。

東坡為人，平易近人，多次外放，親近百姓。如：

黃州與秀才、酒家為「山中友」，臨去時，以深情寫詞留別。且云：「仍傳語江南父老，時與晒魚蓑。」（〈滿庭芳〉）

又於儋州與黎人相處至為融洽，故兒童吹蔥葉恭迎、老嫗亦與之言笑。又指點姜唐佐秀才為文曰：「滄海何曾斷地脈，白袍終合破天荒」，此秀才果中進士，為海南之首。

而據《遯齋閑覽》言，東坡甚愛海南之「風土甚善，人情不惡」，故東坡離海南時「十數父老，攜酒饌至舟次相送，執手涕泣。」依依不捨。

又據《獨醒雜志》謂東坡北歸大庾嶺時，嶺上老人聞東坡至，欣然直道：「天佑善人！」皆見東坡行寬簡之仁政，故百姓甚為愛戴之。

東坡為文能引物連類，千轉萬變，行仁政又與人融洽。故不僅詩文，乃其冠服亦為人們注意。如東坡在儋耳，……遇雨，由農家借箬笠戴之，當時人們便畫入圖畫；士人皆「仿東坡帽，桶高簷短，謂之子瞻樣」，著名演員丁仙現亦曾於宮內表演，即以此為題材。

東坡之受人尊崇，非惟其詩文獨卓兼善，人品聲聞之世代相傳，自其思想言，能傳揚儒家兼善獨善、內聖外王之精髓，且能付諸實現。故已為儒家勾勒理想政治藍圖與文士典範，影響不為不深遠。

第六節　小　結

東坡爲文，自成一家（趙翼語），又爲「文中龍」（王若虛語）、「詩之神」（袁宏道語）。其文之「才落筆，四海已皆傳誦」（《郡齋讀書志》）則東坡爲文之在胸，必有過人之思想，而其思想又以儒家之積極爲主，經以上之析論試綜於次：

一、由東坡儒家思想淵源言

東坡生於「理學」甚盛之北宋，受時風習染，大方向爲「新儒學」。時言文、道之重則不一，東坡重辭勝於道。又受老泉、子由家學及前賢崇儒影響，加之一己融貫，欲取儒家積極入世之想，爲國爲民。

東坡一生盡歷宦海浮沉、人事歷鍊，其爲文之歷程，大體與其生平同步。概而言之，乃以元豐二年（1079）烏臺詩案被貶黃州爲界。其前後期古文之題材、文體、風格等，皆截然不同——即東坡英年得志，以行道濟世自任。其胸襟正如〈寄子由〉（詩八／2534）一首所謂「有筆頭千字，胸中萬卷，致君堯舜，此事何難？」而後其簽判鳳翔，還朝任職，復自請外放，仍上書君王，保有朝氣與銳氣。至細讀其〈進策〉、〈進論〉等諸篇，亦不乏踔厲風發之政議與史論。即或亭臺樓閣諸記，亦關懷民生憂國憂世之作。而其後期之作，則戞戞獨造，眾體兼善。則東坡思想圓融儒、道、釋，正與其一生坎坷、兼長眾作正同。

二、由東坡儒家思想內涵言

東坡幼習儒術，本欲爲君所用，而事與願違。經烏臺詩案，貶謫黃州，投閑置散中，得以博覽佛道之書。又與錢道人、參寥、佛印等僧人來往，遂漸融儒、釋、道爲一。如以老莊哲學抗拒流俗；亦由老莊而達觀出世。漸融儒家忠君愛民、道家因任自然、同死生、輕去就、佛家之自我解脫。三者以不同面貌呈現其詩文之中。而由思想而言，是尙儒而不迂，滲道釋而不溺。

東坡詩文享有盛名，細繹其諸作之思想，有承自儒家之基本理念，內仁外禮，又及其性論、名實論，又重人治與中庸。而於憂國重民中，乃承孔子行仁政，並有具體措施——爲官宜清廉去奢靡、削冗官、裁任子等。

而言獨善之德在誠、仁、氣，如君上宜至誠至仁、士人宜重氣、生活清

儉、動靜得時，爲文務實。常人亦應具禮、義、信、廉、孝悌之涵養。一旦發而爲政，則有爲國爲民之念。

三、東坡儒家思想之實踐言

東坡之承儒家思想，並非徒托空言，而觀其從政家居，皆躬行實踐，如由史學而稽古通今。倫理之涵養孝、悌、信、廉，由是可推之愛民從政。於教育則重育才致用、於經濟則重均民富國，兼重稅制之均平與求國之富強、於軍事則重安邊教戰，使人人可應戰，軍中無冗兵。

東坡以一介文士，而具儒家仁政治國藍圖，雖實行之時不長，亦儒家仁政僅得以試行之機，如假以時日，或宋之積貧積弱可以改觀。

四、東坡儒家思想之價值與影響

東坡一生行道濟世思想，不惟可爲從政者典範。其從政之包容謙退，忍爲國用，亦爲士人最佳典範。至其躬持其儉、不恥惡衣惡食，唯憂國愛民之獨善兼善，亦爲儒者誠正修齊治平最佳見證者也。

第三章　東坡詩文中道家道教思想之研究

北宋文人受老莊玄學影響最深，又與道教活動關係最大者，莫過於東坡。其詩、文、詞、賦之作，自來為人多所論述。而東坡之思想兼儒、道、佛。本文專就東坡之作，究其蘊含若干道家道教思想，又發揮若干道家道教旨要。

道教乃我國本土宗教，自東漢創教以來，已有一千八百年歷史，而以「修真悟道、羽化登仙」為目的。道家不言煉丹、符籙、反對鬼神巫術，而求精神上自由曠放。道教基本理論雖依附道家，但為一宗教組織，自不同於道家之為哲學派別。東坡思想以儒為主，但黃州後失意窮愁，為文多道家道教之想，本文欲一探之。本章分為六節：〔註1〕

第一節　導論——言東坡體道之淵源
第二節　言東坡由年少出川至嶺南北歸，崇道之歷程。
第三節　析論其讀《道藏》、交道友、煉道丹、服道食之崇道活道。
第四節　言東坡詩文中之道家道教其思想——窮達物化、虛靜出世、安命學仙、隨緣自適等。
第五節　言東坡詩文中之仙道之情、理、方、境。
第六節　言道家道教影響其詩文所呈現之自然平淡、虛靜幽獨、重學尚理等仙道特色。

由上析論，或見東坡與道家道教之密切關係。

〔註 1〕參見拙著〈東坡詩文中道家道教思想之玄蘊〉師大國研所，《中國學術年刊》第十八期頁 97～126，86 年 3 月。〈東坡與道家道教〉，《屏東師院學報》第十期，頁 319～354，民 86 年 3 月。

第一節 導論——東坡體道之淵源

「道教」為我本土宗教，始於東漢，迄今已有一千八百餘年。溯「道教」一詞出現中國古籍甚早。如春秋戰國時，諸子百家已將一己所言之道理稱為「治國之道」、「治身之道」。如《墨子》〈非儒下〉言：「儒者以為道教」、「先王之道教」，即以「道教」為儒家運堯舜治國之道、死生有命之道等，用以教化萬民。而自東漢佛教入中土，亦有稱佛僧為「道人」，所傳之道為「道教」，雖是道冠佛戴，卻已明言古籍中所言之「道教」，未必與真正道教相涉。而道教初興亦不似他教（如基督教等）由一教主獨創，而由太平道、五斗米道等眾支道派組成。迄六朝始著「道教」專名，而與佛教抗衡。

「道家」乃先秦諸學派中，首將「道」作為萬物之源。而以「道」為宇宙萬物之母，則始於老莊。由於道教源於「尚鬼重巫」、「神仙崇拜」、「古醫學與養生學」乃至「黃帝思想」、「儒、墨思想」、「陰陽讖緯」，然與道家最為密切——在同重「道」、「清靜」、「虛幻」、「鬼神」。然道教為一宗教組織，畢竟不同於道家之為哲學派別，惟道教常吸取道家思想為其主軸，又以道家逍遙之境為仙境，即取神仙道家為其所用。明《正統道藏》5485 卷，即言道教以慈、儉、道、氣（而遵天法祖）、修真重悟為教義，而以「得道成仙，永生不死」為極致。

東坡生於北宋真宗、徽宗崇道極盛之朝，蜀地又為道教發源地，於道風吹習下，李白濡染於前，東坡得之於後，加之家學師友之影響，東坡之作，常有體道底蘊。

東坡早歲欲以儒之積極入世，有為天下，自 44 歲「烏臺詩案」被貶黃州，思想遽變，潛存之好道好莊，一發而為抒困解憂之藉。東坡究何以崇道？如何崇道？既交聚道教道家影響於一身，究於其思想作品影響如何？本文欲一一探索焉。以下先言其崇道思想之源：

一、北宋崇道極盛

宋承唐重「道」。據《宋史·禮志》言，真宗崇趙玄朗為道教始祖「玉皇大帝」。又據《宋史》卷一七〇言，真宗廣設宮觀，至徽宗時即有道階廿六級，權臣蔡京亦為狂熱崇道者。

至一般之崇道，如東坡〈議學校貢舉狀〉（文二／725）謂時士人以佛老為聖人。又如歐陽修、王安石等高位推助長生，風氣益盛。加之印刷術發達，如張君房撮皇家秘閣道書成《雲笈七籤》、徽宗刊刻《政和萬壽道藏》五四八

一卷，即便於道書流通。

中晚唐重外丹，《廿二史劄記・唐諸帝多餌丹藥》及《曲洧舊聞》、《松窗百說》皆言金丹危及唐代諸帝。宋代因言重「行氣導引」之內丹。《悟眞篇》即以一百一三首詩、十二闋詞及頌曲，以言內丹理論，東坡因之重煉丹服食。

細繹道教由漢末方士之術合黃老之學而成，至唐、宋而昌盛，致有宗派之分合。其演變內容爲：

（一）帝王倡導

1、宋太祖

據《宋朝事實》言——宋太祖命劉若拙爲「左街道錄」以「肅正道流」。如祛去「竊服冠裳，寓家宮觀」等，皆奇詭不合清淨之本。

2、真　宗

據《宋史・眞宗本記》言——大中祥符元年（1008）正月，眞宗厭兵，借崇道粉飾太平、穩固政權，乃托夢以言一神將降天書，後承天門鴟尾，果有二丈帛書；泰山醴泉北亦降此。

3、徽　宗

《大宋宣和遺事》言——徽宗定道教爲國教。科考亦考道書（《黃帝內經》等）。而又編 5481 卷雕板《政和萬壽道藏》。又

據《宋會要》（札四六七）、《老學庵筆記》卷九，謂於各州建神霄宮，違者決配千里。

（二）道教俗化

1、保存道教原有之齋醮符籙、煉丹、禁咒等儀式，以迎合大眾。又自道家中吸取老莊養生恬淡空寂思想。且自禪宗中吸取其心法匯成新興道教。

2、新興道教

自五代華山道士陳摶傳布以來，南宋道教分爲南、北二宗，且各置七眞人（七祖）。

南宗主命——爲符籙派。第一祖張伯瑞《悟眞篇・序》中主「仙佛一源」，
　　以人人皆能養命固形，以明眞覺之性，猶佛教重人人可以成佛。

其修煉方式——重內丹（以人體爲爐鼎，體內精、氣、神爲藥物），以煉
　　養寶精、愛氣、全神。自不同唐代重外丹（以金屬、礦石燒煉而成有
　　形之藥），使心、神、氣歸於一（道）。

北宗主性——爲丹鼎派。而王重陽自稱爲呂洞賓化身，於陝西開創「全真道」。兼合禪宗心法、道家清淨、儒家倫常、佛教因果，除去鄙陋之巫儀方術。

（三）道教入士林

北宋歐陽修反對道教，謂「如草木，服金石，吸日月之精」者，僅爲「貪生之徒」，但於道教「養內之術」卻甚寬容（《歐陽文忠公全集·外集》卷十五）。

又蘇東坡亦鄙薄「飛仙變化之術，《黃庭》、《大洞》之法，太上、天眞、木公、金母之號……下至於丹藥奇技，符籙小數」，但卻贊賞「合於《周易》『何思何慮』、《論語》『仁者靜壽』之說。」〈上清儲祥宮碑〉（文二／502）。

蘇轍尤信道教，於〈養生金丹訣〉中云：「養生有內外。精、氣，內也，非金石所能堅凝；四肢百骸，外也，非精、氣所能變化。欲事內，必調養精、氣，極而後內丹成。則不能死矣。」（《龍川略志》卷一）道教影響宋代詩論及詩作。如江西詩派「點鐵成金」、「奪胎換骨」，皆爲道教術語。

二、眉州之風——好隱逸、重經術

由《漢書·循吏傳》、杜甫〈將赴荆南寄別李劍州弟〉言景帝時蜀郡太守文翁，始將蜀道阻隔之眉州加以儒化。又因蜀出相如、子雲、李白、子昂等人，使獨立於中原文化外之蜀學，爲之光大。元豐元年，東坡任徐州太守，作〈眉州遠景樓記〉（文二／352）言此地承三代漢唐古風，臣民相得，重經術、好古道。又蜀地除東坡伯父蘇渙、老泉親家程浚外，蜀士莫顯。

三、以道士爲師友

據傅藻《東坡紀年錄》、東坡〈陳太初尸解〉（文六／2322）、〈眾妙堂記〉（文二／361）詩言，東坡八歲即拜眉山道士張易簡爲師，從之三年。至謫居南海、猶夢見其徒誦習《老子》：「玄之又玄，眾妙之門。」且言於「眾妙記」之體悟。又追憶張道士趺坐晨煉，東向服日，則東坡自幼即受道教濡染。

東坡崇道，又結交精於此道者。如攜妓訪雲龍道士於徐州、又交煉內丹寸田之王仲素。黃州又交眉山道士陸惟忠，與之論內外丹旨略、共飲桂酒甘露以輕身。杭州時交錢穆父道士，以仙家上品茉肴共嚐之。交蹇拱辰道士、

武道士、姚丹元、清汶老人（關心民生）、鄧守安道士。嶺南時又交何道士、吳道士、海上道人、楊道士、謝道士等，從之學道。

四、受家族崇道影響

　　東坡祖父蘇序，據《嘉祐集・族譜後錄》、曾棗莊《蘇洵評傳》、東坡〈答任師中〉（詩二／362）云，其性輕易好義，爲頗得鄉里愛戴之隱君子，堂上書四庫，豁達大度，故東坡即承具其淡泊崇道家風。

　　東坡父老泉，性耿直，喜山林之遊。據《嘉祐集・憶山送人》云：其人「縱目視天下，愛此宇宙寬」。東坡〈鍾子翼哀辭〉（文五／1966）謂，東坡二度尋訪虔州（其父舊蹤），則東坡多得其父好遊尚隱之風。

　　子由影響東坡學道頗深，〈和子由送將官梁左藏仲道〉（詩三／825），言子由性恬靜，宜於學道，又肺脾多病，樂於習氣功。東坡〈與王定國四十一首之三〉（文五／1514），言子由夜半行氣「臍腹間隆隆如雷聲。」熙寧十年，二蘇會於徐州逍遙堂，相聚半年中，子由則將所習七年氣功心得傳予東坡，並同訪雲龍道士。徐州後，二人又同參崇道活動，如東坡贈手抄《黃庭經》予蹇道士，子由亦作〈送保光蹇師游廬山〉；東坡與善辟穀吳道士交往，子由亦作〈雨中招吳子野〉詩；二人又共食石芝，東坡作〈石芝〉（詩六／2002），子由作〈次韻石芝〉。又子由學道少欲，曾作《老子解》。東坡遊終南玉女洞取其水，爲恐人弄假而作〈調水符〉（詩一／197），子由作〈和子瞻調水符〉，勸其兄少欲勿憂。又東坡曾遠至終南太平宮讀《道藏》，子由作〈和子瞻讀道藏〉言讀書何務貪多？又東坡晚歲屢貶，戒酒不成，惟於〈和陶止酒〉（詩七／2245）中接受子由勸戒，不近杜康。

　　綜觀二蘇同出眉山，崇道相互影響，北歸後，東坡爲成都玉局觀提舉；子由爲上清宮提舉。子由學道精，故其享壽過東坡八年。

五、讀道書遊聖地

　　東坡廿八歲作〈將往終南和子由見寄〉（詩一／180），言將往終南太平宮讀《道藏》，又手抄《黃庭經》送蹇道士。貶嶺南過惠州羅浮山，見葛洪煉丹處，又重讀《抱朴子》，求福地洞天。且曾手錄嵇康《養生論》予人，皆見其由多讀道書助渡瘴疫。

　　嘉祐元年（1056）東坡以廿一歲中進士，此後六七年仕途之餘，嘗遍遊

道教聖地名山。如廿七歲由鳳翔府出發，遍遊終南山，朝謁太平宮、樓觀、延生觀等，後又奉詔祭禱道觀。如〈奉勅祭西太一和韓川〉（詩五／1447）、〈次韻蔣穎叔錢穆父從駕景靈宮〉（詩六／1921）、〈次韻蔣穎叔〉（詩六／1943）、〈洞霄宮〉（詩二／503）、〈凝祥池〉（詩五／1943）、〈扈從景靈宮〉（詩六／1943）等，皆親身參與道教活動之記錄，雖爲應詔奉和之作，亦爲東坡關注道教，得其影響之證。

第二節　東坡一生崇道歷程

東坡年少即任俠求仙，中年徘徊仕隱、入老欲隱。即：

一、28 歲前──由年少至出川欲求道學仙

（一）年少──拜師學道，欲竄老林深山

東坡年少即從眉山道士張易簡三年，又居天慶觀北極院，居南海猶夢見先生。即〈眾妙堂記〉云：「見張氏如平昔，汎治庭宇，若有所待者……其徒有誦《老子》者曰：『玄之又玄，眾妙之門』。」（文二／361）。又〈聞潮陽吳子野出家詩〉云：「予昔少年日，氣蓋里閭俠。」（詩八／2554），即由老友出家，猶憶年少之任俠求仙。

然東坡年少崇仙道資料，因 44 歲「烏臺詩案」後多毀竄。即〈答陳師仲主簿書〉云：「皆爲家人婦女輩焚燒盡矣。」（文四／1428）陳師仲所編之《超然》、《黃樓》二集亦佚。〔註2〕然東坡年幼好道事，猶可串連若干相關資料以言。如〈思堂記〉（文二／363）言東坡少遇隱者，教以老子「清靜寡欲」，言多思多欲，必如貯水大盎，常生「蟻漏」，卒害人而不自覺。且曰：「不思之樂，不可名也。」日後東坡即循此而隨緣，自不營營於苦思。

《蘇軾詩集》卷一至四，乃東坡廿八歲以前詩，中有訪道觀、讀《道藏》、構避世堂、學靜坐功等崇道之跡。又東坡謫居嶺南，子由之婿王庠，遣二卒相問及送藥。東坡於答書五之一曰：「軾少年本欲逃竄山林，父兄不許，迫以

〔註2〕見《續資治通鑑》宣和二年（1120）：「時天下禁誦蘇軾文，其尺牘在人間者皆毀去。」又宣和六年，徽宗且下詔曰：「有收藏蘇、黃（庭堅）之文者，並令禁燬，犯者以大不恭論。」又東坡〈答劉沔都曹書〉云，其詩文「多爲俗子所改竄。」

婚宦，故汩沒至今。」（文五／1820），則東坡洵年少欲入山求仙。

（二）出川——求仙之想（24～26 歲）

嘉祐四年（1059）十月，東坡年 24，隨父攜弟由水路出川入京，自是，崇仙思想甚濃。如：

過酆都縣仙都觀〔註3〕王方平、陰長生得道處，作〈留題仙都觀〉（詩一／18），言二人羽化如旋風。又以「安得獨從逍遙君，泠然乘風駕浮雲」，言學道成仙之匪易。同年又作〈仙都山鹿〉（詩一／19），以「仙人已去鹿無家」言仙子終棄人間白鹿，「塵世苦局束」嘆生命短促，難以成仙。詩韻之仄起平換仄收，尤能狀起伏詩情。至同年又作〈過木櫪觀〉（詩一／26），以「許子嘗高遯」表晉初旌陽令許邁，斬蛟龍、除民害，得仙人異術，精煉山中，年 136，方舉家飛昇。又接以「洞府煙霞遠」言俗人難得仙事。而過神秘之巫峽，於〈入峽〉（詩一／33）云：「試看飛鳥樂，高遁此心甘」即藉飛鳥自在，亦難卻勢利。又〈昭君村〉（詩一／40），言漢妃終成「胡鬼」，言人事反覆，不如習仙學道。

東坡 26 歲，至鳳翔任八品節度判官，臨行作〈與子由別〉（詩一／95），言「慎勿苦愛高官職」，則未思「急流」已先言「勇退」。此意又見於〈和子由澠池懷舊〉（詩一／96），言「泥上偶然留指爪，鴻飛那復計東西？」言人生虛空如鴻留爪雪泥，唯求仙學道可恃。東坡 26 歲往終南山讀《道藏》，見〈和子由見寄〉（詩一／180）、〈讀道藏〉（詩一／181）。又好於詩文中寫月。如〈水調歌頌〉、〈赤壁賦〉皆寫月。而 28 歲時之〈妒佳月〉（詩一／172），亦為東坡早期寫月之代表作。寫月色幽閒，偏為狂雲所遮，求風神速予清掃。末言「使我能永延，約君為莫逆」，即求與月為友。蓋道家有採日（陽精）、採月（陰精）之法，則求仙之想，視「我欲乘風歸去」更強。

二、29～44 歲之崇道——杭州、密州、徐州時

由入世無望、早衰而及時行樂、崇道好仙。

（一）杭州——崇道佛、及時行樂（28～39 歲）

28 歲後，東坡返京，積極入世，詩文不多。

30 歲，以殿中丞差判登聞院（掌臣民建議或申訴事）。

〔註3〕范成大《吳船錄》言前漢王方平、後漢陰長生在此得道。

31歲，任直史館，編修國史，因父洵、妻王弗病故，返蜀守喪。

34歲，還朝監官誥院（掌頒發官吏憑證機構），遂渦入王安石變法中。

熙寧四年（1071），東坡36歲被迫外任杭州通判，思想遽變——入世熱忱漸消，有崇道、佛合流傾向。並及時行樂。如：〈初到杭州寄子由二絕〉之一：「眼看時事力難任，貪戀君恩退未能。」（詩二／314），始有歸隱之想。如〈追和子由〉（詩二／463）言欲追巢父、許由。

而相應之生活變化則願效樂天養妓行樂。蓋道家言人當順應陰陽之變（不若佛家之戒色），東坡自效兼儒、道、佛於一之樂天，於〈次韻答黃安中〉言：「空羨蘇杭養樂天」（詩六／1766），東坡除續二房王閏之，又納舞妓王朝雲，且養妓樊素、小蠻。故作〈贈張刁二老〉（詩二／523）等艷詞，除崇道外，且與釋子往來。

（二）密州——仕途無望且病衰，惟好仙道（40～41歲）

時王安石主政，與東坡不和。其仕途自無望，又多病早衰，故東坡密州任內，除及時行樂外，惟好仙道。如東坡由杭州赴密州，路經蘇州，何充欲為東坡畫像，東坡〈贈寫眞何充秀才〉（詩一／87），有「黃冠野服山家客」之羽流寫照，而〈回先生過湖州東林沈氏〉（詩二／588），言願學善飲之回仙，與通《黃庭經》之符離道士。而〈聚遠樓詩三首〉（詩二／591），東坡又嚮往精熟氣功之幽人地仙。而〈次韻孫職方蒼悟山〉（詩二／596）亦抒寫嚮往神仙，蓋密州附近有盧山，乃盧遨遁世飛仙之所。又附近有「超然臺」，亦是方士聚集之所。據《史記・秦始皇本紀》言，其時侯生、盧生，以始皇性剛戾，「未可為求仙藥」，二士逃遁，秦皇遂坑殺464儒。後又於驪山硎谷中詐誘儒生博士往觀冬日結瓜，又坑群儒。東坡遂感而作〈超然臺記〉（文二／351）及〈聖燈巖〉（詩一／621），抒感。

又因密州近東海，蓬萊方丈無閒之傳說甚多。東坡〈次韻陳海洲書懷〉（詩二／594）言「欲棄妻孥守市闤」，表現視李白更落實之求羽化登仙。又〈次韻陳海洲乘槎亭〉（詩二／595），狀寫海市蜃樓之境。

此外東坡之返樸成仙亦見於和文彥博之〈和潞國公超然次韻〉（詩三／681）：「嗟我本何人，麋鹿強冠襟」，有仙風道氣之想。又熙寧八年，章七（即章惇，多受王安石器重）出知湖州，東坡作〈和章七出守湖州二首〉（詩二／652），賀其為官又崇道，能「獨佔人間分外榮」。

密州任內，東坡又因病衰而學道。如行年39，於〈除夜病中贈段屯田〉

（詩二／607），已自言「龍鍾三十九」、「三徑粗成資」。未老而龍鍾，已有陶潛三徑之想。而四十歲作之〈喬太博見和復次韻答之〉（詩二／613），尤言「老病常居半」，〈西齋〉（詩二／630）亦云：「危坐覺日長，杖黎觀物化」，則東坡雖病懶睡，而欣見草木物化，頗具陶潛「羨萬物之得時，感吾生之行休」之意。

然東坡雖欲歸蓬萊，猶有及時行樂之想。如〈薄薄酒〉「不如眼前一醉，是非憂樂兩都忘」。〈七月五日二首〉其二：「念當急行樂，白髮不汝放。」（詩三／691）。

（三）徐州──受子由影響，學道轉殷（42～43歲）

熙寧十年，東坡42歲，離密州知徐州，因仕途不順、多病及子由影響，罷官崇道尤切。

東坡屢言新法不便，反對之議屢見。如上任即作〈送交代仲達少卿〉云：「此身無用且東來，賴有江山慰不才。」（詩三／730）、又〈司馬君實獨樂園〉（詩三／732），借頌舊黨司馬光而言罷官意。

東坡學道，頗受子由影響。如〈和子瞻調水符〉（詩一／197）反對東坡以「調水符防士卒，調換玉女洞仙水之過慮多憂。」〈和子瞻讀道藏〉（詩三／825）言學道何需貪多務得。又〈和子由〉（詩三／825）美子由學道能專。除子由外，東坡又受張天驥父子及王仲素等人影響。東坡亦與僧參寥往來。如〈次韻僧潛見贈〉（詩三／880）言「我欲仙山掇瑤草，傾筐坐嘆何時盈。」有兼合釋道求仙意，然細繹東坡年少，崇道多於求佛。如〈中和勝相記〉（詩二／384）即言學佛「勞苦卑辱」、「棄絕骨肉」可知。

而東坡徐州學道轉殷，又為衰病益重，欲求道而長生。如〈送范景仁游洛中〉（詩二／718）云：「憂時雖早白，駐世有還丹」。〈次韻秦太虛見戲耳聾〉詩三／950云：「右臂雖存耳先聵。」〈答任師中〉（詩三／756）：「我今四十二，衰髮不滿梳」等。

三、45～50歲──黃州、登州之崇道，貧病憤懣思歸田養生

（一）黃州──實踐崇道（45～50）歲

此時東坡思想丕變。蓋東坡於元豐二年三月移湖州，七月二十八日即因譏刺時政而入御史臺。十二月廿九日始責授黃州團練副使，不得簽書公事，

僅能以「助理」身份待命，不得參與地方軍政，實與「流放」無異。其初貶荒山古木之黃州，由〈到黃州謝表〉（文二／654）之自卑自賤可知。而生活實情，則始而「杜門謝客」（〈答范蜀公十一首之二〉（文四／1446））、「釣魚采藥」（〈與王定國四十一之一〉（文四／1513））。繼而「臥病半年，右目幾至失明」（〈與蔡景繁十三首之二〉（文二／1661））。

其間東坡於詩文中反復言「窮」與「貧」。如「千奴一掬奈吾貧」（〈食甘〉（詩四／1159））、「哀哉知我貧」（〈大寒〉詩三／1160）。其貧窮中之理財，於〈與王定國秦太虛書〉（文四／1513）云：，每月初一，取四千五百錢，分為三十份，懸屋樑上，日取其一，又以大竹筒別貯用不盡者以繼闕乏，則其拮据窘境可知。

加之黃州其間，東坡日見體衰。如〈冬至日贈安節〉（詩四／1096）言「白髮催衰疾」，〈姪安節遠來夜坐二首·其二〉（詩四／1095）：「心衰面改瘦崢嶸。」因杜門思愆，囊無餘錢、衰老速至，其貧病憤懑，而勸烏臺案受牽累之王鞏（定國）「導引服食」。繼而以扁舟草履「放浪山水間」（〈與王慶源十三首之五〉（文四／1812））。猶積極作葛洪《抱朴子·釋滯》之吸「半夜至日中六時」之生氣練內丹靜功，使真氣雲行，以治百疾。（〈致秦太虛第四書〉（文四／1535））。此外又求丹砂（〈與王定國四十一首之八、九、十二書〉（文四／1515～1520））。服日月華之功（〈采日月華贊〉（文二／617））及重日常保健之衛生經（〈與蔡景繁十四首〉（文四／1665））。〈與徐十二之一首〉（文四／1733））。

（二）登州——仕途起伏，求終老（49～50歲）

元豐七年（1084）東坡責授汝州（今河南臨汝）團練副使。於此二年遍遊各地。四月至筠州（今江西高安）訪子由，遊廬山。七月抵金陵，訪王安石。八月至真州（今江蘇儀真）。九月抵陽羨（今江蘇宜興），十月至揚州，年底至泗州（今江蘇盱眙），乞表常州。元豐八年十月抵登州。至任五日，哲宗立，起用司馬光為相，東坡為皇上侍從——起居舍人。則東坡由黃州而京城，仕途變化甚大。且由《蘇軾詩集》卷廿三——廿六，以觀其學道崇仙與仕途之順逆洵攸關。

東坡量移汝州，投老江湖，於〈別黃州〉（詩四／1201）言「闊領先裁蓋癭衣」，預裁闊衣領，以免此地缺碘致病。而於《岐亭五首之五》（詩四／1209）中云：「願為穿雲鶻，莫作將雛鴨。」，皆見有凌雲志。

東坡旋於筠州遊廬山，蓋「為聞廬岳多真隱」（〈次韻道潛留別〉（詩四／

1233）寄臥天慶觀。〔註4〕又於〈龍尾硯并引〉（詩四／1236）中高唱：「我生天地一閑物，蘇子亦是支離人。」意以雖貶爲閑物，猶似《莊子‧人間世》中之支離疏，可以養生終年。故於〈和李太白并敘〉（詩四／1232）中云：「月明浸疏竹，泠然洗我心。」猶用道家采日月光華法，使呼吸綿綿，意識吞月，而心不離道。

七月東坡抵金陵，訪宮觀使王安石，除言變法得失，得歸隱結鄰共識。〈次荊公四絕之三〉（詩四／1252）云：「勸我試求三畝宅，從公已覺十年遲。」九月，東坡折返陽羨，已有終老是鄉之想。如自喻爲「病馬」，即〈寄三猶子〉（詩四／1223）言「而今憔悴一羸馬。」〈別黃州〉（詩四／1201）「病瘡老馬不任韉。」則東坡已有《莊子‧齊物論》所謂槁木死灰，終老歸隱之想。

四、51～54 歲時於汴京崇道 —— 從政顚峰而道根猶深

東坡進京後仕途大起大落。於翰林學士任中，兼朝章儀文。於中書舍人任內依然（元祐元年三～八月，完成誥詞 120 首；九月又完成制文 800 篇）。哲宗立，累遷飛昇，然與司馬光不合，又被視爲王安石一類。東坡心中猶念之山林。其思想：

（一）再入廟堂，欣然投入

如「流落江湖萬里歸，相逢自慰已差池」（〈次韻馬元賓〉（詩五／1401））。「豈意青天掃雲霧，盡呼黃髮寄安危。」（〈次韻李修孺〉（詩五／1456））。即東坡猶願以儒者至榮之心，積極投入政壇。

（二）有隱居歸老，深入學道之想

如〈送二姪還鄉〉：「檜陰三年成，可以挂我冠。」（詩五／1606）又言欲與子由同隱嵩山，於〈別子由三首‧其三〉：「想見茅軒照水開，兩翁相對清如鵠。」（詩四／1226）。又〈次韻子由述懷絕句四首之四〉云：「定似香山老居士，世緣終淺道根深。」（詩五／1507），則東坡欲效樂天之閑適自在，以儒教飾其身、佛教治其心、道教養其壽。

（三）於山水題畫詩中言崇道

葛洪《抱朴子‧遐覽》中言，自晉以來，《黃庭經》風行。王羲之以書換

〔註 4〕唐代崇道，玄宗除於東西兩京立「玄元宮」。各州又有紫極宮。宋代紫極宮改爲天慶觀。東坡除於黃州借地天慶觀，盧山又寄臥於此。

鵝。迄唐、宋，白居易、李商隱、歐陽修皆熟此經。時有蹇拱辰（字葆光，乃成都道士），東坡於〈葆光法師眞贊〉（文二／637）中，言其人心淡忘形、天全忘人，不知「牝牡之欲」、不營「利欲之私」。其時東坡與蹇道士、李龍眠三人過往從密。東坡〈書黃庭內景經尾並敘〉（詩五／1596），言東坡手書《黃庭內景經》，李龍眠則畫經相，且將二人之相殿畫經後，送蹇道士攜歸盧山，詩中化用經文，言如安適三魂五臟六腑，自可修眞不死。

又〈題李伯時畫〈趙景仁琴鶴圖〉二首之一〉（詩五／1606），言趙景仁之父清獻公，因精思存想《黃庭經》，如以默鼓無絃之曲，傳鶴、琴予人。至〈書王定國所藏煙江疊嶂圖〉（詩五／1607），則稱美其畫之煙霧山水、桃源虛幻，仙氣中多老道呼喚。此外如〈惠崇春江晚景〉（詩五／1401）、〈題文與可墨竹〉（詩五／1439）、〈書皇親畫扇〉（詩五／1524），皆具兩晉遊仙詩、招隱詩之內涵。

此時東坡又好仙人仙藥，如〈書艾宣畫四首‧其二〉（詩五／1597）言服食黃精鹿。〈送喬全〉（詩五／1551）言喬全服食仙藥成仙。

（四）東坡好讀莊書

東坡其時詩文常引《莊子》之典。如〈送蹇道士歸盧山〉（詩五／1597）言「六鑿相攘婦爭席」事，即化用〈寓言〉篇之典，言人「其往也，舍者避席；其反也，舍者與之爭席矣。」之五官皆有氣息。

五、54～59歲出守杭、潁、揚、定四州時崇道──求遠禍全身

東坡自元祐三年起，六年中皆求外任。如元祐三年三月上〈辭免翰林學士第一狀〉、〈第二狀〉（文二／679）皆言欲避黨爭之風口浪尖。四年求外放杭州、六年知潁州、七年改知揚州、八年改汴京、八年知定州，皆欲「遠禍全身」。

汴京 ── 杭州 ── 汴京 ── 潁州 ── 揚州 ── 汴京 ── 定州 ── 嶺南
翰林學士　　　翰林學士　　　　　　　　翰林侍讀學士
　　　　　　　承旨兼侍讀

東坡之欲去黨爭，乃效《老子‧九章》「功成身退」，《莊子‧大宗師》超俗之「眞人」，是以求外放。如〈次韻錢越州見寄〉（詩五／1651），以「欲息波瀾須引去」告誡老友勿與政爭。〈贈善相程杰〉（詩五／1689）以「火色上騰雖有數，急流勇退豈無人」贈善面相之程氏。

東坡任杭州太守二年，召還汴京，即欲效樂天致仕。如〈次韻答黃安〉（詩六／1764）云：「老去心灰不復燃」、「群仙正欲吾歸去」。〈次韻子由〉（詩六／1772），言欣賞王晉畫，欲與子由同歸隱，曰：「萬頃蒼波沒兩鷗。」又〈次韻定國見寄〉（詩六／1920）云：「強寄麋鹿跡」。〈次韻錢穆父〉（詩六／1929）言「安此麋鹿姿」，皆有致仕之想。

於潁時，東坡〈獨酌〉（詩六／1807）已言不作顏回、盜跖之有爲，而仰慕赤松子、王喬之爲仙。而於揚州，東坡又作〈和陶飲酒廿首〉（詩六／1881），言其不善飲，而醉翁意端在學仙，亦晚歲嶺南和陶詩之發端。

東坡除屢求外放，欲求歸隱意，於元祐六年，即作〈上清儲祥宮碑〉（文二／502）詳述道家本末。東坡此時之崇道，又多與羽流過往從密——即錢道士、蹇道士、姚道士、雲龍道士、芝上人等。

六、59～66 歲貶嶺南迄北歸之崇道——如「玉堂仙」不涉名利

（一）貶嶺南——惠州三年、儋耳四年

哲宗即位，章惇得勢，章氏曾入王安石之門，故章惇必置東坡死地而後已。蓋東坡初譏王安石《字說》之以「波」爲「水之皮」、「笑」爲「以竹鞭犬」在前，又以〈縱筆〉（詩七／2203）：「白髮蕭散滿霜風，小閣藤床寄病容，報導先生春睡美，道人輕打五更鐘。」戲言章惇（字七之偏旁），章氏不悅，東坡再貶儋耳。東坡惟以老子守雌之道，攜南遷二友——子厚與淵明二集。（見陸游《老學庵筆記》卷九）。

東坡南遷道中，已有不得北歸之哀情。如〈途中寄定武同僚〉（詩八／2555），言「休宿潯陽舊酒樓」，爲恐再見白居易左遷之「潯陽江頭夜送客」。〈臨城道中〉（詩六／2024）言：「未應愚谷能留柳，可獨衡山解識韓。」言不應如子厚托「愚溪」以抒憤。應似昌黎過衡山見北歸之兆。又〈過高郵〉（詩六／2028），言「我行忽失路」，言行止蹭蹬，乃悔爲官難歸。

東坡南遷，惟讀道藏、交道友、煉金丹、服道食。其於嶺南之崇道生活何如？東坡於〈與程正輔書〉之 16、21、37 諸書（文四／1605）中，多言「戒詩」、「焚硯棄筆」，但以靜坐臥或散步行氣以崇道。又因其地無醫少藥，東坡力抗 21 年痔病頑疾，於〈與程正輔五十三書〉（文四／1613）中，言以「休糧清淨」勝之。又於〈和陶止酒并引〉（詩七／2245）中言「止酒」，自得《老子·四十五章》之返樸致虛之功。

　　又東坡受崇道影響，南地居處簡靜。如於惠州作〈思無邪齋銘并敍〉（文二／574）言是居中可「明目直視」、「攝心正念」。東坡62歲，居儋耳，朝雲死於瘴疫，軍使張中欲助東坡居官舍，提舉董必則逐之。東坡另築茅屋，無柱無瓦，名爲「桄榔（檳榔、椰子）庵」，東坡作〈桄榔庵銘并敍〉（文二／570），以負碑爲柱，萬瓦披敷爲茅頂，卻能隨意自得。

　　又東坡有〈謫居〉（詩七／2285）三首，言理髮、梳頭、渥足等狀。如梳髮之樂在「一洗耳目明，習習萬竅通」。午睡之「非夢亦非覺」而「徑到無何有」之鄉，至以洗足剪瓜之瑣事入詩，言雖「腰萬翁」、「陳搏」亦難明此道之能養生。

（二）北歸與逝世

　　徽宗立，貶嶺南七年之東坡始北歸，提舉玉局觀，與子由提舉上清太平宮同爲致仕之閒職。而行至虔州（今江西境）留四十日，行計幾變，欲往子由所在潁昌，知子由窘困而作罷。又欲往杭州、眉州……於〈雨夜宿淨行院〉（詩七／2368）言：「芒鞋不踏利名場，一葉輕舟寄淼茫。」是也。東坡自四月啓程北上，經豫章、九江、當塗、金陵、眞州，六月十五日舟過運河，因河水污濁，重染成疾，諸藥盡卻而仙逝。其事可參東坡致米元章尺牘廿八通之末八通（文四／1781～1783）。又米芾挽詩之一、三曰：「晉陵玄鶴已孤飛」、「小冠白氎步東園」，則東坡此時縱或未安心守玄牝、種丹田，卻已是仙風道氣而逝。

　　東坡千里北歸曾結交嶺南海上翁、吳子野、邵道士、楊道士、何道士、謝道士。又〈和猶子遲贈孫志舉〉（詩七／2435）中，姿質頗佳之孫志舉。〈次韻陽行先〉（詩七／2431），借陶弘景異書《登眞隱訣》於東坡之陽隱士。〈贈術士〉（詩七／2430），言謝晉臣，以東坡前世「恐是盧行者（六祖）」之言。

　　綜東坡童年迄晚歲之崇道，「未嘗一念忘此心」（〈與劉宜翁〉（詩四／1415）），又徘徊仕隱：「自從出求仕，役物恐見囿」（〈次韻答章傳道〉（詩二／424）），言必忍養，卒憾學仙未成「空自嘆」（〈次韻陳海州〉（詩二／594））。

第三節　東坡崇道之活動

　　東坡一生崇道，最能一語概括，當爲東坡密友米芾〈蘇東坡挽詩〉之三云：「小冠白氎步東園，元是青城欲度仙」，[註5] 此言東坡欲至近眉山之成都

〔註5〕見《蘇軾詩集》冊七，頁2460引《寶晉英光集‧蘇東坡挽詩》卷57有〈致

青城山（道教聖地）習道。

東坡一生仕宦浮沉，其崇道活動尤見於其被貶之時。以下試由讀《道藏》、交道友、煉金丹、服道食中見之：

一、讀《道藏》

（一）年少時

隨張易簡道士習道三年。

（二）出川──年 28 歲

東坡欲繼早年隨張道士習道。如 28 歲作〈將往終南和子由見寄〉（詩一／180），言將往太平宮讀《道藏》。蓋「富貴何啻葭中莩（指蘆葦管中薄膜），下視官爵如泥淤」。唯有終朝危坐、閉門讀書，其樂即如〈赤壁賦〉（文一／5）所云：「侶魚蝦而友麋鹿。」

由〈和子由聞子瞻將如終南太平宮溪堂讀書〉等十餘詩，則東坡確於此讀道書。〔註6〕西蜀趙夔〈集註分類東坡先生詩序〉中云東坡「於道、釋二藏經文亦常遍觀、抄節。」今參〈讀道藏〉（詩一／181）言太平宮中之《道藏》：「戢戢千函書」，東坡心讀而「心閑反自照，皎皎如芙蕖」，言《黃庭經》可令人修眞養身以治疾。此時東坡於溪堂中，不惟明《道藏》之置放、道教修行法式，且能了悟，已視早年多所收益。

（三）嶺南重讀《道藏》

東坡除年少於太平宮讀《道藏》，且手抄《黃庭經》送薛道士。貶嶺南，過惠州羅浮山，見葛洪煉丹昇仙處，又重讀《抱朴子》。

陶淵明〈讀山海經〉凡十三首，中七首皆仙韻。東坡有〈和陶讀山海經〉（詩七／2130）。試看其一二：

其一（詩七／2130）乃東坡六十歲，讀奇書《抱朴子》，「畫我與淵明，可作三士圖」，言企能如當日手書《黃庭經》，李龍眠畫蘇李二士送予薛道士，今可增畫葛洪、陶潛、東坡三士。

米芾書〉28 頁。

〔註6〕〈讀道藏〉（詩一／181）趙堯卿於題下注云：「終南縣有上清太平宮，宮有《道藏》，先朝所賜書也。」又萬申之〈和子由聞子瞻將如終南太平宮溪堂讀書〉之題下注引《翊聖保德眞君傳》云：「宋太宗皇帝遣起居舍人王龜從就終南山下築宮，眞君忽降言曰：『此地乃建上帝宮闕之地，不可易也。』於是乃定。」

其二（詩七／2131），頌葛洪具仁心，能似《莊子‧逍遙遊》，使蟪蛄有龜鶴長生。

其五（詩七／2136），「支床竟不死」，乃依《抱朴子‧對俗》引《史記‧龜策傳》言江淮人以龜支床五、六十載，而龜仍存活，後世即據此而作閉氣、胎息之功。

其十三（詩七／2136），東坡由讀《抱朴子》堅信一己為畸人，得福地洞天。故「攜手葛與陶，歸哉復歸哉」，則東坡已與葛洪、陶潛為一。

又東坡曾手錄嵇康《養生論》（文五／2056）數本送人，亦為憂患餘生學道之證。至東坡常讀《晉書》、《隋書》，蓋鮑靚嘗見陰長生受道訣升天事。〈書鮑靜得〉（文五／2064），即言其地松脂甘滑云云。而〈書陶淡傳〉（文五／2047）又言其人好導引之術。

由是東坡能於瘴疫頗盛之嶺南存活，正〈遇大庾嶺〉（詩六／2056）中云：「仙人拊我頂，結髮受長生。」多乃讀道書使然。

二、交道友

東坡崇道，故結交精於氣功道術者。以下試逐一言之：

（一）徐　州

1、張天驥，號「雲龍道士」，出於冠蓋之族，東坡徐州時，與之交密。〈行宿〉（詩六／1903），言東坡於揚州再見之。為其父作〈題張希甫墓誌後〉（詩三／749），言張希甫善於「辟穀異行」，飲水百餘日，瞳子仍炯然，其子張天驥雖在道門而個性曠達。東坡〈徐州與人一首〉（文五／1845）中謂，其人卜居雲龍山下，「上不違親」、「下不絕俗」，除得一州勝景又通仙達情，與東坡交善。東坡有〈攜妓樂遊張山人園〉（詩三／822）：「故將俗物惱幽人，細馬紅粧滿山谷」。東坡之攜妓訪雲龍山人，並非妨道人煉功，乃一己為掩飾體衰，緩和仕隱矛盾而掙扎於出世入世之間。東坡之寫雲龍道士，多在徐州期。如〈過雲龍山人張天驥〉（詩三／749）、〈訪張山人得山中字二首〉（詩三／799）、〈攜妓樂遊張山人園〉（詩三／822）等。

2、王景純，字仲素，致仕後隱居潛山，74歲遊彭城，東坡曾三度召之，並作〈贈王仲素寺丞〉（詩三／750）曰：「養氣如養兒，棄官如棄泥」，此言王隱士依《黃庭經》於「寸田尺宅」中煉內丹（道家稱之為「種田」）。而「丹

田」又分上丹田（眉間）、中丹田（心）、下丹田（臍下一寸）。如煉丹已成，下丹田內即生耀眼明珠，王隱士如能煉就內丹，棄官又何妨？

（二）黃　州

3、陸惟忠——始見東坡於黃州，後又見之於惠州。

據〈書陸道士詩〉（文五／2122）言其人「字子厚，眉山人。好丹藥，通術數，能詩，蕭然有出塵之姿。久客江南，無知之者。予昔在齊安，蓋相從游……子由大賞其詩……來惠州。」又〈陳太初尸解〉（文六／2322）謂：東坡謫居黃州，「眉山道士陸惟忠自蜀來」。後東坡又見惟忠於惠州。而〈書陸道士詩〉（文五／2153）言江南人好盤游飯，將酢脯鱠炙埋於飯中，陸道士以聯句狀此曰：「投醪谷董羹鍋裏，撼窖盤游飯碗中。」又〈書陸道士鏡硯〉（文五／2242）言陸道士蓄一漢硯，能克墨宜筆。又蓄一凸鏡，學道人謂之「聚神鏡」。而〈陸道士墓誌銘〉（文二／468）言陸道士始見東坡於黃，論內外丹旨略，後又見於惠州，論內外丹益精。又陸惟忠由蜀跋涉千里，與東坡共飲天神甘露桂酒，藉以輕身。東坡於〈桂酒頌〉（文二／594）言此酒可忘世求道。

（三）杭州——嶺南前所交道友

4、錢道士

東坡杭州太守任，有〈聞錢道士與越守穆父飲酒，送二壺〉（詩六／1745），為送密友錢穆父即將遠調至瀛州為太守：「龍根為脯玉為漿，下界寒醅亦漫嘗。」言錢氏為上界仙人有玉漿龍根脯之仙家上品酒荼；而東坡但具下界凡俗寒醅。錢氏之與東坡交善則「一紙鵝經逸少醉，他年〈鵬賦〉謫仙狂」（如王羲之能為山陰道士寫經籠鵝，又似李白之寫〈大鵬賦〉）。「金丹自足留衰鬢，苦淚何須點別腸？」言東坡酒量雖淺，並不傷密友遠去，蓋有錢道士之金丹，正可延年益壽。

5、蹇道士——蹇拱辰

東坡愛交方外之士。於京師任翰林學士時，曾為蹇道士寫《黃庭經》，蹇道士由廬山來杭，東坡又題〈臨別蹇道士拱辰〉（詩六／1765）。即由玄之又玄之《道藏》〈真誥〉〈九皇上經法〉以言「寸田滿荊棘，（交）梨（火）棗無從生。」又引《莊子・庚桑楚》，以言老子高足庚桑楚，雖未曾告以養生秘訣，卻得宿世情之蹇道士交往，可共隨地仙陰長生、馬明生成仙去。

6、武道士

東坡作〈聽武道士彈賀若〉（詩六／1775），言由武道士琴聲中，知高士為賀若，詩中雅士為陶潛。

7、芝上人 —— 曇秀

芝上人乃雲遊江南千山萬峰之道人，東坡有〈山光寺送客回，次芝上人韻〉（詩六／1898）、〈送芝上人遊廬山〉（詩六／1899），自嘆「二年閱三州」，「吾生如寄」正類芝上人。又查氏《文集·雜記》中稱「道人」，指東坡於廣陵，曾「與晁無咎、曇秀道人同舟。」

8、姚丹元道士

姚丹元（又曰姚安世），其人遍讀《道藏》，出語奇譎，為京中名道士。東坡於元祐七年返京，二任學士，衰病中有掛冠意，常與姚道士往來。如〈次秦少游韻贈姚安世〉（詩六／1950）：「肯把《參同》較同異，小窗相對為研丹。」言二人之相得。〈次丹元姚先生韻〉（詩六／1950）則東坡嘆人生苦短，宿緣太深，難見梅子真、洪崖等仙人。

9、清汶老人

東坡作〈次韻子由清汶老龍珠丹〉（詩六／2006）及〈次韻子由書清汶老所傳秦湘二女圖〉（詩六／2007），前首言清汶老欲送東坡「龍珠丹」。後詩言「天公不解防痴龍，玉函寶方出龍宮」，即化用《幽明錄》典，言此羽流隱士攜龍珠丹、仙方而隱。

10、鄧道士

鄧守安，字道立，羅浮山道士。東坡〈寄鄧道士〉（詩七／2097），稱其為「幽人」。〈遊羅浮道院〉（詩七／2099），則見其住處「風壁頹雨砌」，又常破袂苦飢。〈與程正輔七十一首其三十八〉（文四／1605），言東坡曾學道於鄧道士，且於惠州同住二月。〈跋嵇叔夜《養生論》後〉（文五／2056），言東坡曾與鄧道士論養生，又東坡曾手抄《養生論》送鄧道士。

鄧道士又關心民疾，除協助太守王古設醫院，又引山泉改進廣州之飲水不潔（致生瘟疫）。於〈致王敏仲十八首·其十一首〉（文四／1692）中，東坡具体以言鄧道士引澗水法，即利用粵東盛產巨竹萬根製成竹管，（每節鑽洞，以竹釘塞牢，可隨時分段檢修），遂引城外七哩外山泉入石槽備用。又東坡〈與程正輔27首〉（文四／1599），又見東坡向表兄程正輔推薦鄧道士助修惠州浮橋，蓋其人正似東坡「潔廉修行苦行，直望仙爾。」（〈致王敏仲十一首〉）

（四）嶺南所交道友

11、何道士

東坡於惠州交何道士二，一爲何宗一，另一爲何荅之。何宗一爲廣州何德順之弟兄；何荅之則爲何德順之子、宗一之徒。東坡六十歲時，曾與何宗一〈同遊羅浮道院〉（詩七／2099）。次年又作〈何道士宗一問疾〉（詩七／2187），言「安心守玄牝，閉眼覓黃庭。」此何道士告東坡治病在守丹田、閉目清靜，返觀黃庭。又〈廣州何道士眾妙堂〉（詩七／2398）中言荅之，乃東坡北歸，還書惠州鄭嘉會時，曾囑托何荅之轉交。

12、海上道人

見〈答海上翁〉（詩七／2350），即其人。道門口訣多以口相傳，東坡六十歲時作〈海上道人傳以神守氣訣〉（詩七／2209），東坡 62 歲抄錄與吳子野。詩言「但向起時作，還於作處收。蛟龍莫放睡，雷雨直須休。」言三更即起，運龍虎訣作胎息，瞑目定心，始終守丹田，則如蛟龍之生氣勃勃，不吐雷雨，亦似燈能加油，還精補腦，同於東坡寄子由養生秘訣〈龍虎鉛汞說〉。

13、吳道士

名復古、字子野、遠遊。潮州人。《蘇軾文集》中有致其人書七、致其子書三（文四／1734～1738）。又有關詩文四、五，二人相交二十餘載，東坡與之相見三度，爲不期而遇之「怪道士」。

二人首見於京師，見東坡〈和陶詩十一首〉之七（詩七／2276）。又二人見面乃經由李師中介紹。〈與吳秀才之二〉（文四／1738）言吳氏教東坡練氣服藥、出世間法，東坡喜其言而作〈論養生〉。東坡貶黃州，吳氏又寄贈茶葉、沙魚、赤鯉。此書又言其倆二度見面於東坡（遷嶺南途中）過眞州、揚州時，言東坡可以安心求仙、破妄而歸眞。二人三度見面乃吳氏由桂州至惠州訪東坡。東坡作〈和陶歲暮作和張常侍并引〉（詩七／2216），此因酒盡水竭而作，曰：「我生有天祿，玄膺流玉泉。」乃東坡與吳子野、陸惟忠三人無米缺酒，同學黃庭內功。據《黃庭經・天中章第六》言肺管之上，舌根之下「玄膺」承陰陽二氣，如二氣相交，即可成道升天。詩中之「天祿」、「玉泉」即口中津液，道教氣功稱之爲「玉地瓊漿」，如善保之，則縱無酒飯，亦可度日，不必似陶淵明，無酒而怨。

又〈吳子野絕粒不睡〉（詩七／2213），言吳氏煉辟穀，東坡作詩戲之。〈贈吳子野二絕句〉（詩七／2354）、〈眞一酒歌〉（詩七／2360），皆言吳氏不飲不

食，但飲眞一酒，蓋此以得四時氣之小麥釀成，直如仙家瓊漿，飲此可勿食煉辟穀。

吳氏乃眞正道士，曾伴東坡於惠州逾月，後二年中又往來惠州、高安（子由處），東坡與之交往甚密，且又慕之。如〈遠遊庵銘并敘〉（文二／568）云：「吳復古，子野，吾不知其何人也。徒見其出入人間。……願從子而遠遊。……庶幾爲我一笑而少留乎？」則東坡已將吳氏視爲仙人，願從之學道求仙也。

14、楊道士

楊道士即綿竹武都山道士楊世京，字子京。元豐五年，東坡 47 歲貶黃州，楊道士曾訪東坡。於〈次韻孔毅父久旱已而甚雨三首〉之三（詩四／1121），言楊道士「泥行露宿終無病」，且識音律，善吹簫。〈赤壁賦〉及〈後賦〉所言之「客」即楊道士。又〈蜜酒歌並敘〉（詩四／1115），言「西蜀道士楊世昌」「年來窮到骨，善作蜜酒」。而據施注，言東坡曾爲楊道士書二帖（詩四／1116）。又〈司命宮楊道士息軒〉（詩七／2352）等。

15、謝道士

謝氏，江西清都觀道士，字子和，乃東坡北歸所交之道友。曾與東坡同遊江西清都觀，故有〈清都謝道士眞贊〉（文二／640），言其「眞一存，長不死」。又〈求此詩〉（詩七／2450）、〈永和清都觀道士〉（詩七／2450），言其貫注「眞一存」功，以吐納閉息守眞一丹田，故行年 66，猶童顏鬒髮。然東坡養生，好夢連連，自不及《莊子・大宗師》之「其寢不夢」之「眞人」。

16、邵道士

有〈書贈邵道士〉（文五／2083），言其人「耳如芭蕉，心如蓮花」。又〈送邵道士〉（詩七／2388）、〈贈邵道士〉（詩七／2386）等皆云此。

此外嶺南所交道友：賈道人（即〈上元夜〉（詩七／2098）中之「狂士」）、眇道士（見惠州〈殘臘獨出〉（詩七／2162））、陽行先（〈次韻陽行先〉（詩七／2431））、謝晉臣（〈贈詩〉（詩七／2430））、孫志舉（〈和猶子〉（詩七／2435））等。

又《東坡集》中有〈醴泉觀眞靖崇教大師眞贊〉（文二／640），言其人「被髮拄劍馭兩靈。」〈光道人（晏然）眞贊〉（文二／640）言其人山鸍鶴肩、定眼秀眉。〈書呂道人硯〉（文五／2238）言其人之硯「堅緻可以試金」。〈記道人戲語〉（文五／2383）言都下道人鬻「賭錢不輸」妙方。又〈跋醉道士圖〉（文五／2220）等皆是。

三、煉道丹

北宋自《悟眞篇》流傳後，文士流行以內丹煉胎息（閉息）、內觀（即《黃庭經》、房中術等。）內丹不同於中晚唐人借藥物以鍊外丹。

東坡廿八歲訪鳳翔延生觀，此爲唐玄宗之妹玉眞公主入道爲女冠，煉內丹成仙處。東坡有〈留題延生觀後山小堂〉（詩一／130）言「深谷野禽毛羽怪，上方仙子鬒眉纖」，以狀此處仙氣神秘。而「不慚弄玉騎丹鳳，應逐嫦娥駕老蟾。」則甚嚮往玉眞之隨弄玉登仙。

仙境何如？東坡密州作〈盧州五詠・聖燈岩〉（詩二／620）言盧山之聖燈岩有金丹發光。「石室有金丹，山神不知秘」，東坡以道教語，將金丹喻爲聖燈，類《周易參同契》之狀丹神秘。

（一）胎息功

東坡習胎息功。而此功葛洪《抱朴子・釋滯》曾詳述此功可治百病，宜於「半夜至日中六」生氣爲主。即：

> 其大要者，胎息而已。得胎息者，能不以鼻口噓吸，如在胞胎之中，則道成矣。初學行氣，鼻中引氣而閉之，陰以心數至一百二十，乃以口微吐之。及引之令入多出少，以鴻毛著鼻口之上，吐氣而鴻毛不動爲侯也。

此概括道家行氣之理，東坡於慶觀堂燕坐49日，闔戶反視，初習行氣，已躬行此胎息之法。然因《道藏》所云隱喻而多玄，故東坡貶嶺南，即以〈養生訣〉（文六／2335）、〈龍虎鉛汞說〉（文六／2331）、〈寄子由三法〉（文六／2337）、〈學龜息法〉（文六／2335），言「閉息」乃閉目淨慮，諸念不起，呼吸勻稱，即閉定口鼻之法。

至《黃庭經》之內觀功——以心爲炎火，下丹田。待腹氣滿，即徐出氣，氣息勻，即以舌接唇，齒生津，如此反復者三，方以氣齊送津液入丹田，如此日行九閉息，三嚥津，百日後即有奇效。如〈聞正輔表兄將至，以詩迎之〉（詩七／2143）：「賴我存黃庭，有時仍丹丘。目聽不任耳，踵息殆廢喉。」言如煉就黃庭內觀功，即可至《楚辭・遠遊》眾仙所聚之丹丘，蓋此時百念俱絕，耳目不用，即至《列子・仲尼》所云之仙人亢倉耳視目聽之境。亦至《莊子・大宗師》所謂眞氣由「踵」運至「心」之「踵息」之境，亦即東坡〈次韻高要令〉（詩七／2188），所謂「空腸吐餘思，靜似蠶綴簇。」如能少

食暢氣，閉息靜臥，則雜念已去，梨棗（內丹）自生，而成上簇結繭之蠶。他如〈夜夢〉（詩七／2551）、〈寄子由〉（詩七／2284）、〈和陶赴假江陵夜行〉（詩七／2259）、〈和陶雜詩十一首〉其二，（詩七／2273），皆其類也。

（二）日華功

東坡除練胎息（閉息）、黃庭內觀功外，又吞服日月華功。

如〈入寺〉（詩七／2283），言東坡曾自稱「玉堂仙」，入佛寺採日月華，煉道家氣功，東坡有〈採日月華贊〉（詩二／617）及〈次韻和王鞏六首〉其三（詩四／1126），言采日月光華可與道俱融，各忘其身。蓋此乃道家重要內功。如《道藏‧真誥》曰：「使人聰明朗徹，五臟生華。」又《黃庭內景經》云：「吞日月華法，自有五色流霞入口中。」而《雲笈七籤‧喻月精》云：此法乃「向月正立，不息八通，仰頭喻月精，八咽之。」《太平經》亦云：「吞日精，服月華。」皆言吞服日月光華，乃藉天地中陰陽之氣，淨神閉氣，以補人體真氣之不足。

東坡不惟通道典，且身體力行。如〈南堂五首〉其二（詩四／1166），言「更開幽室養丹砂」。此一室乃東坡同年轉運使蔡承禧（景繁）所建，贈予東坡避暑。於此日間靜臥，可觀長江千帆，夜間亦可聞池塘荷香與養火煉丹。

東坡除煉丹，且求丹砂。如〈與王定國四十一首〉，其八、其九、其十二（文四／1517）中皆言及。又於〈次韻和王鞏六首‧其一〉（詩四／1127）中云：「遙知丹穴近」，則已見其求丹砂之殷。

四、服道食

東坡除閉息、煉丹、采日月華外，又重日常保健之衛生經與服道食。如〈與蔡景繁十四首〉之十三云：「一病半年，頗知衛生之經。」（文四／1665）

又〈與徐十二一首〉（文四／1733）言薺羹有味外之美，可以和肝明目。蓋「凡人，夜則血歸於肝，肝為宿血之臟，過三更不睡，則朝旦面色黃燥，意思荒浪，以血不得歸故也。」

而〈桂酒頌〉（文二／594），言人之飲酒食肉，不徹薑桂，蓋「桂」「主溫中，利肝腑……久服，可行水上，此輕身之效也。」桂酒玉色而超香，東坡以為「非人間物也。」「酒，天祿也。其成壞美惡，世以兆主人之吉凶。」是以常作「醉中醒」。

以道教氣功言，「服食」指外丹，即由丹砂等藥物煉出金丹，服食可長生不老。東坡之好丹藥，乃受吳子野信金丹、白樂天服仙藥影響，加之晚歲又近葛洪煉燒丹藥之羅浮山，於苦讀《抱朴子》後，即以煉丹抒發苦悶，又服食丹藥可以袪嶺南瘴氣。

如〈謝王澤州寄長松兼簡張天覺二首〉（詩五／1544）〈其一〉：「莫道長松浪得名，能教覆額兩眉青。」〈其二〉：「無復青黏和漆葉，枉將鐘乳敵仙茅。」服長松可令人兩眉再生，功勝通神和魂、明竅益肌之茯苓。據《三國志‧魏志‧方技傳》言青黏、漆葉，乃華陀與弟子樊阿之仙藥，服久可輕身長壽。又據吳曾《能改齋漫錄》言「仙茅」猶勝唐明皇服食之鐘乳。又〈書艾宣畫‧四首〉（詩五／1575），亦言東坡極愛服食「黃精鹿」，蓋此可令人生毛羽，輕身延年。

又據〈送喬仝寄賀君六首〉（詩五／1551），言賀仙人於密州助喬仝服食松腴而登仙。

又於東坡致友人書中見其買藥情事。如〈與程正輔七十一首〉〈其 22〉（文四／1597）言服肉蓯蓉可去陰虛而壯陽。〈其 28〉（文四／1599）、〈其 55〉（文四／1615）言托買丹砂及老翁須生銀。又〈其 71〉（文四／1621）言買松脂、硫黃以合藥。又〈次韻正輔同遊白水山〉（詩七／2150）言「千年枸杞常夜吠」，即山中歸來，欲買神仙之食千年枸杞。〈與正輔遊香積寺〉（詩七／2150）言買茯苓，〈答周循州〉（詩七／2151）言買黃精。〈小圃五吟〉（詩七／2156）言買人參、地黃、枸杞、甘菊、薏苡，蓋「地黃餉老馬，可使光鑑人」。服大枸杞可使白髮變黑，返老還童，而服枸杞老根「靈龐」（形如犬形，夜半出吠聲），亦如《本草》云：「枸杞久服，輕身不老。」

第四節　東坡詩文中之道家道教思想

中國文士失意者，多有窮愁之唱。如宋玉〈九辯〉蕭瑟憭栗、草木搖落。而《古詩十九首》幾以「仕途不遂」為主題。唐人杜甫云：「人窮而後詩工。」宋代雖較優遇文人，作品較少激情，然東坡一生九遷，煩憂自多。故雖與李白同崇道，欲早鑄梨棗，袪去鬱伊，然李白縱情逍遙，欲效跨鶴騎鯨之仙人。然東坡崇道，較為理性，如好酒不多飲、近色能控馭，即或於杭州、黃州「金釵零落」，亦勸友人多戒色。其所恃去憂袪煩之道為何？如何由道教道家消脫

其孤危？

東坡思想以「儒」為主，早歲欲承仁禮之教，積極入世，然自 44 歲「烏臺詩案」後，貶黃州五載，思想遽變，多以老莊虛靜超然思想以處逆，重立其人生觀與文學觀。

元祐六年（1091），東坡曾撰〈上清儲祥宮碑〉（文二／503），申言道家本末。「上清宮」原為太宗所造，為祝融燬於慶曆三年十二月。元豐二年，神宗命道士王太初修復，除賜名並賜錢 1747 萬、官田 14 頃，費時 12 載而成 700 間之宮，東坡由杭返京撰碑文，除言興廢重建始末，稱美君上，中闡述云：「道家者流，本出於黃帝、老子。」東坡廓清舊說，明確以言道家源出黃帝、老子。（漢代稱「黃老之學」；後世單以老子為道家本要），然東坡又將儒家之仁、義、忠、信、禮納入道家，且以道家之道合於《論語》「仁者靜壽」。雖老子之學以「道」為中心，其一、四各章皆言道之玄妙，然「道」、「仁」不相融。如《老子 38 章》云：「失道而後德、失德而後仁、失仁而後義、失義而後禮」，則老子之理論層次為「道」→德、仁、義、禮、忠、信，故「道」「仁」難以並列。東坡為凸出君上治國在仁義，及三教合流，而合儒道以言。此沈德潛《說詩晬語》言蘇子瞻「胸有洪爐，金銀鉛錫，皆歸鎔鑄」。此碑文，宋人筆記、詩話多有載錄，如《侯鯖錄》、《庚溪詩話》、《中外舊事》、《清波雜志》、《甕牖閑評》。如《梁溪漫志》且云：「哲宗親書其額，紹聖黨禍起，磨去坡文，命蔡京別撰。」又《續資治通鑑》宣和六年，言此碑已遭毀。

東坡涉道教道家詩文甚夥。如六十一歲作〈何道士宗一問疾〉（詩七／2187），謂何道士以養病在保氣養精，返觀黃庭，云：「安心守玄牝，閉眼覓黃庭。」此即化用《老子‧六章》云：「谷神不死，是謂玄牝。」蓋老子以「道」為永不休止變化，後世道教氣功亦以「丹田」為人體中不止歇之生命泉源。而「胎息經」即以《黃庭經‧內景經‧四章》云：「臍下三寸為『氣海』（即「下丹田」為玄牝。世人多誤「口鼻」為「玄牝」）。又「黃庭功」即東坡〈與鄭靖老四首‧之三〉（文四／1674）言「黃庭」在五臟正（心臟）下方，蓋「黃」為「正色」，「庭」為四方中庭也。

東坡好老又好莊，讀群書而能會通，子由於〈東坡墓誌銘〉中言東坡「見莊子，得吾心矣」。故東坡詩文多出老、莊之典。如〈送蹇道士歸廬山〉（詩五／1579）：「綿綿不絕微風裡，內外丹成一彈指。」即化用《老子‧六章》「抱

玄守一」之氣功，如綿綿不絕，即可煉就。而「心無天游室不空，六鑿相攘婦爭席」即化用《莊子》之〈外物〉、〈天運〉言人之五官氣息相通如天。

　　然東坡重莊遠過於老。如〈莊子祠堂記〉（文二／347）云：莊子「本歸於老子」。〈贈李道士并敍〉（詩五／1532）中，言李道士，幼而善畫，既長「讀莊、老喜之，遂爲道士。」

　　由是道家道教對東坡思想，究有何影響？以下試析之：

一、窮達觀

　　莊子忘物我、忘得失之「忘我」、「忘形」乃東坡袪苦之憂之支柱。

　　《莊子・齊物論》旨在言宇宙萬物之相對，是以禍福得失，亦常流變，明乎此，則能「不樂壽、不哀夭、不榮通、不醜窮。」（〈天地篇〉），是以可「安時處順，哀樂不能入。」（〈大宗師〉）

　　由是東坡以「靜常」二字名齋，於〈靜常齋記〉（文二／363）中云：「無古無今，無生無死，無終無始。」

　　又〈超然臺記〉（文二／351）之言美惡去取、憂樂禍福云：「余既樂其風俗之淳，而其吏民亦安予之拙也。」於是治園圃庭宇，「擷園蔬，取池魚，釀秫酒，瀹脫粟而食之」，東坡之樂正在樂風俗。治園庭、取土產，故曰其樂正在「無所往而不樂者，蓋遊於物之外也。」此即東坡不計禍福、安貧安賤、恬淡自適之人生寫照。

　　東坡於黃州時所作〈定風波〉（詞二／138）亦言「莫聽穿林打葉聲，何妨吟嘯且徐行……歸去，也無風雨也無晴。」人生如能忘情得失、變幻，方能超然物外，坦然寧靜。

　　東坡於〈靈壁張氏園亭記〉（文二／369）中，即以「古之君子不必仕，不必不仕」以處仕隱。東坡〈醉白堂記〉（文二／344）即以窮、達隨適以美韓忠獻曰：「死生窮達，不易其操，而道德高於古人……齊得喪、忘禍福、混貴賤、等賢愚，同乎萬物，而與造物者遊。」

　　齊得喪之窮達觀念，至東坡貶惠州，築室白鶴峰，猶欣然以見。如〈和陶時運四首〉之三曰：「我視此邦，如洙如沂。」（詩七／2218）言貶惠州之苦中樂，正類孔子弦歌洙、沂。

　　又〈和陶讀山海經〉其十三（詩七／2136）云：「仇池有歸路，羅浮豈徒來。」「攜手葛與陶，歸哉復歸哉。」其茹苦猶達之意識，正類《莊子・大宗師》。

〈吾謫海南〉（詩七／2243），言東坡知子由亦貶雷州，即以莊子之意寬慰淡化之曰：「莫嫌瓊、雷隔雲海」、「海南萬里真吾鄉。」去二人貶地不遠，則足以消融其被貶激情哀憂。又東坡〈發廣州〉（詩六／2076），言往海南時云：「天涯未覺遠，處處各樵漁。」故王文誥云：「此一路詩，所謂不見老人衰憊之氣。」正見東坡之善處窮達。

又〈別海南黎民表〉（詩七／2263）中云：「我本海南民，寄生西蜀州。」此一東西互置奇想，正類《莊子・齊物論》之「是亦彼也，彼亦是也。」東坡宦海浮沉之激情煩憂，正由此而揚棄。

二、物化觀

東坡重萬物為一之物化觀。

《莊子・齊物論》云：「天地與我并生，萬物與我為一」，此在消袪欲望成見、求主客之合一之境，然此非萬物客觀之常存，而乃存於心靈「玄理」之境。此即《莊子・在宥》篇所謂：「徒處無為而物自化，墜爾形體，吐爾聰明，倫與物忘。」莊子又進以夢蝶以釋物化云：「不知周之夢為蝴蝶與；蝴蝶之夢為周與。此之謂『物化』。〈夢齋銘〉（文二／575）亦云：「夢即是覺，覺即是夢」、「夢覺之間，塵塵相授。」

東坡〈睡鄉記〉（文二／372）即由莊周「萬物為一」所啓發。乃營造虛妄一境「其政甚淳、其俗甚均」。而其人能「安恬舒適」，即由七情不生、萬事不交。既不知日月寒暑，亦不知利害喜悲。自黃帝以降，難臻於此，唯莊周能「翩翩其間」而「囂然忘歸」，端賴精神得以超脫自由。故東坡即以「睡鄉」之「幼而勤行、長而競時」為理想物化之境。

東坡又於〈前赤壁賦〉（文一／5）言水月消長與變化之道曰：「逝者如斯而未嘗往也。……自其變者而觀之，則天地曾不能以一瞬，自其不變者而觀之，則物與我皆無盡也。」此一消長之變，正《莊子・齊物》所云：「日夜相代乎前，而莫知其所萌。」故能融合江月與人生之變。

東坡作〈書六一居士傳後〉（文五／2049），乃承歐陽修〈六一居士傳〉言「勞形於外、勞心於內」，則不能極五物合一之樂。東坡進言，物之累人，在吾之據為己有。如知「吾與物俱不得已而受形於天地之間，其孰能有之？」則不悲喜，何物累人？此東坡化用《莊子・養生主》以人形受天，〈齊物論〉言物化，自可忘物我。

三、虛、靜、明觀

　　東坡虛、靜、明觀來自莊子「心齋」、「坐忘」。「心齋」一詞，據《莊子・人間世》云：「無聽之以耳，而聽之以心。無聽之以心，而聽之以氣。氣也者，虛而待物者也。唯道集虛。虛也者，心齋也。」故「心齋」指「欲」去後虛空自由之精神。而就其實質特性言，「心齋」具有虛、靜、明之意。除〈天道〉篇釋聖人之「靜」則言「萬物無足以撓心者」外，〈庚桑楚〉篇進而連言虛、靜、明曰：「正則靜，靜則明，明則虛，虛則無。」又東坡久浪江湖，由黃州而金陵訪王荊公至「坐忘」，言自適自造。如荊公以《莊子・大宗師》「坐忘」言「離形去知，同於大通」之境言：「細數落花因坐久。」東坡〈次荊公韻四絕〉其二（詩四／1251），亦直用郭象〈南華眞經序〉「莊生上知造物無物；下知有物之自造」，云：「細看造物初無物，春到江南花自開。」

　　細繹東坡雖得莊子「心齋坐忘」之虛、靜、明，然猶具儒家之積極之思。如〈思堂記〉（文二／363）言儒家「萬物並育而不相害」，坦蕩誠明方能至「虛而明，一而通」之虛靜之境。又〈靜常齋記〉（文二／363）亦言靜之境界爲皆無，無生死、古今、終始……又不離現實人間。又〈送參寥師〉云，詩語之妙在「『無厭空且靜』。『靜』故『了群動』，『空』故『納萬境』。」（詩三／905）。故東坡異於莊周者，乃由涵融儒家生活之激蕩，「靜」乃爲「了群動」；「空」爲「納萬境」。東坡取莊子，將「靜」視爲精神之淨化，能超越死生禍福，由此處逆。

　　〈黠鼠賦〉（文一／9），此東坡由黠鼠使狡，頓悟人世得失，故而取「俛而笑，仰而覺」順適超逸因應。而〈秋陽賦〉（文一／9），言東坡又以朗朗笑聲向自命如「秋陽」之清明賢公子敘說一己飽受夏潦之淫、耕處三吳之苦辛，而眞得超然之樂。而於〈老饕賦〉（文一／16）中言有「渺海闊而天高」、「暫托物以排意」之空明遁世，亦受老子之啓發。而東坡又借〈江子靜字序〉（文一／332）言「其靜有道，得己則靜，逐物則動。」言動靜互換，眞正之靜，須自制。蓋憂樂喜怒之變多矣，以「眇然之身，而所繫如此，行流轉徙，日遷月化，則平日之所養，尚能存耶？」是以平日得失有無之累，殆爲不能守虛靜也。東坡又於〈清風閣記〉（文二／383）進言「山與淵且不得有，而人以爲己有，不亦惑歟？」東坡藉「風」以「言有無」皆虛空，以虛靜之心以言外物，亦即莊子「獨與天地精神相往來」之理同。

　　東坡企求虛靜之超脫，然又常落入世俗之干擾，故常吸取莊子思想，轉

化平衡一己嬗遞之不順。如東坡貶黃州，即於〈送沈逵赴廣南〉（詩四／1269）中言「故人不復通問訊，疾病飢寒疑死矣。」是以建雪堂以自適，求心似雪之靜，故於〈雪堂記〉（文二／410）中云：「以臺觀堂，則堂爲靜。靜則得，動則失……性之便，意之適，不在於他，在於群息已動。」東坡欲以靜境去心之躁，然亦難掩心靈之動。如〈行瓊、儋間〉（詩七／2246）云：「茫茫太倉中，一米誰雌雄？」即化用《莊子·秋水》海若言「計中國之海內，不似稊米之在太倉乎」。而「千山動鱗甲，萬谷酣笙鐘。」亦喻人欲靜，而急雨幻境不止。與〈桄榔庵銘〉（文二／570）中之「蝮蛇魑魅，出怒入娛」同一鑪捶。於萬念俱灰，生活激盪，於詩詞虛構空間，暫得慰藉。東坡又於黃州作〈江城子〉詞云：「夢中了了醉中醒。只淵明，是前生，走偏人間，依舊卻躬耕……吾老矣，寄餘齡。」東坡亟欲於虛靜中求自適，然一入現實，困擾尤多，是以更嚮往虛靜明之境，終其一生，相互纏繞。

四、隱逸出世觀

東坡仕途大起大落，仕隱迂迴。如年少即欲任俠求仙，隱於老林深山，中年徘迴仕隱，如買田泗水、歸之嵩山潁水及羅浮、白鶴，末猶躊躇返蜀或築室陽羨。

東坡年 24 出川時即嚮往山林，如〈夜泊牛口〉（詩一／9）云：「甘與麋鹿友」又由此首用韻與文情相關言——全首用上聲，有纏綿不展意。由韻尾口、柳、售、酒、鬥、久、誘、守、友、陋之用「走」韻，亦有盤旋壓抑之情。又〈聞潮陽吳子野出家詩〉：

> 予昔少年日，氣蓋里閭俠。……烈士歎暮年，老驥悲伏櫪，妻孥真敝屣，脫棄何足惜。……世間出世間，此道無兩得。（詩八／2554）

又《志林卷一·樂天燒丹》進言：

> 樂天作廬山草堂，蓋亦燒丹也，欲成而爐鼎敗。來日忠州刺史除書到。乃知世間、出世間，事不兩立也。僕有此志久矣，而終無成者，亦以世間事未敗故也。（文六／2340）

此乃東坡由老友出家后，追憶年少之任俠求仙，視棄妻孥如敝屣，求仙成佛、出世入世，至中年猶徘徊不已。

東坡 28 歲，讀終南《道藏》歸來，即構「避世堂」以追古謝今。而〈避世堂〉（詩一／185）中「隱几頹如病，忘言兀似瘖。」一語雖出自莊書，乃

道家「隱几而坐，閉目存思」之靜坐功。詩末聯：「應逢綠毛叟，扣戶夜抽簪」，言由此可深夜遇仙，亦避世求隱之意。

　　東坡徘徊仕隱之意，又見於〈靈壁張氏園亭記〉（文二／369），中以「古之君子不必仕，不必不仕。……譬之飲食，適於飢飽而已。」東坡以「適」而處仕隱，近於莊子，而遠於儒家之中庸折衷。

　　東坡中年之被貶至杭，避世之想漸濃，如〈追和子由〉（詩二／463）云：「欲收伊呂跡，遠與巢由對」，即甘為歸隱之巢父、許由，而不做伊尹、呂尚。而此時詩作，又多以隱者自居。如「我本山中人」（〈監試呈諸試官〉（文二／366））。「我本麋鹿性」（〈次韻孔文仲推官見贈〉（詩二／384））。又如〈監洞霄宮俞康直所居四詠〉（詩二／546）乃東坡往監官俞康直居所著之四詠（〈退圃〉、〈逸堂〉、〈遯軒〉、〈遠樓〉），皆有消極之意。如〈退圃〉一首云：「百丈休牽上瀨船，一鉤歸釣縮頭鯿。園中草木春無數，只有黃楊厄閏年」，言船之逆流而上用「休牽」。「鯿」為「縮頭」。甚而黃楊木遇閏年而「厄」，皆有消頹退隱意。

　　東坡由黃州而登州，至金山（今江蘇鎮江），最關心買田終老，故於〈與金山長老〉（詩四／1277）一首，除引《莊子‧逍遙遊》大瓠之典以言虛名驚世外，又「我醉而嬉欲仙去」，則已點明將於蒜山求仙。而於〈乞常州居住表〉（文二／657）言「有薄田在常州」，欲居是地，後以汝州團練副使銜，返陽羨。

　　而東坡之欲終老陽羨，實乃飢寒與憤慨。如「衰鬢從教病葉零」（〈和人見贈〉（詩四／1324））。「凍臥飢吟似飢鼠」（〈寄蘄簟蒲傳正〉（詩四／1328））。東坡雖貧病交迫，然於其同年李惇去世，無法舉喪，竟以絹十匹、絲百兩為賻。又為作〈李慧仲哀詞并敘〉（詩四／1333），文中用莊周「大夢行當覺」之典，言李氏之死，如「鹽車困騏驥，烈火廢圭瓚。」即直如千里馬困於鹽車、烈火燒去美玉，藉此以言對君上之不滿。

　　東坡之欲老去歸田，又可由〈書林逋詩後〉（詩四／1343），頌美妻梅子鶴之隱者林逋，具神清絕俗。

　　元豐八年六月，朝中復召東坡知登州，東坡一度有入世之欣喜。〈金山妙高臺〉（詩五／1368）中云：「長生（學仙）未暇學，請學長不死（學佛）。」佛道之學未成，「我欲乘飛車，東訪赤松子」，則由學仙入佛而入世，已盡在不言中。

又東坡重遊膠西，神仙之思，不呼自來。如〈牟山亭二絕〉之二（詩八／2536）云：「故應竊此山中相，時作新詩寄白雲。」心儀陶弘景之以「嶺上白雲」自怡。則東坡由黃州至登州，自交織有為官為仙之思。

東坡雖並言儒道，於〈莊子祠堂記〉（文二／347）中謂莊子「本歸於老子」，又言莊子「蓋助孔子」。儒道二者「陽擠而陰助」，且舉楚公子微服出亡之例以證。然東坡中年後有「人間何處不巉巖」之嘆，洵已消蝕其早年「致君堯舜」（〈沁園春〉）之狂傲。故東坡由道家道教之影響，而徘徊仕隱，由是足見。

五、安命觀——人生如寄

莊子重天命。〈人間世〉云：「知其不可，奈何而安之若命。」〈德充符〉云：「死生、存亡、窮達，命也。」〈大宗師〉云：「安時而處順，哀樂不能入也。」〈齊物論〉以萬物差別全由相對而生，皆可消融而歸於「齊一」。

東坡熟讀莊書，故〈遷居臨皋亭〉（詩四／1053），即言家住黃州，未必可悲，乃以人生之幸與不幸乃循環相因。是以人之有悲苦、起伏，可因應委身。故〈走筆寄子由〉（詩五／149）言罷徐州往京師，乃任官屆滿，徐州之民，何苦為離情而悲。〈初秋寄子由〉（詩四／1169）亦言人生乃持續之波動，可委身以應之。

東坡一生九遷，心情騷亂，而多歸之於命。如〈與程正輔七十一首·其十三〉（文四／1593）言北歸無望，然自以「原是惠州秀才，累舉不第」、「中心甚安」，以安於現狀，順應命運，自能揚棄悲苦。〈漁樵閑話錄〉（文六／2611）即借有道之「漁」、「樵」以言宿命。如「漁」說：「人之有禍福成敗……莫非命也。」「樵」說：「天命之出，其可易乎？」

東坡貶官南行，過鄱陽湖作〈望湖亭〉（詩六／2050）云：「投老得歸無？」〈過惶恐灘〉（詩六／2052）：「地名惶恐泣孤臣」，皆怨命安命之交錯，而再貶儋耳，見四面環海，頓生「此生當安歸」絕命之想。又忽憶《莊子·秋水》：「中國之在海內，不似稊米之在太倉乎？」是以於〈行瓊、儋間〉（詩七／2246）中云：「幽懷忽破散」而安之若命。

東坡何以由怨命而安命？乃有感於「人生如寄」。如漢末文士以「人生不滿百」、「人生忽如寄」以言當及時行樂。又曹操〈短歌行〉云：「人生幾何？」曹丕〈善哉行〉言：「人生如寄」。白居易〈感時〉：「在世猶如寄」。〈秋山〉：

「如寄天地間。」《南齊書‧劉善明傳》亦云：「人生如寄，來會何時？」

　　東坡詩二千七百首中，「人生如寄」之句式甚多，幾成詩集之主旋律。如：

　　「吾生如寄耳」：〈過雲龍山人張天驥〉（徐州，詩三／748）、〈寄子由〉（詩三／936）。〈過淮〉赴黃州（詩四／1022）、〈和王晉卿〉（汴京，詩五／1422）、〈送芝上人〉（揚州，詩六／1899）、〈送王敏仲〉（汴京，詩六／1993）、〈和陶擬十九首〉之二（儋耳，詩七／2261）、〈鬱孤臺〉（北歸，詩七／2429）。「人生如寄」〈跋張希甫墓誌後〉（黃州，文五／2063）。「人生如寄何不樂？」〈答呂梁仲屯田〉（徐州，詩三／775）。「人生百年如寄耳」〈清遠舟中寄耕老〉（北歸，詩八／2557）。「老人生如寄」：〈僕所藏仇池石〉（汴京，詩六／1941）。「宦遊到處身如寄」〈至濟南〉（密州，詩三／716）。「此生如幻耳」：〈答李公擇〉（湖州，詩三／964）。「此生暫寄寓」：〈辯才老師〉（杭州，詩五／1714）。「人生如朝露」：〈九日湖上〉（杭州，詩二／509）、〈登常山〉（密州，詩三／688）。「一年如一夢」：〈岐亭五首〉之二（至九江，詩四／1206）。「此身與世眞悠悠」：〈答梁先〉（徐州，詩三／763）。「我生天地一閑物」：〈龍尾硯歌〉（離黃州，詩四／1236）。「朝菌無晦朔」：〈九日次定國韻〉（南都，詩六／1906）。「浮生知幾何？」：〈次丹元姚先生韻二首〉（汴京，詩六／1951）。「吾生如飛蓬」：〈潁州初別子由二首之二〉、「哀吾生之須臾」，（詩一／278）。則東坡有人生短促之嘆，非如吉川幸次郎以東坡感人生為持續不安過程，希望多，絕望少。〔註7〕故東坡之安命，乃由人生苦短，命不由己而言，近《莊子‧齊物論》之超然，而遠於儒家「天行健，君子以自強不息」及《孟子》舍生取義、《論語》「知其不可而為之。」

　　東坡之處逆，除學自老莊，又得自道家煉丹成梨棗。如陶潛〈桃花源〉猶有對未來之憧憬，而東坡晚歲作之〈和陶桃花源〉（詩七／2196），惟關心求道學仙。以桃源之人但為秦人之後，終非菊泉、青城、仇池所居。是以東坡〈荔枝嘆〉（詩六／2126）關懷民生之作已少，但言人生如寄，唯及時煉丹成仙耳。

六、仙道觀

　　東坡之於屢貶再遷，由道教道家得悟。如初貶黃州，躁亂騷動──或體生「赤目」，或隱閉天慶觀，端求習功而羽化。與湖州時為御史臺追捕，欲投

江又欲絕食，全然不同。

　　溯東坡自「烏臺詩案」後，原欲寄食子由。子由坐罪，東坡不欲再牽連而直奔黃州，子由相送，東坡遂賦〈子由自南都來陳三日而別〉（詩四／1019），詩中不言憂苦悲悽，但言學道早晚得失——子由學道能成，正似《莊子・達生》中言汜滄子鬥雞，能去其驕氣。而東坡煉功之遲，乃如孫休之「款啓」（但由門縫中見事物），則二蘇此時受貶，同重崇道學仙。

　　至東坡服食求仙之詩篇甚多。如〈游淨居寺〉（詩四／1024）「願言畢婚嫁，攜手老翠微」，即願二人攜手成仙。而〈戲作種松詩〉（詩四／1028）云：「縱未得茯苓，且當拾流脂」，言由服食仙藥可「騎鶴還故鄉」。而〈與子由同游寒溪西山〉（詩四／1054），言子由貶筠州，寄望早遇仙，不必愁髮白。〈次韻和王鞏六首〉之一，（詩四／1126）言東坡摯友王鞏（定國）因集東坡詩文未出繳，於烏臺詩案受誅連最重而貶賓州（今廣西）為鹽稅官，東坡有感禍福相依，故申言由丹穴可以袪憂成仙。又〈紫團參定王定國〉（詩六／2008）、〈寄餾合刷瓶與子由〉（詩六／2010）等，皆寓成仙之思。

　　又東坡至南海之〈戲作〉（詩七／2248）言謫居流放，見蓬萊群仙以妙音迎之「喜我歸有期」也。〈次前韻寄子由〉（詩七／2248）言東坡「渡海十年歸」，由海南學得神仙之方鏡、神壺，足以解憂。至於〈過大庾嶺〉（詩六／2057）、〈南華寺〉（詩六／2061）、〈碧落洞〉（詩六／2063）、〈見顧秀才〉（詩六／2064）等，皆寓成仙之思也。

七、隨緣忘情累

　　莊子重「人」，以人為萬物主宰，可役使萬物。如〈山木〉中云：「物物而不物於物，則胡可得而累邪？」〈應帝王〉云：「勝物而不傷」。〈天地〉云：「不以物挫志」，〈秋水〉云：「不以物害己。」

　　是以東坡循之以平伏激情，掃滅情累而隨緣忘憂。〈定風波〉言大雨雖穿林打葉，東坡卻以竹杖芒鞋，吟嘯而行，雨止，山頭斜照相迎，「也無風雨也無晴」，則心境始終如一。既不因風雨而憂；亦不以斜陽相迎而喜。

　　又元豐四年，東坡堂兄蘇不疑之子安節來黃州訪東坡，東坡作〈姪安節遠來夜坐三首〉之二（詩四／1095），由「心衰面改瘦崢嶸」、「畏人默坐成癡鈍」已知其窘；而「笑看飢鼠上燈檠」句，又知其具悲中轉喜之機。又巢三為東坡之鄰，二人床空灶破，境遇欠佳。於〈大寒步至東坡贈巢三〉（詩四／

1160），言二人共飲瓢酒，「聊復濡子唇」，「共享無邊春」，猶苦中作樂。又〈日日出東門〉（詩四／1162）言東坡之出東門在步行消憂，詩句忽言「何事羊公子，不肯過西州？」引《晉書‧謝安傳》事，言謝安姪羊曇，何苦於謝安逝後，不過其所居之西州路，蓋人皆「零落歸山丘」，何必悲慟若是？東坡於〈超然臺記〉（文二／351）言可觀必可樂之理，而能超然物外，自無往而不樂，此正莊子「物物而不物於物」之理，正申延處窮之。

又東坡赴嶺南，道經當塗、慈湖，爲險風惡浪所阻，故而作〈慈湖夾阻風五首〉（詩六／2034），其二曰：「猶有小船來賣餅」，其四「未妨明月卻當空」，其五「起喚清風得半帆」、則賣餅小船、月照當空、半帆清風，皆使東坡得短暫快樂。又〈過廬山下〉（詩六／2048）言雁沒龍騰，似沒廬山，東坡誠心默禱，則風停雨止，「眾峰凜然」。又赴惠州途中，以〈江西一首〉（詩六／2050），道出白沙、翠竹、水流篙聲，乃煩憂中所見處處歡樂。又〈獨覺〉（詩七／2284）：「瘴霧三年恬不怪」、「燄火生薪聊一快」、「先生默坐春風裡」，言瘴霧雖能致人於死，然東坡能生火驅寒，獨坐春風而無所悸動，豈非「也無風雨也無晴」之境？

夫宋以前詩以悲苦爲主調，東坡化悲爲喜，乃能隨緣以化也。

第五節　東坡詩文中之仙道

東坡自以生平樂事在作文章，何遠《春渚紀聞》卷六言：「意之所到，則筆力曲折，無不盡意。」欲將其「一肚皮不入時宜」〔註8〕藉文而宣洩，唯文風隨境遇而丕變。

一、仙道之情

（一）未入道前濟世之情

有爲補世：東坡前期詩文，以「有爲而作」爲基調。即〈南行前集敘〉（文一／323）云：「山川之秀美，風俗之樸陋，賢人君子之遺跡」一皆發之，中以憂國憂民、現民疾時弊爲最。如〈新城道中〉言農家春日之樂。〈荔枝嘆〉、〈吳中田婦〉、〈許州西湖〉則直道民生疾苦。又熙寧五年（1072）東坡任杭

〔註8〕見費袞《梁溪漫志》卷四，言東坡食罷，捫腹顧人曰：「其中非是識見文章。」朝雲乃云：「學士一肚皮不入時宜。」

州通判時作〈山村五絕〉〈其三〉（詩二／437），中有「邇來三月食無鹽」句，〈其四〉有「過眼青錢轉手空」，已反映安石新法中食鹽，由政府專賣及低息農貸，憤憤不平，東坡惴惴不安已躍然於紙，故子由於〈東坡墓誌銘〉即云：「東坡見事不便於民，輒托事以諷，庶幾有補於國。」〈思堂記〉（文二／363）亦云：「吐之則逆人，茹之則逆余。以爲寧逆人也，故卒吐之。」

　　嘉祐七年（1062）東坡以廿六歲，任鳳翔府（今陝西鳳翔）簽判，以初入仕途，頗爲關懷民瘼。〈喜雨亭記〉（文二／349）由釋亭名落筆，下分寫作亭、得雨、喜樂三層。以身爲地方官，應與民間憂樂，而深化題旨，卒將降甘露，得時雨層之推功至造物自然。

　　然東坡詩雖受子美托諷補世、太白豪邁、昌黎入議等多元影響，然由〈書退之詩〉（詩七／2122）「平生多得謗譽，殆是同病。」又〈與子由書〉、〈評韓柳詩〉諸作，詩風已由「有爲」而類陶柳高蹈自得。

（二）一己私情

1、手足之情

　　嘉祐六年（1061）東坡奉派赴鳳翔。子由自汴京任所來，送東坡至鄭州。東坡凄苦依依，遂依韋應物〈示全眞元常〉「寧知風雪夜，復此對床眠」句〔註9〕作〈辛丑十一月十九日，與子由別〉（詩一／95）一首云：「寒燈相對憶疇昔，夜雨何時聽蕭瑟？君知此意不可忘，愼勿苦愛高官職。」已表深厚手足之情。又如熙寧十年（1077）東坡於徐州逍遙堂會宿時又作〈與子由別鄭州西門〉（詩一／95）云：「別期漸近不堪聞，風雨蕭蕭已斷魂。」唱和之情，亦極其凄惻。

2、鄉土之情

　　東坡〈蝶戀花〉：「一紙鄉書來萬里，問我何年？」（詞一／13），〈永遇樂〉云：「天涯倦客，山中歸路，望斷故園心。」（詞一／104），又葬老泉后，感賦〈送賈訥倅眉〉（詩五／1452）云：「父老得書知我在，小軒臨水爲君開。」皆有念故土意。熙寧四年（1071）東坡外調杭州，經鎭江作〈遊金山寺〉（詩一／307），借江神驚怪以言欲歸鄉退隱。

　　東坡晚歲貶惠州，又以〈縱筆〉（詩七／2203）：「報道先生春睡美」忤章惇，再貶海南。但與黎人常處，亦有與異域人相處純樸之情。如〈被酒獨行〉

〔註9〕見《四部備要・韋蘇州集》卷三。

（詩七／2322）：「總角黎家三四童，口吹蔥葉送迎翁。」言東坡薄醉，遍訪子云、威、徽、先覺諸黎家，兒童吹蔥葉以隨之樂。

3、仕隱之情

神宗十一年（1078），東坡以卅五歲任徐州知府，以仕途多伏，而寄退隱於〈放鶴亭記〉（文二／360），文由亭而鶴、鶴而樂，迴環復沓以言人之地位不同，其樂亦異。

此文最精闢處在借山人之語，回環以喻賢人君子及自況。如引《易經》：「鳴鶴在陰，其子和之」（於隱處鳴唱之鶴，同類多應聲而和）。又引《詩經》：「鶴鳴於九皋，聲聞於天。」（水邊高坎鳴叫之鶴，其聲宏亮高遠）。以言南面之君不得好鶴。而遁隱之人，則既可好鶴亦可好酒。如周公以〈酒誥〉戒康王勿酖酒誤國；衛武公以〈抑〉篇戒貪杯，終有所忌，不如隱士能狂放不戒，則此文有二命題——鶴爲清遠閑放，衛懿公因好鶴亡國，故南面之君尤不得好鶴。第二命題言荒惑敗亂，以酒爲最，劉伶等反以酒傳名，故隱逸可兼好鶴好酒。

〈超然臺記〉（文二／351）之「超然」，指東坡徐州放鶴，已將道家超然，巧寓爲鶴之清遠閑放與人世南面君享樂，而集儒、道於一。然「鶴」之與釋相涉，最爲人傳誦者爲——晉高僧支遁（字道林），《世說新語‧言語》言其人遣雙鶴，初鎩翮不令飛；後又養翮使復飛，不意一飛，而「有凌霄之姿，何肯爲人作耳目近玩？」由是支遁、東坡之愛鶴，皆在「任其自然」，此後世崇佛者能好言「放鶴」。而〈放鶴亭記〉（文二／360）之所以名世，乃隱者引之自高，失意者引之而自清。此東坡綜合儒、道、釋以染隱者之樂猶勝君王者。而林西仲《古文析義》上，卷六所謂：「隱者之樂以南面之君伴講；說鶴以酒伴講。」其出落轉棹又頗合仕隱，是以爲世所重也。

〈和子由澠池懷舊〉（詩一／97），此東坡自言如飄忽飛鴻，惟見泥中偶留印痕與「路長人困蹇驢嘶」，參之〈與子由別鄭州西門〉（詩一／95）東坡戒子由「愼勿苦愛高官職」，則東坡往鳳翔任官之廿八歲，雖初仕而已萌退路。人或以東坡之徘徊仕隱，乃禪意玄思使然。如查愼行即以〈和子由澠池懷舊〉（詩一／96）一首乃得自《傳燈錄》、《五燈會元》義懷語。李澤厚〈禪意盎然〉一文亦有類似之言。而集蘇詩大成之王文誥則非之。案此詩即云：「公後與王彭遇，始聞釋氏之說。」則作此詩未染禪意。東坡卅七歲任杭州通判始與佛門往來、交釋子、抄《金剛經》，而於〈答畢伯舉書〉（文四／1671）即

云:「獨時取其粗淺假說以自洗濯。」而〈中和勝相院〉（文二／384）亦云：「佛之道難成……棄絕骨肉、勞苦卑辱。」則東坡之崇佛近禪乃順時流耳。

（三）崇仙道之情

〈蓋公堂記〉（文二／346），此記乃東坡四一歲知密州時作。首由仙家、醫家之言「人之生也，以氣爲主，食爲輔」，言病急亂投藥之危害。次由名堂之由，以見東坡自比曹參，力主「清淨而民自定」而斥新法。並言得道之隱君子「可聞而不可見，可見而不可致」，與元祐時作於汴京之〈上清儲祥宮碑〉（文二／502）邏輯思脈一貫，而崇道之情，已流溢其中。

〈百步洪二首之二〉（詩三／983），序中言東坡密友王鞏（定國，因烏臺詩案連最大，貶賓州）至彭城訪東坡，棹舟攜妓（馬盼盼等三人）吹笛飲酒，弄水蕩槳，弄情等狀，〔註10〕「笛聲滿山谷，明月正照金叵羅（酒器）」，正「李太白死，世間無此樂三百餘年」。此詩追憶前時歡樂，而極寫一己寂寞「我時羽服黃樓上，坐見織女初斜河」，油然而生「奈何捨我入塵土，擾擾毛群〔註11〕欺臥駝。」言東坡自徐州時，已著羽服、交道流、攜妓至雲龍山，與道士張天驥飲酒作樂。既欲入道，何群鳥紛擾，欲欺我似臥病之老駱駝？追懷往事，令人悲吟。

又〈芙蓉城並敘〉（詩三／807）一首，爲宋元豐年間盛傳王迥（子高）與仙人周瑤英遊芙蓉城之事而寫。（餘如胡微之《王子高傳》《芙蓉城傳》，子由〈次韻子瞻招王蘧朝請晚飲〉等，皆寫此事，然東坡〈招王蘧朝請晚飲〉、王安石〈芙蓉城〉則已佚。）

〈芙蓉城〉詩前半極寫人神戀之淒美。由蓬萊仙山芙蓉城之虛無、仙宮洞房之縹渺，而刻寫中有一人曰「長眉青」，因俗緣不盡，欲思凡而下。因讀《黃庭經》，飄然而至凡塵王子高家。二人夢中飛行，徑度萬里，所至之處，風似流鈴，玉樓高亭處處，並以雲篆題銘臺閣……子高夢醒，相思不盡，淚濕羅巾。

詩後半寫二人自別後，子高夜夜思念，欲身隨至《十洲記》中之滄海仙山，然由「願君收視觀三庭」句轉，言人必如《黃庭・內景經》所云：「勿與嘉穀生蝗螟」，必專心農作，方不使嘉穀生蝗螟，否則三千年後，仙人再下凡，

〔註10〕仿用《晉書・謝鯤傳》言謝氏調戲鄰女，女投梭折其兩齒，謝反而長嘯曰：「猶不廢我嘯歌。」

〔註11〕見班固〈兩都賦〉，「毛群」指「鳥類」。

即便已爲《史記》中漢武帝之美妃邢夫人，又何能相聚？

　　此詩之特色有三，取材仙家詞語，用以狀異域仙山想像之美，一也。此詩受白居易〈長恨歌〉影響甚多，如二者背景皆爲海上仙山。「中有一人」，白歌爲太眞，蘇爲芳卿（長眉青），皆爲天人相思——白氏爲「春風桃李花開夜」，蘇氏爲「春風花開秋葉零」。又由此詩見東坡兼重僧、道，蓋「僧」重禮義，「道」重任情而爲，故東坡有出世、入世矛盾。蓋此詩前半極其情，後半則「歸之正」，而返情歸禮，「止乎禮義」。即陶淵明〈閑情賦序〉云：「始則蕩以思慮，而終歸閑正，將以抑流宕之邪心，諒有助乎諷諫。」

　　〈後赤壁賦〉（文一／8）此乃元豐五年，東坡曾遊赤壁三：一爲時在七月既望之〈前賦〉。二爲時在十月之望之「後賦」，不惟狀景美，且以「劃然長嘯」、「悄然而悲」自狀，與以孤鶴、夢中道士言崇道。三爲東坡生日（十二月十九）之〈李委吹笛〉（詩四 1136），乃進士李委作〈鶴南飛〉以獻，東坡和以一絕云：「山頭孤鶴向南飛，載我南游到九疑，下界何人也吹笛，可憐時復犯龜茲。」（四／1136）。

　　〈後賦〉（文一／8）除以「月白風清，如此良夜」承前賦，而三段亦承前賦，以「白霧橫江，水光接天」，萬頃茫然，自然繪寫「斷岸千尺」、「水落石出」自然之初多月夜。故元虞集《道圓學古錄》即評云：「末用道士化鶴之事，尤出人意表。」

　　又〈後賦〉三段，東坡接寫登高探險，而以「劃然長嘯」、「悄然而悲」以狀其消愁鬱結。此一「長嘯」乃道家煉氣所常用。唐孫廣《嘯旨》言「嘯」有狂士嘯傲與雅士嘯詠，而東坡長嘯，足使「草木震動、山鳴谷應、風起水湧」，與篇末孤鶴之「戛然長鳴」同表東坡「悄然而悲，肅然而恐」。

　　又東坡於此入自嘯自悲，正反映其內心之孤寂與追慕老莊。即〈送文與可出守陵州〉（詩一／250）：「清詩健筆何足數，逍遙齊物追莊周。」此嘯亦頗合道教尚自然眾神。如《太平經‧卷乙》《黃庭經‧內景經》即以人具天、地、人、鬼萬神。如心神丹元、肺神皓華、肝神龍煙、賢神玄冥、脾神常在……頗類西方泛神論。

　　而〈後賦〉前兩段，已寫初多月夜孤寂，末段又以夢中道士，翩躚孤鶴自喻，崇道之意頗類〈放鶴亭記〉（文二／560）。

　　〈記赤壁〉（文五／2255）（又名〈紀范子豐兄弟〉），乃書於〈後賦〉之跋文，記溫瑩如玉之石 270 枚。同屬坡貶黃州名篇。赤壁之役乃漢獻帝建安

十三年（208），曹操爲爭荊州之役，地在湖北嘉魚東北。此記乃記湖北黃岡之赤鼻磯，壁上赤如丹。乃因東坡與李秀才別而飲酒於此，於火紅斷崖側，駕舟徐行，且奏笛聲，正借景寫興，由史抒懷，自王侯爭戰中，化豪情於羽化翌仙正，正隨緣自適矣。

（四）得道後自得之情

東坡「和陶詩」始於揚州，勤於儋州，以一〇九首「和陶詩」而「陶寫伊鬱」（〈與程全父十二書・其十〉文四／1623），而具陶潛詩之神。如〈和陶飲酒〉其一，（詩六／1883）東坡言其烏托邦不在桃花源，而在仇池仙山，洞天福地，與煉內丹之「守田」，〈和陶移居〉（詩七／2191）則寫住入「思無邪齋」後之嚮往仙境。〈和陶桃花源〉（詩七／2196）言桃花源在丹田，必棄六用、用眞一，方可至。〈和陶赴江陵夜行〉（詩七／2259）亦云：「寸田且默耕」。

而〈記游松風亭〉（文五／2271）雖爲九四字短章，由「縱步」、「疲乏」而托「掛鉤之魚」忽得解脫。與〈定風波〉（詞一／138）：「竹杖芒鞋」「吟嘯徐行」處逆正類。〈臨江仙〉（詞二／157）中猶有「長恨此身非我有，何時忘卻營營」之憾。亦有「小舟從此逝，江海寄餘生」之逍遙曠放。〈卜算子〉（詞二／168）由「詠雁」事中隱以「幽人」、「孤鴻」、「揀盡寒枝不肯棲」之寂寞孤高。而〈水調歌頭〉（詞一／80）有「高處不勝寒」、「何似在人間」之迂迴出世入世。蓋東坡始終未受道籙，不似李白之已受道籙，詩風多道氣，能馳騁飛仙。故東坡於〈李太白碑陰記〉（文二／348）中，直評李白爲「狂士」不足以濟世。

（五）處貶困之情

東坡之書札序跋常見其記情寫意、處貶抒困。如〈上梅直講書〉（文四／1385）、〈王元之畫像贊〉（文二／603）則見其稱美其人之欽慕情。於黃州之〈答秦太虛書〉（文四／1534）、〈答李端叔〉（文四／1432）則摹寫謫居之困。晚歲謫儋州，〈與參寥子21首・其十七〉（文五／1865）言東坡正似靈隱大竺僧「折足鐺中，罨糙米飯便吃，便過一生也得。」見其處瘴癘之怡然。〈書孟德傳後〉（文五／2045）由二小兒獨處沙上戲，無視虎威，亦見東坡處困之坦蕩無懼。

以下又自東坡章奏，以見其處黨爭中之孤忠泣血。如元祐六年（1091）東坡知杭二年後召還，於〈杭州召還乞郡狀〉（文三／911）中歷述入仕廿一年

（英宗治平元年至神宗元豐八年，1064～1085）進退本末，由〈上神宗皇帝書〉、〈擬進士對御試策〉、〈諫買浙燈狀〉等，言逐新黨未得，連斥放杭、密、徐、湖四州。又因「烏臺詩案」連貶黃、汝、常州。〈到黃州謝表〉（文二／654）言責降五年政績，且企聖上鞭箠再召，神宗不忍終棄而「量移」（平調）汝州。〈謝量移汝州表〉（文二／656）雖以罪當斧，猶望君上紓救。〈乞常州居住表〉（文二／657）則泣血以言窘迫羈旅。〈至昌化軍謝表〉（文二／707）言三度貶黜（元祐八年貶舊黨、紹聖元年「譏斥先朝」、四年，貶瓊州。）元符三年，東坡已六五高齡，離海南猶作〈夜渡海〉（詩七／707）云：「九死南荒吾不恨，茲游奇絕冠生平」，既有危身觸諱，直諫孤忠，又有孔子「乘桴」之達觀與豪情。

　　由以上之例舉，則見東坡處困被貶仍有熱愛生命，曠放之情。故趙翼《甌北詩話》卷五云：「東坡天生健筆一枝，爽如哀梨，快如并剪，有必達之隱，無難顯之情。」陸游〈施注蘇詩序〉、〈跋東坡帖〉亦美東坡文曰：「千載之下，生氣凜然」，是也。

二、仙道之理

（一）得自老莊啟迪之理

　　東坡創作靈感常得自老莊。故子由〈東坡先生墓誌〉即言東坡幼受老莊影響，一讀《莊子》即有「得吾心」之慨，如《莊子・山水》篇，言莊子行乎山中，見不材之木而終得天年；他日又見故人命豎子殺不材（即不能鳴）之雁，烹饗待客，莊子由是悟出「處乎材與不材之間」與「浮游乎萬物之祖，與之俱化，而無肯專為」之處世哲理，東坡熟讀《莊子》，故為文創作，多受《莊子》思想啟迪，其詩文中所言玄理多暗合之。以下試分由詩、文、詞、賦等，見其化用脈絡：

1、〈百步洪二首〉其一（詩三／892）

　　「百步洪」，據《宋史・河渠志》言，此為泗水中湍急之段。此文由狀其氣勢以喻人遇坎坷，而得超然物外玄理：

　　文首運博喻以狀急流驚險曰：「有如兔走鷹隼落，駿馬下注千丈坡，斷絃離柱箭脫手，飛電過隙珠翻荷。」急流之險猛，直如疾走之兔、俯衝之鷹、下坡之駿馬、離柱之琴絃、飛射利箭與閃逝雷電、滾落荷珠。此一奇逸博喻。

紀昀即評之曰：「有灘起渦旋之勢。」阮閱《詩話總龜》、王文誥亦同之。

此詩序言東坡「夜著羽衣」。參之〈贈寫眞何充秀才〉亦言東坡由杭州過蘇州，何充爲其畫像，亦著黃冠道服，則其言不虛也。

詩後半發議「嶮中得樂雖一快，何意水伯誇秋河」，乃化用《莊子·秋水》，言河伯何必誇耀百川？人之營營名利何及百步洪之疾緩自得？此乃得自《老子》二章：「有無相生、難易相成、長短相形、高下相傾」，亦即《莊子·齊物》言是非、生死、成毀皆非對立之道，故言「但應此心無所住，造物雖駛如余何」，正〈超然臺記〉「游於物外」之意，則設心無所住、抱玄守一，則百步洪之險惡又奈我何？此東坡由老莊得悟處仕途艱險者也。

2、〈書晁補之所藏與可畫竹三首〉（詩五／1522）

此言文與可之畫竹「其身與竹化，無窮出清新。莊周世無有，誰識此凝神。」能凝神忘我，成竹在胸，其畫自能一揮而就。此正與老子《道德經·第八章》：「載營魄抱一」（載，夫也。發語辭。「營魄」指「魂魄」。）與《莊子》修道重「全神」一也。是以東坡創作奔騰豪放，汪洋起伏，殆有以也。

3、〈文與可畫篔簹谷偃竹記〉（文二／365）

承上申「成竹在胸」。文又選自《經進東坡文集》卷四十九。此乃元豐二年（1079），東坡悼念其表兄同（字與可）者，文與可善畫，尤長畫墨竹。篔簹谷位洋州（今陕西省洋縣西北五里），以盛產竹名。蘇、文二人常以詩畫相酬，互道作畫、贈畫，推竹之生長而言作畫之理。即：「竹之始生，一寸之萌耳，而節葉具焉。……故畫竹必先得成竹於胸中……如兔起鶻落，少縱即逝矣。」此東坡言畫竹必先有「成竹」，而後執筆熟視，追起所見，振筆直遂之畫法。而由形似而神似。東坡又接寫與可以「求畫之素絹爲韈材」，且贈具萬勢之竹長幅，相互唱和。又東坡曾作〈和文與可洋川園池三十首——篔簹谷〉（詩三／676）云：「漢川修竹賤如蓬，斤斧何曾赦籜龍，料得清貧饞太守，渭濱千畝在胸中」，東坡戲言與可能呑千畝竹，令與可「失笑噴飯」，此一寓莊於諧之筆法亦得自莊周。

4、〈傳神記〉——亦名〈書程懷立傳神〉（文二／400）

此乃東坡繼〈偃竹記〉（言畫竹、畫水記、言畫活水），進由顧愷之「傳神寫照在阿堵中」，總結繪畫之理在神似，即

（1）傳神之難在阿睹（眼神）與顴頰。晉代名家顧愷之（顧虎頭）即云：

「傳神寫影，都在阿睹中，其次在顴頰。」人之傳神首在目。唐張彥遠《歷代名畫記》即言張僧繇於金陵安樂寺畫龍點睛，《史記‧項羽本紀》言鴻門宴上樊噲之瞋目義勇；又歸有光〈寒花葬志〉言「目眶冉冉動」之「寒花」純真皆是。

（2）傳神貴在天然神韻而不造作——此承自《莊子》「法天貴真」，則東坡已將顧氏傳神說進推為「得天」說。參之〈書蒲永升畫後〉，東坡言「活水」使人「陰風襲人，毛髮為立」，亦言能傳水之神，得水之天。

（3）傳神貴在能補捉「意思」（內在特徵）——如《史記‧滑稽列傳》言優孟之學孫叔敖，乃由「抵掌（拍巴掌）談笑」而得其意思，即顧虎言「頰上加三毛，覺精彩殊勝。」清魏際端《伯子論文》言「一端獨至」。即以頰上三毫，眉間一點為「意思」。

（4）神韻在眉後三紋，僧人惟真以畫像，大似在此。

（5）傳神在「筆墨之外」，東坡〈書吳道子畫後〉言「出新意」、「寄妙理」。

細繹東坡所言之「神」，源自《莊子》「出神入化」「用志不分乃凝於神。」猶〈養生主〉言「疱丁解牛」、〈達生〉言佝僂承蜩、〈天道〉言「輪扁斫輪」。

5、〈九日次定國韻〉（詩六／1905）

「朝菌無晦朔，蟪蛄疑春秋。南柯已一世，我眠未轉頭。仙人視吾曹，何異蜂蟻稠？」「俯仰四十年，始知此生浮。……會當無何鄉，同作逍遙游。」此詩正運《莊子‧逍遙游》中「朝菌不知晦朔，蟪蛄不知春秋」之寓言，以南柯醉夢為表徵，而由仙人視角俯瞰人間，揭露是非不定，殘殺醜陋，以明世態速遷，人生空浮，官場險惡。經此迴思，似寢初覺，如夢方醒，不怨不悲，悟得安適，則東坡深得老莊逍遙真諦。

6、〈授經臺〉（詩一／193）與〈唐道人〉（詩二／456）：

《莊子‧達生》篇言匠人削木為鐻——「心齋三日，而不敢懷慶賞爵祿；齋五日，不敢懷非譽巧拙；齋七日，輒然忘吾兵有四枝形體也。」齋戒以靜，則不耗氣費神，而賞罰、是非、巧拙乃至形體皆忘，是而可凝神專一，巧為木鐻，東坡詩作之能體悟空虛之道、凝神妙境，多由《莊子》來。

如〈授經臺〉：「劍舞有神通草聖，海山無事化琴工。此臺一覽秦川小，不待傳經意已空。」此東坡游道教名山宮觀或記夢之作，皆中凝神得悟。蓋此乃東坡游終南山作十一首之一，「授經臺」為終南中道教洞天福地、騷人墨

客所遊勝境，卻非實有一臺，東坡由凝神悟得奇景麗色，正如張旭觀公孫大娘舞劍所得之草書神韻，亦正伯牙於蓬萊山見海水入洞、耳聞鳥獸悲鳴，援琴遂得天下妙曲，正東坡凝神至一，而得「授經臺」之浮出，其理一也。

又〈唐道人〉：「己外浮名更外身，區區雷電若爲神。山頭只作嬰兒看，無限人間失箸人。」此言東坡由唐子霞道士──登天目山臻仙境，不聞雷震，但聞層雲中有嬰兒聲。此同老莊之「復歸於嬰兒」，亦道教內丹，融精、氣、神爲三家「相見結嬰兒」。唐道士、東坡之不聞他聲，甚而將「雷聲化爲嬰兒聲」，正《莊子・達生》言凝神專一可「削木爲鐻」之意也。

（二）道家道教所言仙道之理

1、〈送喬仝寄賀君六首之二〉（詩五／1551）

此詩之作，乃因喬仝年少曾得「大風」惡疾，後因「結茅窮山啖松腴，路逢逃秦博士盧」，學道後，則「覺知此身了非吾，炯然蓮花出泥途……爾來八十胸垂胡」，喬仝隨道人季道去疾，老而彌堅，精氣猶旺。至元祐二年（1082）十二月，喬仝抵京，與東坡相見，盤桓十數日，並謂其師賀水部將於上元日降蒙山相見，東坡疑之。蓋賀水部令爲唐末五代人，何長壽至今？此意正同葛洪《抱朴子》與《神仙傳》所載，趙瞿得癩病，垂死遇仙得救。又王嘉《拾遺記》載方瞳老人五，握青杖見老莊云云，此東坡據道人說以入詩，言長壽之道。

2、〈雪後書北臺壁二首〉其一（詩二／604）

此首爲著名之「尖叉詩」，蓋此詩〈其一〉之末句爲「未隨埋沒有雙尖」，末字爲「尖」。其二之末句爲「空吟冰柱憶劉叉」，末字爲「叉」。此用尖、叉二陰韻，除東坡、王文公等高者，不敢擅作。而查氏注尖叉詩，言東坡此詩一出，唱和者甚眾云：「呂成叔乃頓和至百篇，字字工妙，無牽強湊泊之病。」（詩二／602）。

然此詩〈其二〉，則用道典「玉樓」、「銀海」，故具神秘色彩，如「凍合玉樓寒起粟」句，蘇集王注則引道經《煙夢子》曰：「喉名『玉樓』十二環」與「凍合玉樓」言雪地冷凍，使人縮頭聳肩，渾身起粟（雞皮疙瘩），又「光搖銀海眩生花」句之「銀海」，王注亦用道經，以「銀海」爲「目」，白雪反射陽光，刺得眼睛直冒金星，極爲自然。接寫雪兆豐年，末聯言因雪而吟韓愈弟子劉叉之〈冰柱〉詩，亦極自然。

此詩如不依道典解，則難以言喻，如蔡卞（王安石之婿）言「凍合玉樓寒起粟，光搖銀海眩生花」寫雪後即景，爲雪飾樓臺如玉，萬象瀰漫似銀海——則語多牽合。

又《四庫全書》子部醫家〈銀海精微提要〉云：「《銀海精微》爲唐孫思邈撰。」又《瀛奎律髓》引王安石說謂「道書以『肩』爲玉樓；『目』爲銀海。《銀海精微》爲宋以後之書明矣。」此紀昀不明道典，以「玉樓」、「銀海」爲地似銀海，臺似玉樓，且直斷孫思邈之《銀海精微》爲僞，一也。又反誣《瀛奎律髓》造荆公之謠，用以周旋東坡，二也。又《四庫全書》直斷《銀海精微》爲「宋以後之書」，亦未必盡然，蓋孫思邈爲道家醫術一支，既有《備急千金方》以言人體各科之醫方，專治眼疾之《銀海精微》或爲正史之遺。然東坡〈寓居定惠院〉（詩四／1036）云：「嘆息無言揩病目」，則東坡確得「赤目」，賴氣功以治。又東坡於登州又作〈鰒魚行〉（詩五／1386），言以鰒魚治眼。又嶺南亦得目疾，則東坡極可能見道書《銀海精微》，以道語此尖叉詩，以狀雪景。

（三）由情景化入之哲理

老莊之作，常借形象、寓言以說理，故劉大櫆《海峰文集・論文偶記》中言：「理不可以直指，《莊子》之文能即物明理。」而東坡之作則於抒情繪景中，化入一己議論。

1、〈題西林壁〉（詩四／1219）

東坡貶居黃州五年，於量移汝州途中，道經神秘廬山，似莊周夢蝶物化，自視爲山中之一，與峰嶺草木等同。故曰：「不識廬山眞面目，只緣身在此山中。」

2、〈初入廬山三首〉（詩四／1210）

東坡神遊廬山久矣，故詩中云：「要識廬山面，他年是故人」、「自昔懷清賞，神游杳靄間，如今不是夢，眞個在廬山。」是以東坡「芒鞋青竹杖，自掛百錢游。」至於山前，耳聞山僧道：「蘇子瞻來矣。」使隔絕人煙五載之東坡，倍感親切。故東坡之〈開先漱玉亭〉、〈棲賢三峽橋〉等廬山十五六奇勝之寫，多寓深情哲理。

同寫廬山，李白之〈望廬山瀑布〉狀廬山香爐峰爆布景觀甚偉，具唐人情景相協之審美氛圍；〔註12〕而東坡廬山詩，則似唐詩平淡寫景，而將己意發議。此外〈辨道歌〉、〈贈表涉〉，皆其類也。

〔註12〕見羅宗強《隋唐五代文學思想史》，頁102，上海古籍。

3、〈凌虛臺記〉（文二／350）

仁宗嘉祐六年（1061）十一月，東坡除授大理評事。嘉祐八年，陳希亮（公弼），自京東轉運使代宋選，任鳳翔知府作臺，東坡應而作記。此文乃借土臺以抒「物之廢興成毀」與「人事之得喪」之理。文由實寫築臺、命名、作記，似文意已盡，猛然言興廢之道，文頓起波瀾，知物不足以恃，文由實而虛，化有爲無，似長龍之踴躍奔騰，瞬間不見。

4〈李太白碑陰記〉（文二／348）

此爲碑背之文，側寫以探——李白爲狂士，抑王佐之材？東坡借夏侯湛贊東方朔之匡危濟時，正與李白之能「濟蒼生」、「安社稷」同，此其一也。東坡又以東方朔「高氣蓋世」、「豪放不羈」以言，此正與「氣蓋天下」之李白同，此其二也。據唐、段成式《酉陽雜俎》言李白醉酒有令權臣高力士去靴事。由李白〈夢遊天姥吟留別〉詩：「安能摧眉折腰事權貴」，則李白不至取悅權貴，乃因「氣」高過諂諛之臣也。《評註東坡古文讀本》冊五，葉十九a眉批云：「點清『氣』字，爲一篇作骨」，其言是也。

三、仙道之方

東坡詩文詞賦中，具仙道之方，具見於養生與藥物。以下舉例明之：

（一）養生之道

〈辨道歌〉（詩七／2211）

北方正氣名袪邪，東郊西應歸中華。
黃河流駕紫河車，水精池產紅蓮花。
十二樓瞰靈泉霶，華池玉液陰交加。
龜精鳳髓填谽谺，天地駭有鬼神嗟。
腸中澄結無餘粗，俗骨變換顏如葩。
輕肥甘美形驕奢，譎詭詐妄言矜誇。
餘生所託誠樓槎，九原枯髀如亂麻。
胡不騰踏如文騧，可惜貪愛相漫洿？
何須橫議相疵瘕，眾口並發鳴群鴉。
口懷嗔喜甘籠笯，其去死地猶獵猣。
烏輪即晚蟾影斜，吾時俱睹超雲霞。

離南爲室坎爲家，先凝白雪生黃芽。
赤龍騰霄驚盤蛇，姹女含笑嬰兒呀。
子馳午前無停差，三由聚寶眞生涯。
一丹休別內外砂，長修久餌須升遐。
哀哉世人爭齒牙，指僞爲眞正爲哇。
游魚在網兔在罝，一氣頓盡猶嘔啞。
胡不斷眾如鎮鋣，空與利名交撐拏？
眞心道意非不嘉，餐金閑暇非虛謏。
安知聚散同魚蝦，自纏如繭居如蝸。
吾恨爾見有所遮，海波或至驚井蛙。

此歌前半傳授內丹（吐納、閉息、房中龜鳳之術）隱奧；後半規箴世人爲善、痛斥爭名奪利者。雖流於道訣，詩意不高，然能將道門秘密入詩，視隱晦、艱深之《道藏》易懂好讀，唯詩中大量引用《參同契》、《黃庭經》神秘詞如：

首四句「北方正氣名祛邪，東郊西應歸中華，離南爲室坎爲家，先凝白雪生黃芽。」〔註13〕言人當養正中之「祛邪」元氣，蓋煉氣功之方在先運正氣，再以舌捲舐顎，而通於任督二脈，如是多可畜積玉液（口水）。

次四句「黃河流駕……嬰兒呀」，言正氣已運，則氣往上流。此言作胎息氣時，丹田溫熱，賢氣上升而騰中田（心臟），再上升至上丹田（腦）。（《道藏》每以「姹女」「嬰兒」爲陰、陽。故赤龍（姹女）騰空，即與心火（嬰兒）交聚。）〔註14〕

9～12句「十二樓～眞生涯。」言氣功已成，陰陽二氣相交，已是玉液滿口，可嚥至下丹田，此乃以「意」養之，久而化爲「鉛」，而煉功時辰，以子夜後至次日正午前（11-11時）爲佳。由上丹田（腦）、中丹田（心）、下丹田（氣海）三者共聚人之精、氣、神。〔註15〕

13～16句「龜精鳳髓～須升遐。」〔註16〕古人求房中和諧言「樂而有節」，後世方士道徒引爲採陰補陽。如以龍精、鳳髓、龜精爲上品仙藥，即可塡補臽（空谷），結成金丹而延年益壽，此法多令鬼神爲之嗟嘆，而此時金丹已成，腸道澄清，即可脫胎返老。

而〈辨道歌〉後半警世，如19～26句「哀哉世人……如亂麻。」東坡以一成仙者口吻，痛斥追名奪利之俗人作繭自縛，猶如殼中蝸、籠中鳥、垂死豬、井底蛙。（此東坡愛用博喻，〈百步洪〉亦類此。）

27～34句「胡不斷～鳴群鴉。」〔註17〕勸世人應以名劍「鏌鎁」斬斷名

〔註13〕《參同契》云：「眾邪辟除，正氣常存」。《玄奧集》：「北方正氣，日月爲輪。」《黃庭經‧肺部章第九》言肺主調氣，除凶邪，東坡〈續養生論〉言「離」爲「心」；「坎」爲「肺」，查愼行注《參同契》云：「白雪」爲玉津；「黃芽」爲金液。

〔註14〕查注《參同契》以正氣運行，似水車將水由低運高。「水精池」爲「黃庭」，「紅蓮花」喻心臟。東坡《龍虎鉛汞說》中有詳注。

〔註15〕查注《玄奧集》言「十二樓」爲有十二節之喉嚨。「靈泉霊」指接喉之舌根。「華池」指臍下氣海內下丹田處，乃煮丹之鼎爐所在。

〔註16〕查氏引《玄奧集》，言此爲「眞鉛眞汞之交結」，葛洪《抱朴子‧微旨》言陰陽之術可免虛耗、治小疾，不可輕忽。

〔註17〕查注《參同契》言：「金性不朽敗，故爲萬物寶」，服食可長壽。

繩利索。又應以千里駒文騧,騰越人世是非。而餐金丹、虔學道,又何必計較眾口橫議、烏鴉亂鳴?

末八句「安知~超雲霞」,言人生有聚散生死,何必鼠目寸光,且看我烹煉丹藥、服食大丹,飛越雲霞。

《東坡文集》卷七四「雜記修煉類」凡十四篇,皆言養生之道,有〈學龜息法〉、〈異人有無〉、〈李若之布氣〉、〈侍其公氣術〉、〈養生訣〉〈寄子由三法──食芡、胎息、藏丹砂〉等。東坡文好以養生、藥石爲喻,似源此。今擇要言之:

〈養生訣──上張安道〉(文六/2335),其言養生法,在忌忿躁、險陰及貪欲。其閉息法大要爲──於子夜三更,面東或南,盤足叩齒,握固(以拇指握三、四指),閉目淨慮,使心湛然,諸念不起,而內觀五臟,次想心爲炎火,光明洞徹,入下丹田中。氣徐出,即以舌接唇齒,得津液未得嚥,如此反覆九,方三嚥津,使氣回轉。而以兩手熱摩腳心而上徹頂門。次摩熨目、面、耳、項及鼻樑,並梳頭百餘以助眞氣,熟寢至明。一二十日後,面目有光,去仙已近。

〈續養生論〉(文五/1983)

鉛(氣動呼吸,以肺爲主,乃白虎也。)汞(唾涕血汗,以肝爲主,青龍也。)眞人教人長生法在運內丹,即「龍由火中生,虎向水中生。」蓋人之始形爲水,得火(暖氣)生骨,骨日壯爲金,骨日堅爲木,骨生肉爲土,此五行顛倒術。(水→火→金→木→土),如用五行順序,則龍出於水(心動於內);虎出於火(氣應於內),而邪淫土。

又有〈問養生〉(文五/1983),言養生之道在「安」「和」,蓋安則物之感我輕,和則我之應物者順,外輕內順,自能養生。又〈養生偈〉(文二/648)言「閑邪存誠,鍊氣養精」、「清明乃極,丹元乃生。」「守之以一,成之以久。」皆爲養生之道。

東坡言養生,最具體詳盡在〈龍虎鉛汞說〉(文六/2331),其大要爲:

言人之生死由坎、離之分合。蓋離爲心,可法而正。以水火之德喻之,則爲虎者,鉛也,乃主力氣之所出也。而坎爲腎,易淫而邪,以水火之德喻之,則爲龍者,汞也,乃主精血之出也。世之不學道,則虎常出於火(虎走而鉛枯);龍常出於水(龍飛而汞輕),學道羽化者反之。蓋離者,麗也,著物易見火(如目見色,耳聞聲,口知味,鼻聞香),則火亦隨而麗之。同理,坎者,陷也,著

物易見火，如用胎息法（正坐瞑目，定心調息無所念）則水火合，龍由火中出，火不炎而水自上，人則腦滿腰足輕，精血不強出而生欲。又閉息時，捲舌舐懸癰（洪爐上一點雪），則汞下於口。滿口時，以空氣送至丹田，溫而水上行，久而化爲鉛，此爲「虎向水中生」（人之氣力得宜）。肝──坎──腎易邪──龍汞──出精血。肺──離──心──可正──虎鉛──出力氣。坎不正則出水，心動於內。離不正則出火，氣應於內。東坡因名位破敗，兄弟隔絕、父子離散、身居蠻夷，但欲盡絕人事（不讀書著文、不遊山水，亦不飲湯水、啖食物，但食乾蒸餅而生津，唯見道人，不接客會飲以養生。）

〈學龜息法〉（文六／2339），言龜蛇處洛下深洞，「每旦輒引吭東壁，吸初日光，嚥之。」而人之辟穀法類此，行之「不復飢」而「身輕力強」，而〈採日月華贊〉（文二／617）所言類此。

〈李若之布氣〉（文六／2333）言《晉書・方技傳》所言幸靈者，坐瞑目，以氣與人，癒合猗毋之痿痺久疾。而都下道士李若亦類此，能學道養氣，以氣布人也。

〈侍其公氣術〉（文六／2334），言揚州武官侍其者，「官於二廣惡地十餘年，終不染瘴」，其運氣術爲：五更起坐，兩掌相鄉，熱摩湧泉穴無數，以汗出爲度。又引歐陽修之治足氣法「垂足坐，閉目握固，縮穀道，搖颺兩足，如攝氣毬狀。」此爲運氣般運捷法，「氣」與腦通也。

其他如〈記導引家語〉（文五／2080）言「導引家云：心不離田，手不離寓」〈道士鍛鐵〉（文六／2319），言道士神功，舉「金杵仍之類，得百餘斤，以少藥鍛，皆爲銀。」〈記故人病〉（文六／2397），言人世間奇效之藥在「無事靜坐。」〈養老篇〉（佚文彙編卷一，頌，文六／2421）言：軟蒸飯，爛煮肉，溫美湯，厚毯褥。少飲酒，惺惺宿，緩緩行，雙拳曲。虛其心，實其腹。喪其耳，忘其目。久久行，金丹熟。

（二）服食藥物之方

東坡謫惠後，萬念俱灰，求道之心更切，而致力研求丹藥及服食長生。

〈思無邪丹贊〉（文二／606），東坡之以「思無邪」名其齋，乃有得孔子之言──詩三百，一言以蔽之，曰「思無邪」。夫有思皆邪，無思則土木。故先於〈思無邪齋銘〉（文二／574）中言：「於是幅巾危坐，終日不言，明目直視，而無所見，攝心正念，而無所覺。」此時則有鍊金丹之想曰：「晝煉於日，赫然丹霞；夜浴於月，皓然素葩，金丹自成，曰思無邪。」故而贊之。

東坡既於〈符陵丹砂〉（文六／2330）言客於眉山之朱道士，鍊符陵丹砂數年，「竟於涪州白石縣仙去。」〈松氣鍊砂〉（文六／2330）又言「以精良丹砂，鑿大松腹，以松氣鍊之，自然成丹。」而〈藏丹砂法〉（文六／2338）引《抱朴子》言：「古人藏丹砂井中，而飲者猶獲上壽。」

東坡除重丹砂外，集中亦多言服食藥物：

〈服胡麻賦〉（文一／4），記東坡夢道士告之服胡麻可致神仙上壽。又〈服茯苓法〉（文六／2348）言服茯苓粉，以蜜和，食之致仙。〈四神丹說〉（文六／2360）言此又名「草還丹」，合熟地黃、玄參、當歸、羌活為粉，蜜和丸，藥性中和，補虛益血。並引《列仙傳》云：「有山圖者，入山採藥，折足，仙人教服此四物而愈。因久服，遂度世。」

東坡有藥方卅五篇，如〈藥誦〉（文五／1985）言東坡苦痔無藥，道士教以絕去滋味，以清淨勝之，或可由此頤性養壽成仙，故曰：「事無事之事，百事治兮。味無味之味，五味備兮。」〈治內障眼〉（文六／2350）《本草》云：以熟地黃、麥門冬、車前子相雜，治成甘香，治內障奇藥。

又〈服生薑法〉（文六／2346）言淨慈寺僧服生薑四十年，健脾溫腎，目光炯然。〈徐問真從歐陽公游〉（文六／2318）言啖生蔥、鮮魚，治病神驗。〈東坡羹頌〉（文二／595）以菘若蔓菁、若蘆菔、若薺，為羹有真味。

四、仙道之境

神仙崇拜，源於先民對神秘自然之揣想。如《山海經》中有山川百神。《列子‧湯問》中五仙山產仙果。「終北之國」「華胥氏之國」有仙境妙土。春秋戰國後，神仙思想更為繁富。如《楚辭‧遠遊》中言吸氣飲泉之仙人。《離騷》中屈原想像一己升天成仙。《國策‧楚策》載人獻不死之藥於荊王（頃襄王）。《韓非子‧說林上》亦作如是言。又因荊楚燕齊居海濱，致有海市蜃樓、求不死仙藥事。而《莊子》〈逍遙遊〉言「藐姑射山」吸風飲露之「神人」。〈大宗師〉中有以腳踵吸氣之「真人」。〈齊物論〉中，有入水火遨遊之「至人」，後神仙思想結合鄒衍陰陽五行說，為方士修煉之用。東坡既崇道求仙，所言究有仙境仙人為何？以下試分言之：

（一）仙境之寫

東坡好幻想，常由「夢」之牽引而言群仙醉吟之境。如元豐三年（1080）

五月十一日月夜作〈石芝〉（詩三／1047）言夢游何氏家開堂，於西門小園之古井蒼石，見紫藤、紫筍、玉芝無數，狀似龍蛇，順手攀摘，嘗石芝之味「如蜜藕和雞蘇」。又由石芝詩及許碏〈醉吟詩〉云：「閬苑花前是醉鄉，誤翻王母九霞觴，群仙拍手嫌輕薄，謫向人間作酒狂。」由「群仙醉酒」又思及嵇康慕王烈服石髓之仙話。則東坡夢中之石芝、群仙之仙話，皆崇道好仙所致。

東坡之述仙境、寫道人，多與老莊軸道相連。如六二歲之年，初至儋耳，雖投荒萬里，猶作莊子居高俯瞰之樂。〈戲作〉人向西北隅攀援，彷若登升「月半弓」之地，由上遙望，唯見積水茫茫，大海中「九州」直若大倉之一米。「安知非群仙，鈞天宴未終」，言千山萬谷中有群仙賀其重返中原，蓬萊妙聲傳揚四出，此頗類《莊子·逍遊游》中鯤鵬展翅俯大地。

〈水調歌頭〉（詞一／80），東坡於熙寧九年（1076）年四一歲至密州，於中秋夜大醉，幻寫一己由瓊樓玉宇之月宮，墮入凡塵，是以舉首望月，油然而生「不如乘風歸去」之想。然一轉筆，猶戀凡塵，惟恐「高不勝寒」，則出世入世之矛盾，高情奇思直薄李白，有道家飛仙幻境之狀寫。

〈廣利王召〉（詩七／2312）言東坡醉臥，為魚首鬼身使者所召，遂披褐草、履黃冠，所入為「近玉皇樓，彤光照世界」之水晶仙境，其間「文犀尺璧」不知凡幾，「珊瑚琥珀」無數。東坡又隨應「東華真人」賦詩，「諸仙迎看，咸稱妙」，亦東坡心境之反映。

〈次韻陳海洲乘槎亭〉（詩二／595）東坡為言人生如寄，而云「人事無涯生有涯」。並以東海濱之「海市蜃樓」為諭，所謂「日上紅波浮翠巘，潮來白浪捲青沙」，言紅日昇於東海，映出光芒萬丈，於海浪捲青沙中，但見蓬萊、瀛洲等仙山翠巘浮沉之奇變。

又〈登州海市並敘〉（詩五／1388），東坡甫任登州五日，接令赴京，言此一神龍之變為東海龍王所賜，亦正似海市蜃樓出沒。「東方雲海空復空，羣仙出沒空明中」、「重樓翠阜出霜曉」，即虛寫海中海市蜃樓，著墨不多。於全首廿四句中之眼目為「率然有請不我拒，信我人厄（政敵）非天窮」，言人欲扼殺之，不意龍王佑我，正如冬日見海市之神奇。亦韓愈〈謁衡岳廟〉云：「潛心默禱若有應」，心誠乃使造物現奇景。亦李白〈夢遊天姥吟留別〉中情景交融之仙幻之境。

〈赤壁賦〉（文一／5）作於元豐五年（1082）七月十六，即東坡謫居黃州之第三年。此用「抑客伸主」法，對出「客」之逐永恆，與「主」之曠放，

而凡、俗由此立見。東坡嚮往如詩似畫之「清風月夜」仙境亦與焉。〈後賦〉作於同年十月十五，乃東坡由黃州雪堂至臨皋探旅。於「江流有聲斷岸千尺」之深秋，履巉岩、披叢草，上探隼鳥危巢，下窺河伯馮夷之宮，既孤寂且壯偉！時東坡心靈幻入夢，但見羽衣道士、仙鶴、東坡合而爲一。末句「開戶視之，不見其處」，尤有幻虛仙界存焉。

（二）仙人之狀

〈仙姑問答〉（文六／2314）

東坡仕途起伏，見仙姑何媚而問之。仙姑答曰：「學士刀筆冠天下，文章爛寰宇。暫居小郡，實屈大賢。」又東坡欲棄仕路，仙姑又戲贈一絕云：「朝廷方欲強搜羅，肯使賢侯此地歌？只待修成雲路穩，皇書一紙下天河。」東坡欲置一莊，仙姑又贈詩曰：「枯魚尙有神仙去，自是凡心未滅亡。」凡此皆東坡托仙姑之言寄神仙之想以自慰。又東坡二十四歲入川過「神女廟」作〈神女廟〉（詩一／39）云：「還應搖玉佩，來聽水潺潺。」則已目見仙女駕風馭氣巡行四方，耳聞其流水之玉珮聲。

〈張先生〉（詩四／1028），此詩歸入《集注分類東坡先生詩》卷四中「仙道類」，則張先生已屬仙道人物。夫「張先生」傳爲黃州故縣人，本姓盧，爲張氏所養而改姓「張」。其人佯狂垢汙，常嚴寒酷暑而閑遊，夜不知何處安身，人或欲見而未得。然東坡一召即至，至則「熟視空堂竟不言」。時人見其「晝脫履然、夜眠糞屋」，凡此皆足以襯寫其若莊子所謂「絕聖去智」「希言自然」。又〈黃僕射得道〉（詩七／2318）言五代時連州有黃僕射，一日退歸遁去，莫知存亡。卅二年後又復歸而書壁上云：「一別人間歲月多，歸來事事已消磨。唯有門前鑑池水，春風不改舊時波。」傳此得道人，使子孫受蔭得祿仕者甚多。

（三）欲躋登之仙境

〈水龍吟——古來雲海茫茫〉（詞二／200），此爲東坡讀司馬承禎（646～735）之《天隱子》「八篇奇語」而作，詞中有仙風道氣。據《舊唐書·隱逸傳》言，司馬氏字子微，乃陶宏景四傳子弟，其《天隱子》乃述凡人成仙八法（神仙、易簡、漸門、齋戒、安處、存想、坐忘、神解）。〈水龍吟〉前半云「坐忘遺照」乃其八法之七，言專心學道，遺形忘我，即離仙人不遠。南宋胡璉〈書隱子後〉〔註18〕即爲此作跋，足見此詞仙道思想已受人重視。此其一。

〔註18〕《百子全書》冊八，《正統道藏》冊卅六。

　　又此詞後片「謫仙風采，無言心許」，乃引用五代沈汾《續仙傳》所載四川女仙謝自然白日飛昇事，〔註19〕而歷代文人多有詩詠及。如韓愈〈謝自然詩〉〔註20〕前半言謝女學仙術，「須臾自輕舉，飄若風中煙。」後半則云：「奈何不自信，反欲從物遷」，由攘佛老而力斥此事。謝自然學仙，韓詩蘇詞所言相反，乃由崇儒重道不同所使然，此其二也。

　　故〈水龍吟〉前半以「赤城居士」比之「蓬萊仙家」；後半則神往「謫仙風采」，欲共赴蓬萊仙山，乃東坡崇道學仙所致。

　　〈仙不可力求〉（詩七／2379），此言王烈入山，得一石髓。嵇康以為碎而食可成仙。故東坡引退之言曰：「我寧詰曲自世間，安能從汝巢神山」，意以如退之情氣之悻直尚不能成仙，況嵇康乎，由是東坡終悟：「神仙要有定分，不可力求。」

　　又東坡、李白皆有仙道之寫，中有同異。邱師燮友有〈李白詩中的仙話〉一文，〔註21〕分由仙語、仙氣、仙情、仙境以言，仿東坡之言仙道；試以東坡與李白對比以言：

　　李白詩篇多浪漫情懷，企由道教之不廢飲食男女、長生不老、人神仙侶之愛情入詩而得慰藉。如〈長干行〉言兩小無猜。〈擣衣篇〉言女子願為「一段雲」隨良人遠征。而〈寄遠〉、〈怨情〉、〈秋風辭〉之真情仙語，皆委婉動人。而東坡詩文雖受李白豪邁浪漫詩風、杜甫托諷補世影響，加之宦海多舛，是以為文由有為入世而道求仙。如〈芙蓉城〉（詩三／807）之極寫人神戀之淒美，〈赤壁後賦〉（文一／8）以孤鶴托寫自嘯自悲，〈記赤壁〉（文五／2255）之化豪情於羽化，〈和陶詩〉之具陶詩神，〈水調歌頭〉之「何似在人間」，皆反映東坡詩情之神秘玄妙，自適自得。

　　李白詩好運道教母語口頭禪「金」、「玉」，構成辭語以狀寫空靈飄逸之神仙氣韻。如常運金丹、金氣、金液、金牛……、玉女、玉宇、玉京等。〈贈史郎中〉中「仙郎」，〈贈王漢陽〉中用「仙人」，〈下江陵〉中由「彩雲」間出發，即有飄逸之仙氣，〈將進酒〉中以「黃河之水天上來」，〈月下獨酌〉中虛幻影、月、人為三。故讀李白詩有跨鶴過海，升登蓬萊，手把芙蓉，腰飄彩虹之飄然，而東坡之作則多由道家牽引以說玄理，由道教以言仙道之方術。

〔註19〕見《雲笈七籤》卷一一三。
〔註20〕見錢仲聯《韓昌黎詩繫年集釋》頁28，上海古籍。
〔註21〕見《中國唐代學會會刊》第五期，1974年10月，頁1～12。

又如言仙道之理，東坡於〈百步洪〉（詩三／891）中運博喻以狀其氣勢驚險。然篇中東坡著黃冠羽衣，譏人之營營名利，何若「百步洪」之自得。又〈傳神記〉（文二／400）、〈偃竹記〉（文二／356），由作畫秘方而交織回映一己孤寂。〈雪後書北臺壁〉（詩三／602）由道書言「肩」爲「玉樓」，「目」爲「銀海」。〈題西林壁〉（詩四／1219）、〈初入廬山〉（詩四／1209）之狀物化之理。〈凌虛臺記〉（文一／214）言興廢成毀之理。〈李太白碑陰記〉（文二／348）以「氣」稱美李白等。

如言仙道之方，東坡著筆於養生、服食。如〈辨道歌〉詳述練內丹（吐納、閉息）之方，與《參同契》、《黃庭經》艱深道典同功。其文集、雜記修煉類又有〈養生訣〉（文六／2335）等十四篇言龜息、布氣之方。而藥食之方，端在求長生。除言丹砂之藏、煉、食，又有服胡麻、茯苓、四神丹以補血治虛，上壽成仙，可謂躬行以達仙道，非如李白之飄渺飛仙。

而李白詩中仙境熱鬧美麗，蓋李白將道家自然、心靈飄逸、人世想像，推美融合。與漢魏以玄言隱逸山林爲主之游仙詩不同。如〈夢遊天姥吟留別〉中神遊道教名山，〈元丹丘歌〉中，有騎飛龍、出沒紫煙深處之丹丘生，〈贈嵩山焦練師〉中之女道，幾爲眞神仙。而五十九首〈古風〉中亦有十餘首言及仙境，其中不乏仙人赤子、王子喬之寫。於海上三仙山、天姥山上，不惟有青童玉女、羽人眾仙，亦有金樓銀臺、洞天石扉、瓊漿玉液、不死之藥。太白可以騎白鹿、挾青龍、與仙人爲伴、嘯傲帝王。而東坡之仙境，則幽獨虛空，神秘寧靜，與《莊子》軸道相連，與道家仙境在「寸田」之內涵相通。如〈石芝〉（詩四／1048）中有「群仙醉酒」，〈水調歌頭〉（詞一／80）有「瓊樓玉宇」，〈廣利王召〉（文六／2311）中有水晶宮之「諸仙迎看」，〈次韻陳海洲乘槎亭〉（詩二／594）、〈登州海市並敘〉（詩五／1387）中想像之海市蜃樓，〈赤壁賦〉、〈後賦〉之心靈仙境。而〈仙姑問答〉（文六／2314）、〈黃僕射得道〉（文六／2323）中仙人之寫，以至〈水龍吟〉中得「奇語」而登仙，謝自然之學仙輕飛，〈仙不可力求〉（文六／2379）言可循序受服食而得。蓋東坡以抱玄守一，可得人體內之寸田梨棗等。

由以上，故李白言「道」受盛唐詩風習染；東坡言「道」乃受北宋張百端《悟眞篇》、《黃庭經》影響。又東坡曾鑽研《道藏》，所言仙道之情、理、方、境，視李白落實。東坡不能得志行儒家積極入世；而得道教道家無定質之化解「消極」，而另出一片天地。

第六節　道家道教對東坡詩文之影響

東坡一生宦海浮沉。前半生欲奮而有所不能；後半生屢受貶謫，而無奈若是。然其抒發喜怒、申述論見，一皆存見於其不朽篇章。

東坡散文四千餘篇，筆觸所及，意趣盡出，嬉笑怒罵皆成文章。其文內容宏富，文理自然，有目共見。且其文長於議論，即或為記事抒情，亦多議論風發，糅合情、理、事而意趣盎然，見解獨到。

又東坡詩二千七百餘篇，洗盡唐風，獨闢蹊徑。如張戒《歲寒堂詩話》即云：「蘇（軾）黃（庭堅）習氣淨盡，始可以論唐人詩。」而嚴羽《滄浪詩話》、宗廷輔《古今論詩絕句》、元好問〈論詩絕句三十首〉、胡應麟《詩藪》皆眾口一辭，以東坡詩能獨出己意。而趙翼《甌北詩話》言：「昌黎之後，放翁之前，東坡自成一家。」見最具體。至東坡詩之特色為何？葉燮《原詩》云：「見其凌空如天馬，遊戲如飛仙，風流儒雅，無入而不自得。」沈德潛《說詩晬語》且比並言之：李白詩「脫屣千乘」，子美詩「憂國傷時」，東坡詩則「嬉笑怒罵，風流儒雅」，何以如是？

東坡雖為唐宋八大家之一，而其詞尤出詩文之右。陳廷焯《白雨齋詞話》卷七以「九品論字之例」言：「東坡詩文縱列上品，亦不過上之中下。若詞則幾為上之上矣。此老生平第一絕詣。」東坡今存詞都為 344 首，或抒發鬱悶，或眷顧親友，或弔古傷今……無一不內容富贍。故劉熙載《藝概》評之曰：「無意不可入，無事不可言。」故亦併言之。

東坡詩文面貌多元，而受道教道家影響又為何？試分述：

一、自然平淡

東坡一生追慕莊子，有《莊子解》。詩篇中自多《莊子》典故與思想，故於〈送文與可出守陵州〉（詩一／250）云：「清詩健筆何足數？逍遙齊物追莊周。」

莊周重自然，〈知北遊〉言「天地有大美而不言」，順應以求，自可得之。東坡順勢以得，於〈南行前集敘〉（文一／323），言詩能工美，端在「不能不為」時摹寫。是以東坡以得天地大美在「凡耳目之所接者」。如「山川之秀美、風俗之樸陋，賢人君子之遺跡。」皆可由觸中發外，順勢成文。

又〈入峽〉（詩一／31）一首，即由三峽之原始自然狀寫。如「風過如呼吸；雲生似吐含。」「飛泉飄亂雪，怪石走驚驂」，皆言自然之聲色。又「試

看飛鳥樂，高遁此心甘」以言欲歸隱山泉之想。而〈出峽〉（詩一／46），則寫長江經巫廟後景色之平曠。「追思偶成篇，聊助舟人唱」，則已寫盡「淡然無極」、「眾美從之」之境。

又莊子重「人」，反對人異化為物，其所謂「物化」，即〈刻意〉篇云：「澹然無極，而眾美從之。」〈大宗師〉云：「不知所以生，不知所以死。」〈齊物論〉則由夢蝶以言物我交融，東坡心領神會，於〈書晁補之所藏與可畫竹三首〉之一（文五／1522）云：「其身與竹化，無窮出清新」，文與可畫竹之能「成竹在胸」乃凝神所得。繪畫如此，作詩亦然。〈飲湖上初晴後雨〉（詩二／430）即云：「欲把西湖比西子，淡粧濃抹總相宜。」蓋西湖、西子美在「真」。故〈次韻答馬中玉〉（詩五／1440）云：「只有西湖似西子」。〈再次韻德麟新開西湖〉（詩六／1878）云：「西湖雖小亦西子」，東坡直將自然、物我融而為一，寫物多由自然以言。如〈和陶飲酒廿首〉之三（詩六／1884）云：「身如受風竹」、「得酒詩自行」，言東坡飲酒把箋，似醉猶醒，蓋「身如受風竹」，借助於酒，融化於竹，不刻意求而詩篇自成。乃東坡追摹莊子之澹然無極，自蛻變出自然平淡。

東坡之追求平淡自然，反映於好陶詩與和陶詩中。而評李、杜詩高下，東坡增於〈讀杜詩〉（詩一／266）中並美李、杜二人並為「爭標看兩艘」之詩壇領航人。然於〈李太白碑陰記〉（文二／348）直斥李白為「狂士」，又曾失節於李璘，非濟世之才。東坡較推崇子美，被貶黃州，於〈讀杜詩〉中為標榜一己為悔過忠臣，即稱譽子美「每飯不忘君」，且同情子美乃「詩人例窮苦，天意遣奔逃。」

東坡至晚歲，受道教道家影響，益重陶詩。如於子由〈東坡先生和陶淵明詩引〉（詩六／1882）中，推美陶詩「質而實綺，癯而實腴」，則已將平淡自然之陶詩列為眾首。東坡和陶詩凡124首，中皆追慕陶之隱居林泉。如〈和陶擬古九首〉其一（詩七／2260）言海南之生活「主人枕書臥，夢我平生友」、「問我何處來，我來無何有」，境如陶詩「采菊東籬下」之平淡自然。

東坡除詩外，其文如行雲流水。如《三蘇文範，譚藪》引羅大經言東坡早期政論文兼有《莊子》、《國策》文之特色曰：「《莊子》之文，以無為有；《戰國》之文，以曲作直；東坡平生熟此二書，故其文橫說豎說，惟意所到，俊辯痛快，無復滯礙。」

然東坡至中晚年，文有平淡之變。如宋趙德麟《侯鯖錄》言：「凡文字，

少小時須令氣象崢嶸，采色絢爛，漸老漸熟，乃造平淡。其實不是平淡，絢爛之極也。」〔註22〕與東坡評陶詩「質而實綺」相通。又東坡〈致黃庭堅書〉（文四／1532）中言：「凡造文字，當務使平和。」則東坡中年後，重道教內功調息，文風已見漸趨簡遠平和。

又東坡概括詩、書之美亦在平淡。故於〈書黃子思詩集後〉（文五／2124）論書則尚「鍾、王之跡，蕭散簡遠，妙在筆畫之外」。論詩則除「蘇、李之天成，曹、劉之自得，陶、謝之超然」外，尤以韋應物、柳宗元能「發纖穠於簡古，寄至味於澹泊」，以及司空圖之美「常在鹹酸之外」，正合於道家重恬淡之美。

二、虛靜幽獨

虛靜素樸為道家所尊尚。《莊子·天道》云：「夫虛靜恬淡，寂寞無為者，萬物之本也。……無為也而尊，素樸而天下莫能與之爭。」虛靜無為之美自為早歲好莊書之東坡所尚。如東坡44歲貶黃州，於天慶觀中四十九日，以恬靜之心煉功，而臻《莊子·庚桑楚》：「身如槁木之枝，而心若死灰」之境，得羽流之虛靜，漸至意守丹田，輕舉飛仙之天。

東坡之尚虛靜素樸·詩中多見，如早歲於〈上曾丞相書〉（文四／1378）中，即言人當「幽居默處」以觀萬物之變，方能「盡其自然之理」。又〈書黃道輔品茶要錄後〉（詩五／2067）即言觀物必「游於物之表」方能得奧秘。黃道輔研茶道之過陸羽（鴻漸），乃在「至靜無求，虛中不留」。又〈江上看山〉（詩一／17）言東坡能以虛靜之心觀，則前山後嶺皆各具姿態。〈入峽〉（詩一／31）「獨愛孤棲鶻」，言東坡獨愛鶻鳥之幽獨虛靜。〈海棠〉（詩四／1037）言東坡以海棠自喻。初至黃州，東坡即愛空谷海棠之「嫣然一笑」，至海棠之雨下悽愴、月下幽清乃至春睡嬌態，皆風姿高秀，與衰朽之東坡同屬「天涯流落」，以花自喻，正紀昀所謂「非東坡不能」，乃至〈往岐亭〉（詩四／1077）東坡之言細雨春寒，荒園濁酒，亦虛靜幽獨之寫。

又24歲之東坡，已於〈神女廟〉（詩一／39）一文中想像高唐神女之恬靜幽獨。〈將往終南和子由見寄〉（詩一／180）：「終朝危坐學僧趺」。27歲至終南太平宮讀《道藏》，能反觀內視，皆得虛靜之美。〈戲作種松〉（詩四／1028）言松脂神效，能使丹田發光。又東坡五十一歲於〈西山詩〉（詩五／

〔註22〕見《侯鯖錄》卷八載東坡致蘇二（子由次子適）書。江蘇，廣陵古籍。

1459）欲以松脂鍊「交梨火棗」之內功。〈書黃庭內景經尾〉（詩五／1596）言手書《黃庭經》送蹇道士。

　　東坡 57 歲知揚州於〈和陶飲酒二十首〉其一（詩六／1882）言世事纏身，「寸田無荊棘」，並不留戀仕途。〈次韻子由清汶老龍丹〉（詩六／2007）言子由學道能「寡好易足」。東坡 59 歲過大庾嶺，於〈過大庾嶺〉（詩六／2057）言嶺南「仙人拊我頂，結髮受長生」，遂以神仙思想遣憂。東坡至惠州〈和陶讀山海經〉其三（詩七／2136）言與葛洪、陶潛為伴，奉道學仙。又〈聞正輔表兄將至，以詩迎之〉（詩七／2142）言於月夜子時煉功，即可度嶺南之「黃芒瘴」。〈次韻高要令劉湜峽山寺見寄〉（詩七／2188）亦言排除雜念，利於結丹。〈和陶赴假江陵夜行〉（詩七／2359）言東坡步月，雖為紅衣女所驚，歸來袪雜以利丹田。〈謫居三適三首・午窗坐睡〉（詩七／2286）言午覺習內功。〈廣州何道士〉詩七／2398，稱美何道士能抱玄得一，遂至莊子「無何有」之境。

三、重學尚理

　　宋詩重「理」，常味同嚼蠟。嚴羽《滄浪詩話》、元好問〈論詩絕句〉、錢鍾書《宋詩選注》皆評宋詩之失在「以文字、才學、議理為詩」，然此亦為宋詩特色。東坡自幼循道重理。於《蘇氏易傳》中云：「循萬物之理」、「必然之理」以探索人情事物，而得其妙理。以下試舉詩為證。如：

　　〈灩澦堆賦並敘〉（文一／1）人皆以瞿塘峽口之灩澦堆為覆舟之處，東坡則以峽口能頂擋水勢奔騰，減輕災害，結言天地變化，皆具「物理之固然」。〈淨因院畫記〉（文二／367）言「山石竹木，水波煙雲，雖無常形，而有常理」，唯逸才者可以明理。又〈答虔倅俞括〉（文四／1793），以人皆言「辭達」耳，東坡申言「物固有是理，患不知之，知之患不能達之於口與手。」又〈書吳道子書后〉（文五／2213），則言「出新意於法度之中，寄妙理於豪放之外」，則東坡尚妙理、常理、物理、萬物之理、必然之理、固有之理。

　　而「理」之來，除得自逸才高人外，必深入觀察。如〈上曾丞相書〉（文四／1379）云：「幽居默處而觀萬物之變，盡其自然之理。」〈書黃道輔品茶要錄後〉（文五／2067）云：「非至靜無求，虛中不留，烏能察物情？」則東坡重「虛靜」以言物理。

　　欲明理又需務學好問，如〈鹽官大悲閣記〉（文二／356）即申言之。除學問明理，他事又必掌握度數——如言調五味在「能者即數以得其妙」，製

酒做菜必求恰如其分。〈書吳道子畫後〉（文五／2210），言畫人物在「旁見側出」、「得自然之數」。〈吳畫壁〉（詩六／2027），言吳道子得萬物之天契，可「妙算毫釐」。

　　細味東坡得哲理之詩甚夥。如〈題西林壁〉（詩四／1219）、〈惠崇春江曉景〉（詩五／1401）、〈飲湖上初晴後雨〉（詩二／430）、〈和子由澠池懷舊〉（詩一／96）等皆是。而〈送杭州杜、戚、陳三掾罷官歸鄉〉（詩二／511），此言掌司法三官，因審命案忤新派而罷官：「老夫平生齊得喪，尚戀微官失輕矯」，自言平生信莊子「齊得喪」之理，只因戀官而失自由。三人如遭憂忍飢，自去悲而「歌呼醉連曉。」〈日出東門〉（詩四／1162），言日出東門雖可瀉憂，然人必生死，何故遭憂，尤不必似謝安外甥羊曇悲慟謝安之逝，已有莊子達觀之思。

　　因東坡詩多述哲理，自有鋪排莊子、正史之成辭事類，且多次韻之篇以逞才鬥巧，如東坡和陶詩，直將〈歸去來辭〉編為韻文，成〈歸去來集字十首〉（詩七／2356）。元好問〈論詩絕句〉即評之曰：「縱橫正有凌雲筆，俯仰隨人亦可憐。」即言如一味次韻，失之逞才。

　　東坡熙寧八年（1075）作〈超然臺記〉（文二／351），引莊子知足常樂，迂迴以言多欲則不能超然。東坡仕途失意，性又桀驁，又引老子「雖有榮觀，燕處超然」以曠達應世。四年後，東坡又作〈前赤壁賦〉（文一／5）云：「苟非吾之所有，雖一毫而莫取」，尤為曠達。此豈非子由〈超然臺賦〉言天下之士，奔走浮沉而忘反，直「非以其超然不累於物故耶？」

　　東坡受道教道家影響之詩文，多賴此以言理。如〈辨道歌〉（詩七／2210），〈贈陳守道〉（詩七／2210）皆運《道藏》中白虎青龍、白雪黃芽、龜精鳳髓等典。而〈和陶讀山海經〉（詩七／2120），則將《抱朴子》一書韻文化。其第五首，言小女子洞中龜息三年事（同《志林》），亦東坡駕空發議之理。即元好問評之曰：「奇外無奇更出奇」也。

第七節　小　結

　　東坡思想以儒為主，為文多排老詆佛，似有不容，然觀其平生學道又學佛。細繹東坡之潛研道家道教，除受家庭道友影響外，多與宦途多蹇、境遇困阨相關。東坡早歲原懷濟世之忱，然逆境重重，遷徙四貶，抑鬱何消？抱負何展？觀東坡卒未病沮憂傷、一蹶不振，端賴學道求仙之宣洩解脫，自安自適。

　　而道教乃我國本土宗教，自東漢創教以來，已有 1800 年歷史，而以「修真悟道、羽化登仙」為目的。道家不言煉丹、符籙、反對鬼神巫術，而求精神上自由曠放。道教基本理論雖依附道家，但為一宗教組織，自不同於道家之為哲學派別。東坡思想以儒為主，但黃州後失意窮愁，為文多道教道家之想，本文欲一探之。

　　儒家求入世為聖賢，積極而有承擔；佛家以「禪定」求心境平和；道教則以修悟求人間仙境樂土，是以文士如受其影響不同，作品亦有不同趨歸。邱師燮友於〈李白詩中的仙話〉一文開篇即云：「受儒家思想影響的作家，作品中留有言志載道的『人話』；受道家思想影響的作家，作品留有隱逸遊仙或志怪的『仙話』或『鬼話』；受佛家思想影響的作家，作品中留有智慧靜慮的『禪話』。至於作品中留有『神話』，則淵源於先民原始的信仰和傳說。」

　　儒家求入世為聖賢，積極而有承擔；佛家以「禪定」求心境平和；道教則以修悟求人間仙境樂土，是以文士如受其影響不同，作品亦有不同趨歸。由是東坡作品中究有道教道家影響為何？其與道教道家相關又如何？經以上各節析論，試歸綜如次：

一、東坡體道淵源

　　北宋時崇道極盛，加以眉州好隱逸，東坡又受師友影響，故受道家影響，崇信道教。

二、東坡一生崇道歷程

　　東坡年少即從眉山道士張易簡三載，又居天慶觀北極院。受老莊「清靜寡欲」之教，出川道上即有訪道藏、學靜功、慕羽化之想。且於終南讀《道藏》，於作品中寫入「月」，欲乘風歸去。36 歲外任杭州、密州、徐州，以入時無望而效樂天及時行樂，又因多病早衰，受子由影響，學道轉殷。黃州被貶，窮愁病衰，除「釣魚采藥」，唯崇道求仙。登州、汝州、筠州之仕途起伏，尤欲投老江湖。再入汴京，欲欣然投入而未得，崇道之思見於好莊書、題畫詩。出守杭、穎、揚、定四州，即為避禍全身。貶嶺南，有不得歸之哀情，既北歸，猶不忘南地「攝心正念」之崇道。

三、東坡崇道之活動

　　東坡一生仕宦九遷，崇道活道頻仍。如讀道書，則始於年少即隨張道士三年、28 歲往終南山太平宮讀《道藏》千函、又於嶺南重讀《抱朴子》。並手

錄《黃庭經》、（嵇康）《養生論》，於《晉書》、《隋書》等史篇中，悟人受道訣升天事。東坡之崇道，又見於好交往精於道術氣功者——如雲龍道士之通仙、陸惟忠之通術，錢穆父之有金丹、蹇拱辰之悟養生、鄧守安之通道、吳復古之練氣服食、楊道士善音律等不下十數人。東坡又煉胎息功、日華功、閉息功，又重日常保健之衛生經及服食丹砂、枸杞、茯苓、地黃等，皆欲上壽成仙也。

四、東坡詩文中之道家道教思想

東坡思想雖以儒爲主，然自貶黃州後，思想遽變，多由老莊、道、佛以超然處逆，重立其人生觀與文學觀，其詩文中之道家道教思想爲——

窮達觀——東坡取《莊子》〈齊物〉〈天地〉〈大宗師〉諸篇之忘物我、忘得失以祛興去憂，尤其於其和陶諸篇。

物化觀——東坡又自《莊子》〈齊物〉〈在宥〉篇言「萬物爲一」，乃營造一安恬舒適人間仙境。

虛、靜、明觀——《莊子》〈人間世〉〈天道〉言「心齋坐忘」，東坡取之以平衡一己嬗遞不順。

隱逸觀——東坡取老莊出世之想，乃因仕途大起大落，故而徘徊仕隱。

安命觀——老莊重天命。虛、靜、明觀——《莊子》〈人間世〉〈德充符〉〈大宗師〉〈齊物論〉中皆言窮達命也，東坡詩文中由老莊言安命，道家煉丹成梨棗，以言「人生如寄，當煉丹成仙」。

仙道觀——由屢貶再遷，東坡詩文中服食求仙之想甚多。

隨緣觀——東坡由莊子言人爲萬物主宰，而掃滅情累隨緣忘憂。

五、東坡所言仙道之性

如所言仙道之情——東坡因宦海失意，所體佛道之情較深。未入道時積極濟世，愛親友，鄉土；而失意後又多處貶困退隱之情，得仙道之情。

而其所得仙道之理——多自老莊啓迪，詩文中多有情景化入仙道之哲理。

至其所言仙道之方——多爲養生服食之術，欲效仙道之逍遙。

而其所寫仙道之境——多幻寫仙境、仙人，如與李白對比，則東坡所寫仙道之情、理、方、境，視李白落實。

六、道家道教對東坡思想詩文之影響

東坡思想雖以儒爲主導，然自「烏臺詩案」後，思想遽變，已接受老莊

虛靜超遠之思以處逆。又常化用老、莊之想以言《黃庭經》之胎息功之「抱玄守一」。又由莊周之忘形忘我以言窮達憂樂、由《莊子》萬物爲一以言消長變化。又由《莊子》「心齋」以言去欲祛利之虛、靜、明。悟《莊子》逍遙以處仕隱。由《莊子》安時處順以言人生安命，且由道教服食求仙而隨緣以忘情累。此東坡奉儒而出入釋老、以道家玄思以治人間世事也。

東坡詩四二千七百篇、文四千餘篇、詞三百餘首。其一生宦海浮沉、悲喜之情皆風發於斯，歸納其受道家道教影響者，如受莊周文之澹然無極，而有自然平淡之風。晚歲又受道家道教影響，有和陶詩百二四首，爲文尤得行雲流水之變。又莊書樸無華，東坡追慕而至「無何有」（道教重）虛靜幽獨之境。且東坡能反觀內視，以幽獨爲高，又東坡好以萬理入文，除務學好問，多引老莊史篇以證。

由以上析論，則東坡與道家道教，自密切相關。

第四章　東坡詩文中之禪佛思想

東坡之習禪學釋，早爲眾所公認。錢謙益《牧齋初學集·讀蘇長公文》即云：「北宋以後，文之通釋教者，以子瞻爲極則。」即言東坡由青年之入世不得而入禪，必有其不得不然之理。本文之作，除前言後結外，

第二節　言東坡入禪之機緣，乃受時地親友影響，及個人遭遇及體悟。

第三節　言東坡入釋禪之禪跡 —— 由年少好禪讀佛書、中年喜禪遊廟寺、晚年參禪交方外而析論。

第四節　分由東坡早歲、中年、晚年以言其禪釋思想與生活之相關 —— 其早年習佛不佞重理悟。中歲而至形神俱泰以觀人生。壯年猶由妙悟玄理以處逆。晚歲終得解脫而入禪境。

第五節　言東坡詩文中之禪思佛意。

第六節　言東坡思想生活入禪之影響。則或於東坡之與禪佛，具一愚之得。

第一節　前　言

一、禪學之起

印度高僧達摩東傳禪學，經慧可、僧璨至弘忍、慧能，遂開創中國禪宗。而隋唐佛教極盛之八大宗派，迄宋惟「禪宗」獨盛。自是士人不惟涉入禪宗「安靜閒恬，虛融澹泊」思想內涵，且放情山水，與悠然自得生活相契，由是談禪、運禪、參禪之風漸盛，而入禪之作亦夥。

　　溯仁宗朝，儒衰佛盛，雖有孫復倡「儒辱」之說、石介作〈怪說〉之論而相繼斥佛。然亦有調和儒佛者，如楊億爲《景德傳燈錄》作序、晁迥作《法藏碎金錄》、二程早年耽於禪悅、歐陽修亦作《本論》以斥佛，後且自號「居士」。故林科棠《宋儒與佛教》亦言儒、釋、道三教統合。而禪佛於宋代詩文相涉爲何？於東坡又有何影響？

　　宋初詩文尚功利，如歐陽修〈鎮陽讀書〉云：「開口攬時事，論議爭煌煌」。宋詩唯晚唐體（賈島等）有方外禪趣。而白體（白居易）、西崑體（李商隱）則否。至宋代中葉，方蔚成「以禪入詩」之風，大有不參禪，無以言詩之勢。而開風氣之先，首推王安石與蘇軾。

　　王安石早歲積極入世，晚歲始日奉佛書，閒話參禪，具默識察物閒適心境，東坡因機緣所至，詩文多機鋒公案。蘇、王二人之習禪學釋自有不同。

二、東坡是否爲佛徒、禪宗？

（一）人見東坡具「東坡居士」雅號，則深信東坡信佛，爲佛徒。

　　如林語堂《蘇東坡傳》（遠景：序言。頁 314、322）「快樂天才──蘇東坡」中，屢言「蘇東坡是佛教」、「東坡和朝雲都算是佛教徒」。而鍾來因《蘇軾與道家道教・蘇軾與儒佛》（頁 324）云：「蘇軾一生，根本不學佛不信佛。」

　　而唐玲玲《蘇軾思想研究・坎坷的人生歷程》（頁 110）中，則言東坡但以佛學慰藉坎坷。〈哲學思想〉（頁 250）中，亦有類似之言。且引東坡〈與王定國書・其一〉（文四／1513）中云：「寓一僧舍，隨僧蔬食，感恩念咎。」〈與程彝仲書・其六〉（文四／1752）中云：「時作僧佛語。」則東坡是否信佛？是否爲佛徒？以下試由東坡年譜、詩文及他書以析證之。而後方探析其禪佛思想：

1、主東坡並非佛教徒者

　　東坡自號「東坡居士」，人或以其爲禪宗信徒，又或以其詩文多禪佛之思。實則其時「居士」非禪宗專名，乃崇道、信佛者之泛稱。〔註1〕溯東坡年少於眉州，曾往終南道宮苦讀《道藏》，欲隱山林，未欲習佛，習佛機緣在鳳翔簽判任，據東坡〈王大年哀詞〉（文五／1965）中言鳳翔府中監府諸軍王大年，

〔註1〕如東坡〈題張白雲詩後〉（文五／2166）中言張俞爲西蜀隱君子而自號「白雲居士」。又據《宋史・張俞傳》云：「文彥博治蜀，爲置青城山白雲溪杜光庭故居以處之。」杜光庭爲唐末五代名道士，足見張俞蜀時乃隱士、道者之流。

雖爲武將，而愛文信佛，尤喜東坡文。東坡自言「予始未知佛法，君爲言大略，皆推見至隱以自證耳，使入不疑。予之喜佛書，蓋自君發之。」然王大年並非精通佛法高僧，又盛年去世，與東坡交往爲時不長，則東坡年少於佛法，「喜之」並未深入。又見東坡黃州：〈答畢仲舉二首〉（文四／1670）所引，與述古之論不通佛書，此其一也。

2、主以東坡信佛

或引東坡〈和子由澠池懷舊〉云：

> 人生到處知何似？應似飛鴻踏雪泥。泥上偶然留指爪，鴻飛那復計東西。老僧已死成新塔，壞壁無由見舊題。往日崎嶇還記否？路長人困蹇驢嘶。（詩一／97）

人多以此爲「禪意盎然」之代表作，如李澤厚〈禪意盎然〉〔註2〕論證禪家如何達到「瞬刻的永恆」，「整個存在本身究竟是什麼？」時，即舉東坡此詩爲證。

葛兆光《禪宗與中國文化》亦以此詩探索東坡禪宗意識。〔註3〕

嘉祐元年，東坡21歲隨父赴京應考，取陸路，過成都經閬中，出褒斜谷。至二陵，馬死，旋又換騎驢，至澠池，館於興國寺浴室老僧德香之院。（見〈興國寺浴室院六祖畫贊〉文二／622，此時東坡已52歲，即31年後追憶之作）。

東坡26歲作鳳翔判官，由汴京出發，子由戀戀不捨，直至鄭州，蘇轍作〈懷澠池寄子瞻兄〉：「相攜話別鄭原上，共道長途怕雪泥。」云云。

此時東坡甫自於終南苦讀《道藏》不久，而作此首和詩，言老僧死、題壁壞，人困驢蹇，人生變化如飛鴻留腳印，此正莊子、道教之嘆生命消逝。

如觀東坡〈和子由澠池懷舊〉前一首〈辛丑十一月十九日，既與子由別於鄭州西門之外，馬上賦詩一篇寄之〉（詩一／95）中，已有「愼勿苦愛高官職」之誡語，亦老莊思想之一脈相承。

況此詩之作在東坡熱中道藏之時，詩中「老僧」之死與《道藏》中「眞人」「大仙」正爲對比。故此詩背景爲道而非禪。即王文誥言此作乃東坡28歲，始由王大年（王彭）指引近佛之前，查注亦言此「出於《傳燈錄》義懷語」，則此詩之作與禪宗無涉。此其二也。

元豐七年，東坡黃州已「待罪」五年，作〈黃州安國寺記〉（文二／391）

〔註2〕此文見《求索》，1986年第4期。已收入《走自己的路》一書。
〔註3〕葛文見該書頁97，上海人民1986年。

言「歸誠佛僧」、「思過而自新」，人或以此爲東坡習佛重要證據。則又未必，如記中云：

> 間一二日往，焚香默坐，深自省察，則物我相忘，身心皆空，求罪垢所從生而不可得。

東坡學佛，不經佛經，但由「焚香默坐」之「靜坐功」，未必爲佛家所專。（東坡於黃州天慶觀中，卻以 49 日煉道家靜功）。而「物我兩忘，身心皆空」，則近《莊子》物化，是以安國寺中之「靜功」，未必是學佛。

東坡又於黃州時於〈答畢仲舉二首・其一〉（文四／1672）中，憶其通判杭州、謫居黃州時學佛云：

> 佛書舊亦嘗看，但闇塞不能通其妙，獨時取其粗淺假說，以自洗濯，……若世之君子，所謂超然玄悟者，僕不識也。

則東坡所學佛理，但領會表層而「不能通其妙，正似農夫去草旋去旋生。」又接言與知杭之陳述古〔註4〕。則東坡承上設喻以言二人之學禪，言佛學之玄機，如「出生死，超三乘」等虛玄不實，曰：「公之所談，譬之飲食龍肉也」，而「公終日說龍肉，不如僕之食豬肉實美而眞飽也。」「學佛老者，本期於靜而達。」

則東坡於黃州以崇道爲主，不能通佛書之妙，故其「靜功」既求於佛，亦求於「道」（如《黃庭經》中，言存思功以及閉息等道教修煉法，皆爲靜功。）此其三。

（二）東坡輕佛

東坡未曾不敬道士、道經，而於佛徒、佛經則不然。如於〈鹽官大悲閣記〉（文二／387），中斥杭州佛徒不誠心於齋戒持律，亦不講誦佛書，但「飽食而嬉」耳。

又東坡應成都寶月大師作〈中和勝相院記〉（文二／384）中，以言「佛之道難成，言之使人悲酸愁苦」，各地長老又復「治其荒唐之說」，欺騙愚夫愚婦耳，故曰：「吾之於僧，慢侮不信如此。」

是以東始終未信佛，但願常探研其佛理耳。

〔註4〕陳述古，即陳襄（1017——1080），福州侯官人，歷任知縣、秘閣校理、知州。神宗時曾任知制誥，出知陳州、杭州，官玉樞密直學士。陳知杭時，東坡爲通判，二人常和詩。見〈答畢仲舉二首・其一〉（文四／1672）言閒居但讀佛書與合藥救人。陳則常論禪。

　　紹聖二年，東坡（60 歲）於惠州，虔誠學道，以「思無邪齋」命名其居處。又於〈虔州崇慶院新經藏記〉（文二／390）中，即自稱非學佛者曰：

> 吾非學佛者，不知其所自入，獨聞之孔子曰：「《詩》三百，一言之蔽之，曰思無邪。」

又言學佛老必「靜」、「達」二字，正與莊學相通，而「靜似懶，達似放」，又為莊佛融合後之行為表現，故東坡之於佛，常呈「若即若離」。而其真正力行求佛，則呈現於黃州往安國寺中，求虛靜無為。

　　東坡極口贊頌佛界玄秘之方外之境，如〈真相院釋迦舍利塔銘〉、〈大別方丈銘〉、〈南安軍常樂院新作經藏銘〉、〈廣州東莞縣資福寺舍利塔銘〉等，然此皆為人所託之稱美文字，非東坡委身佛門之佐證。

　　又東坡與僧徒交往，始於 36 歲通判杭州後。如〈僧惠勤初罷僧職〉（文二／576）（宋時僧有正副兩衙僧職），東坡竟以「今來始謝去，萬事一笑空」以賀其重得自由，則東坡本不信佛。

　　但東坡於杭州，曾留有不少與僧徒交往，鰥官妓至寺廟之傳說，詩話如《春渚紀聞》即言東坡至西湖壽星寺，因天候酷熱，而「解衣盤礴，久而始去」，小僧即見其背有星斗狀之痣云云。故東坡自始為人認定信佛，乃至為佛徒之言，未必。以儒為佛老衝擊，而於〈議學校貢舉狀〉（文二／723）中斥「今士大夫以佛老為聖人」而不知其書之「浩然無當」。

　　東坡雖得佛之妙理而不喜佛，其與〈跋劉咸臨墓誌〉（文五／2071）中言如范景仁，歐陽修，司馬光等人，雖不喜佛，而其聰明才智、德力品行，皆能合於佛法，即其自我寫照。

　　東坡詩文多談禪說佛，而不受拘限，如〈改觀音經〉（文五／2082）中，以觀音之慈悲救眾生之旨而改「咀諸毒藥，所欲害身者。念彼觀音力，還著於本人」之末句，為「兩家總沒事」。

　　又審視東坡稱美司空圖以道家之言論詩，於《詩品》中言「味外味」，而斥嫌詩之僧態，即〈書司空圖詩〉（文五／2119）：

> 司空圖表聖自論其詩，以為得味於味外。「綠樹連村暗，黃花入麥稀。」此句最善。又云：「棋聲花院靜，幡影石壇高。」吾嘗游五老峰，入白鶴院，松陰滿庭，不見一人，惟聞棋聲，然後知此句之工也，但恨其寒儉有僧態。

此其四也。是以東坡喜佛言佛理，而非佛徒。

然於現實中，東坡亦爲父、母、妻、子而用佛。如：

元祐汴京時，東坡爲翰林，托辯才爲母程氏「造地藏菩薩一尊」（〈與辯才禪師〉文五／1857。）則因其母俱信僧道。

又東坡次子蘇迨體弱，而於〈與辯才禪師〉（文五／1857）中言，先使迨「於觀音前剃落，權寄緇褐」，後迨已奏授承務郎，則「謹與買得度牒一道，以贖此子。」

且東坡之憎嫌學佛不當，又見於其在儋耳時——

元符元年，東坡作〈處子再生〉（文六／2324），題爲〈李氏子再生說冥間事〉，言李女病卒二日復生，道出地獄中有見「僧居十六七」，皆人作惡多端者，而受嚴懲，如儋僧之妻，因挪用施主錢物，變爲「黃毛驢馬」而「三易毛」，尚不得變爲人。正似但丁《神曲》中處第八層地獄之教皇卜尼法斯，被埋火坑苦狀，乃其所憎者，由是東坡亦憎嫌學佛不當者。

而東坡臨去亦不信佛。如《清波雜誌》謂杭州惟琳長老，自萬里之遙見東坡，企其臨終，能對菩薩道好話，安祥去人世，然東坡應曰：「西方不無，但個裏著力不得」，言西方極樂世界亦無用。

惠洪《石門文字禪》中亦載，錢濟明（世雄）至常州爲病危之東坡租屋。以東坡信佛，故言「『端明平生學佛，此日如何？』東坡即云：『此語亦不受。』遂化。」則一心崇道，守丹田，求羽化登仙之東坡，臨終亦不信佛。

由以上析論，東坡非佛徒禪宗，而重儒釋之兼通。蓋東坡受時風三教合流影響，揉雜儒、道、儒思想。如〈祭龍井辯才文〉（文五／1961）中云：儒、道、釋是「江河雖殊，其至則同。」建中靖國元年（東坡66歲臨終前6日）又於〈南華長老題名記〉（文二／394）中言南華長老明公「其始蓋學於子思、孟子者，其後棄家爲浮屠氏。不知者以爲逃儒歸佛，不知其猶儒也。」是以「宰官行世間法，沙門行出世間法，世間即出世間，等無有二。」言儒釋皆然也。又以儒釋佛，如〈黃州安國寺記〉（文二／391）中，東坡以學佛如學儒，無所難易，唯「一念正眞，萬法皆具。」

東坡且重儒、道、佛之合理，常將佛理歸於傳統哲學。如其〈論六祖壇經〉（文五／2082）中以人能「安養其根」則「見性乃全」。

又於〈記袁宏論佛〉（文五／2083）稱美袁宏《漢記》，言「佛時語」本於無爲之道。而此道乃中國所固有，不知其乃原本教義，無後人糝雜辨釋，正似「野人之鹿」（道家之清靜無爲，煉精養神），其美味「未有絲毫加於煮

食時」。故於〈書楞伽經後〉（文五／2085）中，直斥時人學佛之病在簡便得倡，爲名利學禪。故明陸樹聲《新刻東坡禪喜集・題東坡禪喜》中即云：「坡老平生喜談般若，得此中三昧，故信口拈成，無非妙勝。參寥亦謂老坡牙頰間別有一副爐鞴。觀其平生鍛煉佛祖，縱橫自在，具世智辯才，以翰墨作佛事，而他日復謂無始以來，結習口業，未空言語文字性。其自道若此。然此一公案，須此老自判，他人豈易承當。」

東坡一生，以儒起家，一生崇道（致力道藏之讀），以《楞嚴經》寄托思想，然皆不足代表其信佛。又其晚歲力圓融貫三教，以儒、釋相反相成。則東坡雖喜佛而不信佛，卻於佛理之妙，頗有精到卓識。

細繹東坡創作四十餘年，有詩二千七百首、詞三百闋、文四千二百餘篇，皆自成一家。自來論述東坡之作，多析分其技法，實則東坡思想兼及三教，其禪佛思想與實際生活，是否相涉？又影響後世如何？本文欲一探之。

第二節　東坡習禪學釋之機緣

一、時風習染

宋代除以「詞」主文壇、散文議論化、詩以禪悟，皆爲特色。儒、釋、道教亦排斥滲融而入。以下試言其分合，以見宋代禪詩橫向發展於東坡之影響。

（一）禪佛流行

1、帝王維護

中國佛教發展由唐代極盛之八宗，即禪宗以達摩爲主，稱爲一花（枝），衍成多派（見《景德僧燈錄・28 祖菩提達摩》），至五代仍有五宗七派（潙仰、臨濟（佛印）、曹洞、雲門、法眼與黃龍、楊岐，即史稱「一枝五葉」或「一花五葉」。）至宋代，帝王維護宗教。如李燾《續資治通鑑長編》卷二，即言太宗命鄭守鈞建譯經院・卷二十三又言眞宗以儒、佛之書「跡異道同」，皆可治國。

2、禪宗俗化

今人葛兆光《禪宗與中國文化》（頁 44）謂，宋時禪僧已士大夫化，不惟歷游山川，且結友唱和。如：「慧泉，讀書極多，知識淵博，被人稱爲泉萬書。」

而禪宗之俗化尤其表現於：

（1）文字禪——習禪不離文字之釋解。蓋禪宗本義謂，如執著俗文字，則不易得「禪」之眞義。至宋代則變其義爲：「習禪不能離文字。」贊寧《宋高僧傳・習禪篇》及東坡〈書辯才次韻參寥詩〉（文五／2144）即云：「文字不離禪」。又楊岐派克勤《碧岩錄》卷三，即變禪宗「不立文字」爲「不離文字」，言必以形象思維，方足以闡明禪理公案。

（2）看話禪——禪語必玄妙而不可知解。即南宋寺克勤弟子大慧宗杲，極爲批評曹洞宗之「默照禪」而倡「看話禪」，此指必由閱讀公案，提撕參究不可知解之語，方能破除妄念，返照觀心，而臻妙悟眞如、明心見性。

（3）大量出現《燈錄》——如道原《景德傳燈錄》30 卷。普濟《五燈會元》20 卷等。

此一宋代禪宗俗化，自影響宋代詩文理論及創作。

二、地緣影響

東坡生於距成都西南 200 里之眉山。去眉山西南百餘里，即爲中國佛教四大名山之——峨眉山。此地景色清幽秀麗。是以東坡既於〈東湖〉（詩三／111）中云：「吾家蜀江上，江水綠如藍。」又於〈秀州報本禪院鄉僧文長老方丈〉（詩八／2412）中云：「每逢蜀叟談終日，使覺峨眉翠掃空。」

又眉山盛產佛教毗沙門所謂「七寶之一」名物——蓮花。而峨眉山全山寺廟二百，且曾爲普賢道場。山腳下又有「樂山大佛」鎭山。而中國第一部官版（蜀版）《大藏經》，亦即於宋初刊刻於益州（成都）。

由以上地理因緣，則東坡家居佛教勝地，自有佛緣。

三、家學淵源

1、父 母

東坡之父蘇洵，雖篤信儒而不排佛，且結交名僧惟簡、圓通、居訥。蘇洵晚年因骨肉零落，於《嘉祐集・極樂院造六菩薩記》中見其置龕座二所於阿彌如來之堂。攜家南行又塑觀音、勢至、天藏、地藏、解冤結、引路王六菩薩，以慰親人七魂。

東坡之母程氏亦信佛，東坡於〈異鵲〉（詩五／1659）中云：「么鳳集桐花」。又於〈眞相院釋迦舍利塔銘〉（文二／578）言其父母皆「性仁行廉，崇

信三寶」。東坡且於〈十八大阿羅漢頌〉（文二／586）中言程氏之父，因少時游京師遇蜀亂，曾得僧人之助得歸，是以歲設大供。而程氏夫人受家教，惡殺生。〈第十八尊──破石榴以獻〉（文二／591）亦云：「軾家藏十六羅漢像，每設茶供，則化爲白乳。」則知東坡父母確信佛而虔誠。故東坡於〈阿彌陀佛頌〉（文二／585）中言當父母去世，則將其生平所遺留簪珥等遺物，施之佛寺。則東坡自幼耳濡目染，自有信佛之誠。

2、蘇　轍

東坡兄弟情同手友，常夢魂相牽，詩文相贈。如東坡黃州所作〈與子由弟十首〉（文五／1834），即謂常與子由論佛言釋。又《欒城集》〈試院唱酬十一首・次前韻三首〉：「老去在家同出家」。〈次韻子瞻三首・其二〉云：「手披禪冊漸忘情」。

東坡黃州於〈與子由弟十首・其三〉以「任性逍遙，隨緣放曠」乃「不屬有無，不通言語。」則二人以禪語互通。又東坡於〈子由六首・其四〉（文六／2514）中云：「兄自覺談佛不如兄弟。」又東坡言「本覺必明，無明明覺」（見〈思無邪銘〉文二／274）而「明覺」乃刹那間之證悟。並以「自粗及細，念念不忘」爲北宗漸修之法。又以儒學以釋佛。則東坡之習佛，子由有催化輔成之助。如東坡〈思無邪齋銘〉（文二／574）言東坡問法於子由，子由報以佛語「本覺必明」，東坡遂由孔子「思無邪」而「有思而無所思」攝心正念，得道名齋。

3、妻　妾

東坡有兩妻一妾──王弗、王閏之、王朝雲。以下試析分之：

據王保珍《增補蘇東坡年譜會證》（臺大文學院）、林語堂《蘇東坡傳》（遠景）、李一冰《蘇東坡新傳》與東坡〈亡妻王氏墓志銘〉（文二／472）皆言：

王弗──東坡年 19 娶進士王方之女 16 歲之王弗，爲元配。王 27 歲亡，是否信佛，未見文獻。

王閏之──東坡〈書金光明經後〉（文五／2086）言閏之享年 46。東坡於其冥壽親書《金光明經》於虔州崇慶禪院，且放生魚，求其轉世，又作〈蝶戀花〉（詞三／350）以頌福云：「放盡窮鱗看圉圉，天公爲下曼陀雨。」且請李公麟畫釋迦文佛及十大弟子畫像，懸於金陵清涼寺。又設水陸道場供養，並作〈釋迦文佛頌〉（文二／586）、〈阿彌陀佛贊〉（文二／619）。皆見王閏之信佛。

王朝雲——東坡 39 歲納妾朝雲。至 61 歲（朝雲 34 歲亡）葬朝雲於棲禪山寺東南之豐湖，並作「六如亭」。〔註 5〕朝雲初不識字，向泗上比丘尼義沖習佛法，嗣後隨東坡往惠州亦常唸誦，至彌留猶誦《金剛經》。

又東坡〈朝雲墓志銘〉（文二／474）中云：「浮屠是瞻，伽藍是依，如汝宿心，惟佛之歸。」又作〈悼朝雲〉（詩七／2202）云：「贈行惟有小乘禪」、「彈指三生斷後緣」，則朝雲好佛，自無疑義。

又東坡次子蘇迨生而不良於行，東坡命落髮於觀音座下，辯才為其祝福，且取名「竺僧」。

據《宋史・蘇過傳》言蘇過為東坡季子，號「斜川居士」，時人稱為「小坡」。「過」有七子一女（喬、籍、節、笈、筆、箭、篷），中「喬」及女「德成」即為佛門弟子。又東坡〈藥師琉璃光佛贊〉（文二／620）云：蘇過為子女「病久不愈」而供祈藥師佛而「痊損」。東坡不惟為「造畫尊像，敬拜稽首」，且為之贊。則東坡家族之好佛，自影響東坡入佛。

四、個人體悟

（一）由儒入佛

東坡年少有儒家積極入世之想。如子由〈東坡先生墓志銘〉即云：「奮勵有當世志」。東坡又好學，如於〈上韓樞密書〉（文四／1382）云：「百氏之書無所不讀。」

又〈子由生日以檀香觀音像及新舍印香銀篆盤為壽〉云：「君少與我師皇墳，旁資老聃釋迦文。」（詩六／2015）。東坡 21 歲中進士入仕途，於〈沁園春〉中云：「有筆頭千字，胸中萬卷，致君堯舜，此事何難？」（詞一／頁 58）

嘉祐四年（1059）東坡 24 歲，經屈原遺跡，猶於〈屈原塔〉（詩一／22）言己志曰：「楚人悲屈原，千載意未歇。……名聲實無窮，富貴亦暫熱。大夫知此理，所以持死節。」詩中既美屈原之「持死節」、「千載意未歇」，亦流露一己積極進取之意。

又同年，東坡於〈夜泊牛口〉（詩一／9）中云：「富貴耀吾前，貧賤獨難守。」次年侍父攜弟入京，經淝陽，作〈淝陽早發〉（詩一／70）云：「囂囂

〔註 5〕《金剛經・應化非真分》三二：「一切有辦法，如夢、幻、泡、影，如露亦如電，應作如是觀。」即言「六如」，見《佛教十三經》，國際文化出版公司，頁 182。

好名心，嗟我豈獨無？」

　　然於往鳳翔任上，轉有近佛之想。如〈將往終南和子由見寄〉（詩四／180）云：

　　　　人生百年寄鬢鬚，富貴何啻菹中荾……下視官爵如泥淤，嗟我何爲久踟躕？

又東坡自烏臺詩案後，爲求慰藉，思想益入禪，甚而山水飲食皆具「禪悅之味」。如《冷齋夜話》卷七云：

　　　　（蘇軾）嘗要劉器之同參玉版和尚。器之每倦山行，聞見玉版，欣然往之。至廉泉寺，燒筍而食。器之覺筍味勝，問此筍何名？東坡曰：「即玉版也。此老師善說法，要令人得禪悅之味。」（《筆記小說大觀22編》第一冊，新興，頁620）。

（二）融合儒釋

　　隋唐盛極之佛學，至宋而爲「理學」所取代，而宋之儒釋合流，已甚明顯（見方立天著《中國佛教與傳統文化》，頁328，桂冠）。

　　東坡受時風影響，亦主儒釋合流。除於〈宸奎閣碑〉（文二／501）中言懷璉之使：「士大夫喜從之游」，乃因其調和儒釋。又〈祭龍井辯才文〉（文五／1961）中，謂儒釋合流匯合，正如「江河雖殊，其至則同。」由是稱美以贊成辯才之能「事理皆融」。

　　〈書柳子厚大鑒禪師碑後〉亦云：

　　　　釋迦以文教，其澤於中國，必托於儒之能言者，然后傳遠。（文五／2084）。

又〈南華長老題名記〉（文二／393）中言儒釋不謀而同云：

　　　　明公告東坡居士曰：「宰官行世間法，沙門行出世間法，世間即出世間，等無有二。」

此言「世間」、「出世間」雖異，然佛法在世間求；佛教與政治相輔，儒釋未可偏廢，即二者宜融和以達「致用應物」目的。故其〈答畢仲舉書〉（文四／1671）云：

　　　　公之所談，譬之飲食龍肉也，而僕之所學，豬肉也，豬之與龍，則有間矣。然公終日說龍肉，不如僕之食豬肉，實美而眞飽也。不知君所得於佛書者果何耶？爲出生死，超三乘，遂作佛乎？

此東坡設喻以言區分習佛之態度有二：以求現實之「實美而眞飽」者，似「豬

肉」；而以求「超然玄悟」者，爲不可得之「龍肉」。故由「出生死、超三乘」而成佛，乃現實中之可行。故〈思無邪銘〉（文二／574）中由佛語：「本覺必明，无明明覺」而悟孔子所言《詩》三百，一言以蔽之，曰思無邪。」是以東坡始終以儒家現實立場力求「儒釋兼通」而至「遇物而應，施則无窮」（文四／1961）境。至晚歲，東坡仍求以禪佛安身。

東坡受時風習染、家學淵源、僧友交往與自己仕宦受挫等機緣習佛，故能融和儒佛，且以佛學之超越爲思想、爲生活基調之一，非無故也。

第三節　禪釋與東坡生活──「身」見禪跡

夫禪宗之「禪」無處不在。並非人所謂，但限於固定之打坐出息之外在形式。東坡之好禪、喜禪、參禪，皆不離日用。如日常小憩，或作詩論道，與人交接，悠遊寺院，皆參禪入化，得道頓悟。是以東坡之與禪釋，不獨見諸其詩文具禪理、禪味，亦在其生活融入實化。

人或以東坡詩文之禪味過濃，理語過多，有損意韻。然細味之，並無理障，蓋其所作皆出於生活之體悟，是以格局廣而意境高。劉熙載《藝概·詩概》卷二，即云：「東坡詩善於空諸所有，又善於无生中有，機栝實從禪語中來。」又施國祁箋《元遺山詩集》卷十〈答俊書記學詩〉引元好問云：「禪爲詩家切玉刀。」（廣文，頁10），以此評東坡詩，洵然也。

蓋東坡處於北宋新舊黨爭、積貧積弱之際，仕途多蹇。如東坡雖反對王安石變法，亦未全贊同司馬光之「元祐更化」。其通判杭州，即已藉談禪以忘世。「烏臺詩案」後，尤於禪佛中求解脫。元祐中，東坡雖暫回朝，旋即流貶至惠州、海南，時儒家積極入世思想，既不能袪其煩憂，遂改由禪佛中另尋出路。以下試由禪佛於東坡身心之影響，析論如下：

一、好禪讀佛書

據《宋史·蘇軾傳》、王保珍《增補蘇東坡年譜會證》言──嘉祐六年（1061）12月14日，東坡26歲，初仕任鳳翔簽判，亦正式言佛。如東坡識其相鄰武將王大年，與之論佛，輒撫掌歡然。即〈王大年哀辭〉（文五／1965）云：

> 予始未知佛法，君爲言大略，皆推見至隱以自證耳，使人不疑。予之喜佛書，蓋自君發之。

又鳳翔法門寺，為皇家內道場，以近長安，寺內又供奉佛指骨舍利，每三十年一開，為唐代盛事。韓愈即為此而辟佛。蓋東坡為人父母官，又生於佛教之家，自然易於習佛。惟東坡言「予始未知佛法」乃信佛而不明佛理。蓋東坡於〈中和勝相院記〉（文二／384）（即 20 歲時）已與僧惟度、惟簡交往，言「二僧皆吾之所愛」。又〈與王庠五首・其一〉云：「軾少時欲逃竄山林，父兄不許，迫以婚宦。」（文五／1820）。故東坡少時已兼讀儒道之書。〔註6〕故〈王大年哀辭〉所言東坡「喜佛書」實非始於此時，而始於其少年。如〈子由生日，以檀香觀音像及新合印香銀篆盤為壽〉（詩六／2105）中謂：「君少與我師皇墳，旁資老聃釋迦文」，則東坡少已讀佛書，再經王大年發之，則較深入佛法。

東坡 27 歲至終南山太平宮溪堂讀書，〈將往終南和子由見寄〉（詩一／180）中已言偶學僧人趺坐，自比白樂天以排愁，視「官爵」為「泥淤」等「身外之物」。則佛教思想，時於其左右。

二、喜禪遊廟寺

東坡詩文常見吟詠祖師禪家之事，如入道場說法、入佛塔廟寺等禪跡。即杜松柏《禪學與唐宋詩學》（頁 321）中謂禪僧佛人之交往曰：「或吟詩以表慕仰，或綴句以示悟境，或彼此酬和，或應禪人之請，將其建廟作堂，游方坐化，付之吟事，故總名為禪跡詩。」以下試舉其一二言之：

〈病中游祖塔院〉（詩二／475），此乃東坡 38 歲任杭州通判時作。前一、二聯寫以「烏紗白葛道衣」，病中出游。三聯：「因病得閑殊不惡，安心是藥更无方。」「安心」二字出自《景德傳燈錄・菩提達摩》（匯文堂本，頁 47），言達摩以佛家自求安心。《昭昧詹言》即云：「此五六句，逐題病中，兼切二祖，收將院僧自己綰合。」言病中得閑飲清泉自在。〈東坡居士過龍光留一偈〉云：「斫得龍光竹兩竿，持歸嶺北萬人看，竹中一滴漕溪水，漲起西江十八灘。」即有頌美禪宗之意。

又同年寫〈書雙竹湛師房二首〉其一（詩二／524），此為東坡為廣嚴寺住持所寫。據查慎行《蘇詩補注》卷十一，謂吳越王所建之廣嚴寺，有雙奇竹生枯樹中，森然駢聳。而此詩「湛師此室才方丈，一炷清香盡日留。」運

〔註6〕　曾棗莊著〈蘇軾對釋道的態度〉，見《蘇軾思想探討》，頁 23，四川師範大學出版社。

筆輕轉，已由《維摩經》將方丈之室：「三萬二千師千座，高八萬四千由旬」，移狀湛師之室，雲煙飄散，清淨肅穆。

　　東坡 59 歲南行過禪宗聖地曹溪南華寺，景仰六祖「即心即佛」而作〈南華寺〉（詩六／2061），中「要識本來面」出自《壇經・行由品》，言六祖示弟子慧明「本來面目」在「不思善，不思惡」。而末聯「借師錫端泉」亦出自《傳燈錄》云：「六祖初往曹溪，卓錫泉湧，清涼甘滑，贍足大眾」。全詩由六祖開悟，頓見本心，忽悟「我本修行人」，終而潛心向佛。

　　東坡 43 歲於徐州作〈聞辯才法師復歸上天竺，以詩戲問〉（詩三／824），蓋辯才原為杭州上天竺寺住持，達十七年，而為文捷排擠離寺，後又返寺為住持，東坡聞此而作此〈戲問〉。前二聯以擬人法，寫辯才德行深廣。去後，山色、白雲、青松皆灰死黯然。三、四聯引《楞嚴經》、《法華經》、樂天詩以言辯才返寺後之氣象一新，乃「借禪為詼」。而「神光出寶髻」即《楞嚴經》曰：「世尊從肉髻中，踊百寶光，光中湧出千葉寶蓮。」「法雨洗浮埃」出自《北本涅槃經》卷二云：「无上法雨，雨汝身田，令生法芽。」言佛法廣被，使人去污出迷，猶上天竺寺受法雨滋露。五聯用樂天〈天竺詩〉：「西澗水流東澗水，南山雲起北山雲。前臺花發后臺見，上界鐘清下界聞。」以言辯才返寺後「鳥語山容開」、「花發前后臺」。九聯「昔年本不住，今者亦无來。」言宇宙本無物，昔不住，今无來，猶六祖所云：「本來無一物，何處惹塵埃。」

　　孫昌武〈略論禪與詩〉以「文字禪」乃蘇、黃分途標尺，即蘇軾重禪悟；黃庭堅重文字（《社會科學戰線》，1988 年 4 期）。實則東坡於禪風禪友影響下，重文字悟入為詩。如〈百步洪〉（詩二／891）以流水消逝喻人生，中「坐覺一念逾新羅」句，言一念間已過朝鮮古國新羅，此乃出自《景德傳燈錄》卷二十三：「有僧問（從盛禪師）：『如何是覿面事？』師曰：『新羅國去也。』」

　　又如〈贈東林總長老〉云：「溪聲便是廣長舌，山色豈非清淨身。夜來八萬四千偈，他日如何舉似人。」（詩四／1218）此詩作於東坡 49 歲游廬山時，（即與〈題西林壁〉同時），「東林總長老」即「照覺禪師」。據查慎行《蘇詩補注》卷 23，及《五燈會元・東林常覺禪師》（中華，頁 1111）言照覺師自年十一出家，元祐四年賜號。「廣長舌」據《智度論》卷八言，為三十二相之一，舌廣而長，柔軟紅薄，能覆面至髮際。出語直實，不作虛妄語之謂。《法華經・神力品》、《阿彌陀經》所言亦類。「清淨身」為佛家三身（圓滿報身、自性化

身、清淨法身）之一，指離煩惱惡行，一似如來法身。「八萬四千偈」出自《楞嚴經》乃記佛門之數。此詩以「廣長舌相」、「清淨法身」以喻佛法之無所不在。佛法之運，又不舍晝夜。此詩以禪師爲素材，已廣傳僧俗之中。

三、參禪交方外

東坡涉足禪佛甚久，所交僧友不下百人，如維琳、圓照、楚明、守欽、思義、聞復、可久、清順、法穎等。如東坡自云：「吳越名僧與余善者十九。」或以詩友，或以世交，常偕之游寺宇解憂，中所得嶺南僧友之助爲多。如初識惟度、惟簡，南行時有鄉僧宗一送行（見〈初發嘉州〉詩一／6）。入京識大覺。通判杭州，又與辯才、契嵩、佛印遊，至黃州後與參寥等。以下試舉一、二，以見其與東坡習佛之相關：

惟度、惟簡

東坡 20 歲初至成都，游大聖慈寺，觀其所藏唐僖宗及其從官七十五人之像，即初識文雅大師惟度、寶月大師惟簡。於〈中和勝相院記〉（文二／384）中言：「二僧皆吾之所愛。」蓋惟度「器宇落落可愛，渾厚人也。」而惟簡爲惟度同門友，其人精明過人，事佛謹嚴。又據〈四菩薩閣記〉（文一／285）言東坡曾施贈惟簡「吳道子畫四菩薩像」。又據〈寶月大師塔銘〉（文二／467）言惟簡之孫悟清，亦曾遠至黃州訪東坡，足見二人過往從密。

懷璉（入京）

即大覺（1009～1090），常往來皇室親貴間。普濟《五燈會元》卷十五謂仁宗曾召對淨因禪院、化成殿中，問佛法，且賜號「大覺禪師」。

又據〈宸奎閣碑〉（文二／501）言，仁宗曾賞賜龍腦盂，懷璉以出家人不宜用，於使者前焚之。

又其人文而眞、行而峻，故東坡〈與大覺禪師三首・其二〉（文五／1879）中即推爲「道俗所共依仰」。故東坡常聆大覺之宏法。而於〈祭大覺禪師文〉（文五／1960）中言二人「頌詩往來」，大覺圓寂後，東坡「涕泗哽噎」，足見兩人過往從密。

辯才（錢塘時識）

即元淨（1011～1091），字无象。歷主杭州上天竺寺。元豐間，上賜紫衣與「辯才大師」之號。東坡初識辯才即一見如故，作〈贈上天竺辯才師〉（詩

二/464）言：「見之自清涼，洗盡煩惱毒」。辯才博通諸典，精於神通〔註7〕摩頂法。東坡「四歲不知行」之子（迨）經其治之，「起走趁奔鹿。」

又辯才退居龍井聖壽院，誓不出虎溪。元祐五年（1090）東坡過訪，辯才送至鳳篁嶺。東坡〈次辯才韻〉（詩五/1714）云：「送我還過溪，溪水當逆流」。又東坡〈祭龍井辯才文〉（文五/1961）言其人「垢淨皆空」、「事理皆融」、「遇物而應」，遂寄慨曰：「山無此老，去將安從？」

慧辯（錢塘）

即海月（1014～1073），講教 25 年，學徒千人。東坡於〈海月辯公真贊〉（文二/638）中言其人出入「非濁非清，非律非禪」，故受人尊崇，人亦喜從之游。

契嵩（錢塘）

即仲靈，號「潛子」。為明「儒釋一貫」，有〈厚教〉、〈孝論〉、《鐔津文集・輔教編》，言佛、儒、百家「心則一，跡則異」，同於東坡之三教調和。東坡 36 歲通判杭州時，契嵩已隱靈隱，二人相處僅半載，然於〈書南華長老重辯師逸事〉（文五/2053）中則懷其人「常瞋，人未見其笑」，記其事，乃為《史記・吳太伯世家》所謂「掛劍懷友」也。

惠勤（錢塘）

東坡〈六一泉銘〉（文二/565）言由歐陽修引介而識「甚文，長於詩」之惠勤。東坡到官三日，即與「抵掌而論人物」，且相與涕泣不忘歐公之賢。東坡又於〈錢塘勤上人詩集敘〉（文一/321）中稱美其人「聰明才智有學問者」，已見二人之相惜。

道潛（嶺南）

號「參寥子」，世壽不詳。東坡 59 歲貶嶺南，道潛連坐受罰，一時還俗。

徽宗建中靖國元年（1101）蒙赦，復僧籍，哲宗賜號「妙總禪師」。東坡〈參寥子真贊〉（文二/639）言其人有「不可曉者五」——「身寒而道富。辨於文而訥於口。外尪柔而中健武。與人無競，而好刺譏朋友之過。枯形灰心，而喜為感時玩物不能忘情之語。」東坡僧友中，與參寥最善，故其貶黃州時，多思

〔註7〕 止觀法——為禪定之一神通。見《大乘義章》及《宗鏡錄》，五神通為天眼、天耳、他心、宿命、神足。而「摩頂」見《法華經・囑累品》，言佛為囑付大法，以手撫其人之頂。又參見子由《欒城集後集・龍井辯才法師塔碑》。

念之，參寥亦不遠千里伴東坡居貶所。賦詩、擷茶。於〈與參寥子〉（文五／1859）、〈參寥泉銘〉（文二／566）、〈答李端叔書〉（文／1540）中屢言之。

　　佛印（杭州）

　　即了元（1032～1098），字覺老。其十九歲入廬山開先寺。博覽故典，出為宗匠，九坐道場，名動朝野，神宗欽其道風，贈號「佛印禪師」。東坡佛印交情深篤，佳話甚多。如《五燈會元》卷十六曰：「佛印入室，適東坡來無坐榻。佛印出一問，若能答則請坐；道不得，即輸腰下玉帶子。」已見二人捷才機智。〔註8〕

　　又《宋稗類抄》曾引佛印致書東坡，言「佛法在行住坐臥處，著衣吃飯處。何不一筆勾斷，尋求自家本來面目？」故東坡受佛印、臨濟宗影響，生活曠達，禪味自足。又東坡〈至勤師院二首〉及《佛祖統紀》卷十二云：「東坡初來杭，與梵臻最厚。」《五燈會元‧惠林宗本禪師》所言之淨慈寺宗本禪師。〈書歸去來詞贈契順〉（文五／2201）中之契順，由蘇州涉江度嶺，徒行露宿至惠州尋東坡之契順。〈病中獨游淨慈〉（詩二／474）云：「自知樂事年年減，難得高人日日閑。」之見周長官等皆是。故錢謙益《牧齋初學集‧讀蘇長公文》云：「北宋以後，文之通釋教者，以子瞻為極則。」其言是也。

第四節　東坡禪佛思想

　　東坡習佛體悟。東坡一生思想兼儒、釋、道變化，仕途又隨政情浮沉在朝則顯儒之濟世；在野則隱見釋道之潛沉。以下試由東坡早、中、晚歲以言其心習禪佛之變。

一、習佛不佞重理悟（早年習佛）

　　東坡20歲識僧惟度、惟簡，25歲與子由過澠池僧舍，作「人生到處知何似？應似飛鴻踏雪泥。」此詩已了悟時光易逝。查慎行《補注東坡編年詩》卷三，以此語本《傳燈錄》義懷禪師云：「雁過長空，影沉寒水。雁無遺蹤之意，水無留影之心。若能如是，方解向異類中行。」東坡詩已具禪意，後因所交禪僧不下百人，皆能文善詩。〈付僧惠誠遊吳中代書〉即言東坡詩有三祖

〔註 8〕此為禪宗之臨濟宗進行說教之方式，接引學人之方法，單刀直入，機鋒峻烈。以迅速手段或警句使學人省悟。見《佛光大辭典》，頁6507。

僧璨、五祖弘忍之通，而無賈島、無可之寒。

東坡之於佛，於〈韓愈論〉（文四／114）中，贊同韓愈之以儒斥佛曰：「其（韓愈）待孔子、孟軻甚尊，而拒楊、墨、佛、老甚嚴。」

又於〈議學校貢舉狀〉（文二／723），言興天下之學，乃因天下人之逐莊周趨佛老，卒趨於寂滅涅槃。

東坡似嚴斥佛法、佛僧，細繹之又未必。如〈中和勝相院記〉（文二／384）中云：「二僧（惟度、惟簡）皆吾之所愛。」則東坡是否斥佛？〈宸奎閣碑〉（文二／501）亦云：

> 北方之爲佛者，皆留於名相，囿於因果，以故士之聰明超軼者，皆鄙其言，詆爲蠻夷下俚之說。璉獨指其妙與孔、老合者，其言文而眞，其行峻而通，故一時士大夫喜從之游。

又〈鹽官大悲閣記〉（文二／386）云：

> 其徒或以齋戒持律不如无心，講誦其書不如无言，崇飾塔廟不如无爲。

又〈答畢仲舉〉（文四／1671）云：

> 學佛老者，本期於靜而達，靜似懶，達似放。

反對出生死、超三乘，遂作佛。

則東坡早年習佛，仍依理性抉擇者二：

1、斥俗僧（不講經、持戒、崇飾塔廟、飽食而嬉者），而尚儒僧（合孔老、有眞文、通峻行者）。

2、反對荒唐之說──即執著「名相」、「因果」之淨土信仰。

此外尚有〈泗州僧伽塔〉（詩一／289）：「若使人人禱輒遂，造物應須日千變。」〈和陶神釋〉（詩七／2307）：「仙山與佛國，終死無是處」。皆一脈相承，至臨終前二日仍然。如：〈答徑山琳長老〉（詩七／2459）云：「大患緣有身，無身則無疾。平生笑衆什，神咒眞浪出。」又子由《欒城集‧東坡墓誌銘》（見《蘇軾詩集》附錄一，頁2812）中言東坡請老致仕不起，猶云：「……『吾世無惡，死必不隨。』遂湛然而逝。」信禪佛，始終未入迷也。

二、形神俱泰觀人生（中年習佛）

佛教「如來藏」乃指人原有之如來法身（自性）清淨不變。而人之煩惱只因「如來藏」之受遮蔽。

印度禪法依此「心性本寂」而漸修，欲去世俗無明之障，而復本心之寂靜。

中國佛教原主心性本覺。禪宗北派神秀因之，主去塵守淨；南派慧能則由人之本心清淨自覺而識本心，則時時可以成佛。

東坡 29 歲喪妻，30 歲又遭父喪。繼則逢王安石力行新法。於烏臺詩案貶黃州後，雖仍斥佛。其於〈六一居士集敘〉（文二／315）中仍尊孔孟「著禮樂仁義之實，以合於大道。」又於治平四年（1067）居喪中作〈中和勝相院記〉（文二／383）中斥佛之弊在「佛道難成，言之使人悲酸苦」，其慢侮不信佛，直斥其徒為「外道魔人」也。《五燈會元》卷十七，將其列為東林常總禪師法嗣，則東坡 48 歲即於盧山東林寺見常聰禪師。

然 36 歲之東坡於通判杭州時，即陶情於古刹名僧，以冰解百憂。如〈與毛令方尉游西菩寺〉（詩二／584）：「天教看盡浙西山。」〈懷西湖寄晁美叔同年〉又云：「三百六十寺，尋幽逐窮年」。又於〈望湖樓醉書〉（詩三／141）、〈喜劉景文至〉（詩六／1815）、〈海會寺清心堂〉（詩二／578）、〈祭龍井辯才文〉（詩六／1961）等文中言與佛僧賦詩，看遍山水，目的正〈海月辯公眞贊〉（文二／638）中云：「百憂冰解，形神俱泰。」

東坡 38 歲作〈病中獨游淨慈，謁本長老，周長官以詩見寄，仍邀游靈隱，因次韻答之〉末四句：

自知樂事年年減，難得高人日日閑。欲問雲公覓心地，要知何處是無還。（詩二／474）

據《華嚴經》云：「文殊告善財童子，言：『妙峰有比丘曰德云，汝可往問，云何學菩薩門？』」《楞嚴經》亦引佛告阿難心性所還地有「八種無還」（見此詩施元之注）。東坡因「自知樂事年年減」，故欲去苦惱，求靜心而「覓心地」與「無還處」。又同期作〈病中游祖塔院〉（詩二／475）云：

因病得閑殊不惡，安心是藥更無方。

所謂「安心」，亦出自《景德傳燈錄》卷三・〈第二十八祖菩提達摩〉，言僧神光（二祖慧可）向達摩安心求法，達摩云：「我與汝安心竟」，即求安心在自己，不必外求。

東坡 39 歲作〈書焦山綸長老壁〉（詩二／552）一首，亦言悟求淨心過程。「我來輒問法，法師了無語」，法師以默照禪法，截斷其話頭，並警其勿執著外物得失。經「展轉逐達晨」，透悟「長鬣人，不以長為苦」，由淺顯比喻，終得「法師一笑許」。又赴惠州途中，〈過大庾嶺〉（詩六／2057）又云：「一

念失垢污，身心洞清淨。浩然天地間，惟我獨也正。今日嶺上行，身世永相忘。」皆悟「身心皆空」、「物我兩忘」之心境安寧。

又東坡44歲，於烏臺詩案中，飽經屈辱，於吏治多事中，與田父野老相從溪山以求佛理。如〈與程彝仲〉（文六／1750）中云：「惟時作僧佛語。」又〈與章子厚參政書〉（文四／1411）中云：「惟佛經以遣日。」〈與子明兄一首〉（詩六／1832）中云：「所謂自娛者，但胸中廓然無一物。」〈黃州安國寺記〉（文二／391）中云：「焚香默坐，深自省察」。又〈子由自南都來〉（詩四／1018）、〈游淨居寺〉（詩四／1024）、〈與程彝仲〉（文四／1750）皆有物我兩忘，身心皆空之感。

東坡歷經宦海險惡，已不汲汲名利。如55歲於黃州作〈記龍井之游〉（詩四／1705）中云：「功名一走兔，何用千人逐？」次歲又作〈答黃安中〉（詩六／1764）云：「老去心灰不復燃。」又於潁州作〈贈月長老〉（詩六／1802）云：「功名半幅紙」。其代表物我兩忘、形神俱泰之詩，尚有〈百步洪〉、〈題西林壁〉、〈泗州僧伽塔〉、〈書焦山綸長老壁〉等。

東坡始終由平靜空明之心反照萬象，牢籠萬物，故所發皆為具禪意之觀照，如：「欲令詩語妙，無厭空且靜。靜故了群動，空故納萬境。」（〈送參寥師〉詩二／905）。「我心空無物，斯文何足關。君看古井水，萬象自往還。」（〈書王定國所藏王晉卿畫著色山〉詩五／1638）。是以《冷齋夜話》卷七云：「橫說豎說，了無剩語」。

東坡由黃州而惠州、昌化，皆為一系列貶謫生活之延申，佛禪中求「平和」，仍是此時東坡主導思想。如子由〈和陶淵明詩集引〉中云：「葺茅竹而居之，日啖卷薯芋，而華屋玉食之志，不存於胸中」是也。此時東坡有〈次韻子由浴罷〉，全首幾用禪典佛理：

> 理髮千梳淨，風晞勝湯沐。閉息萬竅通，霧散名乾浴。
> 頹然語默喪，靜見天地復。時令具薪水，漫欲濯腰腹。
> 陶匠不可求，盆斛何由足。老雞臥糞土，振羽雙瞑目。
> 倦馬驟風沙，奮鬣一噴玉。垢淨各殊性，快愜聊自沃。
> 雲母透蜀紗，琉璃瑩薪竹。稍能夢中覺，漸使生處熟。
> 《楞嚴》在床頭，妙偈時仰讀。返流歸照性，獨立遺所矚。
> 未知仰山禪，已就季主卜。安心會自得，助長毋相督。（詩七／2302）

二、三聯——言於浴室中，蒸氣包圍下，屏氣止息，猶如坐禪之冥心入

定，將天地視爲一心。

五聯——由小乘《解脫道論》卷四言即心即佛，正似人之修心煉性，如陶工用旋轉輪切圓，使成盆斛。

六——八聯，言「老雞」、「倦馬」雖性各不同，然「振羽」、「奮鬣」所得「快愜」之感則一。

十聯——言修習禪定，去煩袪欲，思想成熟而升化。

十一聯——《楞嚴經》何以爲東坡所愛？據《佛光大辭典》頁 5493 言《楞嚴經》全名爲《大佛頂如來密因修證了義諸菩薩萬行首楞嚴經》，亦名《大佛頂首楞嚴經》、《大佛頂經》。唐天竺沙門般剌蜜帝譯。但近代學者對此經之眞僞多有爭議。其旨在開示修禪要義，言「根塵同源，縛脫無二」之佛理。

十二、十三聯言，諸事如百川萬流而終必歸於本源，如人之修禪，必返歸自身佛性。臨濟宗創始者義玄於《臨濟語錄》中云：「你言下便自回走返照，更不別求，知身心與祖佛不別，當下無事，方名得法。」以惟「照性」時，方足發揮「身心與祖佛不別」「獨立遺所矚」之境。

而唐代慧寂所創「仰山禪」之禪法，其宗風乃以一圓之中寫一字或畫一圖形，再配以手勢啓人，必悟性高者，方可得此。

十四聯——言求心靈安和。《楞伽經》言萬有由心造，達摩以壁觀教人「安心」，且講《楞伽經》。二祖慧可循之。三祖僧璨亦然，又有〈信心銘〉。六祖慧能於《壇經》中云：「即心是佛，無心是道」。〔註9〕

故東坡此時以表現複雜人生感慨爲主。王水照選注《蘇軾選集‧前言》即云：「東坡由佛老思想中找到精神支柱，他雖處逆境而仍熱愛生活。」（群玉堂出版，頁 16）故東坡以佛禪爲支柱，心靈自得安心。

又如〈錢道人有詩云「直須認取主人翁」，作兩對戲之‧其二〉詩云：「有主還須更有賓，不如無鏡自無塵。只從半夜安心後，失卻當前覺痛人。」（詩八／2526）。

所謂「無鏡自無塵」，乃引用六祖之偈：「本來無一物，何處惹塵埃。」而次聯「只從半夜安心後，失卻當前覺痛人」引用《楞嚴經》：「畢陵伽婆蹉言：毒刺傷足，舉身疼痛，覺清淨心，無痛痛覺。」（王十朋注引）此言人若安心，不爲外物所擾，以靜心觀照萬物，則諸事可成。又求心靈平和之詩有〈吊天竺海月辨師〉云：「安心好住王文度，此理何須更問人」。〈聽僧昭素琴〉云：「散

我不平氣，洗我不平心」。又〈聞潮陽吳子野出家〉，尤能表現東坡一生經歷：

> 子昔少年日，氣蓋里閭俠。自言似劇孟，叩門知緩急。
>
> 千金已散盡，白首空四壁。烈士嘆暮年，老驥悲伏櫪。
>
> 妻孥真敝屣，脫棄何足惜。四大猶幻座，衣冠矧外物。
>
> 一朝發無上，願老靈山宅。世事子如何，禪心久空寂。
>
> 世間出世間，此道無兩得。故應入枯槁，習氣要除拂。
>
> 丈夫生豈易，趣捨志匪石。當爲獅子吼，佛法無南北。（詩八／2554）

首、次、參聯言年少有儒家「致君舜堯之心」，然世途艱險，人生無常，理想化爲虛幻。

六聯「四大猶幻座」出自佛教《圓覺經》云：「四大和合，實同幻化。四緣假合，妄有六根，幻身滅故」（馮應榴注引）。此言萬物皆由地、水、火、風四大和合而成之空假妄相，一切歸之於空寂。東坡承此而看破世事與名利。

七至十聯形如槁木，心似死灰，自當求心靈平和，明心見性。

末引《傳燈錄》六祖言：「人有南北，佛性豈然？」言佛法平等。佛教所謂「安心」指止息息之散亂，使心安於法理之謂，又據《續高僧傳・菩提達摩傳》云：「凝住壁觀，無自無他，凡聖等一，是爲安心。」故「安心」爲「見性成佛」必備條件。東坡由此得心靈依托，使精神明淨。

三、妙悟玄理處順逆（壯年習佛）

東坡之禪悟由少而壯，愈處逆而愈得禪悟之妙、處逆之方。即：

重萬法平等

佛教由三寶（佛、法、僧）、三法（心、佛、眾生）以言人之本質上皆平等無差。是以有以下平等說：

真如平等（空平等）——由本體界之相貌、現象，言於「共性」、「唯識性」、「真如性」上，皆平等。

智平等——由法體之平等，是以智慧亦應無所分別。

眾生平等（平等覺）——眾生同有佛性。

平等心——同能了悟真理，不起差別見解。

平等觀——即空觀、假觀、中觀三觀之「從空入假觀」。〔註10〕

〔註10〕見《佛光大辭典》頁 1914、2393。

東坡重佛禪，是而延出「人生如夢」、「隨遇而安」、「心靈平和」等想。以下試由其詩文中，逐一析之：

東坡習佛禪，故於詩文中，多有此一佛禪之「平等」思想。如：36 歲作〈泗州僧伽塔〉（詩一／289）第四聯「至人無心何厚薄，我自懷私欣所便」。所謂「無心」乃是有去煩憂、悟生死、離妄念之「眞心」。此心不執著亦不滯礙，故可至自由平等之境，故禪宗云：「無心即心」、「無心是道」。（見《中國禪學》3，頁 304、306）。

而「至人」則出自《莊子‧逍遙遊》：「至人無己」，此指僧伽。此聯言至人爲平等法身，已具除妄念之清淨心，何至厚我薄彼？（以往我有私心，故得風而喜）。

五、六聯「耕田欲雨刈欲晴，去得順風來者怨。若使人人禱輒遂，造物應須日千變。」言耕田望下雨，收割欲天晴。去者欲順風；來者怨逆風，則造物者何足以應？此言已超越世俗之迷信與執著。

七聯「我今身世兩悠悠，去無所逐來無戀」，即由理性以言自在平等心境。

又東坡 36 歲於〈潁州初別子由二首其二〉云：

近別不改容，遠別涕霑胸。咫尺不相見，實與千里同。

人生無離別，誰知恩愛重。始我來宛丘，牽衣舞兒童。

便知有此恨，留我過秋風。秋風亦已過，別恨終無窮。

問我何年歸？我言歲在東。離合既循環，憂喜迭相攻。

悟此長太息，我生如飛蓬。多憂髮早白，不見六一翁。（詩一／280。）

一至三聯及八聯──由「近別」、「遠別」皆爲「別」，謂無離別即無憂喜之相合，是以不必執著憂喜離合。此與佛教之「入不二法門」有相通之處。如《維摩詰經》以爲「有煩惱」「無煩惱」爲相對之二分法，如能親證萬法平等，則不執著「有煩惱」、「無煩惱」，「有相」與「無相」、「一相」（一切相）與「無相」之二分，此即悟入不二法門，〔註11〕故東坡不執著「離」「合」之二分。

末聯──自言憂多髮早白，正同六一翁，何苦憂愁？則已表出曠達與平

〔註11〕《維摩結經‧入不二法門品》曰：「師子意菩薩曰：『有漏、无漏爲二。若得諸法等，則不起漏、不漏想；不著於相，亦不住無相，是爲入不二法門。』」又「善眼菩薩曰：『一相、我無相爲二。若知一相，即是無相，亦不取無相，入於平等，是爲入不二法門。』」說見《維摩詰今譯》，頁 308。

等。東坡 47 歲作〈蜀僧明操思歸書龍丘子壁〉：

更厭勞生能幾日，莫將歸思擾衰年。

片雲會得無心否？南北東西只一天。（詩四／1137）

此詩次聯所用「片雲」係出自《傳燈錄》，查慎行注：「惠忠國師，自受心印。蕭宗上元二年赴京，帝問：『師在曹溪得何法？』師曰：『陛下見空中一片雲麼？』」此不正面言「何法」，而以「繞路說禪」法言法，蓋萬法平等，即「南北東西只一天」謂人之喜怒乃形而現，出自人之感覺耳。

東坡 45 歲於黃州作〈遷居臨皋亭〉

我生天地間，一蟻寄大磨。區區欲右行，不救風輪左。

雖云走仁義，未免違寒餓。劍米有危炊，針氈無穩坐。

豈無佳山水，借眼風雨過。歸田不待老，勇決凡幾箇。

幸茲廢棄余，疲馬解鞍馱。全家占江驛，絕境天為破。

飢貧相乘除，未見可弔賀。澹然無憂樂，苦語不成些。（詩四／1053）

二聯言自己如寄居大磨中之螞蟻，有意右行，不同磨向左旋。「風輪」一詞出自《楞嚴經》，施元之注：「覺明空昧相成搖，故有風輪執持世界。」指主宰人生命運。

四聯——人入仕行義由仁，反而「寒餓」「無穩坐」。即東坡今罹禍廢棄。人之幸與不幸，並非絕對。

八至十聯——今全家與世隔絕，並非不佳，只須「澹然」「無憂樂」，不必強作《楚辭》苦。即《維摩詰經‧不二法門品》頁 308 所謂，如能親證萬法平等，則無「漏」（煩惱）與「不」想之意。已凸顯東坡於禪佛所悟之宇宙萬物平等之意。

東坡 56 歲作，〈軾在潁州，與趙德麟同治西湖，未成，改揚州。三月十六日，湖成，德麟有詩見懷，次其韻〉云：

太山秋毫兩無窮，鉅細本出相形中。大千起滅一塵裏，未覺杭潁誰雌雄。（詩六／1876）

首聯用《老子》：「物，形之勢，成之言。因鉅而有細，因細而有鉅，特相形耳。」《莊子‧齊物論》篇云：「是亦一窮，非亦一窮。」言泰山、秋毫之大小乃相對而言。

次聯用佛教之以三千、大千世界以言廣大世界。然亦起滅一塵之中，即《法華經》以每一大千世界歷劫則碎為一微塵。

故言「未覺杭潁誰雌雄」，杭、潁二湖，不過乃大千世界中極微小之存在，又何苦爭其高下？蓋大小乃人之感覺耳。此東坡以禪入詩，任意揮灑也。

由以上諸詩，則東坡之於離合、喜怒、煩憂、高下一皆無論，乃因眾生、眾象皆平等，何苦強分判？

四、以逆爲順──晚歲習佛

達摩以「得失」乃前世「宿因」所定，眾生宜隨緣以處，以逆爲順，何須爲此而悲苦？誠如釋道宣《唐高僧傳》，禪宗東土初祖菩提達摩曰：

> 隨緣行者，眾生無我，苦樂隨緣，縱得榮譽等。宿因所構，今方得之，緣盡還無，何喜之有？得失隨緣，心無增減，違順風靜，冥順於法。

東坡既知一切成虛幻，又何必自尋煩惱？此以逆爲順之想，又常見於其生活。如：東坡早年詩文中，亦有此「隨緣」之義。儒家經典《禮記·中庸》云：「素富貴行乎富貴；素貧賤行乎貧賤。」又〈儒行〉篇所謂：「安安而能遷」，即是「隨緣」處世義。以下試舉東坡由早年而晚歲之詩文爲證：

東坡 24 歲（嘉祐四年，1059）作〈出峽〉一首云：「入峽喜巉岩，出峽愛平曠。吾心淡無累，遇境即安暢。」（詩一／44）又〈新灘阻風〉：「初聞似搖扇」，「舞雪穿窗牖」（詩一／42）。

又〈大風留金山兩日〉（詩三／943）言風浪中：「倒射軒窗作飛雨」，「漁舟一葉從掀舞」，此皆體現蘇軾早年受儒、釋二家思想影響，於日用中，亦寓從容自處之道。同此者，又如：

〈答李琮書〉云：「愚暗少慮，輒復隨緣自娛。」（文四／1434）

〈定風波〉詞云：「此定安處。」即：

> 常羨人間琢玉郎，天應乞與點酥娘。盡道清歌傳皓齒，風起，雪飛炎海變清涼。　萬里歸來年愈少，微笑，笑時猶帶嶺梅香。試問嶺南應不好？卻道：此心安處是吾鄉。（詞二／179）

〈與程德孺四首之一〉云：「老兄罪大責薄……然業已如此，但隨緣委命而已。」（文四／1687）

東坡 38 歲，於杭州作〈登玲瓏山〉（詩二／492），前半以翻飛之筆刻寫山之蒼碧玲瓏。末句「腳力盡時山更好」，言登山時，見好即收，隨其自然，蓋腳力已盡，縱山色愈佳，亦不必勉強登臨。據施注，此由唐詩「浮世無窮

事，勞生有限身」而化出，頗有禪趣。

東坡 40 歲於密州，作〈和蔣夔寄茶〉（詩二／653）云：「我生百事常隨緣，四方水陸無不便……人生所遇無不可，南北嗜好知誰賢？」

東坡 44 歲，由徐州改知湖州，赴任途中，過金山時作〈大風留金山兩日〉。

東坡之隨緣自適，不執著外物之達觀態度，亦見於此詩：

> 塔上一鈴獨自語，明日顛風當斷渡。
> 朝來白浪打蒼崖，倒射軒窗作飛雨。
> 龍驤萬斛不敢過，漁舟一葉從掀舞。
> 細思城市有底忙，卻笑蛟龍為誰怒。
> 無事久留童僕怪，此風聊得妻孥懴。
> 灊山道人獨何事，夜半不眠聽粥鼓。（詩三／943）

第一、二句借後趙佛圖澄事言「風」。即《晉書・佛圖澄傳》云：「石勒死之年，天靜無風，而塔上一鈴獨鳴，佛圖澄曰：『鈴音云，國有大喪，不出今年矣。』」

三、四句狀風勢可感可觸。故《蘇詩選評箋釋》引汪師韓云：「軒窗飛雨，寫風浪之景，真能狀丹青所不能狀。」

五、六兩句寫風險浪惡，故大船不敢過；小舟任掀舞。即《冷齋夜話》卷七，僧惠洪云：「以『鯨』為『風』對，以『龍驤』為『魚舟』對，大小氣焰之不等，其意若玩世。謂之秀傑之氣，終不可沒者，此類詩也。」（見《筆記小說大觀22編》第一冊，頁604），乃東坡詩中微意特奇之詩。

而七、八句，言至湖州甚閒。末兩句言風浪洶湧拍打船艙，而參寥卻全心全意傾聽金山寺木魚聲，有毫不在意水勢風浪之鎮定，此正東坡去妄除雜禪定之表現。

又「隨緣」思想，直至 61 歲，東坡居惠州時仍未變，試看〈遷居詩〉（詩七／2194）十九、廿句「吾生本無待，俯仰了此世」，言既隨緣自適，即可長住惠州勝地白鶴峰，不必營營塵世。而下接「念念自成劫，塵塵各有際」，王十朋注云：「佛以世為劫，念念成劫，言光景之速也。道以世界為塵，塵塵有際，言物各有世界也。」即言歲月飛逝，一念間，世界頓生成劫，此與東坡早歲於杭州所作〈次韻孔文仲推官見贈〉（詩二／384）云：「人生各有志，此論我久持」意脈相同。又與同時作之〈食荔枝・其二〉（詩七／2192）云：「羅浮山下四時春」，「不辭長作嶺南人」之以逆為順，無所不適，正同。

東坡 63 歲於昌化作〈和陶和劉柴桑〉（詩七／2311），詩亦云處逆之超然曰：「漂流四十年，今乃言卜居」。東坡四十年中，歷萬劫而居無定所，然卻「且喜天壤間，一席亦吾廬」、「一飽便終日，高眠忘百須」，人如隨緣自娛，自能寵辱皆忘。

東坡〈六月二十日夜渡海〉，於朝政昏亂之「苦雨終風」中見出「參橫斗轉」、「雲散月明」之黜小人，已言（新政之）轉機，而以「天容海色本澄清」以自喻。此正王文誥云：「上句指章惇也，下句公自謂也。」此善以物擬人，表一己澄然心境也。末言「九死南荒吾不恨」言一己已隨緣自得。故清汪師韓《蘇詩選評箋釋》（卷六，頁 26）云：「高澗空明，非實身有仙骨，莫能有隻字」，則東坡已以佛教之「隨緣處逆」，為其長期貶謫生活之依托。

五、修行解脫入禪境——晚歲習佛

（一）求佛老之誠

據《宋史・神宗本紀》言，元豐八年（1085）三月，哲宗即位，王安石變法失敗，保守派主政，即所謂「元祐更化」。東坡雖暫回朝，諸事不順，遂通判杭州。紹聖年間，新黨再執政，東坡再遭流貶。據《宋史・哲宗本紀》、《增補蘇東坡年譜會證》及子由〈亡兄端明墓志銘〉，皆言東坡由英州而貶惠州、海南，一貶再貶，東坡此時談禪說佛，已不同於早年以「儒」為主之談禪，其近禪佛之緣法益深。

紹聖元年（1094）八月，東坡赴惠州途中，於虔州謁祥符道教宮觀求籤卜，於〈題籤〉（詩七／2266）中云：「稽首洗心，皈命真寂（即佛教「物我兩忘」）。」

又經六祖傳法之曹溪，起發禪心作〈南華寺〉（詩六／2060），忽悟「我本修行人」，則東坡海南時受佛道影響尤甚。東坡於黃州晚歲已傾心佛老，嚮往仙山。

如紹聖四年（1097）東坡 62 歲於昌化時作〈次韻子由三首・東亭〉（詩七／2267）云：「仙山佛國本同歸。」〈和陶神釋〉（詩六／2307）云：「仙山與佛國，終恐無是處。」

而於傾心佛老中，有〈與程正輔七十一首・其六十一〉（文四／1617）云：「便杜門不見客，不看書，凡事皆廢。」〈次韻定慧欽長老〉（詩七／2114）云：「我是小乘僧。」〈與程德孺〉（詩五／1687）：「但隨緣委命而已。」〈戲吳子

野絕粒不睡〉（詩七／2213）：「許我時醉逃後禪。」又〈次前韻寄子由〉（詩七／2148）：「泥洹尚一路，所向餘皆窮。」「泥洹」即「涅槃」，「小乘」指「壽命已盡」；「大乘」即「成佛」。

此乃東坡海南謫居，已得修行開悟之向上一路。

東坡 65 歲北歸，再過南華寺感作〈夢伯固〉（詩七／2408）：「眼淨同看古佛衣，此生何處是真依？」。此「眼淨」乃用《維摩經》：「遠塵離垢，得法眼淨」意。又〈追和沈遼贈南華詩〉（詩七／2409）云：「善哉彼上人，了知明鏡臺。」即以禪理看待人生。而〈南華寺六祖塔功德疏〉（文五／1904）中，由因果律言全家瞻禮，飯僧設浴以致感恩念咎，云：「伏以竄流嶺海，前后七年；契闊死生，喪亡九口。以前世罪業，應墮惡道；故一生憂患，常倍他人。」由以上，東坡歸佛之誠，愈老彌堅也。

（二）尋覓自我解脫

佛教「解脫」即「解脫門」，指超脫迷苦，由三界煩惱束縛中，出而得悟。亦即由「空」、「無相」、「無愿」等三種禪定，即可通往「涅槃」。

東坡由貶官中掙脫而出，晚年詩文中，多有此意。如 43 歲作《百步洪二首》（詩三／891）即以流水喻人生。前半寫景；後半言與詩僧參寥議佛理。

所謂「坐覺一念逾新羅」，化用《傳燈錄》云：「有僧問從盛禪師，如何是覿面事？師曰：『新羅國去也。』新羅在海外，一念已逾。」言迷念之速如心猿意馬。而「紛紛爭奪醉夢里，豈信荊棘埋銅駝」。寫出東坡悲涼——歲月流逝，人生毀譽，皆如「岸邊蒼石上」。「古來篙眼如蜂窠。」即〈赤壁賦〉所謂之「變」與「不變」，亦禪宗所謂之「法界一相」，蓋虛幻乃由心靈幻化出之時空觀，故必斷除此一迷念，使心不為外物「拘」、「住」，方可解脫。亦即《金剛經‧莊嚴淨土分第十》：「應如是生清淨心，不應住色生心，不應住聲香味觸法生心，應無住而生其心。」即示人勿迷現實，方可求解脫。此詩與其 47 歲作「事如春夢了无痕」（《正月二十日與、郭二生》詩四／1105）一首意正同。又於惠州作〈贈陳守道〉（詩七／2210）言名利之爭乃人生羈絆，蓋人生如夢萬事如雲。詩中云：「人僞相加有餘怨，天真喪盡無純誠。徒自取先用極力，誰知所得皆空名。」

東坡 65 歲，於儋州作〈儋耳〉（詩七／2363）一首。詩前半以雨後放晴言朝政更新。而後半「除書欲放逐臣回」、「一壑能專萬事灰」，言老去萬念成灰，即或召返內遷，身心已空寂無為。

東坡 66 歲（去世前二月），以同樣心情作〈自題金山畫像〉云：

　　心似已灰之木，身如不繫之舟。問汝平生功業，黃州惠州儋州。（詩
　　八／2641）

此詩為李龍眠曾畫東坡像於金山寺，後東坡過此而自題。「心似已灰之木」，
乃化用禪宗言「無心」者似「枯木」，但知坐禪求開悟。

1、清空曠遠之境

　　東坡詩文中之禪意禪理、禪味禪悅，乃淨心弁定後所得之悟境，詩宜參
禪味，難以作禪語，然東坡常有用禪語甚佳者，如

　　〈題沈君琴〉（詩八／2543）：「若言聲在指頭上，何不於君指上德」寓意
深妙，乃本於《楞嚴經》：「譬為琴瑟、箜篌、琵琶，雖有妙音，若無妙指，
終不能發。」

　　又〈送參寥師〉借禪說藝，其「欲令詩語妙，無厭空且靜。靜故了群動，
空故納萬境。」〈宿海會寺〉（詩二／496）：「杉漆槽斛江河傾，本來無垢洗更
輕。」〈戲贈虔州慈雲寺鑑老〉：「居士無垢堪洗沐，道人有句借宣揚。」〈如
夢令〉：「水垢何曾相受，細看兩俱無有。寄語揩背人，盡日勞君揮肘。輕手，
輕手，居士本來無垢。」

　　言己身之本清淨，如「無垢」詞出自《維摩詰所說經・佛道品》：「八解
之浴池」、「浴此無垢人」。又《五燈會元・龜山智真禪師》：「心本絕塵何用洗，
身中無病豈求醫。」又〈慧林若沖禪師〉：「閑來石上觀流水，欲洗禪衣未有
塵。」皆用之。

　　東坡之用禪語，亦或有戲作，如〈錢道人有詩云〉〈虔州景德寺〉〈見和
仇池〉等篇。故沈德潛《說詩晬語》卷下舉東坡詩：「兩手欲遮瓶裏雀，四條
深怕井中蛇」為不善用禪語。清施補華《峴傭說詩》即評東坡詩：「有禪理者
甚佳，用禪語者甚妙。」洵亦未必。

　　詩中具禪意，韻味自悠長。如

　　陶潛〈歸去來兮辭〉：「雲無心以出岫，鳥倦飛而知還。」

　　王維〈終南別業〉：「行到水窮處，坐看雲起時。」

　　杜甫〈江亭〉：「水流心不竟，雲在意俱遲。」

　　東坡〈十八大阿羅漢頌〉之九（詩二／586）中：「空山無人，水流花開」，
即具氣勢流轉之意。又有禪家悟化，隨緣自適之詩篇，尚有：

　　山頭只作嬰兒看，無限人間失箸人。（〈唐道人言天目山上俯視雷

雨……〉）

神遊八極萬緣虛，下視蚊雷隱污渠。（〈送楊傑〉）

今朝偶上法華嶺，縱觀始覺人寰隘。（〈又次前韻贈賈耘老〉）

吾心決無累，遇境即安暢。〈出峽〉（詩一／44）

我生百事常隨緣，四方水陸無不便。（〈和蔣夔寄茶〉）

高人無心無不可，得坎且止乘流浮。（〈和蔡準郎中見邀遊西湖・其二〉詩二／337）

則東坡由深悟禪宗而得超脫俗累之清空之境。又〈定慧院顒師為余竹下開嘯軒〉（詩四／1058）描寫啼鳩、暗蚤、蟬、蚓、貪鳶、喜鵲「皆緣不平鳴」，末結於「累盡吾何言，風來竹自嘯」之曠境。

又〈李氏園〉（詩一／115）詩亦然，在不憚其煩的鋪敘、刻劃、議論、感概之後，以「何當力一身，永與清景逐」兩句，掃盡累贅，結入曠遠之禪境。

（四）詠月而入妙禪

東坡兼儒家入世、佛家超世、道家避世合流之品性，正如王十朋《集注分類東坡詩》卷二云：「白居易晚年自稱香山居士，言以儒教飾其身，佛教治其心，道教養其壽。」東坡類此。尤自貶黃州後，為排遣精神苦悶，更深入佛禪。正如〈黃州安國寺記〉云：「焚香默坐，深省察，則物我相忘，身心皆空，求罪垢所叢生而不可得。」（文二／391）禪家空寒寂靜之「境」，東坡詩文中亦常見：如〈月夜與客飲杏花下〉。（詩三／926），由月下幽景言「物我兩忘」之境。首聯「杏花飛帘散餘春，明月入戶尋幽人」言暮春月夜，杏花穿飄入戶以尋幽人。狀繪清靜空靈之美。次寫「花間置酒」賞花興緻，「勸君且吸杯中月」突出愛月之心。「勸君且飲杯中月」有惜月之情。末聯「明朝卷地春風惡，但見綠葉棲殘紅」，則寄寓命運感慨。

又〈雨夜宿淨行院〉（詩七／2368）「芒鞋不踏利名場，一葉輕舟寄渺茫，林下對床聽夜雨，靜無燈火照凄涼。」亦是禪宗不涉名利，寂靜空寂之境。至表禪宗超然自得者，如「淨雲時世改，孤月此心明」（〈次韻江晦叔二首・之一〉）。「雲散月明誰點綴，天容海色本澄清」（〈六月二十日夜渡海〉）。《苕溪漁隱叢話》後集卷二十六，即言此等句可見出「參禪悟道」與「吐露胸襟，無一毫窒礙」之相涉。又如〈和黃秀才鑑空閣〉云：

　　明月本自明，無心孰爲境？挂空如水鑑，寫此山河影。

　　我觀大瀛海，巨浸與天永。九州居其間，無異蛇盤鏡。

　　空水兩無質，相照但耿耿。妄云桂兔蟆，俗說皆可屏。

　　我游鑑空閣，缺月正淒冷。黃子寒無衣，對月句愈警。

　　借君方諸淚，一沐管城穎。誰言小叢林，清絕冠五嶺。（詩七／2399）

此詩作於東坡 65 歲離廣州時。旨在臨金利山崇福寺鑒空閣時，而稱美黃秀才。

　　前二聯寫月之明，如水之清徹，光照大地。

　　三、四聯言宇宙無限大，以袁孝叔見畫蛇墮鏡仆驚事，言生命短促，於宇宙中何等渺小。〔註12〕

　　五、六聯言天本無體、水本無形，然相映而成「色」──有形質之物。

　　七、八聯以登臨所見以美黃秀才，且抒雅興。此詩不著實事實景，而以「明月」貫穿，寫象外之情景。

　　〈答徑山琳長老〉（詩七／2459）中寓有禪境。此詩作於東坡臨終前二日。維琳爲東坡知杭時徑山寺之住持。今至常州探病，曾作〈與東坡問疾〉言「千里來問疾」（見王十朋注此詩引），東坡遂作此詩回應：「平生笑羅什，神咒眞浪出」，乃引《晉書》言後秦時天竺高僧羅什病危，欲以三道神咒解之，而未得。東坡以大悟在超然生死，即〈南華寺〉云：「我本修行人，三世積精煉。」

　　又《冷齋夜話》言東坡自海南復官玉局觀，作偈戲答僧曰：「惡業相纏卅八年，常行八棒十三禪。卻著衲衣歸玉局，自疑身是五通仙。」自言有五種神通──神境（來去東西）、天眼、天耳、他心（明他人内心動向）等智證通，又與住隨心智（了知過去之事）。（見《佛光大辭典》頁 1153。）

第五節　東坡詩文中之禪思佛意

一、東坡習禪

　　前言禪宗是中國式佛教、莊化之佛學，兼融中國、印度思想。蓋齊朝時，佛入主中土，與中國玄學結合，禪成爲佛教宗派之一，是以玄思禪意相互依

〔註12〕王十朋注曰：「《前定錄》：袁孝叔見一老父，遺書云：『但受一名，即開一幅。』後每之任，視書無差。歸其鄉別墅，因晨起欲就巾櫛，忽有物墮角鏡中，類蛇而有四足。孝叔驚仆，數日卒。其妻閱留書，猶餘半軸，惟有空紙數幅，畫一蛇而盤照中。」

傍，重凝心反思之內在心靈解脫。又因宋代禪宗傳教者，廣泛編寫燈錄、語錄，由「不立文字」變爲「大立文字」，如惠洪的《石門文字禪》。於是，禪與文學開始結緣。好佛喜禪成爲士人求生活適意、心靈超脫之時尚。如禪學、莊學互通──莊子被禪家認爲乃中國第一位禪師，其〈齊物論〉中倡言之是非觀、〈逍遙遊〉中辨析之「至人無已」，不重個人名利境界、〈天下篇〉所言「不譴是非，以與世俗處」之隨遇心態，正合於大乘佛學及禪宗之中道立場，是以慧能所開始之中國哲禪宗其：

> 一方面承繼《金剛經》等般若系統以來的「一切法空」觀，另一方面又接上以莊子爲主的道家哲學，融貫二者建立而成「無心頓悟，自然無爲」的簡易禪道。〔註13〕

東坡受三家合流時代思潮濡染，與佛結緣，雖然其一生並未成爲佛門徒，而於佛法，則多深入辨析。如其〈題僧語錄後〉（文五／2065）中云：「佛法浸遠，眞僞相半，寓言指物，大率相似。考其行事，觀其臨福禍死生之際，不容僞矣。」

故東坡之於佛禪，雖不似其於儒學深受家學、社會影響；亦不似對莊學之潛習理悟，其之讀佛書，交禪僧，乃是於中晚期貶謫生活之精神慰藉，其禪佛意識仍是由孔、老之學以領會。如子由〈東坡墓誌銘〉即云：「後讀釋氏書，深悟實相，參之孔老，博辯無礙，浩然不見涯也」，故其「博辯」、「浩然」乃結合儒、道而以玄思禪意以處逆。東坡既非佛徒，是否因讀佛書而得佛理？

（一）東坡所讀佛經

《華嚴經》──東坡於〈書孫元忠所書華嚴經後〉（文五／2208）〈跋王氏華嚴經解〉（文五／2060）中即言以此斥王安石。

《楞嚴經》──東坡於〈跋柳閎楞嚴經後〉（文五／2065）中言書生宜習此雅麗經文。於〈次韻子由浴罷〉（詩七／2302）中言「《楞嚴》在床頭，妙偈時仰讀。」

東坡又於〈石恪畫維摩頌〉（文二／584）中稱美《維摩詰經》。又〈書楞迦經後〉引用達摩語。〈金剛經跋尾〉、〈虔州崇慶禪院新經藏記〉中闡發《金剛經》之經義，〈讀壇經〉中理解法、報、化三身，〈曹溪夜觀傳燈錄〉中言燈下夜讀此。他如《金光明經》、《圓覺經》、《觀音經》、《心經》等皆一一誦

〔註13〕傅偉勳〈（禪）佛教心理分析與實存分析〉，見《從西方哲學到禪佛教》，生活、讀書、新知三聯店、1989 年 4 月北京第一版，第 365 頁。

讀。東坡讀佛經多集中黃州，其〈與章子厚書〉云：「唯佛經以遣日」，此乃閑居使然。

東坡所讀佛經影響其文爲何？

子由〈子瞻墓志銘〉即云：「謫居於黃，杜門深居，馳騁翰墨，其文一變。」錢謙益《牧齋初學集，讀蘇長公文》即以東坡文「黃州以後，得之於釋。」

（二）詩文中所運之佛典

東坡行文或立意出自佛家，或語句化用佛典，以下試舉例以言：

〈和子由澠池懷舊〉（詩一／96）中二聯言人生似「飛鴻踏雪泥」。查慎行注引《傳燈錄》：「雁過長空，影沉寒水。雁無遺蹤之意，水無留影之心。」王文誥斥之爲「附會」，理由是「凡此類詩皆性靈所發，實以禪語，則詩爲糟粕。」然佛經中，以「空中鳥跡」以喻虛空縹緲，甚爲常見。如《華嚴經·寶玉如來性起品》中「譬如鳥飛虛空，經百千年，所遊行處不可度量」。「諸佛覺悟，性相皆寂。如鳥飛空中，足跡不可得。」又《維摩詰所說經·文殊師利問疾品》云：「如水聚沫，……如空中鳥跡。」《五燈會元·德山慧遠禪師》：「雪霽長空，迴野飛鴻。」等皆是。東坡再次路經澠池，見老僧已圓寂、僧舍題字已爛壞，仍借用佛家比喻，以言歲月飄忽，乃是合情合理。正似柳宗元〈禪堂〉詩中：「心境本同如，鳥飛無遺跡」，同用「空中鳥跡」，則王氏「性靈」之言或未必。

又〈六月二十日夜渡海〉（詩七／2366）：「雲散月門誰點綴，天容海色本澄清。」施元之《施注蘇詩》卷 38 亦引《楞嚴經》：「譬如澄清百千大海」，王文誥照例歸之於「附會」。

佛家以人人具有菩提佛性，只因困於迷障，即《壇經·懺悔品》所云：「世人性本清淨，如天常清，日月常明，爲浮雲蓋覆。」

《楞嚴經》卷九云：「當知虛空生汝心內，猶如片雲點太清里。」東坡借用佛典，以言雲散風止，天容海色，其「水性故自清」（〈廉泉〉詩七／2054）、「月明多被雲妨」（〈西江月·世事一場大夢〉詞一／121），正爲其遇赦北歸時心情。

東坡〈問養生〉（文五／1982）中言吃食之「唾」、「咽」皆「生於我也。」正《楞嚴經》中「佛告阿難」段，言心想「醋味」、「登高」，則「口水出」、「足心酸起」，一切由「忘想」而生。

東坡〈日喻〉（文五／1980）中，言渺者之識日，人告之日狀如盤、聲

似鐘、光如燭。正《大涅槃經》卷 32 中「盲人摸象」成典。而同經中又以盲人不識「乳色」，人或告之「色白如見」、「猶稱米末」、「如雨雪」、「如白鶴」，皆未得，正諸外道，皆「不能識常樂我淨」，即不入佛道，終難明涅槃解脫之境。

（三）東坡習禪所得

東坡習禪釋禪，亦由淺而深，漸次明其玄言妙理，即南宋汪應辰《文定集・與朱元晦書第九》中云：

> 東坡初年力闢禪學，如〈鹽官國寺大悲閣記〉，省記不分明，其中引「日知其所亡，月無忘其所能」之類。其後讀釋氏，見其汗漫而無極，從文開西等遊，又見其辯博不可屈服也，始悔其少作，於是凡釋氏之說，盡欲以智慮億度，以文字解說。

以下先試舉例以言東坡習禪之所得：

（1）東坡常論及禪宗「以心傳心，不立文字」。如〈齊州請確長老疏〉（文五／1960）中云：「悟道雖由於自得，投機必賴於明師。」則於禪之頓悟，由明師指點，更易領悟禪宗「不立文字」之玄妙。

（2）東坡又以儒、禪三者相通，故於〈蘇州請通長者疏〉（文五／1907）中言：「世之惑者，禪律相殊，儒佛相笑。不有正覺，誰開眾迷。」又接以禪師行為實踐以言禪、儒之相關。以成都通法師為例——「自儒為佛，而未始業儒；由律入禪，而居常持律。」

（3）東坡又領會禪理中之「靜」與「幻」，即以一切本元，以心為本之萬物皆空禪理。

東坡於言禪理之「空了一物」，可見其於黃州寫予佛印禪師之〈怪石供〉（文五／1986）中云：

> 禪師嘗以道眼觀一切，世間混論空洞，了無一物，雖夜光尺璧與瓦礫等。

〈後怪石供〉（文五／1987）又接以參寥子之言虛幻，正禪宗之萬物皆空，清淨無為。即：

> 「供者，幻也。受者，亦幻也。刻其言者，亦幻也。夫幻何適而不可。」舉手而示蘇子曰：「拱此而揖人，人莫不喜。戟此而詈人，人莫不怒。同是手也，而喜怒異，世未有非之者也。子誠知拱、戟之皆幻，則喜怒雖存而根亡。」

此一萬物皆空之禪理，又見於〈記朱炎禪頌〉（文五／2081）中，言節度制官朱炎，學禪既久，得自《楞嚴經》之「此身未死，此心何在」之理曰：「四大不須先後覺，六根還向用時空。難將語默呈師也，只在尋常語默中。」即以偈語道出心靈幻化之宇宙時空之理。

東坡讀六祖《壇經》，又頓悟萬物皆空、彈指瞬變之禪理。即〈論六祖壇經〉（文五／2082）中謂六祖《壇經》有說、報、化三身，而以三喻以明：

> 眼之見性，非有非無，無眼之人，不免見黑，眼枯睛亡，見性不滅；則是見性，不緣眼有無，無來無去，無起無滅。故云「見是法身」。何謂「能見是報身」？見性雖存，眼根不具，則不能見，若能安善其根，不爲物障，常使光明洞徹，見性乃全。何謂「所見是化身」？根性既全，一彈指頃，所見千萬，縱橫變化，俱是妙用。

則「無起無滅」、「安善其根」、「彈指萬變」皆東坡「以廣大心，得清淨覺」之「幻」空禪理。

二、東坡習禪與創作

就立意言，東坡詩文中甚思佛意，以下試分述之：

（一）虛幻之想

東坡詩文中，亦常見此一虛空幻滅之禪思。尤以貶儋時，最爲常見，以下試舉數例以明詩情合禪理：

1、〈午窗坐睡〉（詩七／2286）

> 身心兩不見，息息安且久。睡蛇本亦無，何用鉤與手。神凝疑夜禪，體適劇卯酒。我生有定數，祿盡空餘壽。枯楊下飛，膏澤回衰朽。謂我此爲覺，物至了不受。謂我今方夢，此心初不垢。非夢亦非覺，請問希夷叟。

詩中「非夢亦非覺」之玄意，得自陳希夷（圖南）之〈翰苑名談〉詩：

> 常人無所重，惟睡乃爲重。舉世此爲息，魂敵神不動。覺來無所知，貪求心俞動。堪笑塵地中，不知夢是夢。

其抒寫之禪思，乃〈圓覺經序〉中之「心花發明」語、〈道家元氣論〉之「氣運息調，榮枝葉也；性情心悅，開花也」之語。

2、〈獨覺〉（詩七／2284），表現貶儋之禪意，正在詩句「紅波翻屋春風

起，先生默坐春風裡。浮空眼繳散雲霞，無數心花發桃李。」

3、〈入寺〉（詩七／2283）

> 我是玉堂仙，謫居海南村。多生宿業盡，一氣中夜存。旦隨老鴉起，
> 飢食扶桑暾。光圓摩尼珠，照耀玻璃盆。來從佛印可，稍覺摩忙奔。
> 閒看樹轉午，坐到鐘鳴昏。

詩中「一氣中夜存」，「無所不了」禪思即得自《楚辭・遠遊》云：「一氣孔神兮，於中夜存。虛以待之兮，無爲之先。」

4、〈和陶影答形〉（詩七／2307）「無心但因物，萬變豈有竭。醉醒皆夢耳，未用議優劣。」與〈和陶和劉柴桑〉（詩七／2311）「萬劫至起滅，百年一踟躕。」萬變起滅亦得自禪理。〈庚辰歲人日作，時聞黃河已復北流，老臣數舊論此，今斯言乃驗二首・其二〉（詩七／2341）：「此生念念隨泡影，莫認家山作本元。」此詩言「本元」，出《楞嚴經》：「徒獲此心，未敢認爲本元心地。」

東坡與禪僧交往，於詩中吐露禪理，目的在尋找現實中失去之心靈境界。

（二）虛靜無為

東坡晚歲曠達自若，乃能由失意中超脫，如〈定風波〉（詞一／138）云：「一簑煙雨任平生」，「也無風雨也無晴」之反映禪思。〈滿庭芳〉：「蝸角虛名，蠅頭微利，算來著甚乾忙。事皆前定，誰弱又誰強。且趁間身未老，須放我，些子疏狂。百年裡，渾教是醉，三萬六千場。」（詞一／279）視萬事虛空，亦禪意之反映。

〈安國寺浴〉（詩二／391）中云「心困萬緣空，身安一床足，豈惟忘淨穢，兼以洗榮辱。默歸毋多談，此理觀要熟。」乃東坡於「烏臺詩案」後，卻左洗榮辱，循入空門之意。又〈贈錢道人〉（詩三／946）云：「書生苦信書，世事仍臆度。不量力所負，輕出千鈞諾。當時一快意，事過有餘怍。不知幾州鐵，鑄此一大錯。我生涉憂患，常恐長罪惡。靜觀殊可喜，腳淺猶容卻。」言「靜觀」可去憂祛錯。

〈自題金山畫像〉（詩八／2641）中，東坡貫通禪學與老莊曰：

> 心以已灰之木，身如不繫之舟。問汝平生功業，黃州、惠州、儋州。

此一自我評語，乃禪思玄意具體體現，「心似已灰之木」出自《莊子・齊物論》：「形固可使如槁木，而心固可使如死灰。」「身如不繫之舟」亦出自《莊子・雜篇・列禦寇》：「無能者無所求，飽食而敖遊，泛若不繫之舟。」

　　東坡〈書楞伽經後〉（文五／2085）言北宋時上下爭談禪悅。東坡斥爲名利學禪。其老於憂患，百念灰冷中，貶至惠州。據《宋稗類抄》言，佛印則寄書以勸曰：「人生一世間，如白駒之過隙，三二十年功名富貴，轉則成空，何不一筆勾斷，尋取自家本來面目？……佛法正在行住坐臥處，著衣吃飯處……子瞻胸中有萬卷書，筆下無一點塵。……子瞻若能腳下承當，把一二十年富貴功名，賤如泥土，努力向前。珍重珍重。」

　　則東坡之禪思佛理，正由其坎坷憂患中得之。

（三）以禪寄意

　　〈乞數珠一首贈南禪湜老〉（詩七／2432）中以得佛珠消遣，默坐以閱塵凡，則將禪理與現實合一。即：

> 從君覓數珠，老境仗消遣。未取轉千佛，且從千佛轉。儒生推變化，
> 乾策數大衍。道士守玄牝，龍虎看舒卷。我老安能爲，萬劫付一喘。
> 默坐閱塵界，往來八十反。區區我所寄，蠖縮蠶在繭。適從海上回，
> 蓬萊又清淺。

（四）東坡又以禪語入詩：

　　〈明日，南禪和詩不到，故重賦數珠篇以督之〉（詩七／2436）中云：「中間見在心，一一風輪轉。」前句用《金剛經》：「過去心不可得，現在心不可得，未來心不可得」語意，後句用《維摩經》「是身無作，風力所轉」語意。

　　〈戲贈虔州慈雲寺鑑老〉（詩七／2445）：

> 居士無塵堪洗沐，道人有句借宣揚。窗間但見蠅鑽紙，門外惟聞佛
> 放光。遍界難藏眞薄相，一絲不掛且逢場。卻須重說圓通偈，千眼
> 薰籠是法王。

此詩多處引用《傳燈錄》，如首句出自「不梯和尚，因侍者請浴，師曰：『既不洗塵，亦不洗體，汝作麼生？』」

　　第四句亦出自「古靈行腳遇百丈開悟，卻迴本寺，受業師遂遣執役。一日，因澡身，命靈去垢。靈乃拊背曰：『好所佛殿，而佛不聖。』其師回首視之。靈曰：『佛雖不聖，且能放光。』」「一絲」句亦出自南泉問陸亙：「十二時中作麼生？」陸曰：「寸絲一掛。」

　　東坡〈次韻子由浴罷〉（詩七／2302）言其常「楞嚴在床頭，妙偈時仰讀。」則東坡「以詩說禪」正趙翼《甌北詩話》卷五，即以「摹仿佛經，掉弄禪理」，

「出自東坡」，非無故也。亦足見東坡之於佛經禪理寄寓其情。

三、東坡詩文創作受佛學影響例說

東坡涉獵佛典既多，如何表現詩文中？

（一）自然平淡之風

唐宋以降，文士、禪師過往從密，禪風影響詩風。禪由不立文字之「看話禪」演爲「大立文字之禪」，禪師以偈頌入詩，詩人亦覓句以談禪。

東坡早期詩風：「粗言細語總歸玄奧，恍忽變怪，無非情實。」（葉燮《原詩》），然東坡仕途失意後，思想漸趨佛禪；詩風漸趨自然平淡。如王永照《蘇軾選集》（群玉堂，頁5）即歸出東坡晚期詩風由「豪健清雄」而「清曠簡遠」。謝桃枋《蘇軾詩研究》（巴蜀，頁92）亦歸出東坡詩風由「縱橫馳騁」而漸趨「平淡質樸」。東坡亦於〈評韓柳詩〉（詩七／2110）中言陶潛、柳宗元「似淡而實美」之詩。又〈書黃子思詩集後〉（詩七／2124）中尚韋應物、柳宗元「寄至味於澹泊」之詩。東坡晚歲於〈與子由書〉中言仰陶潛平淡之篇，斯乃受禪佛影響。故葛兆光《禪宗與中國文化・禪與中國士大夫的人生哲學與審美情趣》中言詩畫中每透出人情高潔澹泊與禪趣玄思。

〈夜泛西湖五絕・其五〉（詩二／352）：「湖光非鬼亦非仙，風恬浪靜光滿川。須臾兩兩入寺去，就視不見空茫茫。」此詩寫月下泛湖之奇，人隨船行，湖光亦隨行，似茫茫皆入寺，具空靈美感。禪宗《臨濟語錄》釋眞佛、眞法、眞道，三者皆空無實，東坡承此申發。

〈端午遍遊諸寺得禪字〉（詩三／951）言東坡44歲於湖州游諸寺，焚香品茗且參禪悟，細雨乍起，草木自生，登塔所見無涯大千，此即禪宗《臨濟語錄》所謂人之行坐隨緣，自爲「眞道人」。

〈惠崇春江晚景二首・其一〉（詩五／1401），此東坡爲惠崇〈鴨戲圖〉之題畫作，東坡此作乃於視覺畫面外，思水之暖、鴨之知、驗河豚「欲上」，正袁行霈《中國詩歌藝術研究・禪意與畫意》所謂善於攝刹那外景。亦袁賓《禪宗詞典》（湖北人民，頁339）中所謂此乃禪宗所謂「智慧法眼」，能由畫外遐思，深化春日自然之景。〈雨晴後〉（詩七／2110）「海棠眞一夢」言花落似夢，一去難尋，指東坡貶黃州後之杜門謝客。而末聯「殷勤木芍藥，獨自殿餘春。」以芍藥花殿後綻放，浸透東坡被貶感傷。

東坡晚歲於惠州，引陶入詩。如〈陶歸園田居・其一〉（詩七／2104）：「環州多白水，際海皆蒼山」，寫惠州自然風物，托陶自況。〈其三〉：「仰觀江搖山，俯見月在衣」，以瞬間自然之景，言釋官後之平淡超脫。

〈縱筆三首・其二〉（詩七／2328）：「父老爭看烏角巾，應緣曾現宰官身。」言諸法無常，曾戴烏角巾之吏（東坡），亦被貶海隅。「現宰官身」一語出自《法華經》：「妙音菩菩薩，現種種身，處處爲眾生說是經典，或現居士身，或現宰官身。」而二聯「溪邊古路三叉口，獨立斜陽數過人。」言東坡佇立黃昏下數路人，不言寂寞，寂寞自見，平淡中含蘊餘韻。

此外東坡詩中，能狀自然平淡者。如〈僧惠勤初罷僧職〉（詩二／576），狀罷僧職，如鶴之去樊籠。〈書鄢陵王主簿所畫折枝〉（詩八／2525）：「誰言一點紅，解寄無邊春。」言「一點紅」已超脫形似而概括無邊春意。〈宿九仙山〉（詩二／492）言東坡面對雲峰流水欲求解脫。〈和陶游斜川〉（詩七／2318）以「春江綠未波，人臥船自流」狀人化自然，隨緣而適。而〈晚游城西開善院〉（詩八／2615）以夕照灑喬木、村前起炊煙、閣中傳棋聲、早霜品美酒，以表被貶之恬靜自足。

（二）詩寓哲理

詩常以習見之事，化出玄理。錢鍾書《談藝錄》即以「理之在詩」「無痕有味」。蓋自然事物之侔色繪聲，共殊交發，發理趣渾然，如東坡〈題西林壁〉（詩四／1219）由游山而道形上之理，其趣正在無痕有味，現相無相中。

熙寧二年，神宗行新法，東坡外放，猶於〈吳中田婦嘆〉、〈留風水洞見待〉中憂國憂民。而熙寧五年作〈宿水陸寺〉，次歲作〈報本禪院鄉僧〉、〈宿九仙山〉等，即詩中有禪。如〈書雙竹湛師房二首・其二〉（詩二／524）中云：「白灰旋撥通紅火，臥聽蕭蕭雨打窗。」則道出雖眷戀仕途，而有懷才不遇之慨。

又〈和孔密州五絕・其三〉（詩三／730）云：「人生看得幾清明」。〈陽關詞三首・其三〉（詩三／753）云：「暮雲收盡溢清寒」，皆涵蘊人生無常之禪理。

而〈慈湖夾阻風五首・其五〉（詩六／2034）云：「人間何處不巉岩」，乃爲屢貶英州、惠州之歸路茫茫之嘆。而〈獨覺〉乃東坡62歲貶海南之作，四聯「浮空眼纈散雲霞，無數心花發桃李」之「眼纈」、「心花」出自佛典，以「物由心生」之理。即《圓覺經序》云：「心花發明」。《華嚴經》云：「菩提

心華」。言本心如花，則可「豁然大悟」，即除盡俗情妄念，無常無我，自悟萬法皆空。

（三）詩寓諧趣

禪者之好打諢語多笑謔，乃於悟道後所出之警嘆機鋒，未必合邏輯，而得人會心共鳴。

東坡習禪，詩作中多諧趣。如《冷齋夜話》卷十一言：

> 東坡夜宿曹溪，讀《傳燈錄》，燈花角卷上燒二「僧」字，即以筆記
> 於窗間曰：「山堂夜岑寂，燈下讀《傳燈》。不覺燈花落，茶毗一個
> 僧。」

〈次韻秦坊虛見戲耳聾〉（詩三／950），此首乃東坡 44 歲，由徐州赴湖州途中，自嘲自慰之作。4 聯「聞塵掃盡根性空，不須更枕清流派」，乃引《圓覺經》言能忘卻情之念，則不必洗耳亦不聞雜音，言自貶官後，遠離廟堂，佛家之五蘊（色、受、想、行、識）皆為賊害，可不聞不問。

又〈初到黃州〉（詩四／1031）：「自笑平生為口忙，老來事業轉荒唐。」「逐客不妨員外置，詩人例作又曹郎」，言一生為口腹，老來卻貶作員外郎，於自傷中，應緣接物，超然解脫。

而〈寄吳德仁兼簡陳季常〉（詩四／1340）言陳季常日與其妻「說空說有」，乃出《維摩詰》及《後漢書・西域傳論》言佛教不執於空、有，而能以般若觀照，何「忽聞河東獅子吼，拄杖落手心茫然。」既飽學禪，何必懼內！則東坡詩中常多禪趣。南宋朱弁於《風月堂詩話》即以東坡為妙手，所謂「街談巷說，鄙俚之言，一經其手，似神仙點瓦礫為黃金，自有妙處。」

（四）妙悟幽遠 —— 詩文中具妙悟幽遠之境

1、何謂「妙悟」！

禪宗・無門關中言修行至「明心見性」，斷除煩惱之境，乃大氣所謂「隨緣悟達」之境。東坡於〈答謝民師推官書〉（文四／1418）中云：

> 求物之妙，如繫風捕影，能使是物了然於心者，蓋千萬人而不一遇
> 也。

嚴羽《滄浪詩話、詩辨》即以「詩禪共通處」在「悟」，心能悟則能見之於詩。東坡又於〈送參寥詩〉中以「欲令詩語妙，無厭空且靜」，蓋空靜之妙可廣納萬境。東坡以禪入詩者甚多。如：

　　〈送春〉（詩二／628）一首，即欲以禪泯袪人間是非，故其詩四聯曰：「憑君借取法界觀，一洗人間萬事非。」《華嚴經‧法界觀》即言「法界觀」有三重眞空觀（諸法無實，色即空、空即色）、理事無礙觀（熔融差別、平等觀）、周遍含容觀（事物大小相融，交參自在）。東坡欲由《華嚴經》之圓融，袪去煩惱，明悟自心。方回《瀛奎律髓》卷 26，即評東坡「少年詩律頗寬，至晚年乃神妙流動。」

　　東坡〈次韻江晦叔二首，其二〉（詩七／2444）曰：「鐘鼓江南岸，歸來夢自驚，浮雲時事改，孤月此心明。」即言北歸中，聞鐘鼓，方自謫居中醒悟，慶幸仍具參禪悟道人之似月清心。

　　他如〈過嶺〉、〈金山妙高臺〉、〈次韻歐陽叔弼〉等篇，皆有禪釋之妙悟。

　　「幽深清遠」之境乃超越物我之「禪宗」與得審美情趣士人所共趨，蓋二者同感嘆無邊浩宇與佛性眞如之廣大。〔註14〕

　　正似柳子厚〈至小丘四石潭記〉中「寂寥無人，凄神寒骨」、白樂天〈玩新庭樹因詠所懷〉之「偶得幽閑境，遂忘塵俗心」皆是。

　　東坡 37 歲作〈梵天寺見僧守詮小詩，清婉可愛，次韻〉（詩二／380）：「但聞煙外鐘，不見煙中寺，幽人行未已，草露濕芒屨。」煙市晚鐘，空寂朦朧，正爲清絕過人之禪境，此正宋迪所述山水畫八景之一。〔註15〕

　　〈少年時，嘗過一村院〉（詩四／1031）：

　　　佛燈漸暗饑鼠出，山雨忽來修竹鳴，知是何人舊詩句，已應知我此時情。

此乃東坡 45 歲宿於黃州禪智寺，見壁上潘閬〈夏日宿四禪寺〉詩：「此地絕炎蒸，深疑到不能，夜涼疑有雨，院靜似無僧。枕潤連雲石，窗虛照佛燈。浮生多賤骨，時日恐難勝。」東坡遂有感而作此。

　　首聯用「漸暗」、「山雨」、「竹鳴」以寫山寺夜色幽靜，乃和前詩「夜涼疑有雨，院靜似無僧」。又以「風」「雨」等造成間隔，表現幽遠、無窮與宇宙自然、與佛性眞如之深邃神奇相合，且抒其「古今如一轍」之感，至其所繪之朦

〔註14〕葛兆光《禪宗與中國文化。禪宗與中國士大夫的人生哲學與審美情趣》（東華，頁 132）及李淼《禪宗與中國大代詩歌藝術‧禪趣詩的特色與藝術表現手法》（長春，頁 154）。是以人虛無飄渺之幽深情愫，常藉由寧靜空寂之禪境以表出。

〔註15〕宋人宋迪曾創作過八種山水畫之主題：「平沙落雁，遠浦帆舊，山市晴嵐，江山暮雪，洞庭秋月，瀟湘夜雨，煙市晚鐘，漁村落照。」此八景幾爲後來士大夫畫家、詩人喜愛之題材。說見《禪宗與中國文化》，頁 125。

朧美感在能掌控距離美感，故有煙水速離，不沾不滯之空靈之境。〔註16〕

又如東坡 46 歲於黃州作〈雪後到乾明寺遂宿〉（詩四／1096）：「門外山光馬亦驚，階前屐齒我先行」，已道出酷愛雪光裝點之銀白雪景。「風花誤入長春苑，雲月長臨不夜城。」道出乾明寺雪光下徹夜通明，何不令人流連此恬淡自然之景。

〈南堂五首・其三〉（詩四／1166）：「他時夜雨困移床，坐厭愁聲點客腸。一聽南堂新瓦響，似聞東塢小荷香。」前聯虛寫屋漏滴雨聲與東坡不能一展長才之「愁聲」，融成淒婉詩情。次聯實寫雨點落瓦之聲，融入荷香回溢，則夜雨、愁聲、瓦響、荷韻交織成朦朧悠遠禪境。

〈是日宿水陸寺寄北山清順僧二首，其一〉（詩二／390），此乃東坡 37歲，於杭州湯村鎮督開運河，夜宿水陸寺，見寺廟幽寂，寺僧清苦，佛燈梵香，而體現幽靜之趣，故道「年來漸識幽居味，思與高人耐榻論。」

（五）活法——意在言外，不脫不粘

禪家論禪法，正《五燈會元・德山緣密禪師》與《滄浪詩話・詩法》謂：「須參活句，勿參死句。」此一禪家詩家之獨特思維與語言技巧，亦錢鍾書《談藝錄・娛悟與參禪》中所謂「含不盡之意見於言外者，不脫而亦不粘」。

東坡爲文創作力主「言不盡意」，承自《周易》、《莊子》與六朝玄學，亦正《壇經・機緣品》之以「諸佛妙理，非關文字」，力主離言，以至「寂滅空無」。東坡以天下至言在能活用其言，故稱美「僧語不繁」。（〈風水洞二首和李節推〉詩二／432）。

又《五燈會元》載藥山和尚答李翱問「道」，藥山不作正面回答，手指上下曰：「雲在青天水在瓶。」其意思爲道無所不在，自然無心即是「道」。此一機杼見於東坡〈退圃〉（詩二／546）一首。以「縮頭鯿」、「黃楊厄閏年」言「退」意。蓋「鯿」「縮」、「楊」之過閏而退，盡在不言中，指東坡受貶，而貴在不說破。又〈上元夜〉（詩七／2098）以「前年侍玉輦」對今年「雲房寄山僧」，流放之悲愴，不言而喻。

佛教以眞正解脫在「無念」與「空」之枭非法。以禪說法，貴在「不即不離」，以意會之。即王士禎《師友詩傳續錄》云：「內典云不即不離，不粘不脫。」東坡〈水龍吟・次韻章質夫花詞〉中「似花還似非花」句，「似花」，

〔註16〕見宗白華《美學與意境》，人民出版社，頁 228～229。

不脫也；「非花」，不粘也，東坡即以此評寫物詩。又〈評詩人寫物〉（文五／2143）中稱美林逋〈梅花〉詩、皮日休〈白蓮〉詩，而斥石曼卿〈紅梅〉詩：「認桃無綠葉，辨杏有青枝。」直則過實無神，對照東坡三首〈紅梅〉（詩四／1106），「寒心未肯隨春態，酒暈無端上玉肌。」句正不粘不脫，即：「賦詩必此詩，定知非詩人。」（〈書鄢陵王主簿所畫折枝二首〉之一，詩二／29）。

1、句中有眼──響字

「眼」即詩文中之「響字」「活句」。禪宗言「句中有眼」，源自保暹《處囊訣・人之眼目》卷六言：「句裡藏鋒，言中有響。」《碧巖集》卷一言「句裡呈機」。即呂本中《童蒙詩訓》言「字字當活」、「字字自響」。黃庭堅《豫章文集，自評元祐間字》言：「字中有筆，如禪家句中有眼，非深解禪宗趣，豈易言哉！」

北宋景德年間（1004～1007）僧道原已編定《傳燈錄》，士人置之案頭，藉以耽悅禪理。且習其意路不明之「活句」而自由書寫。如紫柏《尊者全集・跋蘇長公大悲閣記》即評東坡〈鹽官大悲閣記〉（文二／386）能「活而用死，則死者皆活。」言東坡能隨心所欲，以遣僵化語言，而得出活意。細味東坡之重「響字」「活句」，如〈題陶淵明飲酒詩後〉（文五／2092）以「采菊東籬下，悠然見南山」之「見」字，能狀採菊而見山，則境與意會也。又〈病鶴〉：「三尺長脛閣（擱）瘦軀」之「閣」字，能活現病鶴之病弱無力，不勝其軀。」

元方回《瀛奎律髓》以圈點唐宋律詩「句眼」為務，徐渭《青藤書屋文集・論中》言「文貴眼」。然至明胡應麟《詩藪》卷五，已由神韻言「句中奇字」，「為詩之一病」。如膠柱鼓瑟，僵置五言（第三字）、七言（第五字）為眼，則已失禪宗公案「得活用死」之意。

2、比喻法

佛經用直露口語、比喻手法以演佛法，隨處可見。如《法華經・方便品》引釋迦牟尼佛云：「我以無數方便、種種因緣、譬喻言辭，演說諸法。」而東坡創作風格特色亦為「比喻豐富、新鮮、貼切」（錢鍾書《宋詩選注》。）二者皆善用比喻，其門相關為何！佛經多用複雜比喻：

佛經常用較長故事為引喻，如《大般涅槃經・如來性品》中，以夏降大雨，農夫下種多者得實，以喻如來「降大法雨大涅槃經。若諸眾生種善子者得慧芽果。」又《華嚴經・入法界品》中舉仁慈至孝之人，遠離父母，後得贍奉親顏，正似「時彼大王，見來求者，心大歡喜。」東坡用繁複比喻，見

〈書焦山綸長老壁〉（詩二／552）言法師以「長鬣人」之長夜難安睡，答人之問「法」。而〈張寺丞益齋〉（詩三／788）中言張子以「益」為齋名，而以「遠遊客」「日夜事征行」，又如學醫人，「識病由飽更」為喻，言求益非速成。

（1）佛經為學佛者易喻，常用「說明比喻」。

如《維摩詰所說經・方便品》言「是身如浮雲，須臾變滅；是身如電，念念不住。」又如泡、幻、影、夢等之設喻。

東坡〈與王郎昆仲〉（詩三／985）：「清風定何物，可愛不可名。所至如君子，草木有嘉聲。」即以君子好名聲比況清風吹草木所出悅耳之音。又〈和錢安道寄惠建茶〉以「胸中似記故人面」喻茶嘗茗，皆具「口不能言心自省」之意。他如〈次韻趙景貺春思〉（詩六／1825）言「春風如繫馬」。〈寄周安孺茶〉（詩四／1162）中以「剛耿性」、「廉夫心」喻茶質之優。

（2）佛經亦常用博喻。

如《華嚴經・離世間品》中言觀法「如化如焰，水月鏡像，如夢如電，如呼聲響，如旋火輪，如空中字，如因陀羅陣，如日月光。」又《大般若涅槃經・如來性品》竟以近百之喻，以描況解脫後之光明境界。

東坡亦常運此飛流瀑布之博喻，如：

〈百步洪〉（詩三／891）中「有如兔走鷹隼落，駿馬下注千丈坡。斷弦離柱箭脫手，飛電過隙珠翻荷。」連用七喻以狀水流沖瀉之速，又〈石鼓歌〉（詩一／100）以「模糊半已似瘢胝，詰曲猶能辨跟肘。娟娟缺月隱雲霧，濯濯嘉和秀稂莠」喻石鼓文字因年久風化，模糊不清，觀者惟「時得一二遺八九。」又〈讀孟郊詩〉（詩三／796）既以「孤芳」、「湍激」以狀孟詩之詰曲驚牙，又以「食小魚」「煮彭越」言讀詩所得不多。

故東坡喻設手法與佛經之用複雜、說明、博引之比喻相類，其或受佛經若干影響。錢鍾書《宋詩選注》追溯東坡詩博喻之源，乃由《詩經》、《莊子》、昌黎詩而來，如加入佛經，或更為完備。東坡以設喻使創作生動、新穎，正似佛經以比喻舖陳佛法，使人易曉。

3、翻案法

宋代以「臨濟宗」為主之「文字禪」、「看話禪」流行，禪家答非所問之「轉語」，正啟發宋詩機鋒「翻案」，形成詩禪之合一。蓋詩、禪同重「直觀」與「別趣」。「翻案」詩作乃運禪宗公案之否定性與層次性，由「反常合道」

中，得詩之理趣。〔註17〕東坡善運翻案法。《藝概‧詩概》云：「東坡詩推倒扶起，無施不可。得訣只能透過一層，及善用翻案耳。」

何謂「翻案」：元人方回〈名僧詩話序〉以北宗神秀以樹、鏡喻心，言「時時勤拂拭」；南宗惠能之「本來無一物，自不惹塵埃」之機鋒語翻駁之謂。

禪宗語路重機鋒暗含，翻快無阻。東坡亦重詩作新創。故於〈題柳子厚詩〉以為「詩須要有為而作，用事當以故為新，以俗為雅。」及於〈書吳道子畫後〉（文五／2210）言「出新意於法度之中，寄妙理於豪放之外。」

東坡又於〈送曹輔赴閩漕〉（詩五／1592）言「筆勢翻濤瀾」，〈余與李薦〉（詩五／1568）言「筆勢翩翩疑可識」，〈次韻和王鞏〉（詩五／1441）言「文如瓶水翻」皆然。如其〈韓退之孟郊墓銘〉中「昌身如飽腹，飽盡還當飢」一段語路疾速，自立自破，正《藝概‧詞曲概》中云：「東坡詩善於空諸所有，又善於無中生有，機括實自禪悟來。」東坡〈桃花源詩〉（詩一／137）即善運此翻案法。於〈和桃花源〉詩中以「一念心開，頓見佛國」，即翻案言樂土仙境何遠？

東坡又善運「追進一層」之翻案法；如〈劉陶說〉（《經進東坡文集事略》卷57）中言劉伶、陶潛之高風超脫。如劉伶乘鹿車，攜酒一壺，使人荷鍤而隨，曰：「死便埋我。」陶淵明蓄無弦琴一張，酒適而撫，陶然得琴中之趣。東坡進言「曠達」在「既死何用埋？此身同夜旦。」「無弦則無琴，何必勞撫玩？」則輕易推倒劉、陶二人「曠達」之定案。

〈法惠寺橫翠閣〉（詩七／2364），東坡由吳山朝夕縱橫之景而及故鄉山河：「春來故國歸無期，人言秋悲春更悲」，則由宋玉〈九辯〉起句「悲哉！秋之為氣也」翻變，言「春」視「秋」為悲，則渲染懷鄉之情益濃。

〈百步洪〉（詩三／891）一首言人不應迷戀現實，宜超脫束縛，末句以「多言譊譊師所呵」作收，已掃盡前說。

〈四月十一日初食荔枝〉（詩七／2121）乃東坡六十歲作於惠州，言荔枝味美，唯河豚、江鱸鱸可比。而後引《晉書‧張翰傳》由羹鱸魚膾言思歸。即「我生涉世本為口，一官久已經蒓鱸，人間何者非夢幻，南來萬里真良圖？」東坡自嘲一己為貪戀官祿，久不思歸故里。則此四句，下句翻上句，連翻三案，視惠州生活為夢幻，東坡已隨緣超脫。

〈六月二十日夜渡海〉（詩七／2366）中以「苦雨終風也解晴，雲散月明

〔註17〕參見張高評〈宋詩與翻案〉，《宋代文學與思想》，臺大中文所主編。臺灣學生，頁248。又黃永武《中國詩學‧思想篇》，頁224。

誰點綴。」言否極泰來之可貴。「九死南荒吾不恨，茲游奇絕冠平生」乃翻《離騷》：「亦余心之所善兮，雖九死其猶未悔」，言至奇絕南地並不悔恨。而〈澄邁驛通潮閣〉（詩七／2364）言北路遙，「餘生欲老海南村，帝遣巫陽招我魂」。引用宋玉〈招魂〉事，言身留海南，而心欲返朝。

第六節　東坡思想、創作、生活入禪之影響

漢唐以來，活潑機智入禪詩文，由傳統儒學（以經學為核心）中崛起。雖歷宋代「新儒學」再興，然士人猶崇信禪宗，一時禪悅之風蔚成。加之「不立文字之禪」（默照禪），已為「不離文字」之禪取代，更促進禪宗世俗化、士人禪僧化，而「三家」交融合流漸次底成。

東坡受此禪風、地緣、家學、坎坷之衝擊，尤於烏臺詩案後，為祛去憂煩而「焚香默坐」，深自體悟，而得「物我相忘，身心皆空」之禪境。又與僧友交往、自我體悟。故思想、生活中皆入禪。「問汝平生功業，黃州惠州儋州。」

東坡身心皆俱禪義（不同王維之空寂寧靜），其思想、生活之入禪究於後人之詩論詩作、人生態度影響為何？試析言之：

一、思想上

前已言東坡、安石習佛其不同處。先言安石言禪之影響東坡為何？

具閒適寧靜心境。如：

> 雲從無心來，還向無心去。（〈即事〉）

> 終日看山不厭山，買山終待老山間。（〈遊鍾山〉）

取禪宗以直觀默識以察物。如：

> 春風日日吹香草，山南山北路欲無。（〈悟真院〉）

> 一水護田將綠繞，兩山排闥送青來。（〈書湖陰先生壁〉）

則王詩之趣悟，可見、可聞，而難尋繹。直如北宋詩人張舜民稱王安石晚年詩「如空中之音，相中之色，欲有尋繹，不可得矣。」（《賓退錄》卷二引）

詩中有含蓄凝鍊之句。

荊公早年好雄健之議論，晚歲多作小詩絕句，含不盡之意。如〈追封舒王〉：「汀草岸花渾不見，青山無數逐人來。」即安石〈寓言〉所謂「真照無知豈待

言。」而《苕溪漁隱叢話》前集卷二十五即引黃庭堅評安石小詩:「雅麗精絕,脫去流俗。」而楊萬里《誠齋詩話》亦美其五、七字絕句,四句皆工。

至東坡受禪之影響,視荊公晚歲始得,既早且深。如:

東坡自號「居士」。據《五燈會元》卷十七即將東坡列為「東林常總禪師法嗣」。而其初識方外惟度、惟簡,在二十歲。二十五歲與子由分手即作「人生到處知何似?」已了悟人生。又東坡一生交往禪僧不下百人。〈付僧惠誠遊吳中代書〉即云:「至今以筆研作佛事,所與遊皆一時名人」。又東坡禪詩中多「公案話頭與機鋒」,常合於《五燈會元》、《羅湖野錄》等。如:

> 溪聲便是廣長舌,山色豈非清淨身。夜來八萬四千偈,他日如何舉似人。(詩四/1218〈贈東林總長老〉)

次言東坡詩論似同司空圖之「美在鹹酸之外」,而東坡於創作實踐上傾心「機鋒不可觸,千偈如翻水」(〈金山妙高臺〉詩五/1368)。其於禪風、禪友習染下,重「悟入為詩」。

唐文獻〈跋東坡禪喜集後〉則將東坡與樂天二人借禪思為文,作一比並曰:

> 唐有香山,宋有子瞻,其風流往往相期,而其借禪以為文章,二公亦差去不遠。香山云:「外以儒行修其身,內以釋教汰其心,旁以琴酒詩歌樂其志」,則不特一眉山之老人而已,子瞻於生死二字,雖不能與維摩龐蘊爭一線,然其談笑輕安,坦然而化。如其為文章,則舖禪之糟,而因茹其華者多也。

明徐長孺曾集輯東坡禪語,唐徵明訓之,名曰《新刻東坡禪喜集》,其序云:

> 長公少年之文,與欒城先生皆得老泉法,而終未盡其變。晃而游於禪邦,與佛印、參寥諸子互呈伎倆,於是抓翻寶藏,以三寸不爛舌,顛撲平生,譬張僧繇畫龍,一點眼便如昂首飛去。妖狐老猿,竊獲真人符籙,則千奇萬怪,跳梁於青天白日之下,而終不可以尺組約束之,《禪喜集》是也。

東坡晚歲貶落窮鄉,是而「游於禪邦」以內典損愁棄痛,心領神會,皆見於是集。

二、創作上

(一)黃庭堅——與東坡亦師亦友,二人愛聞機智、致力活句創造。如

東坡由圓轉思維以言活法；黃庭堅由非邏輯之意脈分離而出活法。〔註18〕

（二）呂本中——以參禪教人學，如《后村先生大全集》卷九十五〈江西詩派〉云：「好詩流轉圓美如彈丸」，即承東坡〈答王鞏〉「新詩如彈丸」、〈次韻歐陽叔弼〉：「中有清圓句，銅丸飛柘彈」。韓駒亦欲以禪學建立詩學。

（三）楊萬里——亦由此悟出「跳騰踔厲即時追」之活法，表現明快、趣新、擬人說理特色，皆與東坡相類。

（四）范成大——融合三教，由山水詩中擬人說理；田園詩之諧趣鮮明，亦承自東坡。

東坡合詩、禪為一，影響所及，又有嚴羽《滄浪詩話》。如郭紹虞《中國文學批評史》頁 403 云：「東坡〈讀孟郊詩〉云：「何苦將兩耳，聽此寒蟲號。」即滄浪所謂『孟郊之詩刻苦，讀之使人不歡』之義。」

三、生活上

（一）陸游——錢鐘書《宋詩選注》言陸游愛國詩，除曲折熨出曲折之情，且由「閑適細膩手法寫出日常生活之深永滋味。」即東坡詩文之呼應。

（二）東坡〈夜直玉堂，攜李之儀端叔百餘篇，讀至夜半書其後〉（詩五／1616）云：「暫借好詩消永夜，每逢佳處輒參禪」。又〈次韻王鞏南遷初歸二首·其一〉（詩四／1174）：「那能廢詩酒，亦未妨禪寂」。〈書普慈長老壁〉（詩二／548）云：「久參白足知禪味」等生活中參禪，成為日後士林之士處逆消憂之好方法。

（三）東坡近百篇入禪詩文，雖不足以盡其一生思想、生活，然於文壇中獨樹一格，其機趣、哲理之闡發禪釋，於各代詩文中，亦足領先。

第七節　小　結

由以上各節析分，試綜其要如次：

一、印度禪宗東傳，開創中國禪宗

宋代儒衰佛盛，於士人思想生活影響甚巨，而開風氣之先為王安石與蘇東坡。安石晚歲以默識察物，及閑適心境與凝鍊小詩見長。而東坡由少至老

〔註18〕見周裕鍇〈文字禪與宋代詩學〉，《國際宋代文化研討會論文集》，頁 337。

受時風、家學、地緣、僧友影響，不惟詩文多機鋒公案，而思想多理趣、思辨；生活遂融入禪。

二、東坡習禪學釋之機緣

宋代禪風流行乃因帝王維護與禪宗俗化。「看話禪」遂取代「默照禪」。而道教亦經帝王之倡而入士林。歐陽修、東坡、子由皆重「養內之術」，且運之以入詩文。

至儒學復興，與道、佛相斥而相融，終而三家合流，東坡亦主之。

至東坡生長佛教四大名山之一眉山。此地又刊刻中國第一部蜀版官印《大藏經》。除地緣外，又受父母、妻妾、兄弟習佛影響，加之個人宦海浮沉，為療治久貶，故思想遂由儒而佛，終於融合三家。

三、東坡禪釋生活之跡

（一）好禪讀佛書 —— 東坡少好群書，與子由讀老聃、釋迦文，後由王大年發之，又至終南山讀佛書，自有禪佛思想。

（二）嘉禪遊廟寺 —— 如游祖塔院、南華寺，寫湛師方丈之室、戲問辯才出入天竺、寫東林總長老之法相、法身等。

（三）參禪交方外 —— 東坡涉足禪佛甚久，所交僧友不下百人，辯才、參寥、佛印等。尤以吳越所交為多，而嶺南所交為深。

四、東坡禪釋思想與生活

（一）習佛不佞、重理悟 —— 東坡早歲之習佛，乃依理性以斥俗僧，且反對「名相」「因果」之說，至老並未執迷於佛。

（二）形神俱泰觀人生 —— 東坡中年習佛臻物我兩忘、身心皆空。蓋喪父亡妻，久貶遠謫，東坡遂由禪佛寄托，求安心空靜之禪宗觀照。

（三）妙悟禪理以處逆 —— 佛由三寶、三法以言人之本質本等，人人可成佛，是以東坡不執著離合，亦以人之喜怒由相形而生，至高下之爭、煩惱之出，何需強分？

又人生境遇，不如意事常十之八九，如遇風浪、貶謫、遷居，東坡皆以隨遇而安，以逆處順應之。

（四）修行解脫入禪境──東坡晚歲習佛，既具誠心之求，又得自我解脫，終得悟道空寂之禪境。

則東坡既有習禪機緣，又融得禪釋思想，卒落實其禪釋生活，於後人之影響，不惟見於詩文理論思想及創作，亦及於文士之生活和禪習。洞觀東坡思想生活之入禪，於時代、文學不無影響。